KB053440

무한한 하나

산지니평론선 • 14

무한한 하나

몫 없는 이들의 문서고

김대성 평론집

산지니

바로 그 한 사람

1

내게 비평은 '한 사람'을 만나기 위한 애씀의 노동이다. 한 사람을 절대적으로 만나는 일, 한 사람을 결정적으로 만나는 일, 침잠과 고착의 위험함을 무릅쓰고 '바로 그 한 사람'으로 만나는 일. 무언가를 하기 위해 만나는 것이 아니라 '한 사람'을 무한하게 만나기 위한 시도로서의 글쓰기. '무한하다는 것'은 특정한 대상이 소유하고 있는 특별한 자질을 지칭한다기보다 모든 '하나'가 공평하게 나눠 가지고 있는 속성을 가리키는 말에 가깝다. 중요한 건 특별한 능력이나 자질이 아니라 모든 하나(존재)에 깃들어 있는 잠재성에 있다. 아무것도 아닌 하나가 누군가에게 '바로 그 하나'이자 '절대적인 하나'가 될 때 '무한'이라는 끝이 없는 공간이 열린다. '바로 그 하나'란 사랑의 언어이며 '무한함'은 추상적이고 미지의 것을 지칭하는 것이 아닌 평등한 공동체의 장소를 의미한다.

문학은 누군가가 발견한 '바로 그 하나'에 관해 이야기하고 기록한 오랜 이력의 총체다. 내가 읽은 작품들을 '바로 그 하나'의 자리에서 만나는 것을 비평의 시작이자 목표로 삼아왔고, 세상의 모든 존재에 깃들어 있는 잠재성에 관해 이야기하는 것이야말로 비평의 몫이라 생각해왔다. 네그리

(Antonio Negri)는 '고유하고 사적인 것을 공동적인 것으로 변형시키기 위한 근본적인 열쇠'를 '사랑'에서 찾았다. 사랑에 대한 유물론적 정의가 공동체에 대한 정의와 같은 것이라는 그의 말에 따른다면 모든 존재 속에 깃들어 있는 '무한한 힘'을 '바로 그 하나'의 이름으로 불러내는 행위 또한 공동체를 상상하고 희망하는 것이라 해도 좋을 것이다. 지배와 독점을 근간으로 하는 '군림하는 하나'가 아닌 미미하지만 평등한 이들의 이름인 '무한한 하나'엔 몫이 없는 이들이 서로를 부르고 기록했던 이력이 쟁여져 있다.

2

이 책의 1부는 희미하고 연약한 존재들이 스스로의 힘으로 깊이와 무게를 더해가는 고투의 이력을 탐색한 글들로 묶었다. 자신의 몫을 가져보지 못한 주변부적 존재들이 외려 누군가를 부르고, 누군가를 보살피며, 또 누군가를 살려낸 어울림의 역사를 탐색하는 동안 문학의 존재 이유에 대해 오랫동안 고민할 수 있었다. 2부는 공동체에 대한 고민을 담은 글들로 묶었다. 모든 말의 잠정적인 접두어이지만 '버려야 접합해지는' 개념이기도 한 공동체에 대한 고민은 내 글쓰기의 오랜 화두다. 말미에 수록되어 있는 「고통의 공동체」는 처음으로 청탁 받아 쓴 원고인데 몇 년 후에 쓴 「불가능한 공동체」와의 거리가 자못 아득하다. 3부는 여러 시인들의 시적 세계를 뒤쫓은 글들이다. 매번 해석자의 의도를 비켜갔고 의미를 낚아채려는 욕망이 클수록 헛손질도 커져 황망했던 기억이 선명하다. 그 실패의 이력 속에서 뜻하지 않게 시적 존재의 평등에 대해 생각해볼 수 있는 기회가 주어지기도 했다. 4부에 수록되어 있는 글들은 '지역적인 것'에 관한 고민의 이력이다. 늘 어떤 위치에서 글을 쓰고 있는가를 자문해야 했던 형편 탓에

'비평을 한다는 것'이 '지역'을 사유하는 것과 불가분의 관계에 있었다. 어떤 글은 무모하리만치 야심차고 어떤 글은 비애로 가득 차 있다. 지역적인 것의 가능성에 대한 고민만큼은 놓지 않으려고 했지만 그 고민이 얼마나 생산적인 결과를 낳았는지는 장담하기 어렵다. 지역적인 것의 의미와 가능성에 대한 생산적인 탐구는 계속되어야겠지만 그것만큼이나 '지역'을 자의적인 방식으로 전유하고 탈취하는 욕망을 경계하는 것 또한 중요한 일이라는 생각엔 변함이 없다. 5부는 서평 형식의 글들로 묶었다. 등단하고 오랫동안 서평 원고 청탁이 많이 들어왔던 탓에 글의 분량이 상당했지만 책으로 묶어내는 과정 중에 상당 부분을 덜어낸 탓에 조금은 가벼운 모양새를 가지게 되었다.

3

문학 비평을 쓴다는 것이 아무도 없는 트랙(track)을 달리는 것처럼 느껴질 때, 나는 종종 생각했다. 왜 지금보다 더 부지런하지 못할까, 나는 왜 더 빨리 달리지 못하는 걸까. 누군가를 앞지르기 위한 질책이 아니었다. 이 트랙을 달리고 있을 누군가를 만나지 못한 안타까움 때문이었다. 비평이 무엇을 할 수 있을지 짐작하지 못했음에도 맹목적으로 읽고 쓸 수 있었던 것은 조금만 더 부지런히 달린다면 이 트랙의 어딘가에 있을 누군가의 뒷모습이라도 볼 수 있을 거라는 희망이 있었기 때문이었다. 누군가의 '뒷모습'이 내 희망의 최대치였다. 알 수 없는 사람일지라도 이 트랙 위를 부지런히 달리고 있는 이라면 동료가 될 수 있을 거라는 확신이 있었다. 아니, 텅 빈 트랙 위를 계속 달릴 수 있었던 것은 차라리 '알 수 없는 사람'을 만나기 위해서였다고 해도 좋다.

비평을 쓰면 쓸수록 내가 사는 이곳이 개미지옥과 다르지 않다는 인식이 더 선명해졌다. 학연과 지연으로 촘촘하게 얽혀 있어 결코 '남이 될 수 없는' 세계에서, 우애와 연대라는 허울 좋은 이름으로 서로를 밀어주고 끌어준다지만 위계화되어 있는 그 힘이 언제라도 서로를 옭아매는 '개미지옥'이 될 수도 있다는 섬뜩한 진실과 마주해야 했고 위계적인 힘이 느슨한 곳에서는 어디에도 갈 수 없게 서로의 발목을 잡아 밑으로 끌어내리는 '물귀신적인 것'과 싸워야 했다. 그때 비평은 자유롭게 숨쉬고 마음껏 달릴 수 있는 필드(field)였다. 그저 부지런히 달리는 것으로 텅 빈 운동장을 경기장으로 바꿀 순 없었지만 무언가를 읽고 쓰는 일을 지속하는 것은, 다시 말해 내 힘으로 트랙을 달리는 일은 무엇보다 소중했다. 그건 내가 살고 있는 이곳을 벗어나기 위해서가 아니라 떠나지 않고도 이곳에서 살아갈 수 있는 힘을 기르기 위해서였다. 억압적인 '우리'가 아닌 자유로운 '타인'으로 만날 수 있는 단 한 명이 있다면 살아갈 수 있을 거 같았다. 이곳을 살아내기 위해 알 수 없는 이의 뒷모습을 향해 달렸고, 내가 알고 있던 이들을 낯선 자리에서 생소하게 만나기 위해 더 달렸다. 이 책에 실려 있는 글들은 그 애씀의 주행기록이다.

4

대학원 열람실과 연구실을 전전하며 글을 써왔다. 좁은 공간에 틀어박혀 밤을 새워 글을 쓸 수 있었던 것은 뭔가 대단한 일을 하고 있다는 확신 때문이 아니었다. 지금, 무엇보다 글을 써야 한다고, 네가 쓴 글을 읽고 싶다고, 이후엔 또 어떤 글을 쓸 것이냐고 말을 건네고, 묻고, 논쟁해준 분들이 있었기에 반복되는 열패감 속에서도 꾸준히 읽고 쓸 수 있었다.

글을 쓴다는 것에 대한 고민은 줄곧 해왔지만 '글을 쓰면서 사는 삶'이라는 완전히 다른 방식의 삶에 대해서는 알지 못했다. 삶의 부분이 아니라 전체를 글을 쓰면서 살아가는 지평이 있다는 것을 깨치는 데엔 권명아 선생님과의 만남 없이는 설명하기 어렵다. 배움과 깨침이 누군가의 도움에 전적으로 기대는 것이 아니라 스스로의 해방된 힘으로 가능하다는 사실을 끝없이 이어졌던 선생님과의 대화를 통해서 체득할 수 있었다. 선생-선배-동료의 자리를 자연스럽게 넘나들며 언제 어디서라도 대화를 이어주신 그 모습은 비평가/연구자로서의 모습만이 아니라 '어떻게 살아야 하는가'라는 물음에 대한 응답으로, 삶의 영감으로 깊이 자리하고 있다. 등단한 이후 평론가로서 활동할 수 있는 자리를 가장 먼저 내어주시고 특별할 것 없는 능력을 예민하고 사려 깊은 시선으로 보듬어 오랫동안 신뢰해주신 구모룡 선생님께 감사드린다. '지역'에서 비평을 한다는 것의 많은 의미를 선생님의 연구와 활동을 통해 배우고 익힐 수 있었다. '연필처럼 지워지기 쉬운 사람들의 깊이와 무게가 되어보는 일.' 등단 당선 소감에 적었던 이 말은 누군가로부터 선물 받았던 책의 한 귀퉁이에 적혀 있던 글귀였다. 오랫동안 그 글귀가 건네준 희망으로 읽고 썼었다. 처음부터 '한 사람'이 되어주신 김만석 선생님께 감사드린다.

산지니 출판사가 아니었다면 이 책은 세상에 나올 수 없었을 것이다. 지난 원고를 다시 읽고 부단히 고치면서 '책'이라는 형식이 없었다면 결코 생각해볼 수 없었을 값진 경험을 했다. 이 경험은 온전히 산지니 출판사에 빚지고 있다. 그 빚을 오랫동안 갚아가고 싶다. 이 책이 세상에 나올 수 있게 애써주신 강수걸 사장님과 권경옥 편집장 님, 윤은미 편집자 님께 감사드린다.

2016년 10월 가을
김대성

차례

1부

몫 없는 이들의 문서고

무한한 하나

―백무산의 시

1. 용접한다는 것

내 아버지는 용접공이었다. 결혼을 한 이듬해 고향이었던 강원도 삼척에서 부산으로 내려와 막노동으로 생계를 꾸리다 어깨너머로 배운 용접 작업으로 한 시절을 보냈다. 당연히 용접 자격증 따위는 없었고 비슷한 처지의 사람들로 팀을 꾸려 언제, 어디라도 불러만 주면 달려갔다. 야무지고 기술이 좋다는 입소문 덕에 여기저기서 연락이 왔다. 새벽에도, 휴일에도, 밥을 먹다가도, 잠을 자다가도 일거리가 생기면 달려 나가 용접을 했다. 식사 시간을 뚝 떼어내고, 잠자리를 뚝 떼어내서 철골들을 이어 붙이고 무수한 구멍과 빈틈들을 때웠다. 그렇게 떼어낸 삶을 밑천으로 세간을 꾸렸다. 살림은 밖에서도 훤히 다 보일 정도로 말갰고 삶 또한 단 한 번의 우회 없이 직립의 방향으로, 이렇다 할 감춤이 없었다. 다만 점점 말을 잃어갔다. 이미 다 커버린 자식들 앞에서 말을 더듬는 내 아버지가 한때 용접공이었다는 사실을 기억하는 사람은 없었다. 제 삶을 떼어내 누군가의 삶을 때워온 한 노동자의 더듬거리는 말 속에서 '용접'이라는 것이 이음매들을 감추거나 위장하기 위한 것이 아니라 외려 제 태생과 노동을, 상처와 세간을 고스란히 드러내는 것임을 뒤늦게 자각하게 된다.

쉴 틈 없는 '노동' 탓에 한때 용접공이었던 한 남자는 지금 말을 더듬는다. 단어와 단어의 이음매를 고스란히 드러내며 덜컥거리면서 겨우 다가오는 그 문장들 속에서 나는 노동의 가치나 희생의 아름다움 따위를 읽어내려 노력했지만 그것이 세상과 아귀가 맞지 않았던 그의 삶을 보기 좋은 방식으로 봉합하려는 내 욕망의 산물이었음을, 용의주도한 알리바이이었음을 알겠다. 노동을 포장하려는 욕망이 '나'에게로 넘어오려는 '너'를 차단하는 바리케이트나 족쇄가 되어 '나'와 '너'라는 각각의 세계에 유폐시켜버린다는 것을 알겠다. 노동을 미화하려는 내 욕망이 외려 그의 뭉툭한 손마디를, 절룩거리는 걸음을, 상처를 뒤덮은 삶의 주름을 삭제해버린다는 것을 알지 못했다. 내 아버지가 유독 내 앞에서 더욱 말을 더듬는 이유를 알지 못했다. '더듬는 말' 속에서 그 무엇도 듣거나 읽어내지 못한 것은 그저 노쇠로 인한 결여의 증표에 불과해 보였기 때문만은 아니었는데, 실은 '노동이 너희를 자유롭게 하리라'는 오래된 전체주의의 강령이자 자본제 시장의 논리를 내가 아직도 신화처럼 믿고 있었기 때문이었다. '노동의 신성화'는 노동자 위에 군림해 노동자의 말을 기각하고 삭제한다. 실제 하는 노동을 관념의 세계로, 사적인 것으로 추방해버린 역사의 윤전기 위의 작은 톱니바퀴 같은 활판으로 축소시켜버린다. 내가 그렇게 노동을 유폐(foreclosure)시켜버리는 체제의 단말기가 되어 읽고 써왔다는 사실을 알지 못했다.

우리는 백무산을 노동자 출신의 시인이나 노동시인이라고 불러왔지만 그가 "우리 생명은 분명 노동이 갉아먹고 있었다"(「노동의 추억」, 『만국의 노동자여』, 청사, 1988)고 선언함으로써 시인의 이름(무한한百 무無산産 계급 proletariat의 이름)에 다가섰다는 사실을 기억하는 이는 그리 많지 않다. 그

16

의 시적 공간이 노동의 현장과 연동되어 있다는 사실은 그의 시를 노동시의 한 양상으로 규정하는 데 용이한 참조 지점이 되는 것은 분명하지만 그보다는 백무산이 '인간의 조건'이라는 문제를 한 번도 떠난 적이 없음을 거듭 상기하는 것이 더 중요하다. 오랫동안 그가 불러왔던 노래들이 '노동자다움'에 대한 각성이나 '노동의 신성함' 따위를 증명하는 것이 아니라 노동이 아닌 다른 삶에 대한 열망을 향해 있었으며 다른 것을 욕망하는 것에 대한 정당한 요구였던 것은 그 때문이다.[1] 그렇기에 여전히 "인간만의 특별한 신체를 만든 건 / 노동의 역사 때문이라는 자연변증법보다 / 인간을 욕되게 설명하는 것은 아니라고 나는 믿는다"(「춤추는 인간」, 『그 모든 가장자리』, 창비, 2012)라는 확고한 신념을 여전히 견지하고 있는 것이다. 바로 그 자리에서 우리는 '현실'이라는 두루뭉술한 말로 덮어버리곤 하는 삶의 조건, 인간의 조건이라는 구체적인 양상을 분명하게 대면할 수 있게 된다.

백무산의 시적 변모야 『인간의 시간』(창작과비평사, 1996)에서부터 분명한 궤적을 남기고 있는 듯 보이지만 그의 시에서 노동이 아닌 선(禪)이나 불교의 흔적을 보거나 생태주의적 관점을 만난다고 해도 이를 방향 전환이나 노선 변경이라는 말로 쉽게 규정해서는 안 된다. 자본주의적 포섭이 형식적인 수준을 넘어 노동을 하는 시간과 노동을 하지 않는 시간을 구분할 수 없는 실제적인 포섭의 형태로 확장하고 있는 상황 아래에서, 노동이 이미 삶의 전 영역에 들어와 있다고 해도 무방한 현실의 조건을 그의 시가 단 한 번도 벗어난 적이 없다는 사실과 궤를 함께 해왔음을 말하는 증표이기도 하기 때문이다. '노동의 신성함'에 대한 신화화된 믿음이 구성원

---

1) 노동에 대한 백무산의 입장은 다음과 같은 육성에서도 분명하게 드러난다. "삶을 바꾸지 못하는 노동은 오히려 노동이 사람을 소외시킵니다. 결국 삶은 노동을 다시 원점으로 돌려놓았죠. 문제는 삶이죠." 이기인 · 백무산 대담, 「미래의 노동, 미래의 노동시」, 『열린시학』, 2008년 봄호, 36쪽.

들의 삶을 폭력적으로 주관하고 있는 지금-여기-우리-앞에 놓여 있는 노동문학이란, 시효가 만료된 양식이 아니라 매번 재구성함으로써 '삶의 조건'을 감각하고 '인간의 조건'을 갱신하기 위한 중요한 창구임을 잊어서는 안 된다. 백무산에게 시 쓰기란 '삶의 조건'을 결정하는 힘의 논리를 예민하게 감각하면서 '인간의 조건'에 대한 물음을 중단하지 않는 태도 위에서 수행된다. 백무산의 시는 '이곳'에서 '저곳'으로 이행할 수 있는 능력을 발견하는 것을 지향하며 이때 '저곳'에 대한 지향은 '이곳'을 초월하는 도원을 귀착점으로 삼는 것이 아니라 '다른 것'이 될 수 있는 권리와 능력을 획득하는 실천적 의미를 가진다.

백무산은 내게 '시를 쓰는 행위' 옆에 '용접하는 행위'를 놓아두도록 요청한다. 이때 '시를 쓰는 행위'는 인간의 삶을 억압하는 '노동'과 구분되는 창조적 활동인 것만은 아니며 마찬가지로 '용접' 또한 단순 노동에 국한되지 않는다. 이 두 행위 사이의 거리와 간극은 내게 '시 쓰기'와 '용접'을 통합하거나 무화시키는 것이 아니라 그 차이를 명백히 드러내면서 동시에 둘 사이에 새로운 길을 뚫어내야 한다는 요청으로 다가온다. 용접한다는 것, 이것과 저것을 이어 붙이는 작업은 양자의 위에서 군림하는 권력적 행위나 군림하는 자의 힘으로 둘을 하나로 통합하는 것이 아니라 홀로 떨어져 있는 것들에 '관계 양식'을 부여함으로써 저마다의 '흐름'을 만들 수 있음을 알려주는 것이다. '용접한다는 것'은 '나'에게서 '너'에게로 넘어간다는 것이며 그것은 곧 '접촉'의 다른 이름이다. 접촉을 통해 내가 나의 밖으로 나가 다른 '나-너'가 되어보는 일. 용접한다는 것은 통합된 '나/너'이거나 침범하는 '나/너'가 아니라 접촉하는 '나-너'를 의미한다. 그것은 다른 것이 되고자 하는 욕망을 표현하는 운동이기도 하다. '시 쓰기' 또한 그와 다르지 않을 것이다.

백무산의 시에서 내가 읽고자 하는 것은 용접공이었던 내 아버지의 모습이 아니다. 자신의 삶을 떼어내어 살림을 때우던 용접이라는 행위 속에 녹아 있는 다른 삶(존재)을 살아내고자 하는 열망. '순접'이 허락되지 않는 삶의 조건 아래에서 수행했던 '용접'이라는 행위의 역사에서 나는 차마 쓰지 못한 시, 아직 씌어지지 않은 '시'를 헤아려보고 싶다. "자유란 지금의 나를 청산할 수 있을 때 / 나를 거덜 낼 수 있을 때 온다"(「존재여행」,『그 모든 가장자리』)고 확신했던 '시인'의 말은 '노동자'의 말이면서 '우리'의 말이기도 하다. 이 글은 '그 말들'을 밑천 삼아 나아가야 할 것이다. 말을 절취하고 변주함으로써 '나'의 이름표를 달아 소유권을 주장할 것이 아니라 희미해지는 그 말에 누구나의 이름표를, '인간의 이름표'를 다는 것이 내가 해야 할 '용접'일 것이다. 시 쓰기와 용접(노동) 사이에서 새로운 흐름의 길을 뚫어내기 위해선 비평 또한 '순접'이 아닌 '용접'의 문법을 익혀야 한다는 것에 관해 생각하게 된다. 한 용접공이 쓰지 못한 시에 가닿기 위해서는 통합하고 규정하는 힘, 내리치는 힘이 아닌 이어 붙이는 힘, 살려내는 힘이 필요하다는 것을, 일평생을 '용접'해왔던 노동과 시 쓰기 속에서 애써 배워야 한다는 것을 내 글과 몸이 깨칠 수 있을까.

2. 무한하게 열리는 몸

"이미 광장엔 빈틈없이 죽음이 고여 있다"(「투우」)라는 시인의 판단은 정세에 대한 것이면서 동시에 삶의 조건에 대한 감각이기도 하다. 광장의 죽음을 먼저 감지하는 것은 이성이 아니라 몸이다("몸은 숯불을 삼킨 것 같고 / 심장은 얼음처럼 차갑다"). 백무산에게 '몸'이란 감옥이면서 광장이고, 꽉 차 있으면서도 텅 비어 있는 것이다. 그것은 마치 '캔'과 같다. "나는 내용물은 쥐버리고 캔을 가지고 싶어한다"(「can」,『그 모든 가장자리』)는 구절에서 우리는 백무산이 몸을 단지 한 개인의 역사가 기입되어 있는 저장고("하필 몸은 허기진 시절만 그리워하는 걸까", 「몸이여」,『그 모든 가장자리』)라는 의미보다 세계를 변용할 수 있는 가능성이 내장되어 있는 것으로 보고 있음을 읽어낼 수 있다. '내용물'은 "일회적이고 수동적이고 소모적"인 데 반해 "캔은 내용과 상관없이도 존재할 수 있"으며 "물받이", "똥장군", "두레박", "곡식 바가지", "화분", "로켓", "소도구" 등 다양한 것으로 변주된다는 점에서 몸은 곧 무언가를 할 수 있는(can) 가능성이자 그러한 의지와 능력(potential)이 내장되어 있는 장소라는 의미를 가진다.

이미 오래전부터 그는 '살'이야말로 '말'이 생성되는 장소라 말해왔지 않은가("살 속에 말이 있다 / 살은 스스로 말을 한다 / 어설픈 이성은 그 말을 막는다 // 노동의 근육 속에는 말이 있다", 「노동의 근육」, 『만국의 노동자여』). 중요한 것은 '노동의 근육'이라는 '내용'에 있는 것이 아니라 다양한 내용이 기입되고 변주되는 '몸'에 있다. 몸은 생성의 장소다("살은 창조를 한다"). 광장에 고여 있는 죽음을 감지한 것 또한 '몸'이었다. 바로 그런 이유로 몸은 죽음으로 넘쳐나는 장소이기도 하며 "어김없이 파탄적인 것"(장-뤽 낭시, 김예령 옮김, 『코르푸스corpus』, 문학과지성사, 2012, 11쪽)임을 주목할 필요가 있다. 몸이 '생성의 장소'일 수 있었던 것은 그곳이 동시에 '파국의 장소'이기도 하기 때문이다. 확신이 타격을 받아 산산이 부서지는 것을 몸이라고 한 것은 장-뤽 낭시였다. 백무산에게 몸은 집과 같은 안락한 머묾의 장소가 아니라 언제라도 '노동'에 잠식될 수 있는 잠재적인 식민지이기도 하다. 그러니 "나아가지 못하나 머물지도 못하는 곳"(「경계」, 『인간의 시간』, 창작과비평사, 1996)이란 선택할 수 없는 길을 가리키는 것이 아니라 차라리 세계와 맺고 있는 관계 양태를 지칭하는 것이라고 해도 좋다. 몸이 외부와의 접촉을 통한 '관계'가 이루어지는 장소라는 점을 염두에 둔다면 "인간의 몸에는 춤이 눌러 담겨 있다"(「춤추는 인간」, 『그 모든 가장자리』)는 구절에서 짐작할 수 있는 것처럼 바로 그 몸이야말로 밖으로 나가려는 행위와 의지가 내장되어 있는 '열림의 장소'이기도 하다는 것을 알아차릴 수 있다. 백무산에게 몸은 통합될 수도 고정될 수도 없는, 끊임없이 변화하는 유동체이며 동시에 밖으로 열려 있음으로써 외부와 무수한 접촉면을 생성해내는 장이기도 하다.

> 열려 있음'ouvert 그 자체에서 이미 몸은 (근원적인 있음 이상으로) 무한하게 있다. 그것 바로 그 자체에서 이처럼 침투 없는 관통, 혼합 없는 접전이 발생하는 것이다.
>
> ─장-뤽 낭시, 『코르푸스』, 31쪽

장-뤽 낭시가 쓴 것이지만 나는 이 문장을 백무산의 시를 통해 읽을 수 있게 되었다. 대상을 장악하거나 포획하지 않고 무수한 접촉면을 만들어 낼 때 '몸'은 무한히 열린다. 바깥으로 열릴 때 몸은 더 이상 하나(닫힌 몸)가 아니다. 몸을 움직여야 삶이 허락되었던 한 노동자가 그 몸을 변주해 시인이 되었다. 몸의 열림이 무한한 몸을 생성한다. 그것은 곧 노동에 결박되었던 몸, 하나의 삶만이 허락되었던 그 **몸을 써서** 다른 삶을 살 수 있는 가능성을 획득한 것이기도 하다. 어딘가에 종속되고, 속박되고, 감금되어봤던 이는 '대안'이나 '자유'를 지향하되 그것이 또 다른 종속, 속박, 감금이 될 수도 있음을 경계한다. "시는 안(국가, 길, 나, 시)에 있으나 밖을 향하는 물건"(「후기」, 『길 밖의 길』, 갈무리, 2004, 143쪽)이라는 시적 태도는 바깥에 대한 사유-실천과 연동되어 있다. 그런 점에서 "바깥은 내가 더 태어나야 할 곳이다 나의 잠재적인 신체"(「인간의 바깥」)라는 대목이야말로 백무산의 시적 원리이면서 동시에 '몸의 원리'이기도 하다. 백무산에게 '몸'은 시의 질료(material)이면서 시의 원리다. 그 자리는 '시'만이 독점할 수 있는 공간이 아니라 언제라도 '노동'이나 '삶', '인간'이 들어갈 수 있는 열린 장소다. 바깥으로 열린 몸, "잠재적 신체"는 그 자체로 백무산의 '시론'이자 '몸론'이며 이 '시-몸'으로 행하는 '혁명론'이기도 하다. 낭시는 몸에 대해서'가 아니라 '몸 자체를 쓴다'고 했다. 쓰는 것이 끝과 접촉하는 것이라면 몸 또한 그런 방식으로 경계에, 극단에 자리하게 되는 것이라며 "경계가 글쓰기가 발생하는 자리다"(장-뤽 낭시, 앞의 책, 14쪽)라고 했다. 낭시의 것이지만 백무산의 시를 통해서만 이 문장을 인용할 수 있다는 것, 이 용접이 내가 남길 수 있는 흔적이다.

3. 노동자들의 문서고 : 몸이라는 공동-체

백무산은 환경과 정세에 즉각적으로 반응해야 하는 몸에서 단지 벌거벗겨진 상태(bare state)를 현시하는 수동적인 영역만이 아닌 밖으로 열려 있는 벌거벗음이라는 창조적이고 능동적인 영역 또한 고안해냈다. 바깥으로 열린 몸에서 나는 여러 번 쓰고 지우기를 반복한 양피지(parchment)를 본다. '몸'이란 단지 한 개인의 역사가 기입되어 있는 저장고의 의미만 가지는 것은 아니다. 반응하는 몸, 감지하는 몸, 각성하는 몸, 노동하는 몸, 노동이 아닌 다른 행위를 촉구하는 몸, 춤추는 몸, 무한히 다른 것으로 이행(passage)하는 몸. 이렇듯 약동하는 몸들과 함께 호흡하고 있지만 미처 그 몸들에 미치지 못하는 나는 뒤늦게나마 그 몸-양피지 위에 덧입혀지는 문자들, 기록들을 겨우 따라 읽을 수 있을 뿐이다. 그리고 깨닫는다. 무한히 열리는 몸은 노동자들의 또 다른 문서고(文書庫)라는 것을.

타는 볕을 쬐어야 하고 언 바람에 피를 식혀야 한다 / 그래야 살 수 있다 나는 변온동물이기 때문이다 // 내 피는 식었다 뜨거웠다 한다 / 세상 사정은 내 심장에 들어오고 나간다 / 기쁨을 쬐어야 하고 슬픔도 일용할 양식이다 / 먼 곳의 눈물과 환호도 내 간 속으로 들어오고 나간다 / 어두운 곳의 절규와 더러운 곳의 축제도 / 나의 폐부를 할퀴며 들어오고 나간다 / 내 몸에는 항온을 유지할 두꺼운 비곗덩이가 없다 / 내 살은 구리처럼 전도율이 높아 슬픔도 바람도 / 골수에 바로 전한다 나는 너무 뜨겁고 너무 차갑다 // 그래서 종종 내 주체가 피부에 있는지 심장에 있는지 뇌에 있는지 / 더 깊은 곳에 있는지 모를 때가 있다 / 어쩌면 몸 밖에 있을지도 모른다는 생각이 들 때도 많지만 / 상관하지 않는다 인간을 유지해야 하는 걸까 / 하는 생각이 들 때도 있다 / 그렇게 생각할 때만 내가 인간인 것 같다 / 항온을 유지할 만큼 나는 나를 책임지지 못한다 / 오랫동안 심장이 뛰지 않은 채 한곳에 머물렀던 적도 있었다 // 하지만 세상의 모든 사정이 나를 해체하는 건 아니다 / 나의 심장에 햇볕도 기쁨도 소용없을 때가 있다 / 오직 너를 쬐어야만 할 때가 있다 / 먼 대륙의 바람이 심장을 자주 달구었지만 나는 떠날 수 없었다 / 너 때문에 그렇게 할 수 없었다 / 낮고 어두운 곳에서 울고 있는 너 때문에 / 너의 차디찬 피가 멈추었던 내 심장을 뛰게 했으므로

―「너를 쬐어야 한다」 전문, 『그 모든 가장자리』

백무산이 말하는 '변온동물'이란 영향을 주고받음을 통해서만 살 수 있는 '몸'과 다르지 않다. '열린 몸'은 단지 생물적인 조건("타는 볕을 쬐어야 하고 언 바람에 피를 식혀야 한다")인 것만은 아니다. "세상의 사정"이 들고 나는 곳이 피를 뿜어내는 순환 운동을 멈추지 않는 "심장"이라는 점, "기쁨"뿐만 아니라 "슬픔" 또한 일용할 양식이라는 점, "먼 곳의 눈물과 환호"가 또 다른 장기에 들고 나간다는 점, 그러한 열림에 의해 "폐부를 할퀴며" 상처를 입기도 한다는 점에서 '몸'이란 사회적이고 정치적인 조건이자 관계에 대한 태도이기도 하다. '안'이 아닌 '밖'에 있을 때만 '인간'인 것 같다는 대목과 "멈추었던 내 심장을 뛰게" 한 '너'란 몸 밖에 있는 또 다른 장부(臟腑)가 아니고 무엇이겠는가. 그것은 동시에 '나-너-세계'의 만남과 교차, 시작과 끝이 빼곡히 기입되어 있는 장부(文書庫)이기도 하다.

"누군가 곁에 있어주어야 할 것 같았다"(「밤 서울역」, 『그 모든 가장자리』)

는 예감은 실존 감각이며, 정치적 감각이자 윤리적인 감각이다. "찢긴 우리들 몸뚱아리가 곧 말씀이 되길 원했"(「저녁기도-종이에게」, 『만국의 노동자여』)던 오래전의 염원이야말로 현실의 패배 속에서도 "깍지를 낀 채 일어"(「지옥선 3-조선소」, 『만국의 노동자여』)설 수 있는 조건이었지 않은가. 현실을 딛고서 그 제약을 뚫으려 했던 몸이라는 '조건(condition)'은 이제 "너의 차디찬 피가 멈추었던 내 심장을 뛰게" 하는 '능력(potential/puissance)'으로 발현된다. 그러므로 백무산은 몸'을' 노래하는 것이 아니라 몸'으로' 노래한다. 몸'이' 노래하는 것을 옮겨 쓴다. '이 몸(a body)'은 하나가 아니라 여럿이다. 아니 오직 하나이면서 여럿이 된다. 무한히 열려진 몸은 그래서 무한한 하나(a singular)다. 백무산의 시를 읽으며 알게 된다. 몸이 공동의 장소임을. 몸이야말로 언제나 공동-체[2]였음을.

몸은 이미 열림이며 밖(너-세계)과 접촉할 수 있는 창구이기에 미미하고 연약한 "작은 풀씨"가 다른 것으로 도약할 수 있는 장소가 되기도 한다. 몸에 묻어 있는 희미하고 연약한 "퍼렇게 멍이 든 씨앗 하나"가 "찰나의 단호함"으로 "모든 의지에 우선하는 자유낙하"(「자유낙하」)의 도약을 감행한다. 백무산은 '평화'를 "숨죽이는 일"이며 "내 자리를 비우는 일"(「돌아오지 않는 길」, 『거대한 일상』, 창비, 2008)이라고 했다. '흐르게 하는 일'이 '살리는 일'이라고 했다. 연대하고 접속하는 몸, "관계이면서 동시에 존재"[3]인 몸, 존재들의 어울림이 약동하는 몸, 아직 꽃을 틔우지도, 열매를 맺지도 못한 멍든 씨앗 하나가 '찰나의 단호함'으로 '자유낙하' 하는 그 순간을 인지하는 것은 몸이다. 언제나 그 몸으로 백무산은 **몸은 시라고 쓴다.**

---

2) 『코르푸스corpus』의 일본어 번역본 제목은 '공동共同-체体'이다. Jean-Luc Nancy, 大西雅一郎 옮김, 『共同-体(コルプス)』, 松籟社, 1996.
3) 조정환, 「바람의 시간, 존재의 노래」, 『카이로스의 문학』, 갈무리, 2006, 326쪽.

4. "시작하는 자 자신의 시작" : '용접'이라는 공통의 능력

내게 번듯한 책상 하나 생겼을 때 / 책상 하나 없이 쉰을 넘겼다는 생각
이 들었다 / 하지만 내게도 아끼던 책상이 하나 있었다 / 버린 사과궤짝
과 공사장 아시바와 땔감 잡목과 / 태풍에 쓰러진 은행나무와 공동묘지
에서 주워온 널빤지로 / 짠 현란한 앉은뱅이 내 책상 // 그곳에서 읽었다
소리 내어 읽고 숨죽여 읽고 / 손톱으로 긁어대며 읽고 졸면서 읽고 / 머
리를 쥐어가며 읽고 눈물 떨구며 읽고 / 주먹을 쥐며 읽고 졸다 읽다 졸다
새벽에 일 나갔다 / 학교와는 천리나 멀고 도서관과는 만리나 먼 곳에 그
책상이 있었다 / 아무 용도도 실용도 없던 내 목록들 / 그저 허기만으로
채워진 그 목록들 / 불에 타버렸지 젊은 날들이 몽땅 / 활활 불길에 다 타
버렸지 추억마저 빈털털이가 되었지 // 그리고 훗날 간신히 찾은 길과 겨
우 일궈낸 터전이 / 다시 파도에 남김없이 쓸려갔을 때 / 그 홍수에 망연
자실 허우적거릴 때 / 어디선가 둥둥 떠내려 와 나를 건져준 뗏목 하나 있
었지 / 그 책상이었지

—「그 책상」 전문

누군가가 버린 쓰레기와 공사장의 잔여가 난파당한 삶을 지탱하는 '책
상'으로 변용된다. 어떤 이는 난파의 현장에서 끝을 보지만 어떤 이는 새
로운 시작의 순간을 본다. 폐허의 잔해들을 끌어모아 '문'을 만들어 다른
시간으로 진입하는 능력. 그것을 열린 몸의 능력이자 삶-능력이라고 불러
도 좋다. '내'가 소유하는 것이 아니라 네게 건네면서 '우리'가 나눌 수 있
는 '공통된 것(the common)'으로 변용(affection)하는 구성적 활동의 무한한
반복을 '용접하는 능력'이라 부르기로 하자. '용접'은 떨어져 있는 것, 분리
되어 있는 것을 기능적으로 이어 붙이는 게(통합) 아니다. 실제 용접에 있
어서도 가장 어렵고 중요한 것은 동일한 철들을 빈틈없이 때우는 것이 아

니라 각각의 '철'이 가지고 있는 특징과 성분을 면밀히 파악하고 감지하는 데 있다. 철들의 성분을 파악하지 않은 채 그저 이어 붙이기만 하면 작은 압력에도 떨어지게 된다.[4] 용접의 요체는 철을 '이용하는 것'이 아닌 '이해하는 것'인 셈이다. 분리되어 있는 이것과 저것을 잘 잇기 위해선 우선 잘 녹여야 한다. '몸'의 능력은 잘 녹을 수 있을 때 발현될 수 있는 것일 터. 그러므로 '몸'이란 접합 부위에 녹여 붙이는 녹는점이 낮은 금속인 '용접봉(鎔接棒)'과 다르지 않다. 용접하는 것과 변용하는 것, 접촉하는 것과 나누는 것이므로 몸을 **'쓰는'** 행위를 통해 이어진다.

폐허의 잔해들로 이어 붙인 '책상'에 울퉁불퉁한 용접 자국이 남아 있는 것은 당연하다. 그 상처들은 열림의 흔적이며 나눔의 증표다. 그 책상에서 소리 내어 읽고, 숨죽여 읽고, 졸며 읽고, 머리를 찧어가며 읽고, 눈물 떨구며 읽었던 "아무 용도도 실용도 없던 (내) 목록들"과 "그저 허기만으로 채워진 (그) 목록들"은 "홍수에 망연자실 허우적거릴 때" 뗏목처럼 떠내려와 '나'를 건져준다. '말'과 '행위'를 물리적 대상으로가 아니라 인간(존재)으로서 서로에게 자신을 드러내는 양식이라고 했던 이는 한나 아렌트(H. Arendt)였다. 말과 행위를 통해 인간세계에 참여함으로써 제2의 탄생을, "시작하는 자 자신의 시작"[5]을 감행할 수 있다고 할 때 용접 자국들로 울퉁불퉁한 "그 책상"에서 무수하게 발명되었던 것은 다르게 시작할 수 있는 '말'과 '행위'였을 것이다. "깎아내고 추방"함으로써 획득하는 "반듯함의 미학"이 아닌 "굽고 못생긴"(「구불구불한 정의」) 그 책상 위에서 '예상할 수 없는 것'을 기대하고 '불가능한 것'을 수행했던 것이다. 폐허라는 삶의 조건을 변용하여 창조한 '구불구불한 책상'과 그 위에서 수행했던 '읽기와 쓰기'(말과 행위)에서 우리는 '개인의 역사(history)'가 '인간의 역사(History)'

---

4) '용접'에 관한 모티브와 정보는 일평생 육체 노동자로 살아오고 계신 내 아버지(김종윤, 1952~)로부터 제공받은 것이다.

5) 한나 아렌트, 이진우·태정호 옮김, 『인간의 조건』, 한길사, 1996, 238쪽.

와 울퉁불퉁하게, 구불구불하게 이어져 있는 용접 자국을 보게 된다.

　백무산이 쓴 시를 읽는 것이 '열린 몸'을 읽어내는 것과 다르지 않은 것처럼 한 시인의 시적 궤적을 살피는 일이 몫이 없는 이들의 문서고를 뒤지는 일과 다르지 않음을 알게 된다. 그곳에서 우리가 발견하게 되는 것은 노동자들이 착취/지배 메커니즘에 대해 스스로 자각해가는 투쟁과 각성의 연대기가 아니라, 피착취/피지배의 운명과 다른 방식으로 살 수 있는 사유의 싹이다. 자신들만의 고유한 사유가 아닌 다른 이의 사유와 말을 전유하려는 의지에 의해 노동자들은 스스로를 말하는 존재, 사유하는 존재들로 용접-구성되었다. 사회 질서 속에서 각자에게 분배된 자리와 기능으로부터 벗어나는 '탈정체화', '자리 옮김'의 형상에 대해 주목한 이는 자크 랑시에르(J. Rancière)였다. 노동자들은 자신을 둘러싼 어둑한 세계의 벽을 넘어 자기 자신의 일이 아니라 '공통의 일'에 종사하기 위해 '깍지를 끼고 일어섰던 것'이다(랑시에르/백무산). 그 길 나섬 위에서 그들은 사물에 다시 이름을 **붙이고**, 단어들과 사물들의 틈을 만들거나 이어 **붙이고**, 주어진 조건에서 벗어날 수 있는 가능성을 만들어내는 데 개입했다. 기꺼이 제 몸을 녹여 용접함으로써, 제 몫을 건네주고 나눔으로써 생성한 흐름 속에서, "뿌리와 가지를 먹고 자랐으나 / 그들과 단절한 꽃"(「모든 것이 전부인 이유」, 『인간의 시간』)이 피었던 것이다. 그러니 다시 몸으로 쓸 수 있어야 한다. 세상의 '경계' 위에 설 수 있어야 한다. 그렇게 매번 밖을 향해 나(눌)설 수 있어야 한다. 지금-여기-우리의 자리에서 다시, 몸을 **써서** 나눔과 연대를, 용접을 시작해야 한다.(2012)

능숙하게 말하는 돌들의 투쟁

1. '공통적인 것'의 자연사 : 주인공의 죽음, 말의 죽음

매끄러운 표면(face)을 따라 자연스레 엮어지는 관계, 동의와 긍정만으로 이루어지는 세계, 근자에 우리들의 결속을 가능케 하는 유용한 네트워크인 페이스 북(facebook)이라는 세계. '좋아요'라는 '과잉 긍정'의 주고받음이 '친구'이거나 '알 수도 있는 친구'라는 유례가 없는 매끄러운 관계망을 구축한다. 무엇이 좋은지 생각하지 않고 누르는 '좋아요'가 만드는 '호의의 프레임' 속에서 우리는 만난다. 아니 영영 만나지 못한다. 짝패가 없는 '좋아요'라는 어휘만으론 '오해'를 통해서만 겨우 가닿을 수 있는 '타인의 문 앞'에 결코 당도하지 못할 것이기 때문이다. '무료'라는 자본제의 호의를 뒤집어쓰고 관계양식과 소통 방식을 독점하고 있는 '카톡(kakao talk)'의 세계 또한 이와 다르지 않아 보인다. '카톡'은 Social이 아닌 privacy의 영역에 놓여 있는 것처럼 보이기에 좀처럼 공론화의 기회를 얻지 못하고 있는데 일상적으로 주고받는 '카톡의 말들', '카톡을 통한 소통방식들', 지금 눈앞에 있는 관계에 기꺼이 무관심해질 수 있는 '카톡의 우선성'(이것이 바로 무료의 힘!)이야말로 일상과 생활 습관에 내려앉아 있는 관계와 생활의 한 단면을 명징하게 보여주고 있는 것일 테다.

세계 도처에 널려 있는 '알 수도 있는 친구'들과 실시간으로 '좋아요'를 주고받으며 나와 너는 오늘도 '주인공'이 된다. 주인공이 되어라는 '너 자신이 되어라' 따위와는 상관이 없는 '명령'이다. 모두가 이 명령에 자발적으로, 열광적으로, 실시간으로 응한다. 모두가 주인공이 될 수 있는 듯 보이지만 정작 현실 속에서 우리가 대면하는 것은 주인공(公)의 죽음일 따름이다. 누구라도 공공의 발언권을 얻을 수 있는 네트워크에 항시적으로 접속해 있지만 공적인 것(共)은 텅 비어(空) 있기 일쑤다. 마치 세상의 종말을 목도한 이들이 노아의 방주를 향해 미친 듯이 한 곳으로 몰려드는 대통합의 시대. 이명박 정권 아래에서 더욱 기승을 부리는 공감 혹은 소통의 공동체란 실은 '알 수도 있는 친구'가 '묻지도 따지지도 않고' 누르는 '좋아요'의 공허한 메아리로 쌓아 올린 집단처럼 보인다. 일찍이 한 철학자는 이러한 체계를 "세상 속으로 나가는 문(門)을 얻지 못한 채 기껏 세상을 구경하는 창(窓)에 만족하는 태도, 혹은 심지어 그 창을 아예 거울로 바꾼 채 나르시스 속에 자폐하는 현실"[1]이라 논파하고 그것을 '거울현상' 및 '거울사회'라 개념화한 바 있다.

한국사회의 구조변동과 친밀성의 양태가 급변하는 양상은 신자유주의로 수렴되는 정치·경제의 흐름 위에서 이해되어야겠지만 우리들의 삶을 구성하는 가장 중요한 사물임에도 불구하고 여전히 비평적 대상으로 다루어지지 않고 있는 '핸드폰'을 논의의 시작점으로 할 때 보다 근본적인 (radical) 문제로 돌입할 수 있는 길이 만들어진다. 그 길목에서 우리는 '말과 노동'의 문제와 당면하게 된다. 핸드폰은 접속과 연결을 가능케 하는 매개체이지만 그 결과는 역설적으로 무수한 경계를 무너뜨린다. 이곳과 저곳의 경계, 나와 너의 경계, 사적인 것과 공적인 것의 경계, 노동과 여가

---

1) 김영민, 『산책과 자본주의』, 늘봄, 2006, 79쪽.

의 경계가 종횡하는 핸드폰에 의해 빠른 속도로 허물어진다. 그러니 다음과 같은 문장은 조금도 어색하지 않다. '핸드폰이 내 손에 있다. 그러므로 모든 것이 내 손에 있다.' 우리는 '모든 것'을 간단히 손아귀에 담을 수 있는 사태에 보다 집중해야 한다. 이때의 '모든 것'이란 무엇인가? 그것은 어떻게 가능한가? 가령, "핸드폰은 세상을 향해서 열려 있는 이화(異化)의 창/문인 양 행세하지만, 그 실질적 용도를 엄밀히 헤아려보면 오히려 사용자 그 자신으로 되돌아오는 동화(同化)의 거울"(김영민, 앞의 책, 80쪽)에 불과하다는 통찰은 '내 손 안에 있는 세계'의 실체가 무엇인지 밝혀내고 있다. 핸드폰-인간들이 잡아챈 세계란 자기 자신의 복제물에 불과한 것이다.

> 우리 사회의 핸드폰-인간들이 이 물건을 다루는 방식은, 들뢰즈 · 가타리의 표현을 빌면, '지도(地圖)'가 아니고 '사본(寫本)'이다. 그들의 표현을 차용해보면 "(핸드폰은) 자신이 다른 어떤 것을 복제하고 있다고 믿지만 실상은 자기 자신을 복제하고 있을 뿐"(질 들뢰즈 · 펠릭스 가타리, 김재인 옮김, 『천 개의 고원』, 새물결, 2011, 32쪽)이다. 왜냐하면, 핸드폰이라는 전자 단말기를 통해 사용자 자신이 곧 세상이 될 수 있다는, 이를테면 『토템과 터부』(1913)의 프로이트가 설명한 유아론적 환상 속에 쉽게 빠지기 때문이다.
> — 김영민, 『동무론-인문연대의 미래형식』, 한겨레출판사, 2008, 433-434쪽

내 손아귀에 들어온 세계란 거울을 통해 무한히 반복되는 '나(자아)라는 지옥'이다. 쉼 없이 떠들어대는 소통과 공감의 실체는 자본제적 체계가 만들어내는 "유아론적 환상"일 것이다. 핸드폰이 있으니 '내'가 굳이 '너'에게로 건너가는 '노동'의 비용을 치를 필요가 없다. 손바닥 위의 핸드폰을 들여다보며 쉼 없이 '지저귀'거나 '매끄러운 표면'들로 엮여 있는

연결망에 접속한다고 '만남'이 이루어질 수 있는 것도 아니다. '만남'이란 "내가 너에게로 힘들게 건너가는 노동의 총체"[2]를 통해서만 잠시 조형될 수 있는 것이기 때문이다. 핸드폰의 세계에서 한발짝도 밖으로 나가지 못하는 우리가 망실한 것은 '어떤 노동'의 이력일 것이다. "상대의 말에 긴절히 응대하는 극히 능동적이며 생산적이고 창조적인 태도"이자 "자기 '아닌' 자기, 자기보다 '큰' 자기의 이야기로 돌아가게 하는"(김영민, 위의 책, 105쪽) '대화'라는 주고받음의 노동, 그 오래된 상호성의 전통 말이다. 주인공이 넘쳐나는 세계 속에서, 과잉 소통의 시대에서 우리가 대면하게 되는 것은 '주인공'의 죽음이며 고갈되어가는 '말'의 메마른 줄기이다. 휴대폰을 들여다보고, 핸드폰을 만지고, 핸드폰을 향해 말함으로써 자본제적 체계의 단말기가 되어감에 따라 망실되는 것은 '우리들의 말'이다. 나(자아)의 말은 끝없이 반복하며 비만상태가 되지만 '우리의 말', 다시 말해 '공통적인 것(the common)'은 빈곤 상태에 빠진다. 의사소통의 기술은 쉼 없이 진보하고 있으나 '말을 주고받는 노동'의 양식은 소멸하고 있는 것이다.[3]

2. 말을 둘러싼 투쟁

휴대폰은 어떤 의무를 전제한다. '언제나 당신을 위해 거기에' 있을 것이라는 약속과 더불어 '항상-민감하게-준비된' 상태로 존재해야 할 것을

---

2) 김영민, 『비평의 숲과 동무공동체』, 한겨레출판사, 2011, 6쪽.
3) "어째서 의사소통 기술이 개선을 거쳐 계속해서 기하급수적으로 발전하는 한 정작 다른 형태의 의사소통, 다시 말해 나와 너, 우리와 그들을 이어주는 진정한 의사소통은 막다른 골목으로 내몰려 이처럼 여전히 서로 엇갈리는 혼란 속에 빠져 있어야 하는가." 주제 사라마구, 『도플갱어』(지그문트 바우만, 조은평·강지은 옮김, 『고독을 잃어버린 시간』, 동녘, 2012, 85쪽에서 재인용).

요구하는 의무 말이다(지그문트 바우만, 앞의 책, 82쪽). 이 의무는 구성원들 사이에서만 작용되는 것이 아니라 노동의 영역에 있어서도 그대로 적용된다.

> 정보노동자들은 일하고 있지 않을 때조차도 대부분 휴대폰을 지닌 채 켜두고 있다. 휴대폰은 개인을, 형식적으로는 자율적이지만 실질적으로는 의존적인 자기기업으로 조직하는 데 주요한 기능을 갖는다. (중략) 노동은 네트워크가 끝없는 재조합을 활성화하는 셀 방식의cellular 활동이다. 휴대폰은 이러한 재조합을 가능하게 만드는 수단이다.
>
> —프랑코 베라르디, 서창현 옮김, 『노동하는 영혼』, 갈무리, 2012, 120쪽

휴대폰은 전 지구적 생산주기 속에서 언제라도 생산적 기능을 수행할 수 있도록 개별자들을 호출할 수 있는 장치이기도 하다("휴대폰은 자본의 꿈을 실현 한다", 프랑코 베라르디, 앞의 책, 121쪽). 이 글은 '포스트포드주의적 생산양식'이나 '인자자본'의 문제에 관한 논의보다 신자유주의 체제에 속해 있는 개별자들이 당면해야 하는 '빈곤'이 아닌 '공통적인 것'의 빈곤, 혹은 그것들이 자연사(自然死)했다라는 풍문에 초점을 맞추고 있다. 이 빈곤은 어떤 능력의 (마비)문제와 긴밀하게 연관되어 있다. 읽고 쓰는 능력, 말을 발명하는 능력, 그것을 나누는 능력, 공통적인 것을 구성하고 생성하는 능력 말이다. 시대의 빈곤과 망실된 어떤 능력의 맞세움이 지금-여기를 '다시' '말을 둘러싼 투쟁'의 현장으로 만든다.

> "노동자는 말하는 것을 좋아한다. (또 그래야만 한다)"
>
> —빠올로 비르노, 김상운 옮김, 『다중』, 갈무리, 2004, 241쪽

노동자들의 말이란 "영향력이 없는 잔여물", "심각하지 않은 골칫거

리", "순간적인 분출물"로 치부되지만 빠울로 비르노는 이 잉여와 잔여들이 미래를 잉태한다고 말한다. 이것은 비단 포스트포드주의라는 탈근대의 상황에만 국한되는 것은 아니다. 이를테면 1980년대의 변혁운동은 '말을 둘러싼 투쟁'이기도 했다. 80년대에 화산처럼 터져나오고 용암처럼 흘러넘치던 노동하는 이들의 말. 그 말들은 '현장'에서 불꽃처럼 타올랐으나 '혁명의 다음 날'부터 무섭도록 빠른 속도로 청산되어버렸다. 현실에 안착하지 못한 수많은 말들(특히 무수히 쏟아져 나왔던 노동자 '수기'류)은 '기록'되었으나 '기억'되지 못하고 망실되어버리고 말았다. 신군부 독재를 무너뜨린 87년 혁명이 '정상화'를 기하면서 기이하게도 바로 그 혁명의 순간을 가능케 했던 핵심적인 동력이었던 쉼 없이 들끓어 오르던 말들이 급작스럽게 사라져버린 것이다. 그리고 아무도 그 말들의 행방에 대해 묻지 않았다.[4] 다만 '정기적'이고 '공식적이며', '체제내적인' 말들에 의해 제도는 빠르게 '정상화'되었다. 비공식적이고 부정기적이며 비정규적인 말들이 출몰하던 '현장'은 그저 '주인의 공백기'를 임의적으로 메웠던 한시적인 공간으로 치부되었고 '혁명 다음 날' 무대는 새롭게 재편되었다. 아니 새로운 '말의 질서'가 무대를 장악함에 따라 그 누구도 비제도적이고 정형화되지 않은 '연기'를 펼치던 (무명) 배우들의 '얼굴'을 기억하지 못하게 된 것이다. 그 얼굴들이 기억나지 않는 것은 그들 역할의 미약함에 있다기보다는 그들의 연기-표현이 비제도적이고 정형화되지 않았던 이유 때문일 것이다.

---

4) 90년대부터 쏟아져나왔던 '후일담 문학'에서조차 노동운동('말'을 둘러싼 노동자들의 투쟁)에 대해서는 아무도 말하지 않았다. "왜 학생운동의 후일담은 나오는데 노동운동의 후일담은 안 나오는 걸까?" 김영하, 「전태일과 쇼걸」, 『호출』, 문학동네, 2007(초판 : 1997), 248쪽.

3. 문학의 잠재력과 삶의 활력

"지각하고 느끼고 이해하고 판단하고 의지하는"[5] 행위들로 조형되는 삶이 노동 내부에 내재화되어 있는 지금, 공장의 내부와 공장의 밖을 구분할 수 없고 노동의 현장과 삶의 현장이 분리되지 않는 상황임에도 노동자들의 말은 들리지 않는다. "위로부터는 자본이 그리고 아래로부터는 삶이 노동과 중첩됨으로써 역설적이게도 노동문학이 아닌 문학이 없다고 말할 수 있는 상황이 도래"[6]했다는 판단이 옳은 것이라면 비제도적이고 게릴라적인 목소리, '몫 없는 이들의 목소리'가 넘쳐나던 1980년대적 상황은 지나간 과거의 문제일 수 없다. 그러니 '억압이 우리를 실어증 환자로 만드는 것이 아닌가'[7]라는 물음은 지금도 유효하다. 문학이 현실을 변혁시킬 수 있는 '운동'으로서의 조건을 상실한 지금, 문학 역시 자본에 포섭되어 있다면 문학의 잠재력을 실현한다는 것은 곧 삶의 활력을 실현하는 것과 같은 궤도에 놓여 있는 것(조정환)이라 하겠다.

문학은 현실의 불가능성에 의문을 던지는 행위이기에 그곳은 '말을 둘러싼 투쟁'의 현장일 수밖에 없다. 금지되어 있는 '말'을 전유하려는 의지와 '몫 없는 이'들의 '몫의 재분배' 혹은 '자리바꿈'을 향한 쟁투는 동궤를 이루는 것이리라. 자크 랑시에르가 천착한 해방에 대한 연구는 노동자들이 언어를 전유하기 위해 애썼던 노력이 무엇이었는가를 역사적으로 탐구하는 것이었다. 그가 오래된 문서고에서 발견한 노동자들의 삶 속에는 그들의 고유한 경험에 붙어 있지 않은 언어를 전유하려는 의지로 들끓고 있었다. 해방에 대한 기왕의 연구들 대개가 노동자들의 사회성이나 경험의 표현에 집중했던 것에 반해 그는 "타자의 언어처럼 (자신들에게) 금지되

---

5) 조정환, 『인지자본주의』, 갈무리, 2011, 43쪽.
6) 조정환, 『카이로스의 문학』, 갈무리, 2006, 187쪽.
7) 안토니오 네그리, 정남영 옮김, 『혁명의 시간』, 갈무리, 2004, 14쪽.

었던 언어를 (노동자들이) 전유하려는 의지에 대해 연구"[8]했다. 마찬가지로 1980년대 노동자들의 수기 및 생활을 형상화한 일련의 글쓰기와 노동자·농민들의 집단 창작시 및 야학의 수기 등은 '몫 없는 이들'의 '밤'이 통치자의 법에 의해 운용되는 '낮'에 복무하기 위한 시간이 아니라 그들 자신의 역량을 발현하고 실현함으로써 현실의 법을 기각하려는 투쟁의 시간이었다.

"인간은 정치적인 동물이다"라는 아리스토텔레스의 명제는 동물들의 목소리와 달리 인간이란 '말'을 소유하고 있는 존재임을 가리킨다. '정치'란 인간의 말과 말 사이에서 벌어지는 쟁투를 통해 구축된다고 해도 틀리지 않을 것이다. 그것은 '문학이란 문학성의 문제를 경유한 것이며 그것은 처음부터 정치적인 문제였다'는 랑시에르의 논의와도 겹친다. 랑시에르에게 있어 '문학의 정치'란 문학이 세계에 참여한다는 의미에서 정치적인 것이 아니라, 문학이 사물에 다시 이름을 붙이고, 단어들과 사물들 사이의 틈을 만들고, 단어들과 정체성 사이의 틈을 만듦으로써 결국 탈정체화, 즉 주체화의 형태, 해방 가능성, 어떤 조건에서 벗어날 수 있는 가능성을 만들어내는 데 개입한다는 의미에서 정치적인 것이다. "각자가 가로챌 수 있는 문자의 급진적 민주주의"[9], 그것이 문학의 잠재력이라면 그 잠재력의 실현이란 개별자들의 고유한 역량을 발현하고 그로 인해 각각의 역량들을 교환하는 새로운 체계를 조형하는 작업일 수밖에 없다. '말'과 '말' 사이에서 벌어지는 쟁투는 곧 삶의 조건을 변화시키려는 의지와 다르지 않다.

플라톤은 『국가』에서 장인들은 자신들의 작업 이외에 어떤 것도 할 수 있는 시간이 없다고 직설적으로 진술한다. 그들의 업무량, 일과표 그리고

---

8) 자크 랑시에르·양창렬 인터뷰, 「'문학성'에서 '문학의 정치'까지」, 『문학과사회』, 2009년 봄호, 447쪽.
9) 자크 랑시에르, 유재홍 옮김, 『문학의 정치』, 인간사랑, 2009, 28쪽.

이 일과표에 적응해야 하는 업무의 수용력 등은 그들이 정치행위를 구성하는 부가행위에 접근하는 것을 용인하지 않는다. 그런데 정치는 이 불가능성에 의문을 던질 때에야 비로소, 자기 일 외에는 다른 어떤 것을 살필 시간이 없는 사람들이 분노하고 고통 받는 동물이 아니라 공동체에 참여하면서 말하는 존재라는 것을 입증하기 위해 자기들에게 없는 시간을 가질 때에야 비로소 시작된다. 시간들과 공간들, 자리들과 정체성들, 말과 소음, 가시적인 것과 비가시적인 것 등을 배분하고 재배분하는 것은 내가 말하는 감성의 분할을 형성한다. 정치행위는 감성의 분할을 새롭게 구성하게 하고 새로운 대상들과 주체들을 공동 무대 위에 오르게 한다. 또한 정치행위는 보이지 않았던 것을 보이게 하며, 킁킁대는 동물로 취급되었던 사람을 말하는 존재로 만든다.

그런 까닭에 "문학의 정치"라는 표현은 문학이 시간들과 공간들, 말과 소음, 가시적인 것과 비가시적인 것 등의 구획 안에 문학으로서 개입하는 것을 의미한다. 문학의 정치는 실천들, 가시성 형태들, 하나 또는 여러 공동 세계를 구획하는 말의 양태들 간의 관계 속에 개입한다.

— 자크 랑시에르, 유재홍 옮김, 『문학의 정치』, 인간사랑, 2009, 11~12쪽

4. 고장 난 시간, 폭발하는 시간, 혁명의 시간

자신의 삶을 한번도 살아보지 못한 여성과 자신의 존재를 잊기 위해 노동을 해온 남성이 우연히 만났다. 여성에게 노동이란 온몸과 마음을 엉망으로 만드는 것이었고 남성에게 노동이란 모든 이들로부터 자신을 지우는 것이었다. 그들은 낮에도 밤에도 일을 하며 살아왔지만 그 시간이 '우리'를 위한 것이 아니라 남을 위한 것이 아니었나 서로를 바라보며 되묻는

다. 87년 6월 혁명을 배경으로 하고 있는 박태순의 「밤길의 사람들」[10]은 노동의 시간을 도적질 당해온 노동자들이 자신들의 시간을 되찾는 순간에 초점을 맞추고 있다.

> 명동은 시민들의 해방 공간으로 변해 가고 있었다. 커다란 삼태기에 콩을 잔뜩 담아 까불리기를 하고 있는 모습과 흡사하였다. 병신춤, 배꼽춤을 추듯이 하는 사람들. 문자 그대로 길길이 날뛰고들 있는 사람들. 독재타도 호헌철폐를 열나게 외쳐내고들 있는 청춘들. 더욱이 처녀애들. 온 길바닥이 난장판이었다. (중략) 그야말로 병신 꼴값들을 하는 것이었으며 노랠 노자(字)의 한바탕 춤판이 벌어지고 있는 중이었다. 그러나 어쩔 것인가. 이 혼란, 무질서가 좋은 것, 아름다운 것, 사랑스러운 것으로 느껴지는 것이었다. **시간은 고장 난 것이 아니었다. 시간이 폭발한 것이었다.** 그리하여 시간이 해방을 구가하고 있었다. 서춘환은 시간이 어떻게 지나가고 있는가를 정말이지 완전히 잊고 있었다.
>
> ― 박태순, 「밤길의 사람들」, 앞의 책, 72쪽(강조는 인용자)

여기서 말하는 폭발하는 시간, 해방의 시간이란 무엇을 말하는가? 그것은 현실공간 속에서 전개되는 공간화된 시간, 즉 크로노스(chronos)적 시간-양적 전체-양적 집합적 주체-국가적 대의정치를 잇는 선분 위의 시간(조정환)이 아닌 "시간이 파열되고 열리는 순간"이자 "현재이지만 특이하고 열려진 현재"[11]를 의미하는 것처럼 보인다. "상식에 위배되는 광경"이 펼쳐지고 "무언가가 한참 동안 거꾸로 되어버"린 "명동은 시민들의 해방 공간으로 변해"(72쪽)간다. 기존의 질서를 무너뜨리는 시민들의 광기는 일상을 축제의 장으로 만듦으로써 명동 일대는 한바탕 놀이판으로 변모하

---

10) 채광석 · 김명인 엮음, 『밤길의 사람들-신작중편선 1』, 풀빛, 1988.
11) 안토니오 네그리, 정남영 옮김, 『혁명의 시간』, 갈무리, 39쪽.

는 것이다. 놀이에 굶주린 아이들처럼 "밤길의 사람들은 새로운 기질을 만들어 가고 있었다"(73쪽)고 할 때 이 '새로운 기질'이란 무질서 속에서 아름다움과 사랑을 발굴해내는 역량의 발현을 가리키는 것이다. 그 역량이 발현되는 시간은 '각성'의 순간이 아니라 노동하는 이들이 '활력(puissance)'을 되찾음으로써 '말'을 획득하는 순간일 것이다. "나는 내 노래 하나를 가지게 되었습니다. 노동자들이 농성을 하거나 할 적에 흔히 부르곤 했던 노래 〈작은 세상〉. 그 노래가 나의 노래로 되었습니다."(77쪽)는 대목이야말로 신체에 각인되어 있는 역사를 가지고 있는 이들이 구축하는 것이란 '노동하는 이들의 말'이자 '우리들의 말'이며 '공통적인 것'인 셈이다.

> "돌들은 권력가들, 장군들, 웅변가들과 같이 목소리를 지니지는 않으나 그들보다 더 능숙하게 말을 한다."
>
> — 자크 랑시에르, 『문학의 정치』, 앞의 책, 31쪽

(2013)

종언 이후의 시공간과 주체성
—골방과 수용소의 동물들

1. '위기' 없이도 골방의 문은 닫힌다

골방에는 있는 것보다 없는 게 더 많다. 그럼에도 골방의 문은 좀처럼 열릴 줄을 모른다. 저 좁은 곳에서 지금 무슨 일이 일어나고 있는 것일까? 2000년대 한국소설의 어떤 경향을 이야기하는 데 있어 나는 무엇보다 먼저 닫혀 있는 저 골방이 함의하고 있는 바에서부터 이야기를 시작하고 싶다. 골방에 있는 것과 없는 것의 목록을 작성하기에 앞서 우리는 '골방'이라는 한정된 공간의 변화된 위상에 대해서 먼저 이야기해야 한다. 저 닫힌 골방을 두고 자폐적이라거나 자족적이라는 수사를 덧씌우는 것은 더 이상 유효하지 않다는 것이다. 골방에 없기 때문에 골방을 더욱 골방답게 만드는 것, 바꿔 말해 저 닫힌 문을 열지 않아도 되게 만드는 것에 대해 생각해보고 싶다. 그렇다. 골방에는 '위기'가 없다.

골방에 없는 '위기'는 현실 인식의 부재를 의미하기보다 외려 '위기'를 기왕의 방식과 다르게 사유할 수 있는 지점을 우리에게 제시한다. '위기'라는 상황 판단은 그것이 아무리 심각한 상태라고 할지라도 희망적인 명명일 수밖에 없다. '위기'는 아직 '과정 중에 있음'을 뜻하는 증표인 터라 아직 종결되지 않은 상태를 의미하기 때문이다. 우리는 여기서 흥미로운 전도(顚倒)와 대면하게 된다. '위기'가 언제나 '종언' 다음에 등장했다는 사실말이다. '위기 담론'은 '종언 담론'을 숙주 삼아 제 몸을 불려왔지 않은가. 지금까지의 수많은 '위기론'은 '종언, 이후'에 대한 모색이라기보다는 '종언'을 스캔들화하면서 기왕의 시스템을 강화한 보수적 '기획'이라고 바꿔 부를 수도 있을 법하다. 한국 사회가 위기론으로 들끓었을 때, 역설적으로 우리는 한번도 종언론을 진지하게 받아들이지 않았던 것은 아닐까.

닫힌 저 골방에 '위기'가 없다는 앞선 언급을 환기하자. 골방이야말로 '종언, 이후'의 시간이 흐르고 있는 공간이라고 할 수 있지 않을까. 그것은 '위기론'을 손쉽게 '기회'로 변주하는 논리와는 다른 질서에 의해 운용되는 곳이라고 바꿔 부를 수 있지 않을까. 골방이 자폐적이고 제한적이며 불완전해 보이는 것은 사실이지만 그렇다고 그것이 '집'이라는 구조에 종속되어 있기 때문이라고 단정지어서는 안 된다. 골방은 '집'이라는 구조와 별다른 관계를 맺고 있지 않기 때문이다. 그곳에는 위계가 없다.[1] 다시 말해 집과 골방은 전체와 부분이라던가, 지배-종속적인 위계 관계로 묶을 수 없다. 골방에는 부분과 전체라는 유기적 관계도, 지배와 종속의 위계적 관계도 없다. 위기도, 위계도 '없는' 골방에, 단절이 '있다'. 그렇다. 그곳에는 단절되어 있는 어떤 감각이 있다.

'진정성의 부재'라는 항목 또한 골방에 없는 것의 목록에 등록해두어야 할 것이다. 심보선과 김홍중은 87년 체제 이후 한국 사회에서 발생한 문화 변동의 지배적 경향을 '탈진정성의 체제(post-authenticity regime)'의 부상이라고 명명함으로써 자신의 내면으로부터 삶의 준거를 찾는 근대적인 삶의 태도의 소멸에 대해 논한 바 있다. 여기서 말하는 진정성의 태도란 "독

---

1) '위기론'이 실은 기왕의 위계적 질서가 붕괴되는 순간과 함께해왔다는 사실을 환기해볼 필요가 있다. 위기론과 위계의 위기는 인접해 있다.

백적이라기보다 대화적이며 타자와의 호혜적 인정(recognition) 관계에 기초한 역사적이고 사회적인 지평을 필연적으로 내포할 수밖에 없"[2]는 것인데, 진정성의 기획이 무엇보다 '자아의 기획'이었다는 점에서 탈진정성의 체제가 단순히 개인의 심리적 차원에 국한되는 것이 아니라 사회적 주체 양식, 문화, 더 나아가 정치의 차원과 긴밀하게 관련되어 있음을 알 수 있게 한다. 여기서 말하는 탈진정성의 체계는 필자들이 코제브(Kojéve)의 논의를 빌려 밝혀두고 있는 것처럼 세계와 주체의 대립이 소멸한 상태, 유혈적 전쟁과 혁명의 종언, 그리고 세계와 자기의 이해로서의 사변적 철학이 사라진 상태를 의미한다. 다시 말해 '역사적 주체'가 소멸했다는 것이다. (근대적) 주체가 소멸된 상황을 '동물의 시대'라고 명명한 이는 아즈마 히로키(東浩紀)였다. 그가 전후 패전 이후의 일본 상황, 다시 말해 '이상의 시대'에서 '허구의 시대'를 거친 일본 사회를 통시적으로 조망함으로써 1995년 이후의 시대를 '동물의 시대'라고 명명한 것 또한 자연과의 투쟁이 부재하는 미국형 소비 사회를 분석하고 있는 코제브의 논의에 따른 것이다. 여기서 말하는 '동물화', 다시 말해 '동물이 된다'는 말의 의미는 언제나 타자를 필요로 하는 인간의 욕구가 타자 없이 충족된다는 것을 뜻하는데, 말하자면 간주체적인 구조가 사라지고 각자가 각자의 결핍-만족의 회로를 닫아버리는 상태의 도래를 의미한다는 것이다.[3]

우리가 아즈마 히로키의 논의에 주목해야 하는 것은 서브컬처를 읽어내는 것이 사회분석의 유효한 수단이 될 수 있음을 보여주는 데 국한되지 않는다. 그의 논의에 있어 무엇보다 중요한 지점은 문화의 향유자들, 다시 말해 만화나 게임에 광적으로 몰입하는 이들쯤으로 이해되어왔던 '오타쿠'라는 집단을 '포스트모던'이라는 개념을 통해 새롭게 읽어냄으로써 현대 일본의 정신 구조에 대한 정밀한 분석을 행하고 있다는 데 있

---

2) 심보선·김홍중, 「87년 이후 스노비즘의 계보학」, 『문학동네』 2008년 봄호, 367~368쪽.
3) 아즈마 히로키, 이은미 옮김, 『동물화하는 포스트모던』, 문학동네, 2007.

다. '오타쿠'를 '루저(looser)'가 아닌 새로운 문화를 향유하고 동시에 창조해내는 신인류(new type)로 새롭게 좌표화함으로써 그에 상응하는 위상을 부여했다는 점, 아울러 그것이 단순히 일본이라는 국가에 국한되는 것이 아니라 거대 서사가 종식된 포스트모던 사회의 동시대적 정황들을 포괄적으로 반영하고 있다는 점이야말로 '위기' 없는, 닫힌 저 골방의 변화된 위상을 이야기하는 데 있어 중요한 참조점으로 삼을 수 있기 때문이다.

저 닫힌 골방에 있는 이들을 오타쿠적 존재들이라고 불러도 크게 틀리진 않을 것이다.[4] 여기서 말하는 '골방'을 우리 시대의 문화주체들이 기거하는 인식론적 공간의 의미를 지닌다는 사실 또한 언급해두어야겠다. 골방에 '위기'가 없다는 것은 그곳이 '거대 서사(리오타르)'와 '진정성의 체계'가 붕괴된 곳임을 의미한다. 그렇다고 이들을 사회적 현실에서 이탈해 허구 속에 스스로를 가둔, 시뮬라크르의 유희에 빠져 있는 집단으로 환원할 순 없다. 저 단절의 감각은 기능 부전 상태에 있는 사회적인 가치규범과 상이한 또 다른 가치체계가 만들어지고 있는 장(場)이기도 하기 때문이다. 오늘날의 젊은 소설가들의 작품이 만들어지는 공간 또한 이와 무관하지 않을 것이다.

2. '구원'이 필요 없는, 골방에 사는 동물들

우선 박민규가 아무도 찾아오지 않는 저 골방에서 "하나의 세계"(「카스

---

4) 그러나 오타쿠라는 용어를 '오덕후'나 '덕후'라는 한국식으로 바꾼다고 해서 동일하게 적용할 수 있는 것은 아닐 것이다. 아즈마 히로키가 정확하게 간파하고 있는 바처럼 '오타쿠'는 미국문화의 '국산화'와 전후 패전의 상흔을 극복하는 문제, 아울러 버블경제의 몰락 이후 출현한 일본의 역사·정치·사회적인 맥락과 분리될 수 없기 때문이다.

테라」,『카스테라』, 문학동네, 2005, 32쪽)를 발견해냈다는 사실을 상기해보자. 맹렬한 소음을 내며 돌아가는 냉장고 속에 "소중하거나, 세상의 해악인 것"(29쪽)들을 집어넣음으로써 조형하는 새로운 이미지는 지금까지와는 전혀 다른 공리(公理)에 의해서 만들어진 세계처럼 보인다. 냉장고 속에 남아 있는 한 조각의 '카스테라'는 그 이미지들이 물질화된 상태라고 할 수 있을 텐데, 김영찬의 지적처럼 성급하게 이 카스테라가 무엇을 상징하는지 물어서는 안 된다. 그의 소설에서 대부분의 상징은 전통적인 그것과는 달리 일대일 대응관계 속에서 어떤 고정적인 의미를 표상하지 않기 때문이다.[5] 기왕의 표상 체계와는 다른 공리를 통해 만들어내는 개인(사)적인 이미지들, 예컨대 '소년중앙', '괴수대백과사전', '개복치', '대왕오징어' 등은 소재적인 차원에 머무는 것이 아니라 소설의 서사를 이끌어가는 중심에 놓여 있거나 새로운 규범을 만드는 중핵의 위치에 놓여 있음을 확인할 수 있다. 따라서 박민규의 소설은 '만화적 상상력'이라는 단순한 수사만으로는 해명되지 않는다. 비유적으로 말해본다면 한국문단은 그에게 위기에 빠진 한국문학을 구해낼 구원투수의 임무를 부여했지만 정작 박민규의 소설은 '구원'이 필요 없는 세대들의 목소리를 표출하고 있었기에 그는 '위기'의 불을 끄는 소방수가 아닌 새로운 가치 체계를 내장한 선발 투수라고 할 수 있다는 것이다. 물론 그가 사회역사적 관념을 놓고 있지 않는 것도 사실이며 그의 소설 속에서 포스트 386세대의 인식을 확인할 수 있는 것도 사실이지만 무엇보다 중요한 것은 그의 소설이 지금까지와는 다른 환경 속에서 조형되고 있다는 것이다. 저 닫힌 골방, 그곳은 외부와 단절됨으로써 제한되고 결여된 자폐적인 공간이 아니라 새로운 공리가 만들어지는 장임을 인지해야 한다.

골방을 채우고 있는 새로운 감각은 기존의 사물들에 독자적인 질서를

---

5) 김영찬,「개복치 우주(소설)론과 일인용 너구리 소설 사용법」,『비평극장의 유령』, 창비, 2006, 133쪽.

부여하는 것을 통해 이루어진다. 그것은 '새로움'이라는 가치 체계의 변화와도 밀접한 관련을 맺고 있다. 가령, 그곳엔 우리가 알고 있던 '창조'나 '영감' 등 전통적인 의미에서의 '작가'라면 응당 갖추고 있어야 할 '능력' 따위들이 희박하다. 그들에게 있어 창조란 누군가가 만들어놓은 사물들을 '분리'하거나 '접합'함으로써 이루어지는 것이기 때문이다. 오늘날 젊은 소설가들이 만들어내는 소설 또한 이와 다르지 않다. 이들의 '분리'와 '접합'은 취향과 취미의 영역에 놓여 있는 것이기도 한데, 흥미로운 것은 골방 속에서 행하는 각종 취미를 즐기고 취향을 만들어가는 과정이 곧 '사회에 대해서 생각하는 것'과 등가의 의미를 가지고 있다는 데 있다. 사정이 이러하기에 소설 속에서 감지되는 개별자들의 '취향'은 결코 하찮은 것이 아니다. 이들의 취향이야말로 소설을 만들어가는 핵심적인 동인이기 때문이다.

취향과 취미를 소설 제작의 근간으로 하고 있는 많은 작가 중에서 김중혁은 단연 돋보인다. 그는 스스로를 "무수히 많은 조각들로 이뤄진 덩어리"(「작가의 말」, 『펭귄뉴스』, 문학과지성사, 2006)라고 밝히고 있는데, 이때의 '조각'들은 그가 향유하고 있는 수많은 문화적 기호들을 가리킨다. 김중혁의 소설 쓰기는 이 문화적 기호의 조립과 해체를 빼놓고 이야기할 수 없다. 이제 다음과 같은 새로운 작가 선언이 가능해진다. "생각해보면, 나는 레고 블록이다." 수많은 조각들의 분리와 접합을 통해 새로운 형상들을 만들어가는 "레고 블록"은 김중혁 소설의 근간을 이루는 주요 원리일 테지만 '얼리 어답터(early adapter)'적 성향을 다분히 띠고 있는 작가가 매만지는 것들이 대개 시효가 만료된 아날로그적 사물이다. 중요한 점은 저 오래된 자전거와 타자기, LP, 지도 등의 아날로그적 사물들이 GPS, DJ, 초소형 디자인, 유비쿼터스, 센서러(sensoror)라는 최신 기술들과 뒤섞임으로써 새로운 위상을 가지게 된다는 데 있다. 사물들을 믹싱(mixing)하는 김중혁의 손길은 '0'과 '1'이라는 비트(bit)적 질서에서 무용한 것이 되어버린 사물들 속에 내장되어 있는 고유한 비트(beat)를 이끌어낸다는 것이다. 그가 의도

했건 의도하지 않았건 취향과 취미의 공리에 의해 이루어지는 작업은 자족적인 만족의 임계를 넘어선다. 이 같은 오타쿠적 주체들의 다채로운 취향에 의해 우리는 지금까지와는 다른 "새로운 음악"과 조우하게 되는 것이다.

> 우리는 들었던 음악의 부분들을 머리 속에서 조립해보았다. 그건 서로 다른 유리조각들을 모아 새로운 유리창으로 만드는 일과 비슷하다. 혹은 퍼즐을 조립하는 과정과 비슷하다. 그 모든 조각을 하나의 커다란 틀로 완성시키는 순간 디제이만의 음악이 탄생하는 것이다. 턴테이블을 얼마나 빨리 움직이는지, 얼마나 스크래칭을 잘하는지는 사실 중요하지 않다. 디제이에게 가장 중요한 것은 음반을 고를 줄 아는 안목, 그리고 조립과 응용이다.
>
> — 김중혁, 「비닐광 시대(vinyl狂 時代)」, 『악기들의 도서관』,
> 문학동네, 2008, 85~86쪽

디제이에게 중요한 안목인 조립과 응용이라는 항목들은 고스란히 김중혁 소설의 제작 원리를 이루는 것이다. 사물에 대한 나름의 취향은 사물에 새로운 용법을 제시한다. 무용(無用)해 보이는 것들에 집중하는 오타쿠적 취향에 의해 사물에 내장되어 있는 고유한 음색을 (재)발명하는 것이다. 이를 새롭게 씌어지는 '사물의 역사'라고 말해도 좋겠다. 그들의 '취향'은 근원, 원본, 세계의 총체성 등에 대한 회의라는 경유로를 가진다. 이 탈이데올로기적이고 탈내면적인 태도는 역설적으로 새로운 주체성을 획득할 수 있는 경로가 되기도 한다. 이러한 행위들은 특출난 능력을 지닌 '작가'에 의해 독점되는 것이 아니라 취향을 가질 수 있는 누구나가 할 수 있는 것임에 주목해보자. 소설 속의 디제이가 내뱉는 "새로운 것은 어디에도 없다"는 언급은 회의주의자의 탄식이 아니라 우리 모두가 부지불식간에 서로 영향을 주고받는 "보이지 않는 여러 개의 끈으로 연결"되어 있다는, 새로운 주체들과 그들이 맺는 관계에 대한 전언으로 읽을 수 있다. 다시 말해 "우리들은 모두 어느 정도는 디제이인 것이다."(「비닐광 시대(vinyl狂時代)」, 104쪽) 누구라도 디제이가 될 수 있다는 사실은 저 닫혀 있는 골방의 변화된 위상을 설명하는 데 부족함이 없어 보인다. 노파심에 부연하자면 여기서 말하는 '취향'은 부르주아의 도덕과 윤리나 교양의 의미와는 전혀 다르다. 오타쿠들의 '취향'은 진정성 체제로 수렴되거나 세계의 총체성을 이루는 질서들과 관계를 맺고 있지 않는 파편적인 조각이나 기호들, 다시 말해 일견 무용한 것처럼 보이는 것에 집중함으로써 획득하게 되는 '장인적 능력'의 의미를 가진다고 할 수 있다. 그러므로 이때 말하는 '누구나 할 수 있는 것'이 함의하는 바는 정확하게 말해 쓸모없는 사물들을 끌어모아 '믹싱'하는 능력을 의미한다. 그것이 '집'이나 '사회'라는 공간 속에서 의미를 획득할 수 없다고 해도 골방에서 이루어지는 'DJing'은 오타쿠라는 신인류(new type)만이 할 수 있는 능력이라고 해도 좋다.

김중혁의 소설 쓰기는 음원(사물)들을 분리/접합하는 디제이의 믹싱과 닮아 있다고 할 수 있는데, 그것은 사물들의 매뉴얼을 작성하는 것과 닮아 있다. 모두가 알고 있다고 생각하는 익숙한 사물들이나 사용가치가 말소된 탓에 모두가 잊고 있던 사물들의 매뉴얼을 새롭게 쓰는 김중혁의 작업에서 우리는 '소설가-디제이'라는 일견 가벼워 보이는 정체성의 근간에 '소설가-고고학자'라는 진중한 태도가 내장되어 있음을 엿볼 수 있다.

> 매뉴얼을 쓸 때마다 느끼는 것이지만, 내가 글을 쓰는 것이 아니라 어딘가에 숨어 있던 문장들이 눈치를 보면서 슬그머니 나타나는 것 같다. 매뉴얼을 쓴다는 것은 창작하는 것이 아니라 발굴하는 것은 아닐까, 라는 생각이 들 정도다. 나는 문장 위에 덮인 먼지를 조심스럽게 툭툭 털어내기만 하면 된다. 고고학자가 된 기분이다.
> ― 김중혁, 「매뉴얼 제너레이션」, 『악기들의 도서관』, 문학동네, 2008, 46쪽

김중혁이 쓰는 매뉴얼은 단순히 사용방법에 대한 설명이 아니다. 그것은 '제품'에 '사물'의 자리를 마련해주는 것이라고 할 수 있는데, 특정한 사물들에 대한 개별자들의 취향에 의해 만들어지는 매뉴얼은 가치를 상실한 제품들 속에 내장되어 있는, 우리가 미처 알고 있지 못하던 사물의 "기묘한 리듬"(「바나나 주식회사」, 『펭귄뉴스』)과 조우할 수 있게 되는 것이다. 그 리듬과 소리에서 "영혼이 담긴 음악"(「비닐광 시대」)을 듣는 일, 이건 원작(original)에만 있는 복제 불가능한 아우라(aura)와는 다른 질서에 의해 만들어진 것일 터. 저 닫힌 골방 속에 흐르는 단절된 감각은 익숙하지만 전혀 새로운 사물들의 리듬이 생성되는 진원지이기도 한 셈이다.

3. 도시라는 수용소를 맴도는 동물들

바깥으로 나가지 않아도 삶이 지속 가능하다는 것을 가리키는 닫힌 골방의 문에서 우리는 골방 밖 세계의 질서 또한 달라졌다는 상황을 예감할 수 있다. 골방만 닫혀 있는 게 아니다. 닫힌 골방은 바깥으로 나간다 해도 '외부'가 없다는 사정이 달라지지 않는다는 것이며 그것은 미래, 희망, 대안이 불가능하다는 사태에 대한 질문의 방식을 바꿔야 함을 의미한다. 골방의 속성과 그곳에 기거하고 있는 오타쿠적 주체들의 위상뿐만 아니라 그들과 '단절된 관계'를 맺고 있는 외부적 구조에 대해서도 파악할 필요가 있다는 것이다.

도시의 하수구에 사는 아이들을 다룬 편혜영의 소설은 '바깥이 없는 세계'의 좋은 예다. 버려진 아이들이 살고 있는 맨홀은 "사람들의 통행이 많은 거리나 시장, 혹은 대규모 아파트 단지 근처"(편혜영, 「맨홀」, 『아오이가든』, 문학과지성사, 2005, 65쪽)에 있는 터라 도시의 외부 혹은 외곽이라고 할 수 없다. 그렇다고 이곳을 도시의 중심이라고 부르기도 어렵다. 편혜영의 다른 소설에서도 빈번하게 확인할 수 있는 것처럼 「맨홀」 또한 도시의 중심도 아니고 외곽도 아닌 '경계 영역'을 배경으로 하고 있다. 편혜영은 이 같은 도시의 중심도, 외곽도 아닌 경계 영역이라는 공간을 반복적으로 다루는데, 이 경계 영역이야말로 우리가 살고 있는 도시의 보이지 않는 속성을 탁월하게 형상화한 것이라고 할 수 있다. 소설에 등장하는 대부분의 인물들은 도시와 밀접한 관련 속에 놓여 있지만 그들은 도시의 중심으로 들어오지도 못하고 도시 밖으로 나가지도 못한다. 그들은 끊임없이 도시를 헤매는데, 이 헤맴의 반복이야말로 도시적 삶의 근간임을 중심과 외곽을 분명하게 구분할 수 없는 '경계 영역'이라는 공간을 통해서 구현해내고 있는 것이다.

편혜영이 구축한 안과 밖의 경계가 모호한 공간은 현대 도시의 외부가 없음을 의미하는 것이기도 하다. 소설 속 인물들이 반복하고 있는 행위는 당도해야 할 목적지를 향해 나아가는 것이라기보다 그들에겐 목적지가 부재하다는 증표로 읽을 수 있다. 다소 절망적으로 말한다면 우리는 여기서 앞서 언급한 '역사적 주체의 소멸'을 '골방 밖'에서도 확인하게 된다. 가령, 오물과 쓰레기로 넘쳐나는 맨홀 밖으로 나갔을 때, 아이들이 갈 수 있는 곳은 "아동 보호 센터나 국제기구에서 만든 임시 수용소"(「맨홀」, 70쪽)밖에는 없으며, 안대를 하고도 사물의 형상을 맞출 수 있는 초능력을 가지고 있다고 믿고 있는 'C'가 설사 "검은 안대 너머의 세상"(84쪽)을 볼 수 있게 된다고 해도 사정은 달라지지 않을 것이다. "검은 안대 너머의 세상"을 상상할 수 없는 상태, 도시 밖으로 나갈 수 있는 출구의 부재, 목적을 가지지 못한 채 도시의 경계를 끊임없이 맴도는 인물들의 모습들로 조형되는 폐쇄적인 도시의 면모는 세계의 외부 없음을 탁월하게 형상화한 것이기도 하다.

편혜영이 구축하고 있는 경계 영역은 도시의 속성뿐만 아니라 인간과 비인간의 경계까지 문제 삼고 있다. 도시 주변을 쉼 없이 맴도는 인물들은 "사람이라기보다는 박제된 동물"(「맨홀」, 86쪽)에 가까워 보인다. 그런 점에서 '실종'을 소설의 서사를 이끌어가는 핵심적인 동인으로 삼고 그것을 '시체'의 발견과 연결시키고 있다는 점은 의미심장하다. 편혜영은 첫 번째 소설집에서부터 줄곧 '실종'이라는 모티프를 반복적으로 활용하고 있음을 확인할 수 있는데, 그건 하드고어적 분위기와 긴장감을 부여하기 위한 소설적 장치에 국한되는 것은 아니다. 그보다는 사라진 존재들을 결코 찾을 수 없는 도시라는 공간의 속성을 형상화함과 동시에 그곳에서 삶을 영위하고 있는 존재들의 속성, 더 정확하게 말해 삶의 조건을 문제 삼고 있다고 하는 것이 '실종'이라는 모티프를 이해하는 보다 정확한 경로일 듯하다.

편혜영의 소설에서 도시로 돌아오는 것, 혹은 우리들이 발견할 수 있는 것은 언제나 형체를 알아보기 힘든 부패한 시체이거나 잘려져 나간 신체의 일부분이다. '실종'이라는 사건을 통해서 확인할 수 있는 것이 오직 누구인지 알 수 없는 시체들의 발견뿐이라는 것은 우리로 하여금 작가가 실종된 그가 어디에 있는지를 묻는 것이 아니라 끊임없이 발견되는 시체가 무엇을 의미하는지를 묻게 한다. 파악하지 못한 것은 실종자의 행방이 아니라 우리의 눈앞에 있는 '시체'다. 늘 우리와 함께 있지만 그것이 무엇인지 결코 알지 못하는 대상들, 매번 귀환하는 시체들은 우리들과 분리 불가능한 '존재'들에 대한 메타포라고 할 수 있는 것이다.

> 어쩌면 숨을 들이쉬는 동안 잘게 부서진, 공기보다 더 미세해진 유해가 비장 속으로 기어 들어가고 있을지도 몰랐다. 동굴에 드나드는 동안 그들의 뼛가루를 들이켜고, 그들이 남긴 냄새를 흡입했을 것이다.
>
> ―편혜영, 「문득」, 100쪽

"산 사람이 사람인 것처럼 죽은 사람도 사람이야. 자기가 살아 있다거나 죽었다고 느끼는 건 어느 한 순간이야. 그냥 평범하게 살아 있거나 죽어 있다가, 어느 날 불현듯 아, 내가 살았구나, 아, 참, 내가 죽었지, 이런 생각이 든다구. 그 순간을 제외한다면 산 사람이나 죽음 사람이나 똑같이 살고 있는 거야."

—「문득」, 110쪽

　　산 사람과 죽은 사람의 경계를 명확하게 나눌 수 없음을 보여주는 위의 인용은 작가가 인간과 비인간의 경계, 가시적인 대상과 비가시적인 대상의 경계까지 문제 삼고 있음을 알린다. 편혜영이 구축하고 있는 소설적 공간은 근대적 도시의 폭압적인 면뿐만 아니라 중심과 외곽을 구분할 수 없는 도시의 속성이 그 속에 거주하고 있는 존재들의 삶의 조건까지 문제 삼고 있다는 것이다. 외부가 없는 공간 속에서 우리는 사람도 아니고 시체도 아니며 동물도 아닌, 그렇다고 마냥 아니라고 할 수만은 없는, 어쩌면 부정 어법을 통해서만 지칭 (불)가능한 존재들과 대면하게 된다. 실종된 사람과 우리(cage)를 벗어난 야생동물은 결코 우리 눈앞에 나타나지 않는다. 우리가 발견할 수 있는 것은 그들이 남긴 것으로 추정되는 흔적밖에 없는 것처럼 보인다. 그러나 실종된 그들은 늘 우리 곁에 있다. "사람이라기보다는 박제된 동물"과 같은 형상으로, "네발 달린 짐승처럼 바닥에 엎드"(「동물원의 탄생」, 『사육장 쪽으로』, 72쪽)린 '사람-동물'의 형상으로 말이다.

　　쓰러져 있는 것은 털가죽옷을 뒤집어쓴 남자였다. 사내는 남자를 기억하고 있었다. 늑대처럼 털가죽 옷을 입고 네발로 기어서 구릉을 내려가던 남자였다. 그 남자가 아닌지도 몰랐다. 도시에는 털가죽옷을 입은 사내들이 아주 많았다. 비슷한 디자인의 털가죽 때문인지 그들은 서로 닮아 보였다.

—「동물원의 탄생」, 85쪽

위의 인용은 경찰들과 수색대, 혹은 사냥꾼들에게 발견되지 않거나 포획당하지 않고 실종된 사람과 우리를 벗어난 야생동물들이 같은 층위에 놓여 있다는 것을 환기시킨다. 실종된 사람들, 우리를 탈출한 동물들을 찾는 것에 혈안이 되어 있는 것은 도시 속에 살고 있는 우리들이 '사람-동물'이라는 사실을 은폐하기 위해서인지도 모른다. 그것은 산 것인지 죽은 것인지 불확실한 상태로, 지각 불가능한 상태로 있는 것을 불편하게 생각하는 것임과 동시에 "어정쩡하게 산 것도 죽은 것도 아닌 상태에 있는 것이 마땅치"(「시체들」, 『아오이가든』, 220쪽) 않게 여기기 때문이다.

편혜영 소설의 핵심 모티프인 '실종'을 도시라는 공간 속에서의 '수감'으로 바꿔 읽어보면 어떨까? 소설의 주요 공간으로 설정되어 있는 저수지, 맨홀, 동물원, 숲, 동굴, 사육장, 도시 외곽의 감옥, 위성도시, 공장 등은 도시의 안과 밖을 구분하는 것이 불가능함을 가리키는 표지일 뿐만 아니라 배제와 포함, 아니 배제되는 동시에 포함되는, 주권 권력의 식별 불가능한 경계선이 만들어지는 영역의 의미를 지니는 것처럼 보이지 않는가. 이는 우리가 살고 있는 공간이 예외상태가 규범적으로 실현되는 수용소라는 사실을 환기한다. '실종'이 곧 '추방'과 다르지 않음을, 그것이야말로 도시적 삶의 근간임을 알아차릴 수 있게 한다는 것이다. 편혜영의 소설은 '추방령'의 은밀한 구조의 소설적 형상화이며 삶의 조건에 대해 사유할 수 있게 하는 유효한 경로를 제시한다.

위성도시에 파견된 계약직 사원의 손에 한동안 키워지다가 계약이 만료되는 동시에 공원에 버려지는 토끼처럼(「토끼의 묘」, 『현대문학』 2009년 2월호) 편혜영 소설 속의 인물들 또한 야생과 사육 사이를 반복하는 존재들이다. 다른 이들의 인정을 욕망하지 않는 동물화된 존재 말이다. 그의 소설이 도시 구성원들의 거주가 '계약'이 아니라 배제인 포함을 기초로 하는 '추방령'임을 환기시키지만 주권 권력이 작동하는 메커니즘은 모호하게 그려진다. 우리가 살고 있는 공간이 예외상태가 규칙이 되기 시작할 때 열리는 '수용소'임을 보다 구체적으로 형상화하고 있는 윤고은의 「로드킬」(『문학과사회』 2009년 봄호)은 우리의 관심을 끌기에 충분하다.

　윤고은의 「로드킬」은 폭설로 인해 모텔에 머물게 되는 '이벤트 용품 자판기' 소유주가 가지고 있는 모든 것, 심지어 '인간'임을 증명할 수 있는 권리조차 박탈당하는 과정을 무인 호텔이라는 공간이 작동하는 메커니즘을 통해서 구현해내고 있다. 그 과정은 배제되는 동시에 포함되며, 해방되는 동시에 포획당하는 주권 권력이 작동하는 메커니즘의 소설적 형상화라고 할 수 있다. 무인 호텔에 묵고 있는 사람들은 밖으로 나오지 않고 모텔의 복도에 쉼 없이 굴러가는 컨베이어 벨트 위의 상품들을 소비한다. 폭설에 고립되어 있는 터라 모텔에 묵고 있는 투숙객들 중 일부는 돈이 다 떨어져서 쫓겨나게 되는데, 윤고은은 그 쫓겨남의 여정을 주권 권력이 행사되는 메커니즘에 입각하여 정확하게 묘파해내고 있다. 그것은 숙박료의 차등에 의해 주거 공간의 천장이 굉장히 낮아져가는 과정으로 묘사되고 있는데 우리는 여기서 흥미로운 장면을 만나게 된다.

> 객실의 높이가 보통의 1/4 정도여서 누워 있기에 좋은 방이었다. 누워 있으면 천장에 머리를 부딪칠 일도, 척추가 휘어지도록 몸을 구부릴 필요도 없었다. 그러나 너무 누워 있기에 좋았기 때문에, 한번 그 방에 들어간 사람들은 다시 나와도 잘 걷지 못했다. 몸은 방에 맞게 단련되었다. 움직일 때는 네발로 기거나 아니면 두 팔을 더듬이처럼 뻗고 엉덩이와 허벅지로 바닥을 쓸었다. 이제 그들은 자갈밭 위로도 몸을 쓸고 갈 수 있을 것처럼 노련해졌다. 남자는 어느새 척추가 사라진 여자의 둥근 등을 쓰다듬었다.
> ― 윤고은, 「로드킬」, 183쪽

이 장면은 무인 호텔의 투숙객들이 서로 소통을 하지 않고 타인과 철저하게 분리되면서 자신의 욕망을 충족시킬 수 있는 상태에 놓여 있는 것을 드러내는 데 국한되지 않는다. 자신이 머무는 방의 천정이 낮아짐에 따라 "직립보행을 포기하게 만"(176쪽)드는 등 투숙객들의 자세 또한 그 방에 맞게 변형되어간다. 앞서 아즈마 히로키가 말한 '동물화'의 간주체적 욕망 구조의 상실을 생물학적 구조의 변형으로 형상화해내고 있는 것이다. 이 무인 모텔에는 투숙객들이 사용할 수 있도록 무인 민원 서식 발급기와 현금 인출기의 중간 단계처럼 보이는 주민등록증으로 현금을 대출할 수 있는 기계가 비치되어 있는데, 이 기계는 '동물화'의 법적인 절차를 설명하는 중요한 단서를 제공하고 있다는 점에서 포함과 배제가 등을 맞대고 있음을 폭로하는 것이기도 하다. 이 '주민등록증 대출기'가 '주민등록증 반납기'로 변주된다는 점에 주목하자. 이 기계는 주민등록증 대출기와 비슷하지만 "3. 평생 신상정보 양도 버튼을 누르면 현금이 인출됩니다. 4. 주민등록증은 반환되지 않으며, 거래된 주민등록번호는 현금을 인출한 시각으로부터 타인의 번호로 사용됩니다."라는 설명서에서 확인할 수 있는 것처럼 궁극적으로 '주권'의 포기와 관련된다. 그들이 자신들의 권리/주권을 포기함으로써 무인 모텔에 머물 수 있는 것처럼 주권은 언제나 양도 가능한 상태에 놓여 있을 때 비로소 효력을 발생할 수 있다. 신분을 담보로 잡고 돈을 인출해주는 '자판기'는 모텔의 투숙객들을 '배제되는 동시에 포함되며, 해방되는 동시에 포획당하게 만드는' 기제로 작용하는 것이다. 주권의 양도와 동물화로의 진행, 우리는 여기서 아감벤이 『호모 사케르』에서 언급한 '늑대 인간'을 떠올리지 않을 수 없다.

반은 인간이고 반은 짐승이며, 반은 도시에 그리고 반은 숲 속에 존재하는 잡종 괴물—즉 늑대 인간—로 집단 무의식 속에 남아 있는 이것은 원래는 공동체로부터 추방당한 자의 모습이었던 셈이다. 그러한 인간이 단순히 늑대가 아니라 늑대 인간으로 규정되었다는 점이 여기서는 결정적이다. 추방된 자의 삶은—신성한 인간의 삶과 마찬가지로—법과 도시와는 무관한 야생적 본성의 일부가 아니다. 오히려 그것은 짐승과 인간, 퓌지스와 노모스, 배제와 포함 사이의 비식별역이자 이행의 경계선이다. 역설적이게도 이 두 세계 어디에도 속하지 않으면서 그 두 세계 모두에 거주하는 늑대 인간의 인간도 아니고 짐승도 아닌 삶이 바로 추방된 자의 삶인 것이다.

—조르조 아감벤, 『호모 사케르—주권 권력과 벌거벗은 생명』,
새물결, 2008, 215쪽

편혜영 소설 속의 인물들이 맴돌던 도시의 중심에서 외곽에 이르는 경로들이야말로 '퓌지스와 노모스, 배제와 포함 사이의 비식별영역이자 이행의 경계선'이지 않은가. 추방된 자는 자신의 분리된 상태 그 자체로 넘겨지는 동시에, 자신을 내버린 자의 자비에 위탁된다. 그러므로 우리는 편혜영 소설 속에서 '실종'되는 구성원들과 매번 발견되는 시체와 대면하는 것을 피할 수 없으며, 아직 실종되지 않은 이들이 공동체에서 추방당한 '늑대 인간(wargus)'과 포개어진다는 사실을 확인할 수 있게 된다.

모텔 주변에 버려져 있는 노인("털과 꼬리와 발톱"이 있는)처럼 '그'(와 모텔에서 만난 한 소녀) 또한 주민등록증을 반납(당)하고 모텔 밖으로 추방당하는데, 그간 신체를 똑바로 누일 수 없는 공간에 자신의 신체를 맞춰온 터라 그들로 하여금 직립보행을 포기하게 만들었다. 그러므로 그들은 인간처럼 두 발로 걷지 못하고 짐승처럼 네발로 기고 달린다. 도로는 어느새 제설 작업이 끝나 있었고 저만치서 오는 트럭을 보고 그것을 잡아 타기 위해 온몸으로 차 앞을 막아서지만 차는 속력을 늦추지 않고 그들을 치고 가버린다. 그들은 부패한 시체들이 그러한 것처럼 지각 불가능한 존재가 되어버린 것이다. 네비게이션은 이들에게 야생동물이라는 좌표를 부여했지만 그것은 인간과 구별되는 것으로서의 '동물'과는 상이한 것이다. 인간

54

도 아니고 동물도 아닌 상태, 공동체의 밖에 있는 것도 아니고 안에 있는 것도 아닌, 비식별영역을 배회하는 존재들. 이러한 존재들은 특정한 처지에 놓여 있는 집단들에 국한되지 않는다. '하위 주체'로 표상되는 패권을 가지지 못한 집단들로 환원되는 '새로운 용어'의 지칭 대상에 불과한 것도 아니다. '추방된 자의 삶'은 종언 이후의 공통 조건임을 환기한다.

동물은 한 마리가 아니다. 굳게 닫힌 저 골방 속에 기거하고 있는 오타쿠들과 도시라는 수용소를 쉼없이 맴도는 '늑대 인간'을 간주간적 구조를 상실한 존재들을 지칭하는 '동물화'라는 동일한 개념으로 묶을 수 없다는 것이다. 그렇다고 이들을 따로 분리해서 다룰 수도 없다. 골방의 문이 닫혀 있는 이유는 골방 밖의 상황과의 관계 속에서만 해명 가능하기 때문이다. 골방과 골방 밖에서 대면하게 되는 '동물들'을 통해 확인할 수 있는 것은 그들이 '종언, 이후'를 현시하는 존재들이며 외재성이 소멸한 상태의 증표라는 것이다.

4. '도넛 세대'들의 해방과 혁명에 관하여

2000년대 소설의 경향성을 말하는 데 있어 굳게 닫혀 있는 골방으로부터 논의를 시작한 것이 '대안적 모색'이 결여되어 있(다고 서둘러 규정되)는 오늘날의 소설이 노정하고 있는 (오래된) 한계를 승인하는 것처럼 보이기도 한다. 나는 대안을 제시하지 못하는 것을 한계라고 인식하기보다는 한계라는 규정력이 발현되는 구조에 대해서 먼저 생각해보고 싶었다. 골방이라는 공간을, 그리고 그곳에서 발현되는 단절의 감각을, 그 상상력을 죄다 한계라는 프레임으로 규정짓는 것은 여전히 위기론이라는 구조를 통해서 당대의 소설들을 바라보고 있기 때문이라고 판단했기 때문이다. '문학의 종언'을 역설적으로 '문학의 자율성'을 획득할 수 있는 기반으로 환원하려는 논의들 또한 선뜻 동의하기 힘들었다. 그것이야말로 문학의 자율성을 신화화하는 저 오래된 논의의 최신 버전처럼 느껴졌기 때문이다.

무릅쓰고 말하자면 나는 '위기'를 모른다. 위기보다는 외려 종언이나 묵시록이 더 현실감 있게 다가온다. 무엇보다 곤궁한 것은 오늘날 문학에 대해 발언을 하는 데 있어 '해방'이나 '혁명'에 대해서 고민하지 않을 수 없다는 것이다. 혁명도, 해방도 경험해보지 못한 세대에 속하지만 386세대나 포스트 386세대들이 목청 높여 외치는 혁명과 해방은 정작 지금-여기-우리가 행하고 있는 다종한 행위 속에서 구현되는 것이 아니라 그들이 발견하고 싶은 것들의 투영을 통해서 가상으로 만들어지는 것처럼 느껴질 뿐이다. 앞서 나는 '위기'를 모른다고는 했지만 역설적으로 늘 위기 상태에 놓여 있었다는 모순적인 상황. '위기'를 체감할 수 없다고는 했지만 위기에 대한 강요 속에서 지내왔던 터라 위기라는 프레임 속에서 도출되기 마련인 '문학은 현실적인 문제를 해결할 수 있는 대안을 제시해야만 한다'는 강박(강령)에서 자유로울 수 없었던 것은 이런 이유와도 무관하지 않을 것이다. 이 모순적이고 분열적인 상태야말로 위기론 속에서 성장했지만 해방과 혁명을 경험해보지 못한 세대들이 말할 수 있는 가장 분명한 감각인지도 모르겠다.

민주화 운동 세대가 아닌 터라 무임승차한 좌파 같은, 그래서 처음 무언가를 시작하는 것이 부담스럽기만 한 나는, 골방 속에서 광장을 경험한 우리들은, 마치 핵심이 빠져야 제 의미를 가질 수 있는 도넛과도 같은 세대인 것은 아닐까.[6] 그럼에도 한없이 가벼워질 수만도 없고 혁명을 경험해보진 못했지만 그것에 대해 경외감을 표해야 함을 과잉적으로 의식하고 있는 세대. 광장으로 나가는 것이 생소하고 어색하지만 그렇다고 온전히 허구의 세계에 탐닉하고만은 있을 수 없는 세대. 2000년대 소설의 경향

---

6) 영화 〈은하해방전선〉(윤성호, 2007) 속의 대화 중 한 대목을 빌려 왔음을 밝혀둔다.

성, 나아가 오늘날의 문학의 위상에 대해 진술하는 데 있어 나는 가장 익숙한 공간에서부터 논의를 시작하는 것이 타당하다고 판단했고 또 그렇게 할 수밖에 없었다. 내가 이 글을 닫힌 골방으로부터 시작한 것은 이 때문이다. 동시에 골방에 기거하는 것이 골방 밖의 사정과의 관계 속에 놓여 있다는 사실 또한 자각하지 않을 수 없었다. 앞으로의 목표나 지향점을 분명하게 세우지는 못했지만 다만 저 닫힌 골방 속에서 만들어지는 "암호 같고, 기도문 같고, 방언 같은" 취향의 집적물이 오직 나만을 위무하는 것에 국한되는 것이 아니라 "또 다른 누군가에게 도움을 줄 수 있을지도 모를 일"(김중혁, 「매뉴얼 제너레이션」, 71쪽)이라는 대목에 방점을 찍어두고자 한다. 2000년대 소설들의 동물화 경향 속에서 필자가 집중하고 싶은 것 또한 이와 다르지 않다.(2009)

벌레들의 시간

—박완서의 『그 남자네 집』에 관하여

1. '사람'과 '벌레' 사이의 말

새로운 빈곤이 우리의 삶을 뒤덮고 있다. '나만 아니면 돼'라는 철 지난 유행어가 영속하고 있는 시대를 주관하는 새로운 강령임을 알고 있는 이는 그리 많지 않다. '생존'이라는 최종 심급이 우리들의 삶을 좌우한다. 누군가가 사라져야 내가 산다. '절멸'의 공포란 '너와 나'의 '절연'을 조건으로 하는 셈인데, 이러한 '관계의 종말'은 우리들의 일상이 더 이상 경험으로 번역되지 않는다는 것을 가리킨다. 경험은 축적되지 않고 다음 세대로 전달되지도 않는다. 사람들이 내·외적으로 영락해가는 것은 이 때문이다. 경험의 빈곤. '생존'이 '경험'을 대체해버린 시대란 정확하게 말해 부끄러움이 사라진 시대다. 아무도 '생존'을 부끄러워하지 않는다. '살아남은 자들'은 더 이상 슬프지 않다.

'벌레'처럼 살아(남아 있어)야 할 때, 사람들은 '벌레'가 아니라는 것을 자신의 '말'로써 증명해야만 했다. 나는 벌레가 아니다, 라고 외쳤다. 나는 벌레가 아니라 사람이다, 라고 썼다. 벌레가 아닌 인간임을 증명하는 여정,

58

벌레와 인간 사이에서 말들이 시작되고 흘러나왔다. 그러나 지금은 '인간'만이 산다. '벌레'는 없다. 인간과 벌레, 그 간극이 '말'을 만들어내는 진원지였다. 벌레가 없어지고 오직 인간만이 남으니 그 사이에서 생성되었던 '말'도 사라졌다. 그 많던 '말'(벌레)들은 어디에 갔을까? 벌레와 인간 사이를 그득 메웠던 말들은 정확하게 '생존'에 대한, (살아)'남아 있음'에 대한 부채감의 증언이기도 했다. 홀로 살아남았음에 대한 부끄러움이 사람을 벌레로 만든다. 내가 벌레일지도 모르겠다는 의심을 하게 만든다. 사람과 벌레 사이에서의 진자 운동은 '나는 사람이다'라는 쪽을 향해 맹렬하게 움직일 테지만 그 힘이 강하면 강할수록 외려 '나는 벌레일지도 모른다'라는 그 반대의 축으로 기우는 힘 또한 커질 수밖에 없다. 사람들은 모두 '살아남은 자'들이었고, 그 때문에 '산다는 것'을 의심했다. 벌레처럼 기어가는 문자를 쓰면서 사람임을 의심하고 사람임을 증명해갔다.

박완서의 소설은 그런 시대가 있었음에 대한 증언이기도 하다. 박완서는 살아남은 자들의 삶에 관한 소설을 썼다. 검질기게 살아남은 자들에 관해 썼다. 박완서에게 있어 '살아남았다는 것'은 무엇을 가리키는가? 사자(死者)를 "은밀히, 음험하게"(「부처님 근처」, 88쪽) 삼켜버린 것을 말한다.

> 그런데 문제는 그 망령이 처박혀 있는 곳이었다. 나는 그들이 있는 곳을 명치 근처에서 체증을 의식하듯 내 내부 한가운데에서 늘 의식해야만 했다. 그 느낌은 아주 고약했다. 어머니와 함께 두 죽음을 꿀꺽 삼켰을 당시의 그 뭉클하기도 하고, 뭔가가 와르르 무너져 내리는 것 같기도 하고, 속이 뒤틀리게 매슥거리기도 하던 그 고약한 느낌은 아무리 날이 지나도 희미해지지 않았다.
>
> ― 박완서, 「부처님 근처」, 『어떤 나들이: 박완서 단편소설 전집 1』,
> 문학동네, 1999년, 90쪽

어떤 작가에게 소설 쓰기는 '상복을 벗지 못하는 상주'(전성태)의 애도 작업이었지만 박완서에게 소설 쓰기란 '상복을 입지 못하는 슬픔'에 가깝다. '그들'을 "은밀히, 음험하게" 삼키고 내가 살아 있다. 내 삶 속에 '그들'이 갇혀 있다. 나는 그들을 뱉지 못하고, 그 죽음에 대해 통곡하지도 못한다. 그래서 쓴다. 소설은 망령들을 꿀꺽 삼켜버린 것에 대한 부채감으로 씌어지지만 망령들의 말이 아닌 살아남은 자들의 말로 채워질 수밖에 없다. 소설가란 결국 망자(亡者)의 것이 아닌 살아남은 자들의 말을 되뇔 수밖에 없다. 살아남은 자들의 말로 내 안에 갇혀 있는 망자들을 내보내는 '푸닥거리'는 언제나 실패할 수밖에 없다. 그 실패는 소설가(살아남은 자)가 꿀꺽 삼켜버린 망자들의 죽음을 잊지 않고 그들과 분리된 채 함께 살아가는 애도 (불)가능성의 표지이기도 하다. 소설가는 살아남은 이며 실패함으로써 계속 살아가는 이다. 살아남았기에 쓰며 실패할 수밖에 없음을 알면서도 쓰며 더 잘 실패하기 위해 계속 쓴다. 박완서에게 그 실패의 쓰기는 한 시대를 증언하기 위해, 목격자와 증인의 자리를 지켜내기 위해 지속된다.

2. 첫사랑, "살기에 가까운 생기"

『그 남자네 집』엔 지난 시간을 애틋하고 소중한 시선으로 돌아보며 보다 넓어진 포용력으로 세계를 끌어안으려는 작가의 관용적 태도가 깊이 스며 있다. 이 소설은 얼핏 노년에 회상하는 '첫사랑'의 아스라함에 관한 것처럼 보이지만 박완서의 다른 소설이 그러하듯 지나가버린 시간을 떠올린다는 것은 비단 낭만적 정조에 침잠하는 것만을 의미하지 않는다. 『그 남자네 집』이 '빛나던 청춘의 시절'을 절절하게 그리고 있는 것은 분명하지만 박완서에게 '구슬 같은 시절'은 전쟁이 휩쓸고 지나간 서울의 풍경이며 그 폐허 위에서 계속되어야만 하는 끈질긴 목숨들의 악다구니를 떠올려야 하는 것이기도 하다. "나 돌아가리라, 구슬 같은 처녀로."(164쪽)라는 문장이 『그 남자네 집』의 전체를 아우르고 있는 정조이긴 하나 그 위에 전쟁이 끝난 서울의 폐허 위에서 살아남은 이들이 일구어내는 "살기(殺氣)에 가까운 생기"(44쪽)가 포개어져 있다. 살아남은 자들이 뿜어내는 '생기(生氣)'에 '살기'가 묻어 있고 첫사랑은 전후의 폐허 위에서 '무섭게' 돋아난다. 왜 첫사랑처럼 달콤한 것을 '무서운 것'이라 지칭하는가? 생에 대한 의지가 최고조로 달했을 때 발아했던 첫사랑의 뒷면에 생의 비참과 부끄러움이 등을 맞대고 있기 때문이다. 한 시절을 견뎌내기 위해 맹목적으로 매달렸던 달뜬 감정은 전쟁이 끝난 후 살아남은 자들이 뿜어내던 "살기에 가까운 생기"와 다르지 않다. 어째서 그리 맹목적이었을까. 비참함 때문이었을 것이다. 참혹과 비참 속에서 끝내 살아남았다는 게 한없이 부끄러운 일이었기에 그 치욕과 부끄러움을 떨쳐내기 위해 삶에 맹목적일 수밖에 없었을 것이다. '구슬 같은 처녀'의 시절을 떠올린다는 것은 참혹했던 전쟁과 치욕스러웠던 그 이후의 폐허와 대면한다는 것이다. 여기서 말하는 폐허란 물질적 기반의 붕괴뿐만 아니라 인간다움이라는 가치의 붕괴까지 포함한다. 누군가의 죽음을 딛고 살아남았다는 것, 박완서식으로 말해 '죽음을 꿀꺽 삼켜버리고' 살아간다는 것의 부끄러움과 치욕. 그러니 첫사랑에 대한 회상조차 살아남은 자들이 감내해야 했던 부끄러움과 치욕을 다시 떠올리는 비용을 치를 수밖에 없는 것이다.

박완서는 오랜 시간 동안 치욕스러운 목숨과 살아남은 자들의 부끄러움에 관해 써왔다. 첫사랑이 가장 치욕스러운 시절에 찾아온 것은 우연이 아니다. 전후의 풍경을 적실하게 논파하고 있는 "살기에 가까운 생기"라는, 간단하지만 무서우리만치 정확한 짧은 표현 속에 치욕스러운 목숨과 첫사랑의 달콤함이 뒤섞여 있다. 이 소설이 첫사랑에 대한 회고조의 형식을 취하고 있는 것은 분명하지만 작품의 주요 내용이 전후의 삶과 그 시공간을 뚫고 나가려는 생의 몸부림으로 채워져 있는 것은 이 때문이다. "험난하고도 남루한 시절"(117쪽), 맹목적으로 매달렸던 첫사랑은 '목숨' 과는 아무런 관련이 없었기에 '사치'에 가까운 것이었으리라. 첫사랑에 '금 기'의 표지가 붙어 있는 것은 전후의 궁핍 속에서 행한 유일한 '낭비'이자 '사치'였기 때문이다. 그러나 첫사랑이라는 사치가 삶을 살아내게 하는 동 력이 된다. '목숨'을 '삶'으로 바꾼 것 또한 그 시절 금지되었던 '사치'였다.

> 그 암울하고 극빈하던 흉흉한 전시를 견디게 한 것은 내핍도 원한도 이념
> 도 아니고 사치였다. 시였다.(48쪽)

첫사랑이라는 사치, 그것은 단 한 번도 삶의 주인공이 되어보지 못했던 이가 짧은 시간이나마 주인공이 될 수 있는 시간이다. '구슬 같은 처녀'라 는 찬사에 붙들려 있을 수밖에 없었던 것은 그 말 속에서 '생의 주인공'으 로 변해 있는 자신을 확인할 수 있기 때문이다. 전쟁 통에 가족을 잃고도 쉬쉬하며 숨어 살아야 했던 '전재민의 가족'이 아닌, 오롯이 '나'일 수만 있 는 자유가 그 말 속에 각인되어 있다. 첫사랑이라는 사치에 매달렸던 것 은 이성을 향한 이끌림보다 오롯한 '나'가 되고 싶은 열망이 더 컸기 때문 이지 않을까. 악다구니로 들끓었던 전후의 틈바구니 속에서 '목숨'이 아닌 '삶'을, '가족'이 아닌 '나'를, '역사'가 아닌 '자기 진술'을 가능케 한 것이 첫사랑이라는 사치였을 터. 궁핍한 삶 속에서 정작 사람들이 갈망했던 것 은 입으로 먹을 수 있는 '음식'이 아니라 입으로 내뱉을 수 있는 '말'이었 던 것이다.

목숨을 유지하기 위해 사람들이 삼킨 것은 음식만이 아니었다. 전쟁이 끝난 후 살아남은 사람들이 삼킨 것은 '사람의 말'이었다. 전쟁의 참혹함 에 대해 말하지 못하고 자신 대신 죽어간 사람들에 대해 슬퍼하지 못하고 '국가라는 큰 몸뚱이의 자반뒤집기'(40쪽)에 묵묵부답일 수밖에 없는 이

들. 첫사랑이라는 사치를 누리던 시절은 침묵으로 봉인된 채 살아남았음에 대한 '치욕'을 삼켜야만 했던 입이 무언가를 내뱉을 수 있던 시간이자 '자신의 말'을 할 수 있었던 시간이었을 것이다. "고작 혀끝에서 목구멍까지의 즐거움에서 벗어나 조금이라도 딴생각을 할 수 있다면 딴 세상이 열릴 것 같았다."(132쪽)는 '나'의 토로를 그저 개별자의 일탈적 욕망만으로 치부할 수 없는 것은 이 때문이다. '첫사랑'이라는 사치는, '시'는, '딴생각'은, '먹는 입'을 '말하는 입'으로 바꾼다. 첫사랑이 "진흙탕에서 피어난 아름다움"이자, "범속하고 따분한 일상에 생기를 불어넣는 힘"(10쪽)이라면 그것을 '문학'이라 불러도 좋을 것이다.

3. 감정의 역사화

인구의 집중 현상과 의식주의 절대적인 부족은 사람의 실생활뿐 아니라 위계질서나 윤리 의식에도 엄청난 지각변동을 가져왔다.(69쪽)

집에서 버스 한 정거장 거리만 걸어가면 종로 5가 전차길이 나오고 길을 건너면 바로 동대문시장 중에서 가장 활기넘치는 곳이었다. 온갖 성성한 채소와 생산과 건어물과 익은 음식과 날음식과 고래고래 악을 써서 손님을 부르는 소리와 에누리하고 흥정하는 소리가 전후의 빈곤을 비집고 참을 수 없는 힘으로 분출하는 곳을 향해 나는 씩씩하게 돌진했다. (중략) 목청을 높여 흥정도 하고 싸우기도 하는 소리에 나는 정글에 들어선 문명인처럼 위험과 흥분을 동시에 느꼈다. 그건 형언할 수 없는 기쁨이었다.(116~117쪽)

전쟁은 그것을 겪은 이들의 숫자만큼이나 다양하게 경험되는 것임에도 불구하고 그 '경험의 다수성'은 특정 이념과 국가나 민족의 이름으로 만들어진 서사에 의해 봉쇄되어왔다. 인간이라는 범주의 재규정에서부터 개별자들의 소소한 감정과 지각 능력의 급격한 변화에 이르기까지 전쟁은 지상의 모든 것을 파괴하고 또 생산해낸다. 국가, 이념, 민족이라는 이름의 거대서사가 구성원들의 경험에 재갈을 물린다. 자신의 경험을 표현하지 못하고 억압될 때 '자기부정'의 회로가 가동된다. 전쟁이 "사람의 실생활뿐 아니라 위계질서나 윤리 의식에도 엄청난 지각변동"을 초래했을 때, 박완서는 그 거대한 변화가 삼켜버린 개별자들의 경험과 감정들을 살려내는 데 일평생을 바쳤다. 스스로가 밝히고 있듯이 그것이야말로 박완서 문학의 뼈대라고 할 수 있다.

> 남들은 잘도 잊고, 잘도 용서하고 언제 그랬더냐 싶게 상처도 감쪽같이 아물리고 잘만 사는데, 유독 억울하게 당한 것 어리석게 속은 걸 잊지 못하고 어떡하든 진상을 규명해 보려는 집요하고 고약한 나의 성미가 훗날 글을 쓰게 했고 나의 문학정신의 뼈대가 되지 않았나 싶다.
> ─박완서, 「나에게 소설은 무엇인가」, 『모든 것에 따뜻함이 숨어 있다: 박완서 문학앨범』, 웅진지식하우스, 2011, 31쪽

이를 가족사의 비극이나 개인적인 슬픔을 위무하는 것이라 폄훼해서는 안 된다. 권명아가 적실하게 지적하고 있는 것처럼 박완서 문학에서 '자기 경험'이나 '자기 이야기'가 개인적 경험이라는 제한된 범주로만 해석될 수 없는 것은 "박완서 문학에서 '자기 경험' 혹은 '자기 이야기'로서 소설이란 결코 '우리 모두'의 역사도 '우리 모두'의 이야기도 될 수 없는 근대사의 본질적 모순에 대한 근원적 비판을 의미"하기 때문이다. "이때 '자기'란 그 어떤 타자로도 환원될 수 없는 고유한 차이를 지닌 '개인'이자 근대의 메커니즘에서 언제나 '우리'가 될 수 없었던 정치적 소수자들로서 '자기'를

의미"[1]한다. 소소하고 일상적인 내용을 다루고 있음에도 박완서의 소설이 결코 무게감을 잃지 않는 것 또한 그가 탐침하여 언어화하고 있는 것이 개인적인 감정에 국한되는 것이 아니라 '역사의 단층'을 이루는 '결(紋)'이기도 하기 때문이다.

박완서에게 '소설'은 개별자들의 감정을 역사화하는 작업이기도 하다. 감정의 역사화란 "우리 모두의 무참히 토막 난 상처"(박완서)를 서둘러 봉합하거나 감추는 것이 아니라 "싱싱한 피"를 흘리게 하는 것이다. 이 '싱싱한 피'가 자기 박탈의 회로나 국가의 이름으로 자행되는 삶의 총체적 박탈로 이어지는 폭력에 대한 문학적 응전의 산물이다. 박완서의 소설 쓰기는 수많은 목숨과 삶을 앗아갔지만 전쟁 속에서 살아남은 이들의 '찬란한 치욕'이 '싱싱한 피'로 흐르게 하는 것이며 "우리 모두의 무참히 토막 난 상처" 위에 계류되었던 개별자들의 언어를 새기는 것이다.

4. 벌레들의 시간, '치욕'이라는 산파

『그 남자네 집』은 '구슬 같은 처녀'와 '영원히 아름다운 청년'에 관한 소설이면서 살아남았다는 이유로 '말'을 봉쇄당하고 '자기부정'의 회로에 감금되어 있는 이들에 관한 소설이다. 그리고 한 번도 주인공이었던 적은 없지만 더할 수 없이 찬란했던 이들에 관한 소설이기도 하다. 전후 폐허 위에서 맹목적으로 매달렸던 두 연인의 연애가 이 소설 전체를 둘러싸고 있는 것은 분명하지만 소설 속에서 차지하는 비중은 그리 크지 않다. 소설의 대부분은 짧은 연애가 끝난 뒤 남겨진 길고 긴 결혼 생활과 우연히 '그 남자의 집'을 떠올리게 된 노년의 일상으로 채워져 있기 때문이다. 그럼에도

---

1) 권명아, 「미래의 해석을 향해 열린, 우리 시대의 고전」, 『모든 것에 따뜻함이 숨어 있다: 박완서 문학앨범』, 앞의 책, 253쪽.

이 소설이 찬란했던 두 남녀의 이야기로 기억되는 것은 너무도 짧았던 그 시간 속에 깃들었던 감정의 결을 개별자의 삶과 복잡하고 부박했던 전후의 풍경 속에서 세심하게 엮어내고 있기 때문일 것이다.

"전후의 궁상과 어울리지 않는 사치 풍조와 향락산업, 외국 군인과 양공주의 범람, 그들이 만들어내는 양풍에 대한 경멸과 동경, 내몰리듯이 생활 전선으로 나선 전쟁미망인들과 생과부들의 초인적인 생활력, 전쟁이 앗아간 인명 손실을 단숨에 복구시키고 말 것 같은 베이비붐, 악착같은 생존 경쟁의 터전인 동대문과 남대문시장의 번영, 하룻밤 사이에 지을 수 있는 하꼬방 집들"(174쪽)이야말로 '억압당했던 성적 에너지의 표현 방법이었을 것'이라는 '나'의 회고는 『그 남자네 집』이 "나는 인간이다. 남보다 도덕적이지도 동물적이지도 않는 평균치의 인간일 뿐이다."(178쪽)라는 단 하나의 문장을 표현하고 증명하기 위한 것임을 알 수 있게 한다. 작가가 '구슬같은 처녀'로 돌아가고자 희구하는 것은 그 '사치스러운' 이름 속에 전쟁이 끝난 후 저마다 겪어냈지만 단 한 번도 말해지지 않은 '무의미와의 싸움'이 기록되어 있기 때문일 것이다. 박완서는 그 '무의미와의 싸움' 속에 '나는 벌레가 아니라 사람이다'라는 개별자들의 외침이 내장되어 있음을 오랜 시간 동안 거듭 이야기해왔다.

> 그것이 다 벌레의 짓이었을까. 내 젊음을 황홀하게 빛낸 그 기쁨의 시간이 다 벌레의 선물이었을까. 설마 처음부터 끝까지 다는 아니겠지. 그렇다면 언제부터 언제까지가 우리들의 시간이고 언제부터 언제까지가 벌레들의 시간이었을까.(191쪽)

'현보(그 남자)'의 머릿속에 숨어 있던 기생충이 '구슬 같은 처녀'와 '영원히 아름다운 청년'을 있게 했다. '벌레들의 시간' 속에서 그 젊은 연인들은 가까스로 '평균치의 인간'일 수 있었다. 그러나 『그 남자네 집』이 절절하게 그리고 있는 것은 젊은 남녀의 짧은 연애에 국한되지 않는다. '벌레들의 시간'이란 폭압적인 근대 시스템이 지워버렸던 '타자들의 시간'이기도 하기 때문이다. 한 번도 제대로 기록된 바 없는 '누군가의 시간'이, '의미'를 가지지 못했던 그 싸움의 시간이 우리를 인간으로, 인간답게 살 수 있게 했다. '나'가 빠져나온 미군부대의 자리를 대신 메웠던 '춘희'가 결혼 이후 중산층 가정으로 안착해가던 '나'의 일상 속에 반복해서 등장하는 것은 이 때문이다.

미군부대에서 생활하다 양공주가 되어버린 '춘희'는 '나'의 기억에서도, 우리들의 기억에서도 삭제되어야 했던 존재다. 자신이 근무하던 자리를 대신 채운 '춘희'를 바라보는 '나'의 시선 또한 "딸이 미군부대에서 벌어오는 돈으로 먹고사는 걸"(35쪽) 치욕스러워하던 가족의 시선과 크게 다르지 않다.

> 내 몸에도 같은 기관이 있을 텐데 나는 여자의 성기의 전모를 보는 게 그때가 처음이었다. (중략) 눈부시게 밝은 불빛 아래 샅샅이 드러난 여성 성기는 아름답지도 추하지도 신비롭지도 않았다. 마치 검은 털을 가진 짐승의 상처처럼 다만 검붉고 처참했다. (중략) 춘희는 신음소리를 참지 못하면서도 제 아랫도리를 들여다보고 있는 나한테서 눈을 떼지 않았다. 춘희는 지금 나를 통해 제 아랫도리를 들여다보고 있다고 생각했다.(221~222쪽)

같은 시기 임신을 했지만 한 사람은 축복을 받고 한 사람은 음침한 병원에서 중절 수술을 받아야 한다. '춘희'가 중절 수술을 받는 저 짧은 순간 '나'와 '춘희'는 서로를 통해 자신을 본다. 침대의 아래에 서 있는 '나'의 자궁에는 수태의 시간이 흐르고 그 위의 '춘희'의 자궁에는 미처 자라지 못한 생명을 긁어내야 하는 자기 부정의 시간이 흐른다. 아기를 가질 수도 없고 뿌리를 내릴 수도 없는 "짐승의 상처처럼 검붉은 춘희의 성기"(235쪽)에도 시간이 흐른다. 벌레의 시간이. '구슬 같은 처녀'의 반대편에 '양공주 춘희'가 있었다. 자신의 힘으로 가족을 먹여 살렸지만 평생을 '자기박탈'과 '총체적인 자기 부정'의 회로 속에 감금당해야 했던, 이 땅에 뿌리를 내릴 수 없어 '아메리칸드림'이라는 허망한 단어에 기대어 평생을 버텨냈던 '양공주 춘희'가 우리 곁에 있었다. '구슬 같은 처녀'를 회상하기 위해서 전쟁이 남겨둔 궁핍과 궁상을 거쳐야 하는 것처럼 '벌레'가 아닌 '평균치의 인간'으로 삶을 영위할 수 있게 된 우리들은 "짐승의 상처처럼 검붉은 춘희의 성기"속에 흘렸던 의미를 가지지 못한 '그 시간'을 기억해야 하는 것이다.

다시 묻자. 우리는 어떻게 '평균 치의 인간'이 될 수 있었는가. 어떻게 벌레가 아닌 인간으로 살 수 있게 되었는가. '벌레들의 시간', '타자의 시간'이 우리를 이끌고 왔기 때문이다. 단 한번도 구슬 같은 시간을 가져보지 못한 '춘희'는 은폐되어야만 했던 '시대의 치욕'이다. 그 치욕을 삼켜버림으로써 우리는 '먹는 입'이 아닌 '말할 수 있는 입'을 가지게 되었는지도 모른다. '치욕'이야말로 '나는 벌레가 아니라 인간이다'라는 '평균치 인간'의 '말'을 낳은 '산파'다.

> 처음엔 식구들 굶길까 봐, 겨우 밥은 먹을 만해지니까, 공부는 시켜야겠지, 그러나 잘 먹이고 싶고, 엠병, 욕심 부리다 부대에서 쫓겨나고 계속 돈은 벌어야 하니까 그 바닥에서 그냥 갈보로 눌러 앉게 되고, 그러다 너무 힘들면 엠병, 어수룩한 놈 만나 살림도 차려보고 (중략) 닥치는 대로 PX 물건 사오라고 시켜서 야미 장사하고, 야미 장사만으로 성이 차지 않아 엠병, 나 별의별 짓 다했다우.(253쪽)

의미를 가지지 못하고 공동체 밖으로 쫓겨난 평균 이하의 저 '잉여의 말'이 가리키는 것은 무엇인가. '춘희'는 '엠병'이 없으면 '말'을 하지 못한다. "돼먹지 않은 영어가 서방한테 통한 건지 서방 말을 내가 제대로 알아들은 건지 답답해서 기통이 터질 때마다 엠병을 할, 하던 게 엠병이 돼버렸"(251쪽)다는 '춘희'의 토로처럼 부서진 말의 흔적이자 좌절의 증거인 '엠병'이야말로 '평균치의 인간'을 만든 '말의 산파'다. '엠병'은 욕이 아니라 한 시대를 넘어가기 누군가가 감당해야만 했던 한줌의 '치욕'이다. 그 치욕을 꿀꺽 삼켜버리고 우리들이 살아왔다. 한 시인이 '치욕'을 일러 "지느러미처럼 섬세하고 유연한 그것 애 밴 처녀 눌린 돼지머리"라는 성스럽고도 세속적인 이미지로 형상화한 것은, 치욕은 아름다우며, 달며, 따스하며, 눈처럼 녹아도 이내 딴딴해지지만 기필코 새어나오는 것이라고 한 것[2] 또한 그 때문일 것이다. 누군가가 삼켜야만 했던 치욕이 우리를 살게 했다. 그 치욕의 시간, 벌레의 시간, 타자의 시간을 흔적도 없이 꿀꺽 삼켜버리고 '인간'은 가까스로 인간임을 유지할 수 있었고 '말'을 할 수 있었다. 벌레가 아닌 인간의 말을 낳은 것은 '치욕'이다. 세상을 구한 것은 '사랑'보다 언제나 앞서 있었던 누군가의 '치욕'이었다.(2012)

---

2) 이성복, 「치욕에 대하여」, 『남해금산』, 문학과지성사, 1986.

DJ, 래퍼, 소설가 그리고 소설

—김중혁과 이기호의 소설[1]

1. DJ Remix Generation

DJ soulscape가 발표한 〈180g beat〉(마스터플랜, 2000)는 지금의 대중음악이 어떻게 갱신될 수 있는가를 우리에게 보여준 바 있다. 앨범의 모든 트랙은 얼핏 복고를 연상시키듯, 지난 세기에 우리의 귀를 즐겁게 만들었던 60년대 음악을 활용하고 있지만 정작 60년대의 음원들은 펑크(funk), 라운지(rouge), 힙합(hip-hop)으로 거듭나면서 이미 시효가 만료된 음악을 저 먼 지층으로부터 일깨우고 있다. DJ soulscape의 작업은 복고를 지향하거나 향수를 불러일으키는 것과는 관계가 없으며 이 앨범에 담긴 음악은 과거의 음악을 역사적 문맥에서 표백시켜 탈역사화하는 자본의 전략을 비켜

---

1) 이 글에서 다룰 김중혁의 소설과 이기호의 소설은 각각 다음과 같으며 이하 인용 시 작품제목과 쪽수만 밝힐 것이다. 김중혁, 『펭귄뉴스』(문학과지성사, 2006), 「악기들의 도서관」(『문학동네』 2006년 봄호), 「자동피아노」(『문학과사회』 2005년 겨울호), 「비닐광 시대Vinyl狂 時代」(『세계의문학』 2005년 겨울호) ; 이기호, 『최순덕 성령충만기』(문학과지성사, 2004)-이하 『최순덕』, 『갈팡질팡하다가 내 이럴 줄 알았지』(문학동네, 2006)-이하 『갈팡질팡』.

서 있다. 오히려 '0과 1'이라는 비트(bit)로 환원될 수 없는 '소리'에 관심을 기울임으로써 물리적으로 거의 무용해져버린 LP가 디지털이 점령한 매체 환경에서 어떤 방식으로 '발견'되어야 하는지를, 그리하여 어떻게 다른 음악으로 새롭게 거듭날 수 있는지를 알려주었다.[2]

 DJ의 작업이 상품 시장을 확대재생산하는 데 일조할 가능성을 배제할 수는 없다. 그러나 DJ의 작업이 이제는 아무도 듣지 않기에 현실적인 가치를 상실했거나 아무짝에도 쓸모가 없는 '죽은 삶'의 형태를 취하고 있는 오래된 LP 음악을 통해 원곡과 다를 뿐만 아니라 지금의 음악과도 다른 '새로운 것'을 만들어내기도 한다는 점은 의미심장하다. 상품들에 기입된 획일적인 'bit'들을 수치화할 수 없는 고유한 'beat'로 만들어내는 DJ의 행위는 소설가의 작업과 많이 닮아 있기 때문이다. 스스로를 "레고 블록"(「작가의 말」, 376쪽)이라 명명한 김중혁의 소설은 과거와는 다른 변화된 지점에서 소설이 수행해야 하고, 수행할 수 있는 것에 대해 진지하게 탐색한다. 수많은 대중문화 아이콘들을 동지로 삼아 "그들의 문장과 생각과 철학을 디제이처럼 리믹스해왔"음을 밝히고 있는 그의 소설관은 앞서 설명한 DJ의 작업과 닮아 있다. 김중혁이 낡아 쓸모없어진 사물이나 매체를 지속적으로 소설적 소재로 등장시키는 이유도 이 때문일 것이다.

 마치 불필요한 것처럼 간주되는 문자를 기반으로 하고 있는 문화양식의 의미를 '발견'하고 그것의 확장을 감행하려는 모험은 이기호의 소설을 통해서도 확인할 수 있다. '고군분투'라는 단어가 저절로 생각나게 하는 소설가인 이기호는 현실에서는 용인되지 않는 다양한 어법들을 소설의 형식으로 변주시키는가 하면 스스로 변사나 이야기꾼임을 자처하기도 한다. 이기호는 지금까지 소설이라고 불러왔던 것들과는 다른 형식들, 이를

---

2) DJ soulscape는 이후 〈lovers〉(마스터플랜, 2003)와 〈창작과 비트〉(마스터플랜, 2007)라는 앨범을 발표한다. 이 앨범들 역시 실제 연주나 세션 없이 옛 LP에서 추출된 음원들을 새롭게 배열함으로써 새로운 '소리들'을 생산해내고 있다.

테면 랩, 성경의 의고체, 요리법 등 현실에서 도무지 통용될 것 같지 않는 잡다하고 낡은 어법들로 소설이라는 잡스러운 '덩어리'를 구축하고 있음을 확인할 수 있다. 이 비루하고 낡은 어법들은 고스란히 '지금 소설은 무엇이고 또 무엇을 할 수 있는가'라는 물음을 환기한다.

마치 DJ의 믹싱이 음악을 갱신하듯, 김중혁과 이기호가 선택한 독특한 '믹싱(mixing)' 방식들은 질척거리는 갖은 위기의 늪에서 소설을 구원해줄 넝쿨처럼 이야기의 줄기들을 늘어뜨리고 있음을 짐작할 수 있다. 이 시대에 소설이 나아가야 하는 곳이 어디인지를 끝없이 상기하게 만드는 이들의 소설이 조형하는 것은 무엇인지, 그 작업을 통해 소설의 어떤 지점이 갱신되었는지, 그래서 우리가 이들의 소설을 통해서 얻게 되는 것은 무엇인지 살펴야 하겠다. 아무런 쓸모도 없어 보이는 오래된 사물들을 주목함으로써 소설의 바깥으로 나가보려는 김중혁의 '믹싱'에서부터 출발해보자.

2. 쓸모없는 것들을 위한 Mixing ― 김중혁이라는 DJ

김중혁은 쓸모없는 것들을 죄다 끌어 모아서 'DJing'한다. 그렇다고 김중혁의 소설이 음원들을 분리/접합하는 DJ의 작업처럼 문장이나 단어들을 여기저기서 끌어온 뒤 그것의 재배치를 통해 소설을 구축하고 있는 것은 아니다. 그의 소설은 전형적인 단편소설의 양식에 충실하다고까지 말할 수 있을 정도이니 우리가 주목해야 할 지점은 그가 관심을 집중하고 있는 쓸모없어져버린 사물들을 어떤 방식으로 재배치하는가에 있을 것이다. 실제로 그의 소설, 「무용지물 박물관」에는 시각장애인을 위한 인터넷 라디오 방송을 하는 '메이비'라는 DJ가 등장하기도 한다. '메이비'의 라디오 방송이 시각장애인들을 대상으로 하고 있다는 것은 의미심장한데 이러한 소설적 설정이 시각적인 감각에 종속되지 않는 지점을 확보함으로써 시각 메커니즘이 도달할 수 없는 지점을 보여주기 위한 것으로 읽을 수 있기 때문이다. 시각 매체가 대중문화를 장악하고 있는 상황 속에서 청각을 기반으로 하고 있는 라디오는 상대적으로 무용(無用)한 것으로 여겨지고 있는 것이 사실이다. 그러나 현재의 삶을 구성하는 데 강력한 힘을 발휘하는 시각적 자질을 가지고 있지 않다는 것은 역설적으로 "규칙을 무시할 수 있고 시간을 넘나들 수 있고 공간을 건너뛸 수 있는"(23쪽) 조건으로 기능하기도 한다. 라디오가 "현세의 규칙 너머에 존재한 물체"일 수 있는 이유는 주어진 정보가 시각 매체들보다 현저하게 적다는 데 있다. 다시 말해 정보의 밀도가 아주 낮은 라디오의 청취자는 그 여백을 자신들의 상상으로 채워 넣을 수 있다는 것이다. 시각적 메커니즘이 사물을 폭압적인 방식으로 포섭함으로써 그것의 의미를 규정하는 데 반해 타감각 기관을 바탕으로 하고 있는 아날로그 매체들은 사물을 완전히 장악하지는 않는다. 한 가지의 의미망으로 포섭되지 않는 사물들의 다양한 속성을 발견할 수 있는 것은 이 지점에서이다.

김중혁의 'DJing'은 쓸모없어진 것들의 의미를 발명하고 발견하는 데 주력하고 있다. 가령, 가치를 상실한 타자기라는 올드 미디어(old media)는 "무작정 종이를 두드려대는 것이 아니라 뭔가 자신만의 생각과 리듬"(「회색괴물」, 157쪽)을 가지고 있으며 "컴퓨터처럼 종이를 아끼면서 생각을 지우"지 않고 "종이를 버리면서 생각을 정리"(176쪽)하게 만들어주는 독특한 사물인 것이다. 이 같은 '낭비'에 대한 새로운 규정에 의해 변화하는 매체 환경에 적응하는 것을 최우선으로 삼은 탓에 새로운 매체들에 대한 반성과 성찰이 결여되어 있었음이 드러나기도 한다. GPS로도 찾을 수 없는 목적지를 "지금은 아무짝에도 쓸모없는 열쇠"(「바나나 주식회사」, 207쪽)의 재배치를 통해서 찾아가는 장면은 김중혁의 관심이 낡은 기기에 대한 마니아적 취향에 국한되어 있는 것이 아니라 모든 '사물'을 대상으로 하고 있음을 알 수 있다. 소설을 통해 사물의 위상을 변주함으로써 김중혁이 얻게 되는 것은 어디에도 없는 고유성이며 "기묘한 기듬"이다.

> 찰그랑, 찰그랑, 찰그랑, 찰그랑, 찰그랑
> 하는 열쇠 소리가 규칙적으로 울린다. 마치 박자를 제대로 맞춘 스네어드
> 럼 같은 소리였다. 아무리 들어도 기묘한 리듬이었다.
> ─「바나나 주식회사」, 207~208쪽

열쇠를 자전거의 바퀴살에 끼워서 내는 소리는 방위와 좌표가 정확하게 표시되어 있지 않은 지도에서 가리키는 목적지를 찾을 수 있는 결정적인 역할을 한다. 뿐만 아니라 쓸모없는 사랑니를 충치가 생긴 어금니의 자리에 이식하는 것으로 귀결하는 「회색괴물」에서는 쓸모없는 것들의 재배치가 비단 사물에 국한되어 있는 것이 아니라 인간의 신체에까지 확장될 수 있음을 보여준다. 현실 질서 속에서 가치를 인정받지 못하는 것의 쓸모, 달리 말해 'bit'로 환원되지 않지만 그 사물들이 가지고 있는 고유한 'beat'는 김중혁의 'remix'에 의해 발견되는 셈이다. 김중혁이 수행하는 'DJing'은 기왕의 '소설 쓰기'가 도달하지 못/않는 지점으로까지 나아간다.

「발명가 이눅씨의 설계도」에 등장하는 "개념발명가" '이눅'의 발화법은 "논리에 맞게 말을 한다기보다 허공에 떠다니고 있는 말들을 조금씩 수집해 온 다음 그걸 이어 맞"추는 방식을 취하고 있다는 점에서 DJ와 닮아 있다. 다음과 같은 언급은 어떤가. "발명가는 베끼는 건데요. 아니다. 전부 다 베끼는 거네. 베끼는 게 아니고 이어 붙이는 건가?"(62쪽) '이눅'의 이 의뭉스러운 듯한 말은 발명가의 작업 방식이 DJ의 그것과 비슷한 층위에 있음을 짐짓 모른 척하며 가리키고 있는 듯하다. 베끼기와 이어 붙이기는 DJ의 믹싱이나 샘플링과 유사한 것이지 않은가. 물론 이를 "이 노래에서 조금 훔치고, 저 노래에서 조금 훔치고, 심심하면 스크래치 한번 해주고, 뒤섞고 섞고, 베"(70쪽)끼는 것이라 폄하할 수도 있겠지만 김중혁의 'DJing'

이 쓸모 있는 것과 쓸모없는 것이라는 이항대립적 구분에 대해 근본적인 질문을 던짐으로써 그 기준을 무용지물로 만드는 데까지 나아가고 있음에 주목할 필요가 있다. 사물을 바라보는 이 같은 태도가 그의 소설관임을 알아차리는 것은 그리 어려운 일이 아니다.

> 이건 정말 세상에서 하나뿐인 음악들일까. 이 사람들의 음악은 그저 하늘에서 뚝떨어진 것일까. 나는 그렇게 생각하지 않는다. 새로운 것은 어디에도 없다. 누군가의 영향을 받은 누군가, 의 영향을 받은 또 누군가, 의 영향을 받은 누군가, 가 그 수많은 밑그림 위에다 자신의 그림을 그려나가는 것이다. 그 누군가의 그림은 또 다른 사람의 밑그림이 된다. 우리는 모두 보이지 않는 여러 개의 끈으로 연결돼 있다. 그러므로 우리들은 모두 어느 정도는 디제이인 것이다.
>
> —「비닐광 시대」, 77쪽

이 구절은 김중혁의 소설관을 명백하게 드러내고 있다. 김중혁의 주장처럼, 모든 사물은 우리 눈으로 확인할 수 없는 끈으로 이어져 있고 모든 개별자들 역시 네트워킹화되어 있다면 예술에서 주장되는 새로움에 대한 감각도 달리 받아들여야만 한다. 이를테면 "우리에게 예술은 없다. 우리는 단지 우리가 할 수 있는 일을 할 뿐이다."(「무용지물 박물관」, 39쪽)라는 성명서는 '예술은 없다'라는 냉소가 아닌 '모든 것은 예술이 될 수 있다'는 선언으로 읽을 수 있다. "우리 모두 어느 정도는 디제이인 것이다"는 진술 또한 쓸모 있는 것과 쓸모없는 것, 예술과 비예술을 횡단함으로써 도착한 지도에 없는 기묘한 자리이기도 하다.

예술 개념의 재설정은 곧 새로운 감각의 출현과도 긴밀히 연결되어 있다. 김중혁의 'DJing'이 "악기의 가능성"을 발견할 뿐만 아니라 "새로운 음악"을 만드는 데 일조하고 있음을 확인할 수 있는 것 또한 새로운 감각의 발견과 무관하지 않다. 그것은 새로운 연주법, 더 정확히 말하자면 "왜 어떤 것은 소리이고 어떤 것은 음악일까"(「자동피아노」, 157쪽)라는 '연주'나 '음악'에 대한 근본적인 물음에서부터 비롯된다.

> 내가 할 수 있는 최대한의 방법으로 악기에서 소리를 뽑아냈다. 긁거나 할퀴거나 두드리거나 뜯거나 쓰다듬거나 꼬집으면서 악기를 연주했다. 내 귀가 지금처럼 예민해질 수 있었던 것은 모두 그때의 작업 때문이라고 생각한다. 온몸에 널브러져 있는 감각들을 눈과 귀에다 집중해야 그 다양한 소리들을 구분하고 정리할 수 있었다.
>
> —「악기들의 도서관」, 283쪽

악기들이 낼 수 있는 소리는 음표라는 방식으로만 발현되는 것은 아니다. 어쩌면 그것은 '음향'에 불과한 것인지도 모르며 음악 학자들의 악기 분류 역시 "새로운 악기의 가능성을 막는" 구분짓기를 통한 장벽 만들기일 수도 있다. 오래된 음악이 아니라 여전히 이곳에 흐르고 있는 음악이라는 근본적인 문제 재설정을 경유해 오래된 분류와 규정에서 탈피한 연주법, 이를테면 '긁거나 할퀴어' 내는 소리까지 허용할 수 있을 때에야 악기에 잠재되어 있는 기묘하고 다양한 소리들을 만날 수 있게 되는지도 모른다.

하지만 사물들의 고유한 가치를 발견하는 김중혁의 소설이 마니아적 취향에 바탕을 두고 있다는 점은 양날의 칼처럼 작용한다.[3] 사물의 고유한 가치를 발견해내려는 그의 모색이 결국 '나'라는 개별자의 '취향'의 문제로 수렴되고 만다면 지금까지 그 의미를 확장해왔던 소설관은 협소한 의

---

3) 그는 "나로 말할 것 같으면, 박물관, 도서관, 전시관 등 '관'자만 붙으면 정신을 못 차리는 '官 마니아'"(「1925년산 축음기 크리덴저」, 『문학과사회』 2006년 봄호, 296쪽)라고 스스로의 특성을 밝힌 바 있다.

미로 축소될 운명에 놓이기 때문이다. 그러나 "전혀 상관없어 보이는 것들이 한 줄로 연결되는 순간"(「악기들의 도서관」, 274쪽) 인간의 삶이 된다거나, 혹은 "언뜻 들으면 쓸모없는 정보 같지만, 그 모든 것들이 조합되면 한 사람을 이해할 수 있"(「멍청한 유비쿼터스」, 123쪽)다는 구절에서 확인할 수 있는 것처럼 지금의 매체환경이 "거대 세계를 이해하지 못하더라도 개인이 가지고 있는 미묘한 네트워크를 통해 서로가 연결"[4]되어 있음을 우리는 잘 알고 있지 않은가. 촘촘한 연결망을 통해 구성원들을 관리·통제함으로써 체제를 구축하는 작금의 시스템에서 사소한 듯 보이는 개인의 행위(글쓰기)야말로 외부와의 소통이 시작되는 장소이며 시스템을 넘어설 수 있는 지반인 것이다. 물론 개인의 마니아적 취향이라는 바탕 위에 생산되는 소설이 블로그나 에세이처럼 자기-동일성의 순환고리에 갇혀버릴 위험에서 자유로울 수는 없지만[5] 그것은 이미 동일성의 궤도 바깥으로 나아가려는 운동에 밀착해 있으며 이 반복되는 운동을 통해 동일성의 흔적들은 자연스럽게 지워질 것이다. 그저 악기들의 소리를 파일로 만드는 '나'의 작업이 어떤 의미를 가지는지 보여주는 다음과 같은 구절은 김중혁의 소설이 자리할 현실을 즉각적으로 가늠해볼 수 있게 한다.

많은 사람들이 다양한 이유로 악기 소리를 빌려 갔다. '악기도서관'의 일호 손님이었던 그 아이처럼 악기 소리가 궁금한 사람도 있었고, 아이들에게 악기 소리를 들려주기 위해 빌려가는 사람도 있었고, 그 소리를 듣고 있으면 음악을 들을 때보다 훨씬 집중이 잘 된다는 사람도 있었고, 잠이 오지 않을 때 그 소리를 들으면 곧바로 잠에 빠져든다는 사람도 있었다.

---

4) 김중혁, 백가흠, 손홍규, 이기호(정리 : 심진경), 「inner view : 남자들의 수다」, 『문예중앙』 2006년 겨울호, 296쪽.
5) 김중혁이 소설에서 나르시시즘적 대상을 발견하는 데 집중하고 있다는 심진경의 주장이 그러하다. 심진경, 「소설의 재구성, 소설을 이야기하는 소설들」, 『문예중앙』 2006년 가을호 참조.

어떤 사람들은 도서관에 책을 기증하듯 자신이 녹음한 소리를 기증하기도 했다.

—「악기들의 도서관」, 290쪽

3. 비루한 목소리들의 Mixing — 이기호라는 래퍼

이기호의 등단작 「버니」(『최순덕』)는 랩(rap)으로 써나간 '소설'이다. 소설의 모든 등장인물들은 랩으로 말하고, 욕하고, 노래 부른다(랩에서 이 셋을 어떻게 구분하겠는가!). 그들이 쉴 새 없이 떠드는 이유는 "말이라도 많이 해야" 자신들의 처지를 잊을 수 있기 때문이다. 그 순간 "잘난 놈이나 못난 놈이나" 똑같아지며 '가수', '갱단', '예술가', '부자'가 될 수 있다, 고 그들은 믿는다. 그러나 정작 그들이 랩을 좋아하는 이유는 "좋은 것과 더 좋은 것 사이에서의 갈등"(「옆에서 본 저 고백은」, 『최순덕』, 79쪽)의 문제가 아니라 랩이 그 갈등에서 선택 받지 못한 비루한 어법들을 담을 수 있어서이다. "백제근초고왕이 일본 왕에게 하사한 검의 이름을 쓰"라는 질문에 "사시미"라고 답했다가 생긴 문제로 제도권에서 퇴출당한 '나(래퍼)'의 이력이 이를 잘 보여준다. 마치 독재적인 말하기를 연상시키는 랩이라는 어법은 그럼에도 독재적일 수 없다. 혼자서 중얼거리듯이 내뱉은 말들은 '말하고—듣는' 것을 목적으로 하고 있기보다 수신자의 동의나 포획이라는 말하기 행위의 기본적인 목적에는 아무런 관심이 없어 보이며 그저 '내뱉는 것'에 모든 에너지를 집중하고 있기 때문이다.

소설이 될 수 없어 보이는 어법으로 소설을 쓰는 이기호의 시도는 저 오래된 '소설이란 무엇인가'라는 물음과 맞닿아 있다. 「버니」가 랩이라는 생소한 방식으로 씌어진 '소설'이라는 점은 서술자의 시선이 서사 전체를 포획하는 '소설'이라는 장르가 가지고 있는 폭압성에 대한 문제제기로 이해해야 한다. 근대의 산물인 '소설'이 민족국가(nation-state)를 형성하는 데 결정적인 영향을 미쳤다는 사실을 환기하지 않더라도 소설에서 서술자의 초월적인 위상은 '주체'를 생산하고 훈육하는 구조와 공모관계에 놓여 있었다. 문제는 기왕의 서술자에 의해 구성되는 '주체화' 과정이 필연적으로 주체로 명명될 수 없는 자들을 토대로 하고 있다는 데 있다. 물론 래퍼는 서술자를 한 순간에 집어삼킴으로써 근대적 소설의 서술자를 대체하는 것처럼 보이겠지만 저간의 사정을 고려해도 「버니」를 랩의 방식으로 구성한 것은 기존의 방식으로 '재현'되지 않거나, 할 수 없는 비루한 존재들의 목소리를 획득하려는 방법적 모험으로 읽을 수 있다.

따라서 그간의 소설이 내면이 없는 것처럼 여겨졌던 존재들을 침묵하게 하고 무(력)화하는 데 일조해왔음을 부인할 수 없다. 랩은 체제에 편입되지 못하거나 퇴출당한 이들이 스스로를 재현하는 하나의 방식이라고 할 수 있다. 그런 이유로 랩은 '사라져버린 별'을 보여주려는 위험한 작업에 매달리지 않는다. 오직 가망 없는 현실의 이야기만을 주절거릴 뿐이다. 그렇다고 랩이 단지 알아들을 수 없는 말들을 쉴 새 없이 쏟아내는 것만을 지칭하는 것은 아니다. 함께 따라 부르지 않아도 되며 주어진 리듬에 그 어떤 말을 채워 넣어도 성립하는 '랩'은 새로운 가수(화자)와 관객(독자)이 탄생할 수 있는 마당(場)을 생성한다. 현실 질서에서 퇴출당한 인물들의 낯선 어법이 그간 정확하게 볼 수 없었던 '소설'이라는 양식의 폭압성을 폭로한다. 새로운 '목소리'란 독점적 이미지를 찢고 출현하기 마련이다.

랩으로 만들어진 소설이라는 형식이 생경한 것은 사실이지만 자신이 만든 리듬으로 비트를 만들고 그 속에 내용을 채워 넣는 '랩'이라는 방식은 "들려주는 사람에 따라", "읽어주는 사람에 따라"(「나쁜소설」, 『갈팡질팡』, 10쪽) 변형되고 각색되는 '이야기'와 닮아 있다. 다시 말해 "읽어[불러]주는 사람에 따라, 그의 맘에 따라, 계속 변하고 뒤바뀌고 출렁거려, 누가 진짜 이 소설[노래]의 원작자인지 모를 지경까지 흘러가길 원"([ ]는 인용자의 것임)한다는 표현은 '소설'이 총체성 획득이라는 최종 목적을 달성하기 위해 수많은 '동일자'를 양산해온 것과 달리 '다른 목소리들'이 발화할 수 있는 공간을 구성하려는 작가(래퍼)의 의도로 읽을 수 있다는 것이다. "오디오형 소설"(「나쁜소설」, 9쪽)에 대한 이기호의 관심은 이 같은 바탕 위에서 이해되어야 그 의미가 더 분명해질 것이다.

'이야기'는 현실적으로 일어날 법하지 않은 것들을 마치 진짜처럼 여기게 하는 힘을 가지고 있다. 그것은 이야기하는 사람의 삶의 기록들에 의해 '변형'되어 드러나기 때문이다. 뿐만 아니라 경험을 통해 획득되는 이야기는 그것을 듣는 사람들의 경험이 되도록 만들기도 한다는 점 또한 기억해 둘 필요가 있겠다. "오디오용 소설"인 「나쁜 소설」이 독자가 주인공이 되고 그 주인공/독자가 또 다른 화자가 되게 만드는 방식을 취하고 있는 것 역시 이야기의 종결을 증식으로 탈바꿈하려는 시도와 무관하지 않다. 서술자에 의해 종결되는 것이 아니라 "끊임없이 변형되고 각색되"어서 "원저 작자"가 중요해지지 않는 상태라는 것은 이야기에 '타자의 흔적'이 남아 있다는 것을 의미한다. 의도적으로 남길 수도 없고, 지울 수도 없는 '흔적'이야 말로 서술자에 포획되지 않는 것이며 '소설'이라는 장르가 가지고 있는 자기-재현성을 극복할 수 있는 통로인지도 모른다. '흔적'은 개별자들이 가지고 있는 고유한 리듬(beat)과 다르지 않은 것이며 그러한 흔적의 발견 및 조우는 누구든 가능한 것이기 때문이다. 우리 모두가 어느 정도 DJ인 것처럼 누구나 다 이미 이야기꾼의 자질을 가지고 있다.

DJ가 이제는 쓸모없어진 것들을 다시 재배치하여 그것의 고유한 리듬을 우리에게 보여준 것처럼 이야기꾼은 사라진/은폐된 존재들을 지금-여기에 불러낸다.

나는 단지 위로를 하고 싶었을 뿐이었다. 그게 전부였다. 몹쓸 병에 걸려, 이제는 한 가지 이야기 안에만 머무는 할머니를, 그 안에서 빼내오고 싶었던 것이다. 그러나…… 엉뚱하게도 할머니의 이야기가 바로 내 이야기로 연결되고 말았다. 내가 '걔'가 되버린 이야기 아무리 세월이 흐르고 흘러도 내가 '걔'가 될 수밖에 없는 이야기……

그러니, 어쩌겠는가. 아무리 몹쓸 병에 걸렸다 하더라도, 한 가지 이야기에 사로잡혔다 하더라도, 할머니의 이야기 힘이 더 센 것을……

—「할머니, 이젠 걱정마세요」,『갈팡질팡』, 250~251쪽

잘 알다시피 '소설'과 달리 '이야기'는 책이라는 보존 가능한 형식을 취하는 대신 쉽사리 흩어지는 음성을 통해 전달되고 전승된다. 이야기를 한다는 것은 언제나 그 이야기를 계속해서 '반복'하는 기술을 뜻하며, 이야기는 더 이상 보존하지 않으면 자연히 소멸하기 마련이다.[6] '할머니'가 같은 이야기를 반복하는 것 또한 이와 같은 이유에서다. 이야기를 함으로써 사라지는 것들을 연기(延期)시키기는 '할머니'를 위해 '나'는 사라진 사람들을 할머니 앞에 불러 모으는 연기(演技)를 시작한다.

이야기를 증식하여 화자-인물-독자라는 견고한 체계의 파괴를 시도한 「나쁜 소설」의 지향점은 「할머니, 이젠 걱정 마세요」에서 보다 분명하게 드러난다. 이야기로 밥을 벌어먹고 사는 '나'보다 '할머니'의 이야기가 힘이 더 센 이유는 '소설가'의 이야기가 자기-재현성을 통해 수많은 동일자를 생산하는 것임에 반해 '할머니'의 '이야기'는 사라져버린, 혹은 유령처럼 배회하는 이들을 '위로'하는 것을 목적으로 하고 있기 때문이다. 모든 이야기의 진원지가 입에서 입으로 전해지는 경험, 즉 개별자들의 고유한 리듬에 바탕을 두고 있다는 점은 '소설가' 이기호의 '일탈'이 의미하는 바를 감지하는 데 있어' 하나의 단서를 제공한다.

이야기는 더 이상 우리의 눈으로 확인할 수 없는 사라진 사람들을 불러

6) 발터 벤야민, 반성완 역, 「얘기꾼과 소설가」,『발터 벤야민의 문예이론』, 민음사, 1983, 174쪽.

낸다는 점에서 주술과 유사하다. 그들을 불러내고, 그들과 대화하고, 그들과 춤추는 것이야말로 '이야기한다는 것'의 가장 중요한 의미일 것이다. "내가 '갸'가 되버린 이야기"란 죽은 자와 산 자를 이어주는 영매(靈媒)와 다르지 않으며 이는 이야기가 수행하려는 바를 더욱 분명히 드러낸다. 이야기는 화자의 자기 완결성에서 탈피하여 '갸'가 되는, '갸'와 관계를 맺는 것을 목적으로 한다. 이기호의 이야기란 '타자'를 만나기 위한 방법적 모색일 뿐만 아니라 스스로를 드러낼 수 없는 타자들이 말할 수 있는 장(場)을 마련해주기 위한 작업이다. 이기호가 구사하는 낯선 어법이 단순한 유희나 새로움을 위한 것이 아닌 윤리적 차원에까지 가닿을 수 있는 것은 이 때문이다. 서술자에 의해 계산되고 제어되는 소설의 이야기와 달리 이야기꾼의 발화는 억압되고 은폐되어왔던 타자들을 불러내는 일이다. 비루한 목소리가 비루한 존재를 불러낼 때 공동체가 만든 도로에서 질주하던 소설은 넘어지거나 멈춰서야만 한다.

4. 되돌아옴으로써 되돌아 나가는 이야기

김중혁이 시각이 아닌 촉각이나 청각에 더욱 많은 관심을 기울였던 것은 사물들의 고유한 리듬을 발견하기 위해서였다. 그러나 촉각이나 청각만으로는 현실의 논리로 환원 불가능한 사물의 고유한 리듬을 감각할 수 없다. 에스키모인들의 지도를 사용하기 위해서는 '상상'을 해야 하며("이것은 상상하는 지도입니다",「에스키모, 여기가 끝이야」, 95쪽) 무용지물로 취급되는 사물을 감각하기 위해서도 눈을 감고 상상을 해야 한다. 중요한 것은 이러한 상상력이 기왕의 시스템이 생산하던 현실을 낯설게 바라보도록 촉구한다는 데에 있을 것이다. 그런 면에서 그의 소설관을 추동하는 동력인 쓸모없는 것들의 'mixing'은 "연금술사처럼 평범한 것들을 무엇인가 특별한 것으로 만드는"(「무용지물 박물관」, 31쪽) 것과 다르지 않으며 이 과정에 이르러서야 비로소 "사물들은 움직이지 않는 무생물이 아니라 살아 있는 동물"(36쪽)이 될 수 있다. 이기호에게 있어서도 '상상력'은 현실에서 겪는 실패와 좌절이 다른 삶을 구성할 수 있는 동력으로 작용한다. "시멘트를 깨부수는 망치를"(「발밑으로 사라진 사람들」, 『최순덕』, 309쪽) 휘두르지 않으면 땅속에 묻혀 있는 '씨감자'들을 볼 수 없는 것처럼 '상상'을 하지 않으면 '발밑으로 사라진 사람들'과 조우할 수 없다. 이기호에게 있어 상상력은 획일화된 현실의 질서를 벗어난 다른 세상의 경험이나 잉여로 남아 있는 타자들과의 조우를 가능케 하는 조건으로 작용한다. 이기호의 소설에서 등장하는 수많은 화자들의 비루한 꼴을 견딜 수 없더라도 그 어법들을 끝까지 들어야 하는 이유 역시 우리가 애써 지워왔던 이야기, 이야기라는 그 수다스러운 형식을 통해 권력이 세밀하게 조율하는 시스템의 음험함을 목도할 수 있게 만들기 때문이다. 이기호의 흥미진진한 이야기는 소설적 형식으로 여겨질 수 없는 방법으로 소설에 균열을 냄으로써, 소설이 침묵해야만 했던 지점으로 나아간다.

하지만 이 두 작가의 소설들이 구체적 현실을 너무나 손쉽게 뒤섞어 버림으로써 현실 세계가 직면한 여러 문제를 간과해버릴 수도 있다는 위험으로부터 자유롭지 못한 것도 사실이다. 현실 그 자체를 부인하는 상상력은 한편으로 현실을 추상화한다는 혐의에서 자유로울 수 없기 때문이다. 또한 근대적 소설이 함축했던 '계몽적 목소리'를 돌파하려는 시도가 역설적으로 또 다른 계몽의 목소리('상상하고 상상하라'는 전언)를 필요로 한다는 대목은 이 소설들이 여전히 근대소설의 자장에서 크게 벗어나지 않았다는 의심을 사기에 충분하다. 말하자면 현실과 접촉함으로써 발생하는 소설적 긴장감이 이들 소설이 구성하고 있는 공간 속에서 쉽사리 조성되기 힘들다는 것, 소설이 처해 있는 위기 너머를 향해 이들이 던진 넝쿨이 정박할 수 있는 자리를 찾기란 그리 쉽지 않다는 것이다. 사정이 이러하다면 지금까지 이들이 내세운 새로움은 그저 외형만 번지르르한 제스처로 그칠 공산이 크다.

그럼에도 우리가 이 두 젊은 작가의 소설적 행로를 관심 있게 지켜보아야 하는 이유는 이들의 소설이 쉼없이 '소설이란 무엇인가'라는 물음을 다양한 방법을 통해 제시하고 있기 때문이다. 이 다양한 방법이 곧 '다른 상상력'이겠지만 더 중요한 것은 이들의 소설이 기왕의 소설 쓰기를 무기력하게 만드는 형식을 통해서 씌어지고 있으며 이 과정을 경유함으로써만 소설의 행로와 미래를 얼핏 훔쳐보게 할 수 있다는 데 있다. 비록 모순적인 현실의 전망을 구성해주지 않고 다만 소설 자체의 운명을 예감하게 하더라도 새로운 소설은 전혀 새롭지 않은 방법으로 오히려 새롭다는 것의 의미를 전복시키며 우리 앞에 이미 도착해 있다. 위기 너머로 던져진 이 이야기 줄기의 넝쿨들이 만들어내는 매듭을 매만질 때 비로소 파국으로 내몰린 소설이 예정된 운명으로부터 벗어나도록 할 수 있지 않겠는가.(2007)

언 손으로 살리다

—이세기의 시

1. 언어를 타고 몸이 간다

선상 위에 올라온 미끄덩한 '그것'은 물 밖의 공기가 제 몸을 감싸는 것을 견딜 수 없다는 듯, 온몸을 뒤척이며 뛰어오른다. 물속에서와는 전혀 다른 몸짓으로, 저 자신도 알지 못했던 몸짓으로, 그러나 물속에서 익힌 바로 그 몸짓으로, 자유와 죽음의 경계를 무너뜨리며 뛰어오른다. 경계선을 뚫어내기 위해 도약을 해보지만 출구는 좀처럼 만들어지지 않는다. '그것'은 '물고기'라는 이름을 얻게 된다. 새로운 이름을 얻자 의미를 알 수 없었던 선상 위의 도약에 '싱싱함'이라는 가치가 붙는다. 물고기의 숨통이 끊어지면 '생선'이라는 또 다른 이름으로 불리게 될 것이다. '그것'은 물 밖에서 출구를 찾으려 했지만 그 도약의 힘은 '물고기'로, 다시 '생선'으로, 다만 지상에 더 가까운 이름으로 변해갈 뿐이다.

'물고기'에서 '생선'이 되는 짧은 순간. 선상 위에 올라온 미끄덩한 '그것'이 '물고기'가 되는 찰나. 그곳에서 나는 '시적 순간'을 본다. 기왕의 질서 바깥으로 나가 세속의 논리를 어긋냄으로써 예측할 수 없는 움직임을 공동체의 규칙 속에 밀어 넣을 때 발생하는 찰나의 에너지는 질서와 규약들을 팽팽하게 잡아당겨 견고한 현실을 긴장감이 넘치는 장으로, 무엇인가가 출현하거나 발생할 것만 같은 예측 불가능한 장으로 변주한다. 시적 순간의 어긋냄의 운동 속에서 다음과 같은 문장이 따라 나온다. 시의 요체는 '지속력'이 아니라 '움직임'에 있다.

시인이 '무릉도원'에서 살 수 없는 것은 시간이 정지해 있는 곳에서 언어는 아무런 움직임을 가지지 못하기 때문이다. 외려 자족적인 삶이 가능한 '마음의 고향'으로부터 떨어져 나올 때 '의미'를 획득할 수 있게 된다. 고향이란 더 이상 돌아갈 수 없다는 지반 위에서 발견되는 장소 아니던가. '나의 살던 고향'으로부터 나올 때 '꽃피는 산골'이나 '복숭아꽃 살구꽃 아기 진달래'가 보이기 시작한다는 것. 다시 선상의 비유를 빌리자면 선상 위의 물고기는 죽음의 문턱 혹은 무한한 자유 앞에서 비로소 몸에 새겨진 고향(물속)의 무늬, 저조차도 알지 못했던 무늬를 확인할 수 있게 된다. 떠나온 고향, 다시 그곳으로 가지 못한다는 사실을 자각할 때 몸은 더 다급해지기 마련이다. 몸이 갈 수 없는 곳을 언어가 간다. 언어를 타고 몸이 간다. 아니 언어가 몸을 끌고 나아간다.

2. 응시의 고투

이세기의 시에 대해서 말할 때 그 첫 자리에 서해 바다를 놓아두는 것은 자연스럽지만 그로부터 훼손되지 않은 원형의 꿈과 같은 것을 기대해서는 안 된다. 그에게 서해 바다란 처음부터 먹먹하고 막막한, 죽음과 삶이 자주 뒤바뀌는 위험한 경계선과 같은 것이었기 때문이다("이곳 울도 백아도 문갑도 소야도는 한 집 건너 두 집 월경을 해보지 않은 뱃사람은 한 명도 없습니다", 「어선 춘덕호」, 『언 손』, 창비, 2010). 섬에서의 삶을 지켜내기 위해 많은 이들이 바다를 향해 나아갔고 아직 돌아오지 못한 이들이 있다. 오래전부터 돌아오고 있었으나 기어코 도착하지 못한 이들이 저 바다 너머로부터 오고 있다. 그들이 바다로 나갔기에 섬에 머물 수 있었고 또 그 섬을 떠날 수 있었다("얘야, 공장에 자리를 마련했단다 / 배는 안된다며, / 아버지, 나의 아버지 나의 아버지여", 「칼치」, 『언 손』). 그들을 만나지 못하고 섬을 떠났으니 이세기가 시종일관 서해 바다를, 섬을 응시하는 것은 아직 돌아오지 않은 이들이 있다는 사실을 잊지 않고 있음을 의미하는 것일 게다.

이세기의 시가 유독 무언가를 응시하는 데 심혈을 기울이고 있는 것 또한 이러한 맥락에서 이해되어야 한다. 무언가를, 누군가를 기다리고 있지만 그들은 나타나지 않는다. 바다를 향해 있는 섬과 같은 모습을 한 시인의 응시를 통해 우리는 보이는 것과 보이지 않는 것 모두와 조우해야 한다. '응시'는 볼 수 있는 것과 볼 수 없는 것의 경계를 확인하는 행위와 다르지 않다. 시인의 '응시'는 "때때로 보이지 않는 것이 / 보이는 것보다 / 더 고통스러울 때가 있다"(「흰 꽃」, 『언 손』)는 깨달음이나 "환한 것에는 내력이 있다"(「박꽃」, 『언 손』)는 자각을 낳는다. 지금 보이지 않는다고 해서 존재하지 않는다고 단정지어서는 안 된다. 마찬가지로 보이는 것을 전부라 믿어서도 안 된다. 그렇게 우리는 시인의 응시를 통해 '무지'라는 다른 영토에 가닿을 수 있게 된다.

살아 있구나 살아 있구나 / 숭어 참게 망둥어 민챙이 모두 살아 있구나 // 갯벌은 바다를 살찌우고 / 어린 게를 키우고 / 날아가다 잠시 피곤에 지친 새를 키운다 // 그러나 나는 모른다 / 알래스카로 / 시베리아로 / 날아가는 저어새의 침묵을 / 함석집 마당을 지키는 늙은 홰나무만이 지켜보았을 / 노을 머금고 있는 / 저 바다의 침묵을 나는 모른다 // 다만 저어새의 날갯짓과 어미의 마음으로 / 제 새끼를 품고 몸을 살찌우고 / 개풍을 지나 사리원을 지나 / 시베리아로 / 알래스카로 / 날아가는 저어새의

날개짓을 나는 볼 뿐이다 // 타는 노을 속으로 / 검게 생명을 키워 날아가는 / 물떼새 / 살아 있구나

—「장화리」 전문, 『먹염바다』, 실천문학사, 2005

바다와 갯벌이 세상을 살려내고 있는 것을 응시하면서 시인은 돌연 '모른다, 모른다'고 한다. 응시는 외려 볼 수 없는 영역을 더 많이 펼쳐놓기 때문이다. '저어새의 침묵'과 '바다의 침묵'이 무엇을 의미하는지 알 수 없지만 그들의 모습을 응시함으로써만 겨우 다가갈 수 있는 '모른다'는 자각은 바다와 갯벌을 둘러싸고 있는 존재들이 여전히 '살아 있다'라는 단 하나의 사실, 그 신비에 가닿을 수 있는 걸음이 되는 것이다. 시인의 응시가 때론 '비뚜름'하게("비뚜름하게 / 강의 북두를 바라보고 있다", 「염하」, 『언 손』), 때론 '기우뚱'한 자세로("취해 반쯤 기우뚱한 내가 서 있다", 「물이 나간 자리」, 『언 손』) 행해지는 것 또한 이러한 맥락과 겹쳐 있다. 이세기에게 '응시'는 특정한 관점(perspective)으로 대상을 지각하기 위한 것이 아니라 외려 그 시선의 한계('모른다'라는 사실)를 현시함으로써 시인이 서 있는 위치의 불안정함, 그 결여의 자리를 드러낸다. 그 기우뚱한 시선은 고향으로부터 떨어져 나온 '지금-여기'의 불안정한 자리와 동시에 그곳으로 돌아가지 못하고 구금되어 있는 시인의 현실을 의미하는 것이기도 하다.

바다를 보면 / 그 아슴하고 빼죽하게 / 그 무언가가 저려오는 것인데 // 바다를 보면 / 가난하고 가난하였던 어메의 어메의 어메가 / 살 에일 듯 / 살 에일 듯 / 되진 바람과 같은 그 어떤 것이 어리고 / 희고 차가운 것이 어리고 // 달빛마냥 / 뒤울의 댓이파리마냥 / 삐죽삐죽 소리내며 울어대는 바지락마냥 // 푸덕푸덕 일어나는 푸신바람과 같은 소리가 / 어리고 / 어리는 // 바다를 보면 / 나는 그 무엇보다도 이 세상에 태어난 깐팽이며 짱둥이며 할미염뿌리의 / 그 작고 보잘것없는 비석도 세우지 못한 봉분

숲을 헤메이다 들어온 갯바람마냥 // 서 있고 / 서 있다

—「바다를 보면」 전문, 『먹염바다』

　지금 눈앞에 보이지 않지만 바다 앞에 서면 아슴하게 저려오는 기억, 숨길 수 없는 어떤 진실과의 대면을 피할 수 없다. 그것은 '가난한 어메'와 '작고 보잘것없는 것들'의 내력일 것이다. 파도처럼 밀려들어 '나'의 눈에 어리는 이 아린 대상과 회귀하는 기억들의 불가피함이 마지막 연의 "서 있고 / 서 있다"라는 초연함으로, 어떤 불가항력 앞에 내맡겨진 방식으로 그려져 있다. 무엇도 하지 못하고 그저 서 있는 것, 보는 것밖에 할 수 없는 속수무책과 보고 있음에도 알 수 없는 '무지'와 볼 수밖에 없는 '불가피함'은 '서 있고 서 있다'는 존재의 거듭되는 응시의 자리로 현현하는 것이기도 하다. 이세기에게 있어 응시란 대상을 직관적으로 파악하는 것이 아니라 "덕적군도에는 변경의 비참이 잠들어 있다"(「굴업도」, 『언 손』)라는 역사적 상처를 드러내는 것이기도 하다. 가령 "애비의 종심의 눈빛을 나는 본다 // 역사를 본다 / 1926년생을 본다"(「저녁때」, 『먹염바다』)는 그 응시는 곧 "족보가 없는 우리 집에는 흙 냄새가 없다"라는, 땅을 가져보지 못했기에 삶의 기반 또한 가질 수 없던 존재들이 헤쳐 나와야 했던 역사적 모순을 드러내는 것과 다르지 않다.

고향은 이제 황폐하고 / 나에겐 탈 배가 없습니다 / 부둣가는 무너지고 / 배들은 뻘밭에서 폐선이 되고 있습니다 / 어장의 물고기는 없어지고 / 남북의 대치는 아직 끝나지 않았습니다 / 밤은 아직 캄캄하고 / 선연한 총구를 마주한 눈빛은 / 어두운 밤바다를 응시하고 있습니다

　이 한 연에 개별자의 육친성의 현현인 고향이라는 공간과 국가(state)가

맺고 있는 긴밀한 관계가 집약되어 있다. 고향의 황폐화와 끝나지 않은 남북의 이데올로기적 대치는 동떨어져 있는 두 가지의 사태가 아니라 개별자들의 상태(state)와 국가(state)가 서로에게 귀속되는 불가피한 관계에 놓여 있다는 것을 의미한다(주디스 버틀러). 이세기 시에서의 '응시'는 바로 개별자들의 삶-감각의 변화가 국가의 상태와 긴밀하게 연결되어 있다는 것을 가리키는 것이다. 이세기의 주요 시적 공간인 '서해 바다'는 단순히 서정적 자아를 위로하거나 비애를 표출하는 사적 공간이라 부를 수 없다. 바다를 응시한다는 것은 "아시아의 근대성에는 자비가 없다"(「백령도에서」, 『먹염바다』)는 역사적 모순을 확인하는 자리에 선다는 것과 다르지 않기 때문이다. 이때 '서 있고 서 있다'라는 저 불가피한 진술이 '살아 있다'는 존재의 증표와 함께, 모순을 자각하는 역사적 주체의 관점까지 두루 포괄하고 있음을 확인할 수 있게 되는 것이다.

3. 내력을 부른다 : 증언과 주술

이세기의 시적 공간은 서해 바다를 근간으로 하는 갯벌과 수많은 섬이라는 특정 장소를 발화 지점으로 하는 경우가 빈번하다. 시적 공간과 특정 장소가 맺고 있는 긴밀한 관련성을 통해 이세기 시의 내부로 들어가는 경로를 마련해볼 수도 있겠지만 그렇다고 시적 공간과 특정 장소를 등가적인 것으로 간주해서는 안 된다. 대개의 시들이 장소성을 근간하고 있는 것이지만 우리는 그곳이 어떤 곳인지 그 지리를, 그 위치를, 그 지형을 정확하게 알지 못한다. 다만 짐작을 할 수 있을 뿐인데, 바로 이 대목이 이세기의 시적 공간을 설명하는 중요한 부분이라고 할 수 있다.

그는 어떤 장소가 주는 정조와 체험을 바탕으로 시를 쓰고 있지만 정작 우리는 그 장소가 어디인지 정확하게 인지할 수 없다. 다만 그 장소로부터 비롯되는 정조와 시적 분위기를 통해 그곳을 유추해볼 수 있을 뿐, 그 때문에 우리는 그 장소 앞에서 자꾸 멈춰 서서 머뭇거리게 된다. 그곳이 어디인지 지도를 펼쳐놓고 추적한다고 해서 그 장소(시적 공간) 속으로 들어갈 수 있는 것은 아니다. 하여 그 장소를 둘러싸고 있는 사물들과 그것을 지칭하는 단어에 각인되어 있는 시간의 구조를 좀 더 찬찬히 살펴볼 수밖에 없다. 그 장소들은 여전히 미지의 것으로 남을 수밖에 없지만 이러한 사정으로 이세기가 부려놓은 시적 공간은 읽는 이로 하여금 저마다 다른 형상을 갖게 한다. 특정 지역 혹은 장소를 특권화하는 것이 아니라 그곳으로 진입하는 저마다의 경로를 마련하도록 촉구하기 때문이다.

우리는 결코 그곳에 당도할 수 없겠지만 '그곳'을 그려보고, 상상하고, 감지해볼 수 있다. '대청도'가, '화수부두'가 어디인지 모르며 '박대'가, '염장'이 무엇인지 모르지만 그것을 둘러싸고 있는 시적 정조와 관계들을 살피며 '모른다'는 자각을 통해서 그곳에 당도하는 저마다의 경로를 마련하게 되는 것이다. 이세기가 펼쳐놓은 시적 공간은 아무도 불러주지 않고 이름조차 붙여주지 않는 것을 기억하고 호명하는 의미뿐 아니라 '그곳'으로 진입하는 다양한 진입로를 펼쳐 보인다.

가계가 대대로 바닷가였던 자월도 별남금에서
배를 타고 오월 바다를 건너
섬에서 섬으로 시집왔다는 깽녀

꽹과리같이 걸핏하면
떠든다고 해서 붙은 이름 깽녀

나는 얼굴도 모르는 할머니 이름을
부를 때마다

바닷가 오백년 묵은 당산나무가 떠오르고
왁자지껄한 웃음소리가 들리던 제삿날 밤이 생각나고
갑오년에 섬으로 들어왔다는
내 눈썹과 닮은 할아버지가 떠오르고

—「갱녀」 부분, 『언 손』

이세기 시어들은 대개가 이 '갱녀'처럼 특정한 내력("환한 것에는 내력이
있다",「박꽃」)을 가지고 있다. 그러니 그가 직조하는 시적 공간으로 진입하
기 위해서는 순우리말 사전이나 해안지도를 펼칠 것이 아니라 그 단어를
둘러싸고 있는 시적 풍경의 관계들을 조금 더 찬찬히 살피는 것이 필요하
다. 그때 바로 그곳에 각인되어 있는 삶의 정조로부터, 그 이름으로부터,
그 고유명으로부터, 그 존재들에게로 다가설 수 있는 경로가 마련되기 때
문이다. 인용하고 있는 「갱녀」처럼 얼굴도 모르는 할머니의 이름은 '부르
는 것'만으로도 많은 것을 '낳는다'. 시인은 파도에 쓸려 갔던, 더 이상 불
려지지 못하는 것들, 떠밀려가 아직 돌아오지 못하는 것들의 이름을 불러
보는 것이다. 두말할 것도 없이 그 부름은 특정한 개별자를 지칭하는 것에
국한되지 않고 그 개별자를 둘러싸고 있는 섬 안과 섬 밖의 관계를 드러
내는 것이기도 하다.

세상에 이름도 얻지 못한 섬들이 / 사는 덕적군도에서 / 자고로 섬에서
살아보지 못한 사람들은 / 섬이 얼마나 고난을 지고 / 살아 왔는지 모른
다 (중략) 한끼의 양식을 위해 / 집채만한 파도를 넘고 / 죽음을 넘고 / 섬
으로 섬으로 무인도로 / 한겨울의 모진 파도와 / 뼛속 깊이 살을 에는 아
픔을 안고 / 맨손 맨몸으로 / 살아보지 않은 사람들은 모른다 // 두 손이
갈가리 찢기고 / 허리가 끊어지는 / 통증을 참으며 / 온종일 갯바탕에 엎

드려 / 굴을 캐는 노동이 / 얼마나 고된지 / 섬사람이 되어보지 않고서는
모른다

—「굴업도」 부분, 『언 손』

　시인이 부르는 호명과 닿을 수 있는 무지의 자각은 시적 자아의 아슴하
고 아릿한 노스탤지어의 욕망을 충족하기 위한 것이 아니라 "변경의 비참
이 끝나지 않았다"(「굴업도」)는 역사적 진실과 현실의 모순을 소환한다. 시
인이 바다를 떠나지 않고 그저 '서 있고 서 있을 수밖에 없는' 자리에서 그
누구도 부르지 않은 이름을 부르는 것은 그것이 "변경의 비참"을 알리는
'증언'이기 때문이다. 그것은 동시에 바다로부터 돌아오는 존재들을 불러
모으는 '주술'이기도 하다. "황해 용왕도 오고 연평도바다 장산곶 어루바
다 지키는 용왕님네 문갑도 선갑도 못도 울도 백아도 천지신 곰바위 선단
여 지키는 할망도 오소서 모두 모이소서 들어보소서"(「굴업도」)

　이세기에게 바다가 근원적인 '시적 공간'일 수 있는 것은 그가 나고 자
란 육친성의 공간일 뿐 아니라 그곳으로부터 누군가가 돌아오고 있기
때문이다. 아직 돌아오지 않은 이들, 혹은 비참한 형상으로 돌아오는 이
들에 관해 '증언'해야 하고 또 그를 부르기 위해 '주술'을 외어야 한다.
이세기의 시는 증언과 주술 사이에서 공명한다. 설사 그들이 돌아온다
고 해도 시인과 섬과 바다는 구원받지 못할 것이다. 그들은 온몸에 죽음
을 뒤집어쓰고 올 것이기 때문이다. 저 바다로부터, 저 너머로부터 돌아
오는 이들은 외려 억압된 고통과 치욕적인 것에 가깝기에 이세기가 기다
리는 것은 구원자가 아니다. "누군가가 오리라"(「거미집」), "늘그막 함석집
누군가 걸어온다"(「애저녁」), "누군가 오려나 보다"(「제삿날」, 『먹염바다』)와
같은 대목이 가리키는 것은 기다림의 열망이 아니라 그들을 기다리고 맞
이해야 하는 당위로 보인다. 어쩌면 바다로 나간 그들은 다시 돌아올 수
없는지도 모른다. 서해 바다는 너무 많은 바리케이트가 촘촘한 그물처럼

드러워져 있기 때문이다. 그 바다에는 자비가 없다. 설사 다시 돌아온다고 해도 '반공법'("배를 타고 월북하였던 둘째 작은아버지는 반공법으로")으로 잡혀가거나 '절름발이'("월남에서 돌아온 매형은 / 목발을 한 채 / 이틀 밤을 묵고 섬을 떠났습니다", 「서쪽」)가 되어 섬에 머물지 못하고 다시 바다로 나가야 한다. 돌아오는 사람, 혹은 돌아올 것만 같은 사람은 "피 묻은 뱃사람이 거적을 뒤집어쓴 채"(「서쪽」) 오는 이들일 것이다. 헐벗고 핍박받는 모습으로 돌아와야 하는 이들이 있기에 시인은 섬을 떠나지 못하고 그저 '서 있고 서 있을 수밖에' 없다. 뜨겁게 타다 사라져버린 이들, "패이고 일렁이는 것들 / 숨죽인 것들"(「먹염바다」, 『먹염바다』)이 거적을 뒤집어쓰고 돌아오는 시간을 기다리는 것. 그들이 돌아온다는 사실을 잊지 않으면서 그들이 떠났던 그 부재의 시간 또한 잊지 않고 '서 있고 서 있는' 그 존재론적인 고투가 "언 몸이 언 몸을 만진다"(「굴막집」, 『언 손』)라는 구절 속에 알알이 박혀 있다.

4. 손길과 숨길이 여는 자리

이세기의 시에서 느껴지는 적막함이나 비애는 '외딴 섬'이나 '텅 빈 바다'라는 외적 환경으로부터 비롯되는 것은 아니다. 깊은 적막감의 출처를 헤아려보면 외려 '그곳에 아직 사람이 있음'을 알게 된다. 돌아오지 못한 이들을 기다리는 남아 있는 이들의 정조가 섬과 바다를 뒤덮고 있는 것이다("홀로 늙은 할매가 되어 / 허연 백발을 나부끼며 / 돌아오지 않는 쌍둥이 아들을 기다린다", 「당너머 집」, 『먹염바다』). 그렇게 늙고 차갑게 굳어버린 '언 손'과 '언 몸'은 거적때기를 쓰고 돌아올 또 다른 '언 손'과 '언 몸'을 기다리고 있다. 이세기의 두 번째 시집, 『언 손』에 유독 노인을 묘사하는 장면이 많은 것은 고향이 점점 늙어가고 있기 때문일 것이다.[1] 이 '언 손'과 '언 몸'이 만날 때, 그렇게 서로를 매만질 때 뜨거움이 발화(發火)한다. 고향이 늙어간다는 것은 그곳과의 관계망 또한 쇠락하고 있다는 것이지 않을까.

　　이작행 완행 철부선 여객실에
　　베트남에서 왔다는 새색시가
　　갓난아이에게 젖을 물리고 있다
　　섬사람 몇몇이
　　그 엄숙한 광경을 신기한 듯 보며
　　어디로 가냐고 물으니
　　집으로 간다고 한다
　　집이 어디냐 하니
　　이작도라고 한다
　　어디를 다녀가냐고 하니
　　설 쇠기 위해 시장에 다녀온다며
　　숙주나물 두부 쌀국수를 내보인다
　　할멈 한 분이 짐보따리에서
　　가래떡을 건네주며
　　같은 고향이라고 한다

1) 대략 다음과 같은 대목들을 추려내볼 수 있겠다. "민박집 할매가 배앓이 즉효라는 양귀비술을 한술 떠와 / 아이에게 먹이는"(「그믐께」), "할멈 둘이 앞서 걸어가고 있다"(「생계 줍는 아침」), "할매들이 바지락을 캐어다 / 물배가 오면 내어다 팔기도 하고"(「첫여름」), "한쪽 뺨에 흉터가 난 절름발이 할아배"(「생업」), "화수부두 가는 길 / 옹진반도에서 온 / 어머니 몇 / 의자에서 앉아 졸음 졸음"(「화수부두」), "굴막촌 할멈 일복이서 / 눈밭에 앉아 / 까마귀처럼 앉아"(「북성부두」), "이른 아침 부둣가 간선을 기다리는데 / 갯티 가는 할매들이 / 옹기종기 모여 이야기꽃을 피웁디다"(「간밤」), "간선에 / 몸을 실은 / 섬사람 틈에 / 머리가 허옇게 센 / 할매가 말을 건다"(「간선」), "나는 얼굴도 모르는 할머니 이름을 / 부를 때마다"(「깽녀」)

객실 안에 햇살이 환하게 번진다

—「이작행」 전문, 『언 손』

베트남에서 온 새색시의 장바구니에 뒤섞여 있는 숙주나물과 두부, 그리고 쌀국수처럼 이작도로 들어가는 여객선에 할멈과 베트남 색시가 자연스럽게 섞여 있다. 할멈은 여전히 돌아오지 않는 이들을 기다리기 위해 다시 섬으로 돌아가는 것일 텐데, 고향으로부터 멀리 떠나온 베트남 색시에게 가래떡을 건네는 그 손길에 여객선이 환해진다. 할멈이 말하는 "같은 고향"이란 섬에 들어온 낯선 이방인에 대한 환대의 증표인 것만은 아니다. 아직 돌아오지 않는 이를 여전히 기다리는 할멈과, 멀리서 섬으로 들어온 베트남 색시와의 만남으로 이작도로 향하는 여객선은 다른 의미망을 가지게 되기 때문이다. 숙주나물, 두부, 쌀국수를 뒤섞은 '손길'과 가래떡을 건네주며 같은 고향이라 말하는 '손길'의 만남에서 다시 "언 몸이 언 몸을 만진다"는 구절을 떠올리게 된다. 여객선은 '이작도'로 향하겠지만 언 몸과 언 몸이 서로를 만지는 그 '손길'이 오래되고 낡은 객실을 환하게 밝힌다. 마주잡아 매만지는 손길이 다가가는 곳이니 '이작도'는 더 이상 비참하고 버려진 섬이 아닐 것이다.

갯바람이 부는 대로 내 몸을 나는 부리고 싶다 // 겨울달로 차디차게 내 몸을 나는 부리고 싶다 // 게 발가락과 미물의 간과 손과 발에 나는 나를 부리고 싶다 // 갯바위 틈새를 보고 본다 / 다닥다닥 붙은 갱의 숨쉬는 소리를 듣는다 // 그리고 생각하는 것이다 / 이 세상의 밤과 밤을 견디어내는 것들에 관하여 / 어둠과 / 날것들의 숨소리를 // 애처롭고 고귀한 돌중게의 발걸음 같은 / 바람 소리가 들리는 바닷가에서 / 숨소리가 / 숨소리가 / 거대한 숨소리가 쉼 없이 들린다 // 살아 있는 날것들이 꿈틀거리며 / 이 세상을 만들고 만든다 // 둥글게 / 둥글게 / 부풀어오르는 갯밭

위들이 우뭇가사리를 만들고 / 가막조개와 패랭이고둥을 만들고 // 무엇
보다도 서로의 몸을 둥글리며 귀를 여는 소리가 / 갯바위 틈에서 / 들리
고 들린다

——「한월리에 가서 2」 전문, 『먹염바다』

갯바위 틈새에서 거대한 숨소리를 듣는다. 이 세상을 만드는 것은 "살
아 있는 날것들"의 꿈틀거림이다. 뱉었다 내었다 호흡하는 바다의 장부(臟
腑)가 세상을 만든다. "내 머릿속은 온통 / 머리로 생각하는 법을 / 바꿔
야겠다 / 장부로 생각하는 방법을 배워야겠다"(「문」, 『언 손』)는 구절은 "나
는 나를 부리고 싶다"나 "살아 있는 날것들이 꿈틀거리며 이 세상을 만들
고 만든다"는 구절들과 조응한다. 바위와 바위 사이, 섬과 섬 사이, 사람과
사람 사이, 아직 돌아오지 않은 이들과 그들을 기다리며 서 있는 이들의
사이로부터 우리가 볼 수 있는 것은 아득한 '거리'겠지만 살아 있음의 동
력으로 비참한 현실을 "물구나무" 설 수 있을 때, 머리가 아닌 '장부'로 생
각할 수 있을 때, 그 거리가 바로 숨이 들고 나는 숨통이다. 그 사이에 서
로를 살려낼 수 있는 '숨길'이 만들어진다는 것을, 그렇게 언 몸이 언 몸을
만지는 '손길'이 비참한 현실에 다른 길을 낸다.(2011)

옆에 서 있는 존재들에 관하여
―김해자의 시

1

모든 사랑은 '결여'의 부름에 대한 응답이다. 채울 수 없는 공백이란 상실의 기억이며 영영 가닿을 수 없는 것을 위한 공간이기도 하다. 이 공백은 아물지 않는 상처처럼 '매인 자국'의 모습을 하고 있지만 그렇게 움푹 들어간 '결여'의 자리는 누군가가 깃들 수 있는 여지를 몸속에 마련하는 것이기도 하다. 이 공백은 누군가에 의해 온전히 채워질 수도, 독점될 수도 없다. 다만 그 패인 자국에 의해 우리는 또, 다시, 사랑을 할 수 있게 되는지도 모른다. 사랑한다는 것은 너의 상처의 부름에 응답한다는 것이다. 너를 나의 환부(患部) 위에 올려놓는다는 것이다. 결코 아물지 않을 그 자리에 한동안 기거한다는 것이다. 앓아봤던 이만이 사랑에 빠질 수 있다. 지금 앓고 있는 이는 사랑을 부르고 있는 이다.

사랑은 우리가 흔히 생각하고 있는 것처럼 상대를 마주 봄으로써 성립되는 것은 아니다. '앓고 있는 이'들은 마주 보는 것이 힘겹다. 정면을 응시한다는 것이 대상을 바라보거나 관계를 맺을 수 있는 일정한 질서와 조건을 가지고 있음을 의미한다면 그것은 대등한 '교환'을 통해서만 '관계'를 맺는다는 것을 암시하는 것이지 않을까. 그러나 '앓는 이'들은 정면을 응시하지 못한다. 정면을 응시하거나 상대를 마주 볼 수 없는 이들은 '교환'의 체계, 달리 말해 공적으로 승인된 '어법'을 획득하지 못했기에 현실의 구성된 질서 앞에서 머뭇거리거나 그것으로부터 비켜서게 된다. 그러니 이렇게 말해야 하지 않을까. 사랑은 마주 봄으로써 성립되는 것이 아니라 앓고 있는 자의 옆에 섬으로써 시작될 수 있는 것이라고.

옆에 선다는 것은 '교환'이 아닌 다른 방식으로 관계를 구성한다는 것을 의미할 텐데, 나는 그것을 '함께 앓는 것'이라고 말하고 싶다. '함께 앓는다는 것'은 다른 위치에서 서로를 바라봄으로써 고통을 공유하는 것이 아니라 같은 위치에서 '함께 울고 웃는 것'이라고 바꿔 말할 수 있을 듯하다. 지하철의 한 모퉁이에서 요란하게 웃고 떠드는 아낙들의 무리를 떠올려 보라. 그들은 나란히 앉아서 자신의 이야기를 하고 또 서로의 이야기를 들으면서 힘껏 웃는다. 대개의 사람들은 이 요란한 웃음소리에 인상을 찌푸리곤 하지만 이렇게 힘껏 웃을 수 있는 사람을 앞으로도 계속 마주칠 수 있을까? 공적인 공간에서 사적인 감정 표현을 서슴지 않고 할 수 있다는 것은 그간 그들이 공적인 지위를 가져보지 못했음을 의미한다. 공적인 '교환' 체계를 가져보지 못했음에도 각자의 감정을 나누며 웃을 수 있는 것은 오랜 시간을 (함께) 앓아왔기 때문일 것이다. 저 힘찬 웃음은 '맨몸'으로 길어 올린 노동으로 삶을 꾸려온 이들만이 만들어낼 수 있는 것이지 않을까. 자신의 몸뚱이 하나만으로 삶을 끌고 온 이들의 몸은 상처투성이일 것이 틀림없다. 삶이 계속되는 한 그들의 '노동'은 멈출 수 없는 것이기에 그들은 늘 앓으면서 사랑한다. 그러므로 저 웃음은 울음의 역사를 딛고 있다. 함께 앓아온 저 아낙들 사이에 시인 김해자가 있다. 그들과 함께 웃으며 앓고 있다.

2

  세계의 어딘가가 병들어 있음을 감지하고 있다는 표식인 '앓음'은 얼핏 독백과도 같은 것처럼 보이지만 '앓는다는 것'은 우리로 하여금 세계의 질서에 변화를 촉구한다는 점에서 새로운 '앎'을 획득하게 되는 여정과 다르지 않다. 그것은 '나'에서 시작하여 다시 '나'로 귀결되는 내성(內省)의 회로에 갇혀 있는 것이 아니라 '나'에서 시작했지만 내 옆에 있는 존재들과의 관계를 경유해 '나가 아닌 나'로 돌아오는 것이기도 하다. 앓음은 '나'가 감당하기 힘든 외부적 힘으로부터 연유하는 것이겠지만 앓고 있다는 것이 개인의 나약함을 현시하는 것에 국한되는 것만은 아니다. 자신이 감당할 수 없는 것임에도 불구하고 '앓아낼 수 있다는 것'은 그 자체로 기왕의 '나'와는 다른, '나가 아닌 나'로 변모하고 있음을 의미하는 것이기 때문이다.

  그런 이유로 '노동'은 '앓음'과 밀착되어 있는 행위라고 하지 않을 수 없다. '온몸'으로 세계를 감당함으로써 삶을 구성해가는 저 분투 속에서 '용맹한 사랑'의 형상을 발견할 수 있게 된다. '노동'과 '사랑'의 이러한 친연성은 김해자의 시를 그저 '노동시'라고만 명명하는 것을 곤란하게 만든다. 이 때문에 김해자 시에서 매번 마주하게 되는 노동 속에 각인되어 있는 사랑의 흔적을 읽어야 하며 동시에 사랑을 지탱하고 있는 노동의 지난한 흔적들을 읽을 수 있어야 한다. 김해자에게 있어서 '시를 쓴다는 것'은 '함께 앓는다는 것'과 밀착되어 있다. 이는 앓고 있는 몸을 이끌고 노동을 함으로써 삶을 꾸려나가는 것이며 앓고 있는 자의 옆에 서서 함께 앓는 것이기도 하다. 김해자의 '시'는 '앓고 있는 이'들 옆으로 다가서는 걸음이며 몸을 끌고 넘어가는 노동이기도 하다. 그들과 유리되는 순간 김해자의 시 또한 길을 잃게 될지도 모른다. 김해자가 시에 대한 시, 시인에 대한 시를 지속적으로 쓰고 있는 것 또한 시를 쓰는 자신의 존재와 행위가 놓여 있는 '위치'를 반복해서 확인하고 끊임없이 반성하려는 태도로부터 연유하는 것이라고 할 수 있다.

> 시인이 뭐하는 사람이냐, 묻길래 시시한 사람이라 했다
> 일 년 중 10개월을 바다 위에서 사는 어린 선원들이 갸우뚱 하길래
> 시시한 일로 파도처럼 날마다 우는 사람이라 답했다
> 낚시 바늘에 꿰인 지렁이처럼 지렁이 따라 우는 사람이라 했다
> 밤바다처럼 막막해서 밤마다 제 몸 때리는 사람이라 했다
> 물거품처럼 아무것도 아닌 것이라 했다
> 아들 뻘 되는 선원들이 박장대소하며 덥썩 안아주길래
> 시시한 것 때문에 웃는 사람이라 답했다
> 포옹만으로도 행복한 세상에서 젤 시시한 사람이 시인이라 했다
> 행복할 때 동그라미 하나 흘리고 신이라 착각하는 족속이라 했다
> 짚신 고무신처럼 납작 엎드려 신겨지는 물건이라 했다
> 깔창 밑으로 지렁이 웃음소리를 듣는 짐승이라 했다

—「시인」 전문

자신을 세상에서 제일 시시한 사람이라고 말하는 시인은 "짚신 고무신처럼 납작 엎드"린 낮은 자세로 세상과 밀착해 있기에 "낚시 바늘에 꿰인 지렁이처럼 지렁이 따라" 울 수 있으며 "지렁이 웃음소리"까지 들을 수 있다. 보잘것없는 것들의 소리에 귀 기울이기 위해서는 그들과 일정한 거리를 유지하거나 그들을 위에서 굽어보는 '위치'가 아닌 그들 '옆에서 함께' 앓아야 한다.

"스스로를 나누고 잘게 부"(「바다」, 『축제』, 애지, 2007)술 때라야 "거대한 하나"가 될 수 있는 바다는 '시시하고' '아무것도 아닌' 시인의 모습과 닮

아 있다.[1] 『축제』의 마지막 파트인 4부가 바다와 관련된 시편으로 이루어져 있는 것 또한 시를 쓴다는 것에 대한 자기 반성을 끝까지 수행하겠다는 시인의 의지로 읽을 수 있겠다. "제 몸 부딪쳐 퍼렇게 멍"드는 바다는 "상처 없인 늘 푸를 수 없"(「바다」,『축제』)음을 쉼없는 뒤척임을 통해 현시하고 있다. "스스로 나누고 잘게 부수면 / 아무도 가를 수 없다는 듯 / 거대한 하나가 된다는 듯" 바다는 제 자신을 아무것도 아닌 것으로 만듦으로써 "거대한 하나"가 된다. 이때의 '하나'는 완결되거나 절대적인 형상의 의미가 아닌 매번 자신을 열어젖혀 부서짐으로써 아무것도 아닌 또 다른 것들과 조우한 상태라고 할 수 있다. 시인이 바다의 뒤척임을 보면서 형체도 없이 온전한 몸과 지치지 않는 노동("파도여 거품이여 형체도 없이 온전한 / 몸이여 지치지 않은 노동이여"「화엄華嚴」,『축제』)을 상기하는 것 또한 제 몸을 때리면서 산산이 부서지는 "뼈 없는" 것이 '나'를 빚어냈음을 자각하고 있기 때문이다.

'바다'는 바다가 아닌 것들과의 뒤섞임을 통해서 비로소 '바다'가 될 수 있다. 아무것도 아닌 것들이 서로를 의지함으로써 비로소 지탱할 수 있는 힘을 획득하는 것, 김해자에게 있어 시를 쓴다는 것은 이처럼 자신을 열어젖혀 '함께 앓음'으로써 곁에 '함께 서는' 것이다. 함께 앓을 수 있는 힘, 그것이야말로 현실의 장에서 아무런 힘도 가지지 못하는 존재들이 "거대한 하나"가 될 수 있는 동력이 아니겠는가. 그것을 '사랑할 수 있는 힘'이라고 불러도 좋다. 시인의 존립 근거가 '뼈 없는 것들'의 부서짐을 기반으로 하고 있는 탓에 시 쓰는 행위란 아무것도 아닌 존재들과의 거역할 수 없는 '관계' 맺음을 가리키는 것이기도 하다. 사정이 이렇다면 '시'는 아무것도 아닌 존재와 시인이 겹쳐질 때 비로소 발화될 수 있는 셈이다. 힘없는 이들은 서로의 상처에 전 존재를 겹쳐야만 가까스로 '나'가 될 수 있는 것이

---

1) 이하 『축제』에 수록된 작품을 인용 시 작품 제목과 시집 제목만을 본문에 표기하였다.

다. '나'가 나'만'이기를 거부할 때 가까스로 '나'가 될 수 있다는 역설. 그것은 시인이 그들 옆에서 함께 앓고 있기 때문이다. 그 앓음을 통해서 '나'는 기왕의 '나'와는 다른, '나가 아닌 나'로 변모한다. 힘이 없어 늘 아픈 이들 옆에 앓고 있는 이. 곁에서 같이 앓을 때 어찌 '나'만이 달라지겠는가. 함께 앓고 있는 이들 또한 달라질 것이다. 나아질 것이며 나아갈 것이다.

3

　시는 '충만'이 아닌 '결여'라는 영토에서 발아한다. 시가 계속 쓰이고 있는 것은 이 세계의 불완정성을 가리킨다고 해도 좋다. 세계와 합일의 합일을 열망하는 '서정시' 또한 이 세계가 어긋나 있다는 증표라면 그 어긋난 틈에 잠시 깃드는 '시적 순간'은 불완전하고 불공평한 현실을 바깥으로 여는 찰나라고 할 수 있다. 시인의 시선이 불완전한 것에 향해 있거나 아픈 곳에 손 뻗을 때, 우리는 세계가 부여한 질서로부터 추방당한 존재들과 스스로의 힘으로 존재를 지탱하지 못하게 만드는 어떤 '결여'와 대면하는 것을 피할 수 없다. 그것은 자아의 '결여'를 의미하는 것일 테지만 동시에 그것이 세계의 질서에 난 구멍이기도 함을 잊어서는 안 된다. 그러므로 그 '결여'와 '한계'로부터 등을 돌리지 않고 그것을 향해 손을 뻗는 것이 필요하다. '결여'는 존재의 불완전함, 한계의 표식이면서 내가 아닌 다른 무엇이 나에게 깃들 수 있는 가능성의 공간이기도 하다. 말하자면 김해자가 스스로의 힘으로 존재를 지탱할 수 없는 존재들을 향해 눈길과 손길을 멈추지 않는 것 또한 이러한 이유에서이다. 김해자의 시는 아무것도 아닌, 불완전한 존재들과 조우하는 것으로부터 시작되는 것이라고 해도 좋다. 시인은 스스로 자신 또한 아무런 쓸모가 없는 존재라고 말한다. 김해자가 모든 힘없는 존재들의 '옆에서 함께 앓아낼 수 있는 것'은 연약함과 쓸모

없음 때문이다. 이 무용함의 쓸모가 우리들을 만나게 한다. 만나서 맹렬히 사랑하게 한다.

> 다리가 하나뿐인 나무처럼 모자란 이 몸이
> 개심을 하는 길은 먼저 몸을 열어야 한다는 것을
> 내 안에 갇혀 어두운 내가 밝아지는 길은
> 하나인 내가 다른 하나의 속으로 들어가야 한다는 것을
> 둘이면서 하나이고 하나이면서 둘인 木佛이
> 앞서 열어 보이고 있다.
>
> ─「연리지連理枝」, 『축제』, 부분

　모자란 몸이 먼저 몸을 열어야만, 예컨대 "하나인 내가 다른 하나의 속으로 들어가야"만 밝아질 수 있다. 그것은 "둘이면서 하나이고 하나이면서 둘인" 결여된 존재들의 부대낌이 만들어내는 틈이기도 하다. "너덜너덜한 걸레"(「인연」, 『축제』)를 끝내 버리지 못하고 자신의 모든 것을 던져왔던 걸레의 지난한 '행위'의 위대함을 감지할 수 있는 것 또한 20년간 자신의 몸을 더럽히면서 다른 것들을 보듬어 안은 삶을 이어온 하찮은 것에 시인 자신의 몸을 겹쳐놓기 때문이다. 자신이 아닌 타인을 위해 온몸을 내던진 자의 몸은 낡고 병들어 있기 마련이지만 '시적 순간'은, 다시 말해 완고한 현실의 장에 틈을 내어 발현되는 섬광과 같은 순간은 그렇게 병들어서 아무짝에도 쓸모없어진 것들로부터 만들어진다는 사실을 시인은 잘 알고 있다. "생산도 사랑도 멈춘 채 배설기능만 남은" 시어머니의 아랫도리야말로 시인이 "다시 사랑할 힘을 얻"(「詩어머니」, 『축제』)을 수 있는 진원지이지 않은가. 그러나 그 사랑의 결실인 '시'는 시어머니 앞에서 무력하기만 하다. 김해자는 자신의 모든 것을 던져 직조해내는 '시'가 앓고 있는 사람들에게 별다른 도움이나 힘이 되지 못할 뿐만 아니라 노동자들의 '노동'에 견주어

볼 때 더욱 가난하게 여겨진다는 것을 너무나 잘 알고 있다. 그러나 시인의 시가 쓸모없는 지위에 놓여 있는 이유가 외려 자신의 전부를 세상을 향해 던질 수 있는 조건이 된다. "무쇠솥 달구는 장작불도 / 구겨진 종이 한 장부터 시작한다"(「불을 피우다」, 『축제』)는 대목에서 우리는 불쏘시개의 소신공양(燒身供養)에 의해 '불'이 점화될 수 있음을 확인할 수 있는데, 시인 또한 자신의 '시'가 앓고 있는 자들을 향해 내던짐으로써 발화(發火)할 수 있는 시작점이 되기를 바라고 있음에 틀림없다.

아무것도 아닌 존재가 내뱉는 '소리'는 '말'의 음역에까지 닿을 수 없다. 그것은 아무런 의미를 가지지 못하는 신음과 같다. "모든 고통은 모음"이며 "신음 속엔 가사가 없"(「모음」, 『축제』)다. 그러나 어째서 시인은 앓고 있는 존재들이 내는 '소리'의 심연에 켜켜이 쌓여 있는, 의미화되지 못한 고통의 경험들 속에서 '말'을 이끌어 올릴 수 있는 것일까? 시인의 감응 방식은 신음 소리를 듣는 것에 멈추지 않고 신음 속으로 걸어 들어가기 때문이다. 앓고 있는 존재 '옆에서' 자신의 모든 것을 던져 함께 앓을 때 비루한 존재들의 "패수로 터질 듯한 복수찬 배를 부레삼아" 나아가 "푸른 목숨을 피워"(「부레옥잠」)낼 수 있는 것이지 않을까. 그 순간 상처와 신음은 '말'의 음역을 넘어 "찬란한 무늬"(「만월과 초생달」)가 될 수도 있지 않겠는가.

4

스무 살 막달레나는 다리를 한껏 오그려 붙여
마치 뱀의 몸통인 양 그렸지
스물여섯 살 막달레나는
하부의 중심을 콘크리트로 봉해버렸지
동그라미로 까맣게 구멍을 내버렸지

벙 뚫려 아무것도 들어갈 수 없었지

성이 뭔지도 모르고 열여섯부터

살을 매매, 했다는 서른아홉 살 막달레나는

내 뱃속에 살이 너무 많아……

그렸다 지우고 그렸다가 박박 긁어

짓물러진 화폭 위

끝내는 생략된 채 완성된 하반신

붉은 물감 뚝뚝 흘러내리던

산타 마리아 노래

꽃과 불빛 환한 화장으로 예쁘게 흘러나오던

산타 마리아 막달레나

상부구조만 둥둥 떠다니던

—「막달레나의 하부구조」 전문

  육체노동이 하찮은 것으로 치부되는 것과 달리 어떤 노동은 노동의 지위조차 부여받지 못하기도 한다. 세상의 가장 밑바닥에서 모든 오물을 다 받아낸 이 땅의 막달레나들의 육체를 다시금 돌려주는 것, 그것은 우리의 삶을 지탱시키고 있지만 언제나 삭제되거나 은폐되는 '하부구조'의 형상을 복원하는 것이라고 할 수 있겠다. 누가 저들의 하부구조를 지워버렸는가, 그네들의 '화폭'을 짓이긴 자는 누구인가? 짓물러진 화폭 위에 있었던 치욕적인 일들을 환기하는 것, 그것은 이 땅의 수많은 막달레나에게 용서를 구하는 것이다. "아픈 세상을 아픔 없이 살아"왔기에 "우리 모두의 무감각이 당신들을 죽음으로 내"(「부디, 용서하세요」)몬 셈이다. 시인의 시 쓰기는 삭제된 그네들의 하부를 다시금 그리는 일이었을 것이다. 그것은 '나'와 '너'가 언제나 이어져 있었음을, "아아아 모음뿐인 외침과 절규"를 듣지 못하고 "더 간절하게 말"하지 못하고 "더 절박하게 행동"하지 못한 것에 대한, 그리하여 '너'의 고통에 눈감고 있었던 '나'의 뼈아픈 반성으로 이어지는 긴 여정이기도 하다.

> 오래된 브라더 미싱 앞에서 떨어진 헝겊조각들을 깁네
> 형형색색 밥상보 잇고 발걸레 붙이다 보면
> 내 몸 어디에선가 구멍이 뚫려 실이 풀려 나오는 것 같네
> 딸을 잉태했던 뱃구레 어디선가 진액이 흘러나와
> 내 배꼽 낳은 그물코에 닿기도 하고 깊이를 알 수 없는
> 미궁 속으로 실타래채 곤두박질치기도 하네
> 이승에 몸을 부리는 일,
> 제 꽁무니에서 실을 뽑는 짓인지도 몰라
> 움추렸다 솟구치며 허공에 한 땀 한 땀 집을 짓는 일인지도
> 생이 너덜거릴 때면 나는 덜덜거리는 미싱 앞에 앉네
> 따로 노는 몸과 마음 기우다 보면 삐거덕거리는
> 내 운명 또한 결국 내 마음이 택한 길이라 자수하게 되지
> 마음 따라 움직인 길이, 나를 옭아매는 덫이었음을
> 몸이 지은 집이 어찌할 수 없는 업이 되었음을 자백하게 되지
> 업을 기워가며 놀게도 되지
>
> ―「거미여자」, 『축제』 전문

시를 쓰는 것과 미싱을 돌리는 노동이 등치되는 저 장면에서 우리는 노동자와 시인을 분별할 수 있던 표지들이 무력하게 되는 지점에 봉착하게 된다. 만약 김해자의 시를 '노동시'라고 명명할 수 있다면 그것은 '노동자들의 삶을 재현하는 데 집중하는 시인'이라서가 아니라 시인의 시 쓰기가 자신의 몸속에서 실을 뽑아내 "움츠렸다 솟구치며 허공에 한 땀 한 땀" 언어의 집을 지어가는 지난한 노동의 과정이라는 면에서 그러하다. 떨어진

헝겊조각들과 볼품없는 누더기들이 시인의 손끝에서 "형형색색의 밥상보"가 되거나 새로운 것으로 재탄생한다. 우리는 여기서 누더기를 기워서 새로운 것으로 만드는 시인의 손끝에 너무 많은 의미를 부여하는 것을 경계해야 한다. 물론 시인의 손끝에서 누더기가 새로운 모습을 획득하게 되는 것은 사실이지만 그보다 저 누더기들이 원래 이어져 있던 것이라는 점, 저 누더기들이 겹치거나 이어질 때 비로소 새로운 존재가 된다는 점을 간과해서는 안 된다. 아무것도 아닌 존재들이 서로의 몸을 포갤 때 '다른 나들', '미지의 우리'가 될 수 있다. 나의 고통과 너의 고통을 이을 때, 그 고통을 해소하지 못한다 해도 견뎌낼 수 있는 대피소 같은 장소가 마련된다는 것을 잊어서는 안 된다.

앓고 있는 이들, 미지의 우리는 보이지 않은 신음과 같은 미약한 끈으로, 다시 말해 '앓음'으로 이어져 있다. 앞서 이 땅의 막달레나들이 감내해왔던 고통이 시인으로 하여금 뼈아픈 반성의 시간을 가지게 한 것과 "아프다 말 한 마디 못하는 저 순한 산하 앞에서" "자꾸 무릎이 꺾이"(「미안하다, 산하」)는 이유를 시인의 '노동'을 통해서 환기할 수 있다. 볼품없는 누더기들을 기워 새로운 형상을 만드는 행위는 시인의 몸속에서 나오는 '실-언어'가 누더기들을 기우는 행위'로부터' 만들어지는 것이지 시인의 몸속에 이미 '실-언어'가 있기 때문은 아니다. '실-언어'는 시인의 내면에서 샘솟는 것이 아니라 '나'와 '타자'가 관계를 맺는 순간 발생하는 섬광 같은 것이다. 그렇다면 「거미여자」는 시인이 쓴 '시론'으로 읽어도 좋겠다.

5

김해자의 시 쓰기는 '앓음의 연대기'이면서 사랑이라는 노동을 통해 '앎'에 다가가는 여정이기도 하다. 그 '앓음'과 '앎'은 정면을 마주 보는 관계에서는 만들어지지 않는다. 옆에서 함께 '앓음'으로써만 '앎'에 근접해갈 수 있다. 정면을 응시할 수 없는 존재들은 대상을 바라보는 방식을 획득하지 못한 이들이거나 늘 두려움에 떠는 이들일 것이다. 알 수 없는 두려움을 안고 살아야 하는 존재들, 자기에게로 행사될 세계의 폭력을 늘 예감해야 하는 존재들은 정면을 바라보지 못하고 흘깃거리거나 잠깐 옆에 설 수 있을 뿐이겠지만 그렇다고 이를 굴복이나 타협으로 서둘러 규정지어서는 안 된다. 옆에 선다는 것은 '선택'의 문제인 것만은 아니다. 옆에 선다는 것은 서로가 서로의 지지대가 된다는 것이며 누군가가 누군가의 울타리가 된다는 것이다. 옆에(side) 존재한다는 것(be)은 삶의 고통을 마주하며 어울려 살아가는 삶의 양식이다. "한줄에 꿰인 호박꼬지처럼 줄줄이 앉아" 함께 작업을 하는 사람, "손에 손으로 에이스와 새우깡 따뜻하게 건네"(「공단길」, 『축제』)주던 사람, 옆에 있어주는 사람이 아니라 함께 살고 있는 사람들.

　옆에 서 있다는 것은 세계의 폭력으로부터 떠밀려온 이들이 자신들의 상처 위에 다른 이의 상처를 덧대는 것에 불과한 것처럼 보일 수도 있지만 '나'와 '너'가 앓음 속에서 포개어질 때 "아, 예 그렇군요…"(「텔레마케터와 독신자」)라는 "아무 것도 없다는 듯 득도 실도 없는 화답"이 "네모난 박스 안에 갇혀" 있는 이들의 "먹먹한 귓속에 길을 내던" 말이 되는 것처럼 "이 세상 너머에서 들려온 소리"로 도착한다. 바깥으로 내몰리고 쫓겨난 사람들이 서로의 상처를 보듬는 것, 그 행위에 의해 우리는 상처를 입을 수 있는 사람은 그 상처를 밀어낼 수 있는 힘 또한 지니고 있다는 사실을 확인할 수 있게 된다. 연약하고 미미한 편재해 있는 힘이 모여 확신이 될 때 "사랑은 벼랑 끝에서만 핀다"(「벼랑 위의 사랑」, 『축제』)는 구절은 앓는 이들의 진리가 된다.(2009)

2부

불가능한 공동체

불가능한 공동체

1. 쓰레기가 되는 삶들 : 추방의 불가피성

모든 딱딱한 것들이 녹아 사라지는 유동하는(liquid) 세기를 관할하는 핵심적인 규칙에 대해 말해야 할 때, 그 첫 자리에 '추방령'을 올려두는 것에 이의를 제기하는 이는 그리 많지 않을 것이다. 이때의 '추방'이 가지는 함의는 공동체의 규칙을 위반한 자를 단순히 '밖으로 쫓아내는 것'에 국한되지 않는다. 오늘날의 '추방'이란 무언가를 자신에게 인도하도록 만드는 권한이자 자신을 내버리는 자의 자비에 위탁되는 것이며 배제되는 동시에 포함되며 해방되는 동시에 포획당하는 것이다.[1] 추방은 공동체의 규칙을 위반했을 때 부여되는 징벌이라는 예외적인 규율체계가 아니라 외려 원초적인 정치적 관계로써 우리들의 삶을 주관하는 핵심적인 조건이 되었기 때문이다. 예외가 규칙이 된 상황, 이른바 추방의 불가피성.

만약 주권 권력의 작동 방식을 독창적인 관점으로 독해하고 있는 아감

---

1) 조르조 아감벤, 박진우 옮김, 『호모 사케르』, 새물결, 2008, 223쪽.

벤식의 논의가 즉각적으로 납득이 되지 않는다면 '지구는 만원이다'라는 익숙한 표현을 떠올려볼 것을 요청하고 싶다. 이 표현은 이미 상투적인 수사의 영역을 넘어 현실을 적확하게 담지하고 있는, 가공할 만한 위력을 가진 것으로서의 위상을 새롭게 획득하게 되었기 때문이다. 지그문트 바우만의 예리한 지적처럼 오늘날 전세계의 방송을 장악하고 있는 '리얼리티 TV 쇼'야말로 우리들의 삶의 공간이 언제나 '정원초과'라는 사실을 보여주고 있지 않은가.[2] 매주, 혹은 매 순간 그 누군가가 사라져야만 삶을 이어갈 수 있는 조건을 규칙으로 하는 '리얼리티 TV 쇼'는 추방이 금지라는 위반과 맺고 있던 기왕의 관계 고리가 무용해졌음을, 다시 말해 '정당한 추방' 따위는 이제 사라졌다는 것을 일상적인 감각 속에서 습득케 한다. 한 사람을 제외하고는 모든 이가 사라져야만 하는 '리얼리티 TV 쇼'가 승자독식을 근간으로 하는 신자유주의 체제의 맨얼굴과 다르지 않다는 것은 당위적인 것으로 인식되었던 '지구화'의 의미를 재사유해야 할 필요성을 요청하는 것이기도 하다. '정원초과'라는 원칙이 바뀌지 않는 한 인간의 삶은 잠정적인 쓰레기의 지위를 벗어날 수 없다. 그렇다고 '쓰레기가 되는 삶'에 내적 원리 따위가 있는 것도 아니다. 바우만의 비유가 보여주듯 어딘가를 밝히기 위해서 다른 곳은 더욱 어두워지는 것처럼 지구화라는, 오늘날 우리들의 삶이 놓여 있는 지반에서 어떤 것이 창조되려면 다른 어떤 것은 쓰레기가 되어야 하기 때문이다.[3] 인간의 '계획'과 '설계'가 지속될 수 있는 것은 오늘의 세계가 '쓰레기가 되는 삶'들을 기반으로 한다는 데서 연유한다.

2) 지그문트 바우만, 함규진 옮김, 『유동하는 공포』, 산책자, 2009.
3) 지그문트 바우만, 정일준 옮김, 『쓰레기가 되는 삶들―모더니티와 그 추방자들』, 새물결, 2008, 41쪽.

2. 버려야 적합해지는 개념 : 공동체

추방이 세계를 지배하는 유일한 규칙으로 작동한다는 것은 모두의 삶
이 잠적적인 쓰레기의 지위에서 벗어날 수 없음을 의미한다. 이러한 사정
은 오랫동안 논의되었음에도 불구하고 여전히 중요한 쟁점으로 '남아' 있
을 수밖에 없는, '공동체'에 대한 사유를 멈추어선 안 된다는 것을 우리에
게 요구하는 것이기도 하다. 인류가 삶과 죽음에 대해 고민하는 것을 멈
추지 않았던 것처럼, 사유가 언제나 삶과 죽음의 문제를 경유해서 제각각
의 행로들을 획득할 수 있었던 것처럼 '함께(com)'라는 문제 또한 모든 말
(word)의 잠정적인 접두어의 역할을 해왔다는 것을 부정할 수 없다. 내밀
하고 사적인 문제에 천착할 때에도 인류는 언제나 '함께'라는 더듬이로 방
향을 가늠하며 사유의 첫발을 내딛어오지 않았던가.

잘 알려져 있는 것처럼 공동체(community)의 어원인 라틴어 커뮤니타스
(communitas)는 '가치 있는 무언가를 함께하다'라는 의미를 가지고 있다.
문제는 특정한 가치를 추구하기 위한 결합이 매번 '가치'와 '함께'의 범주
를 제한하거나 말소시켜버리는 데 있다. 인류의 수많은 재앙의 설계자가
공동체였다는 역사적 사실을 떠올리는 것은 그리 어려운 일이 아니다. (특
정) 공동체의 해체야말로 공동체가 오랜 시간 동안 자행해왔던 것이었음
을 염두에 둔다면 우리는 여전히 반복해서 돌아오는 '어떤 공동체인가?'
라는 물음과의 대면을 피할 수 없다. 이에 대해 블랑쇼가 '밝힐 수 없는 공
동체'라고 응답한 것은, 또한 낭시가 '무위의 공동체'나 '마주한 공동체'라
고 대답한 이유는 어디에 있을까.[4] 이 역설적인 사유 속에 지금까지 우리
가 '공동체'라고 불러왔던 것과는 다른 관계가, 불가능으로써만 가능한 새
로운 공동체의 형상에 접근할 수 있는 하나의 경로를 마련해볼 수 있지

---

4) 모리스 블랑쇼 · 장-뤽 낭시, 박준상 옮김,『밝힐 수 없는 공동체 / 마주한 공동체』, 문
학과지성사, 2005.

않을까.

모리스 블랑쇼는 공동체라는 말 속에 병적인 전체주의의 기원이 감추어
져 있음을 간파하고 있었다. 그것은 공동체라는 범주, 그 언어적 규약 체
계가 갖는 한계로부터 비롯되는 것인데, 말하자면 공동체 속에는 내재적
인 인간성의 원리가 가정되어 있다는 것이다. 인간을 절대적으로 내재적
인 존재로 규정한다는 것은 이들의 결집이 결국 내부적 완결성을 목적으
로 한다는 것을 뜻하며 그것은 외부의 단절, 바꿔 말해 외부를 절멸시킬
때 비로소 구성될 수 있는 것이었기 때문이다.[5] 20세기 전체주의의 역사,
'우리'를 살해해온 그 역사는 이러한 동일성의 집단으로 환원되는 공동체
가 만들어온 것이지 않은가. 장-뤽 낭시 또한 세계의 목표 상실, 전 지구
적 내전 상태, 모든 것이 같아지는 일반적 등가화가 무제한적으로 확장
되고 있는 '지금'(세계world를 상실한 세계화globalization로서의 현재), 절대전
능의 힘과 괴물처럼 되어버린 동일자의 현전을 다시 긍정하는 급격한 도
약이 이루어지고 있다고 경고한다. 그가 '공동체'라는 말이 아닌 '같이-있
음'이나 '공동-내의-존재', '함께-있음'과 같은 표현들을 더 선호하게 된
것은 공동체라는 말을 어쩔 수 없이 충일한 것, 나아가 실체와 내면성으
로 부풀려진 것으로 인지했기 때문이며 그것이 '인종성'을 뒷받침하고 있
는 것이라는 사유에까지 이어져 있었기 때문이다. 낭시는 인간은 타자들
과 공동으로-존재(etre-en-commum)하며, 그 유한성 때문에 언제나 외부
에-있는(ex-position) 누군가와 함께-현존(com-paraitre)하는 존재라고 본
다.[6] "'공동체'가 우리에게 주어졌다. 다시 말해 '우리'를 정당화하기 이전

---

5) 이는 논의의 맥락이 상이한 것처럼 보이는 바우만의 다음과 같은 언급과 정확하게 겹
   치는 것이기도 하다. "공동체라 일컬어지는 것의 경계는 마치 몸의 외부 막처럼, 신뢰
   와 자상한 보살핌을 쏟을 영역과 위험과 의심과 항시적 감시를 할 황야의 영역을 나누
   도록 되어 있다. 몸과 공동체라 일컫는 것은 공히 내부는 융단 같고 외부는 뾰족한 가
   시철망 같다." 지그문트 바우만, 이일수 옮김, 『액체근대』, 강, 2009, 293쪽.
6) 이진경은 공동체에 관한 블랑쇼와 낭시의 역설이 피상적이고 불충분하다고 지적한다.

116

에, 나아가 '우리'라고 명확히 말하기도 전에, 하나의 "우리"가 우리에게 주어졌다."(장-뤽 낭시, 앞의 책, 131쪽) 문제는 존재가 **이미** '공동으로-존재하는 것'임에 불구하고 '공동체'가 우리의 존재 근거인 그 '우리'를 파괴한다는 데 있다.

야만의 세기가 우리에게 물려준 유일한 유산, 혹은 마지막 유언이 있다면 그것은 '우리'를 과도하게 신뢰하지 말라는 경고일 것이다. 그렇다면 '우리'는 어떻게 만들어지는가? 무엇이 '우리'이며 어디까지가 '우리'인가? 이 물음은 또 다른 물음이라는 필연적인 우회로를 거쳐야만 한다. '우리'가 아닌, '우리' 밖에서, '우리'일 수 없는, 그러나 이미 우리 안으로 들어와 우리와 연루되어 있는 이들의 목소리. 그들은 누구인가? 그들은 지금 어디에 있는가?

3. 결핍의 원리

블랑쇼는 '어떤 공동체도 이루지 못했던 이들의 공동체', '부재의 공동체 (communauté d'absence)'라는 바타유의 독특한 공동체 논의를 이어받아 모

그들의 논의는 공동체를 구성하려는 시도가 공동체를 배반하거나 그 시도를 실패로 몰고 갈 수 있음을 경고하는 통념적 비판에 머물 뿐 아니라 공동체를 구성하려는 시도 바깥에 공동체를 설정함으로써 공동체를 구성하려는 시도 자체가 지닌 난점을 회피하기 때문이라는 것이다. "공동체를 구성하는 문제 바깥에서, 실패하며 되돌아오는 공동체 바깥에서 실패할 수 없는 존재론적 공동체를 정의하려는 것, 공동체가 없는 곳에서 공동체를 정의하려는 것은, 공동체의 피안(彼岸)에서 그것의 이데아를 발견하려는 또 하나의 신학적 시도"(이진경, 「코뮨주의와 특이성」, 고병권 · 이진경 외, 『코뮨주의 선언』, 교양인, 2007, 152쪽)에 다름 아닐 수 있다고 지적하며 이것이 공동체를 구성하려는 어떠한 운동도 없이, 실천적 지향성 없이 공동체를 개념화 하려는 시도 자체가 지니는 근본적 한계를 보여준다고 주장한다. 존재론적 공동체의 잠재성을 좀 더 능동적/실천적으로 밀고 나가는 것으로서의 '구성적 공동체'에 관한 논의에 대해서는 『코뮨주의 선언』에 실려 있는 글들을 참조.

든 인간 존재에는 근본적인 결핍의 원리가 있다고 말한다. 그러나 존재의 결핍은 완전성을 필요로 하지 않는다. 이 결핍은 모자라는 것이 아니라 늘 '초과'해 있는 것이기 때문이다.

> 결핍은 어떤 충만함을 보여주는 모델과의 비교에 따라 발생하는 것이 아니다. 결핍은 결핍을 해소시킬 수 있는 것을 찾지 않으며 오히려 초과를, 채워질수록 심해지는 결핍의 초과를 추구한다. 의심할 바 없이 결핍은 [나에 대한 타자의] 이의 제기contestation를 요청한다. 이의 제기는 고립된 나로 인해 생겨난다. 이의 제기는 그 **위치**로 인해 나를 위태롭게 할 수 있는 유일한 자인 하나의 타자로의(또는 타자 자체로의) 노출을 항상 유도한다. 만일 인간 실존이 근본적으로 부단히 의문에 부쳐진 실존이라면, 인간 실존은 그 자신으로부터 자신을 넘어설 수 있는 가능성만을 끌어낼 수 있을 뿐이다. 그렇지 않다면 인간 실존이란 의문은 항상 꼬리를 물고 이어질 것이다.(자기 비판이란 분명 타자의 비판에 대한 거부이며, 결핍에 대한 권리를 보전 하면서 스스로 충만해지는 방법이고, 따라서 지나치게 가치가 부여된 자신 앞에서 스스로 낮아지는 것일 뿐이다.)
>
> ― 모리스 블랑쇼, 「밝힐 수 없는 공동체」, 22쪽

채워질수록 심해지는 결핍의 초과, 나에게 이의 제기를 하는 것으로서의 결핍이란 무엇을 말하는가. 그것은 '나'의 존립이 나의 너머로부터, 나의 바깥에서 **이미** 들어와 있는 '타자'에 의한, '타자와 함께'라는 것을 의미하는 것처럼 보이지 않는가. 바꿔 말해 '나'는 1인칭 단수가 아닌 1인칭 복수라는 것이다(낭시). 그것은 '무엇'의 나눔을 목적으로 하고 '무엇'에 기초한 공동체가 아니라 '나'와 타인 사이의 모든 종류의 만남의 근거에 있는 나눔(partage), 어떤 '무엇'의 나눔이 아닌, '우리'의 실존('우리'의 있음 자체)의 나눔, 나눔의 전 근원적인 양태를 가리킨다. '우리'가 함께 있는 것

은, 함께 있어야 하는 이유는 궁극적으로 '무엇' 때문이 아니며, '무엇'을 나누기 위해서도 아니다. '우리'가 함께 있는 궁극적 이유와 목적은 다만 함께 있다는 데에 있다. 함께 있음의 이유와 목적은 '함께 있음 그 자체'이다. '무엇'을 나누는 것이 아니라 함께 있음 자체를 나눈다는 것, 다시 말해 '나'와 타인의 실존 자체가 서로에게 부름과 응답이 되는, '우리'의 실존들의 접촉.[7]

　존재의 결핍은 존재의 유한성을, 내재적 완결이 불가능하다는 것을 의미한다. 존재는 언제나 존재 바깥에 기대고 있기에 존재의 완결성을 방해하는 결핍이야말로 존재의 지반이자 근거이기도 하다. '나'의 충만함을 불가능하게 만드는 타자의 이의 제기, 그것은 '나' 스스로가 존립할 수 있다는 믿음의 근거로 기능해왔던 '자율성'에 대한 이의 제기라고 할 수 있다. 자율성은 분명 '나'를 중심으로 하는 완결된 세계를 구성하는 핵심적인 동력임에 틀림없다. 문제는 이러한 자율성의 강조, 그것의 신화화는 1인칭 서사의 회로를 더욱 강화하는 탓에 이미 연루되어 있는 타자와의 관계를 삭제해 버린다는 데 있다.

4. 전 지구적 배우가 된다는 것

　주디스 버틀러는 폭력에 노출되어 있으면서 폭력과 공모할 수밖에 없는 전 지구적 상황에서 폭력을 정당화하는 1인칭 서사를 탈중심화할 다른 의미, 다른 가능성을 찾을 수 있는 방법을 모색한다. 그것은 자신이 통제할 수 없는 어떤 것을 겪으면서 자신이 자신과 하나가 아니라 자기 밖에 있음을 알게 되는 순간으로부터 포착되는데, 우리가 이미 묶여 있는 존

---

7) 박준상, 「장-뤽 낭시와 공유, 소통에 대한 물음」, 『밝힐 수 없는 공동체 / 마주한 공동체』 역자 해설, 139~141쪽. 몇 대목을 문맥에 맞게 변형해 인용했다.

재들임을 환기시키고 우리가 우리의 주인이 아니게 되는 그런 순간으로서의 슬픔이 바로 그것이다. 버틀러는 사적 감정의 범주에 묶여 있던 '슬픔'을 정치적이고 윤리적인 문제로 쟁점화한다. 슬픔이 복잡한 수준의 정치 공동체의 느낌을 제공하고, 무엇보다 우리의 근본적인 의존성과 윤리적 책임감을 이론화하는 데 중요한 관계적 끈을 강조한다는 것이다. 다시 말해 '나'가 제어할 수 없는 어떤 상실의 경험은 우리가 이미 우리 너머, 우리의 삶이 아닌 다른 삶에 이양되어 연루된 것임을 의미하기에 나를 붙들고 있는 것이 무엇인지를 내가 항상 알게 되는 게 아니라면, 그리고 내가 상실한 다른 사람 안에 있는 것이 무엇인지를 항상 알게 되는 게 아니라면, 이런 박탈의 국면이 바로 나의 무지, 즉 나의 일차적 사회성의 무의식적인 자국이 드러나는 국면이라는 것이다.[8] 이는 완전한 자율성을 가진 개인이란 없으며 인간은 항상 자기 아닌 자에게 열려 있을 수밖에 없다는 낭시의 논의를 다시금 환기시킨다. 인간은 자유의 존재가 아니라, 그가 향해 있는 타인에 의해 제약된 존재, 하지만 그 제약으로 인해 비로소 의미에 이를 수 있는 유한한 존재라는 것 말이다.

통제할 수 없고 예측할 수 없는 상실을 겪으며 우리는 우리의 취약성을 경험하게 된다. 우리가 우리 아닌 바깥의 삶들과 연결되어 있다는 것은 관념적이거나 도덕적인 판단으로부터 연유하지 않는다. 블랑쇼가 지적한 것처럼 자기 비판이란 타자의 비판에 대한 거부이며, 결핍에 대한 권리를 보전하면서 스스로 충만해지는 방법이기에 그것은 자신 앞에서 스스로 낮아지는 것일 뿐이기 때문이다. 마찬가지로 양심의 가책(bad conscience)이 나르시시즘의 부정적 판형에 불과하다는 점을 지적하고 있는 버틀러는 우리 스스로를 우리 밖에 배치하는 일이 신체적 삶으로부터, 신체의 취약성으로부터 비롯되는 것이라 주장한다.

---

8) 주디스 버틀러, 양효실 옮김, 「폭력, 애도, 정치」, 『불확실한 삶 : 애도와 폭력의 권력들』, 경성대학교출판부, 2008, 57쪽.

신체는 도덕성, 취약성, 행위주체성을 함축한다. 즉 피부와 살 때문에 우리는 다른 이들의 시선에 노출되며 또 접촉과 폭력에도 노출된다. 신체 때문에 우리는 행위주체가 되고 이 모든 것들의 도구가 되어야 하는 위험에 처하기도 한다. (중략) 신체에는 항상 공적인 차원이 있다. 공적 영역에서 사회적 현상으로 구성되는 나의 신체는 나의 것이며 또 나의 것이 아니다. 처음부터 타자들의 세계에 배당된 신체는 타자들의 자국을 지니고 있고 사회적 삶의 도가니 안에서 형성된다. (중략) 나의 "의지"의 형성보다 먼저인 이 점을 내가 부인한다고 해도, 내가 내 옆에 가까이 두겠다고 선택하지 않은 타자들과 나를 나의 신체가 연결한다.

—주디스 버틀러, 「폭력, 애도, 정치」, 앞의 책, 55쪽

이는 우리의 행위가 자생적인 것이 아니라 조건화된 것임을 의미하기에 행위주체성(agency)이 아닌 타자에 대한 응답의 문제와 밀접하게 관계를 맺고 있음을 자각할 수 있다. 오늘날 우리 모두가 폭력의 가능성에 노출되어 있다는 것은 우리 각자가 부분적으로 우리의 신체의 사회적 취약성에 의해 정치적으로 구성된다는 것을 의미한다. 신체적 취약성은 극복되거나 해소해야 할 것이 아니라 취약성 그 자체를 사유의 대상으로 삼아야할 것이다. 버틀러는 우리가 정복당하거나 다른 사람들을 상실할 수 있는 상황에 대해 사유함으로써 정치가 무엇을 함축할 수 있는가를 생각하기시작한 것처럼, 우리는 취약성을 경청하고 심지어 취약성을 지켜야 한다고 주장한다.

이러한 신체적 취약성에 대한 자각은 나의 존재가 다른 이들과 이미 연루되어 있다는 것을, 그 관계가 자의적으로 끝낼 수 있는 것이 아님을 지시한다. 그런 점에서 신체적 취약성에 대한 자각은 자기 완결적인 1인칭서사에서 벗어날 수 있는 경로를 마련하는 조건이 되기도 한다. 버틀러는

그것을 다른 줄거리가 전개되는 장에서 각각의 배역을 맡은 '전 지구적 배우'가 되는 것이라고 말한다. 나의 신체가, 그로부터 비롯되는 행위가 다른 이와 연루되어 있으며 타인의 행위, 혹은 그들의 고통이 나와 무관하지 않음을 자각하는 것이야말로 전 지구적 배우가 된다는 말의 의미일 것이다.

'우리'는 어떻게 만들어지며, 무엇이 '우리'인가라는 앞선 질문에 답하기 위해 이렇게 물어보자. 무엇이 우리로 하여금, '우리'라는 범주를 회의하게 하고 우리를 와해시키는가. 우리가 우리로만 있을 수 없게 만드는, 우리를 찢고 들어오는 어떤 목소리가 있다. 그것은 언어화되지 않았지만 거부할 수 없고 응답해야만 하는 것인데 이 비언어적이고 비가시적인 목소리는 우리를 강화하고 확장하는 관계 체계, 정확하게 말해 의사소통 구조에 대한 문제제기를 향해 있다. 언어화될 수 없지만, 아니 그렇기 때문에 우리의 소통 규약을 찢고 들어오는 비언어적 목소리란 줄여 말해 '타자의 얼굴'이다.[9]

---

9) 레비나스에 의하면 '타자의 얼굴'은 자기환원적인 방식으로 구축되는 공동체를 위태롭게 만든다. 왜냐하면 타자의 얼굴은 언어와는 다른 것으로 이야기하기 때문이다. 잊지 말아야 하는 것은 타자의 얼굴이 가시적인 영역 너머에 있다는 점이다. 그것은 우리의 시각, 다시 말해 이성적 범주로 포착되지 않는다. 버틀러의 다음과 같은 언급은 레비나스의 얼굴 개념이 일으키는 가장 지속인 오해, 다시 말해 그것이 보여질 수 있는 어떤 것이라는 가정으로부터 그가 벗어나 있었다는 것을 알 수 있게 한다. "얼굴의 의미에 단어를 부여하려 한다고 해도, 얼굴은 그에 해당하는 어떤 단어도 작동하지 못하는 그런 것일 게다. 얼굴은 일종의 소리, 의미를 뺀 언어의 소리, 모든 의미론적 의미의 전달에 선행하고 그런 의미의 전달을 제한하는 발성의 기층언어(substratum)인 것 같다." 주디스 버틀러, 앞의 책, 184쪽. 레비나스의 '얼굴' 개념을 둘러싼 쟁점에 대해서는 콜린 데이비스, 김성호 옮김, 『엠마누엘 레비나스─타자를 향한 욕망』, 다산글방, 2001, 250~258쪽을 참조.

5. (불)가능한 공동체

무엇이 나로 하여금 나의 순수함과 완결성을 보장하는가. 무엇이 우리로 하여금 가치 있는 무언가를 함께하는 '우리'의 행위를 자명한 것으로 만드는가. 언어 체계가, 소통의 구조가 '나'의 내적 순수성을, '우리'의 완결성을 정초하는 것처럼 보이지 않는가. 그러나 소통(communication)이 합일을 목적으로 하는 것일 때 '우리'의 형상은 '나'의 반복, '나'의 확장에 지나지 않는다. 공동체가 이러한 자기대화(內省)를 통해 구성되는 것이라면 '타자'는 다만 공동체의 동일성을 강화하기 위해 요구되는 존재에 불과할 뿐이다. 그러나 소통이 무언가를 주고받는 교환을 의미한다고 할 때, 그것은 오직 나와 규칙을 공유하지 않는 자와의 관계 속에서만 이루어질 수 있다. 그러니 소통의 기반이 되는 것은 수신자와 발신자 사이의 대칭성이 아니라 비대칭성에 있다고 하겠다. 수신자가 보내는 메시지를 발신자가 정확하게 받아들인다는 것은 외려 이 둘이 아무런 '관계'도 맺고 있지 않다는 것을 의미하기 때문이다. 소통에 있어 대칭성이라는 것은, 흔히 말하는 '잘 통한다'는 것은 내가 말하고 내가 듣는 독백에 불과하다. 그러니 소통(교환)은 외려 소통되지 않는 지점에서 비로소 시작된다. 소통은 '나-우리'의 구조를 강화하는 것이 아니라 이러한 자기환원적인 구조를 위태롭게 만든다.

가라타니 고진이 대화를 '목숨을 건 도약(salto mortale)'이라고 말한 것 또한 '타자'를 공동체의 규칙을 공유하는 이가 아닌 커뮤니케이션·교환에서 나타나는 위태로움을 노출시키는 존재로 봤기 때문이다. 상품의 가치가 선험적으로 내재하는 것이 아니라 교환된 결과로서 주어지는 것처럼 '말이 대화 상대자를 향하고 있다는 것'은 화자에게는 '무엇을 의미한다'라는 특수한 내적 경험이 존재하지 않는다는 것을 의미한다. 그런 점에서 가라타니는 대화를 내부에 갇혀 있는 '말하고-듣는' 관계가 아니라 나 자신이 믿고 있는 확실성을 붕괴시키는 '가르치고—배우는' 관계라고 한 것이다(가라타니 고진, 송태욱 옮김, 『탐구 1』 새물결, 1998). 내가 하는 말을 알아듣지 못하는 자, 그리하여 나 자신의 확실성을 잃게 만드는 존재를 가라타니는 '타자'라고 했다. 이러한 '타자'는 우리로 하여금 공포와 불안을 야기한다. 공동체의 규칙을 공유하고 있지 않기에 공동체의 규칙을 회의하게 만드는 외부로서의 타자. 타자는 언제나 공동체를 위태롭게 만들지만 그것이 '공포'의 의미만을 가질 때, 그 존재는 공동체로부터 살해당하고 말 것이다. 반면 우리가 타자를 살해할 수도 있다는 불안을 없애버리지 않는다면 자기보존을 목적으로 하는 폭력이 윤리적으로 정당한 것이 아니라는 것을 자각할 수 있게 된다. 발신자가 된다는 것은 수신자가 될 수 있다는 가정을 전제할 때 가능한 것처럼 타자로부터 살해당할 수도 있다는 공포와 타자를 살해할 수도 있다는 불안을 동시에 떠올려야 한다는 것이다.

타자는 언제나 공동체 밖에서 오고, 공동체 밖에 있다. 타자는 공동체를 파괴하고 훼손하며 찢어버린다. 레비나스식으로 말해 타자의 얼굴은 우리 '밖에서' 우리의 유한성의 테두리를 깨뜨리고 우리의 삶에 개입한다. 그것은 공동체의 전체화와 전체성의 승리를 방해한다. 그러나 타자를 피하거나 제거해야 할 대상—바꿔 말해 공동체 내부로 포섭해야 할 대상—이 아니라 외려 우리가 이미 우리 아닌 다른 것과 연루되어 있으며 타인에게 노출되어 있고, 그에게 매달려 있는 취약한 존재라는 사실을 환기시키는 조건임을 잊지 않을 때, 어떤 공동체의 형상이, 불가능하지만 가능으로 열릴 수 있는, 아직 아님으로만, 그러나 이미 도착해 있는 (불)가능한 공동체의 형상과 조우할 수 있을 것이다.(2010)

불가능한 문장

—김훈과 조해진의 소설[1]

1. 문장은 불가피하다

'문장'은 안착할 곳이 필요한 터라 언제나 '뭍'에서 씌어지지만 그곳은 대개 '물'과 가까운 곳이기 마련이다. '말'은 어디든 자유롭게 오갈 수가 있어 어디서든 제 모습을 드러내지만 그 자유로움이 정박지를 찾지 못하면 쉽게 흩어져버리고 만다. 문장은 뭍과 물 사이에서 출렁이지만 한사코 물을 등지고 있으려고 하는데, 그것은 물에서 멀어지기 위한 것이라기보다 한순간, 물속으로, 뭍의 너머로 제 몸이 빨려들기를 바라는 심정을 감출 수 없기 때문이다. 간곡한 문장은 하나의 단어나 토씨의 어긋남에도 저 스스로를 보존하던 기반을 모조리 잃어버릴 수도 있기에 그렇게도 정처 없거나 불안해 보이는 것이다. 그러나 한 발이라도 헛딛는 순간 모든 것을 상실할 수 있는 그 위태로움과 간절함은 외려 외마디의 말과 전 생애를 바꿔도 좋다는 바람으로부터 연유하는 것이라고 해도 좋다. 문장은 말의

---

1) 이 글에서 다룰 김훈과 조해진의 소설은 각각 『공무도하』(문학동네, 2009)와 『천사들의 도시』(민음사, 2008)로 한정한다.

허망함을 피해 뭍으로 올라왔지만 그곳에 뿌리를 내리지 못하고 물과 뭍 사이에서 고작 출렁거릴 수 있을 뿐이다. 그러니 '문장'은 갈 수 없고 할 수 없는 것들로부터 등을 돌린 채, 제 나름의 깊이로 새기는 불가능한 것들의 목록이라고 할 수 있으리라.

제 몸 전부를 던져야 하는 불가피한 순간처럼 문장은 예측할 수 없고 알 수 없는 경로를 통해 온다. 한발 늦은 깨달음과 달리 문장은 언제나 한발 먼저 도착해 있다. 괴물처럼, 이방인처럼, 아이처럼, 갑작스럽게 마주친 야생 동물처럼, 누군가의 동공에 포착된 내가 모르는 '나'처럼, '당신'의 얼굴처럼, 문장은 불현듯, 도착한다. 문장은 사이렌처럼 다급하고 간절하게, 혹은 인간에게 다가오는 어떤 기적처럼 온다. 한 문장을 삼키고, 한 문장을 뚫어내고, 한 문장을 지움으로써 문장은 도착할 수 있다. 사라지지 않고 남아 있는 문장들은, 남아 있을 수밖에 없는 부득이한 문장들은, 삶의 불가피성과 문장의 허약함을 고스란히 드러내며 저마다의 의미로 꽉 차 있는 겨울 밤하늘의 별자리처럼 제각각의 고유한 빛을 발한다.

이미 도착해 있는 문장이 예정된 죽음을 맞이할 것임을 나는, 불행하게 예감한다. 그렇게 사라짐으로써 문장은 제가 맡은 소임을 다할 것이다. 자발적으로 스스로를 포기함으로써 그/녀는 '언어의 수용소'에서 제 순서를 기다리는 고통을 감내하지 않고, 사라진다. 저 스스로를 포기함으로써 도착할 문장에게 자리를 내어준 그 자리에서 우리는 '자발적 소멸'이라는 말의 형체를 더듬어 볼 수 있다. 그러나 문장은 결코 제 모습을 모두 지워버릴 수 없다. 저 스스로를 기꺼이 내어줌으로써 제 몸을 뚫고 올라온 문장에 '얼룩이 지고 비틀려 지워지지 않는 흔적'(이성복, 「느낌」)[2]이 남아 있기 때문이다. 문장을 읽는다는 것은 이미 사라진 문장의 흔적을 찾아낸다는 것이다. 도착해 있는 문장 속에서 지워진 문장의 흔적을 읽어내는 것, 그

---

2) 『그 여름의 끝』, 문학과지성사, 1990.

것은 문장 속에서 문장이 되지 못한 문장을 읽어내는 방법을 배우는 것과 다르지 않다. 그 배움의 여정은 달려가고 있으나 어딘지 알 수 없는 곳을 향해 계속 가야만 하는, 어디에 당도할지 알 수 없는 화물열차에 올라탄 이주민이나 수용소로 향하는 열차에 결박당해 있는 이들의 상황과 다르지 않다. 목적지를 알 수 없지만 모든 것을 내맡기고 갈 수밖에 없는 상태. 그럼에도 우리는 계속 달려야(배워야) 한다. 그 여정 속에서만 만날 수 있는 문장이 있기 때문이다. '당신'이 쓰지 못한 문장, 미처 쓰기를 마치지 못한 문장, 이미 썼지만 내가 알아보지 못한 문장, 아직 가고 있는 문장, 곧 도착할 문장을 맞이하기 위해 우리는 플랫폼을 떠날 수 없다. 문장은 '소라게'처럼 짐짓 모른 척, 누군가가 버린 집에 제 몸을 구겨 넣고 마치 오래 전부터 그 자리에 있었던 것인 양, 이미 도착해 있다. 국경을 넘어온 자와 거주지를 가지지 못한 자만이 가질 수 있는 표정으로, 무심히 밖을 쳐다보는 그 표정으로. 그러니 어서 그 문장의 여권을 확인해보라. 얼룩이 지고 비틀려 지워지지 않는 흔적을 소리 내어 읽어라.

이 글은 김훈과 조해진의 소설을 경유하여 다음과 같은 명제를 제시하며 논의를 시작하고자 한다. 문장은 불가피하다. '문장은 불가피하다'는 이 명제는 수많은 문장들에 뒤섞여 저 스스로를 증명해내지 못하는 '불가피한 문장'을 발견하고 그 말에 귀를 기울일 때 비로소 성립할 수 있을 것이다. 이 글 또한 위계적인 형태로 이루어져 있는 공동체의 언어체계가 휘두르는 의미화의 폭력에 희박해져가는 존재들의 '말'을 경유하는 것을 통해 구성될 것이다. 그들의 말이 무엇을 의미하는지 알 수 없고, 예측하는 것 또한 어려우니 이 글의 논리적 완결성 또한 미진할 수밖에 없다. 그러나 이 글의 목적은 타자의 언어를 의미화할 수 있는 새로운 장치들을 구축하는 것이 아니라 '불가피한 문장' 속에 깃들어 있는 전달될 수 없고 알 수 없는 영역으로 들어가는 하나의 경로를 제시하는 것이기에 그 성패는 이 글이 노정하고 있는 한계와 얼마나 진중하게 대면했는가에 달려 있는 것이라고 할 수 있겠다.

이 글은 공동체 안에서의 삶, 그 던적스러운 삶을 밀고 나가기 위해 쓰는 불가피한 문장(김훈)과 공동체 밖에서 들어온 이방인, 혹은 공동체 밖으로 추방된 사회적 타자의 문장(조해진) 사이에서 공명할 것이다. 불가피한 상황이 불가능한 문장을 써내는 동력이 되며 그렇게 쓰여진 불가능한 문장 앞에서 우리들이 머물 수 있을 때 지금껏 교환해왔던 공동체의 언어의 한계와 대면할 수 있기를 기대해본다.

2. 수면 가까운 곳에서 쓰인 문장—김훈의 『공무도하』

김훈의 문장은 수면과 가까운 곳에서 쓰인다. 굽이치는 파도가 금방이라도 해변가에 새긴 문장들을 휩쓸어가버릴 것 같아, 그의 문장은 다급하다. 파도가 덮치기 전까지 문장을 완결지어야 하기에 문장들의 호흡은 짧지만 그 들숨과 날숨은 너무도 분명하다. 그의 문장이 단문인 것은 문장이 문장을 불러 서로를 싸안고 몸을 섞을 목적으로 그 사이에 쉼표라는 고리를 놓은 순간, 서로를 만나지 못하고 길을 잃어버릴지도 모른다는 두려움 때문일 것이다. 쉼표를 염두에 두고 쓰이는 문장은 앞선 문장이든 뒤에 오는 문장이든 저 스스로 온전한 의미를 가질 수 없기에 쉼표가 서로를 이어주지 않으면 존립할 수 없는 것처럼 느껴진다. 쉼표에 대한 불신, 혹은 두려움 속에 세상의 모든 관계를 혐오한다는 김훈의 육성이 새겨져 있는 듯하다.[3] 그는 자신을 믿지 않고 그만큼 자신의 문장을 믿지 않는 것처럼 보인다. 아무것도 믿지 않는 이의 문장은 짧고 단단해질 수밖에 없

---

3) "나는 나와 이 세계 사이에 얽힌 모든 관계를 혐오한다. 나는 그 관계의 윤리성과 필연성을 불신한다. 나는 맑게 소외된 자리로 가서, 거기서 새로 태어나든지 망하든지 해야 한다. 시급한 당면문제다." 김훈, 「작가의 말」, 『공무도하』, 문학동네, 2009, 325쪽.

다. 그는 확신할 수 있는 것에 대해서만 쓰려고 하지만 쓰는 순간 확신은 문장의 무게를 견디지 못하고 지면 아래로 가라앉아 버린다. 나약한 흰 백지 위에 문장만이 남아 있다. 해변가 모래 위에 눌러쓴 글자들처럼, 곧 닥쳐오는 파도에 흔적도 없이 사라져버릴 것이 뻔하지만 그러하기에 더욱 깊게 눌러쓴 문장들.

김훈의 문장이 견고하고 분명해 보이는 것은 '기질적인 것'이라기보다 수많은 곳을 헤맨 흔적이 문장에 고스란히 남아 있기 때문이다. 그것은 썼다가 지웠다가를 반복했던 흔적을 의미하는 것만은 아닌데, 한달음에 써 내려간 문장처럼 보이지만 그 '한달음'을 위해 수많은 길을 헤매였음을 전달받을 수 있다는 점에서 그러하다. 김훈의 문장은 '남긴 것'이라기보다는 '남은 것'들이라고 하는 것이 더 정확할 듯하다. 너무 많은 곳을 돌아다녀, 너무 많은 것을 알게 된 이가 자신이 겪은 것들을 결코 전부 말할 수 없음을 운명적으로 직감한 것. 그런 이가 쓰는 문장은 호흡이 짧고 강할 수밖에 없을 것이다.

'보이는 것은 보이는 대로 쓰고 보이지 않는 것은 보이지 않는 대로 쓴다'는 말은 명제로 성립되기엔 너무나 헐겁고 공허한 것처럼 보이지만 역설적이게도 이 명제야말로 김훈의 문장을 가장 분명하게 설명해준다. 이 단순하고 자명한 '원칙'은 '문학적인 것'과 충돌하는 듯 하지만 흥미롭게도 보기 드문 문학적인 진경을 구축하는 원리가 된다. 그는 무엇을 보고 있고 또 무엇을 보지 못한다고 진술하고 있는가. '본다는 것'에서 우리는 주체의 능력이 아니라 무능력을 확인하게 된다. 보이는 것들은 김훈의 문장으로 재현될 때, '볼 수밖에 없는 것'(그것으로부터 피하지 못함)이나 '보고 있을 수밖에 없는 것'(보고 있는 것 외에 아무것도 하지 못함)이라는 불가피함으로 재맥락화되기 때문이다. 보고 싶지만 결코 볼 수 없는 것들, 알고 싶지만 결코 알 수 없는 것들. 보이는 것과 보이지 않는 것들 앞에서 김훈의 문장은 무력하게 제 모습을 드러낸다. 해변가에 남긴 문장들은 이내 파도에 의해 쓸려가 버리겠지만, 그러하기에 그 문장들은 무엇보다 깊고 선명하게 새겨진다.

　김훈의 소설은 수면과 가까운 곳에서 쓰이고, 바닥 깊이 남겨진 그의 외침은 흔적도 없이 사라져버리고 만다. 하여, 아무도 그의 목소리를 들을 수 없다. 그러나 무력한 그의 문장은 현실이 얼마나 단단한 것인지, 아울러 문장이 얼마나 허망한 것인지 우리에게 알려준다. 주법을 잃어버린 악기처럼 고정된 현실은 더욱 단단해지고 무력한 주법이 그 주변을 배회하다 사라져버린다. 김훈의 문장은 악기 속으로 들어가지 못하는 들숨이자 날숨이다. 주법은 악기와 만나지 못하고 남겨진 악기처럼 고정된 현실은 더욱 단단해져만 간다.[4]

　『공무도하』에 등장하는 인물들은 저마다의 방식으로 불가피한 문장들을 직조한다. 그 불가피한 문장들은 마찬가지로 제각각의 맥락에서 김훈의 문장과 닮아 있다.

　　① 신문에 쓸 수 없는 것들, 써지지 않는 것들, 말로써 전할 수 없고, 그물로 건질 수 없고, 육하(六何)의 틀에 가두어지지 않는 세상의 바닥을 문정수는 때때로 노목희에게 말해주었다. 자정이 가까운 늦은 밤에, 혹은 자정이 지나서 날짜가 바뀐 새벽에, 그 이야기는 지체없이 전해야 할 전보처럼 다급했다. 그리고 그 이야기가 전하는 먼지와 불길과 냄새는 노목희에게 아무런 흔적도 남기지 않는 듯싶었다.

　　　　　　　　　　　　　　　　　　　　　　　　— 125~126쪽

　　② 그는 인간의 존재를 표준으로 내세워서 이 세계를 안과 밖, 이쪽과 저쪽으로 구분하지 않았고, 사물과 풍경에 함부로 구획을 설정하지 않았으

―――――――――――

4) 악기만 남고 주법은 소실되어버린 내용에 관해서는 허수경의 『혼자서 가는 먼 집』(문학과지성사, 1992) 뒷표지 글에서 모티브를 빌려왔음을 밝혀둔다.

며, 그의 언어는 개념을 내세워서 사물을 무리하게 장악하려 들지 않았다. 그의 마음은 모든 보이는 것들, 보이지 않는 것들과 친화할 수 있었고, 친화로써 비밀에 닿았고, 그 친화의 힘으로 보이는 것과 보이지 않는 것 사이의 통로를 열었고, 그 통로를 따라 글은 전개되었는데, 그가 찾아낸 비밀은 단순하고 또 명료해서 비밀처럼 보이지 않았다.

— 25~26쪽

③ 인간은 비루하고, 인간은 치사하고, 인간은 던적스럽다. 이것이 인간의 당면문제다. 시급한 현안문제다.

— 35쪽

④ 잘 가, 잘 있어, 잘 먹었어, 잘 잤니?
더 먹어, 더 놀다 가, 더 줄까?
좀더, 좀 있다가, 좀 참아.
또 와, 또 보자, 또 놀자, 또 올게.
꼭 와, 꼭이야 꼭, 꼭 올게.
좋아, 싫어

— 154쪽

소설을 이끌고 가는 중요축인 사회부 기자 문정수는 세상의 진창을 발로 뛰어다니지만 그것들을 모두 문장으로 만들어내지 못한다(①). '사실'은 사실로서의 지위를 확보하지 못하고 "손가락 사이로 새어나가"(218쪽)버리기 일쑤다. 문정수의 이와 같은 불가피함은 감정을 최대한 절제하고 벌어지고 있는 사건을 건조하게 전달하고자 하는 김훈의 어법과 겹쳐 있다. 그에 반해 중국의 문물(文物)학자 타이웨이 교수의 문장은 문정수가 노정하고 있는 한계를 극복하고 있는 것처럼 보인다(②). 그는 얼핏 김훈이 『공무도하』를 통해 가닿고 싶어 하는 목표에 가장 근접해 있는 인물처럼 보이지만 김훈으로 하여금 문장을 쓰도록 하는 힘은 장철수의 추도문(③)에 집약되어 있는 던적스러운 삶의 당면한 문제들에 대한 시급한 대책이라는 점을 기억한다면 외려 외마디 한국말'만'을 고집하는 베트남 신부인 '후에'야말로 김훈의 문장과 가장 가까운 인물이라고 할 수 있겠다.

바다 아래에 가라앉아 있는 포탄 껍질을 주워서 파는 장철수와 후에는 뭍을 벗어나 바다로 나가, 바다 아래에 들어야가만 뭍의 삶을 지속할 수 있다. 후에에게 바다 아래에서 자신을 버티게 할 한 움큼의 숨은 '잘, 더, 좀, 또, 꼭, 좋아, 싫어'와 같은 외마디 한국말은 닮아 있다. 후에가 쓰는 외마디 한국말, 특히 부사는 한국말을 하지 못하는 이들이 최소한의 말을 통해(가령, 감탄사, 혹은 외마디 비명이 상황과 의사를 모두 전달하는 것처럼) 의사를 전달하는 것처럼 보이지만 실은 그 최소한의 말은 '뜻을 분명히 한정하는 말'이기도 하다. 외마디 한국말은 '말'의 불가피함과 함께 '말'의 구차함을 동시에 현시한다. 후에의 외마디 말, 외국인이 발음하는 한국어는 말의 확장을 지향하지 않고 말의 한정으로 나아간다. 후에가 하는 말은 하고 싶은 말이라기보다는 '불가피한 말'일 터, 더욱 청빈해지는 말들, 후에의 외마디 한국말은 김훈의 문장과 밀착되어 있다. 당면한 문제를 해결할 수도 회피할 수도 없는 던적스러운 삶을 밀고 나가기에는 터무니없이 허약하고 구차한 말들, 불가피한 문장들 말이다.

석방자 중의 한 사람은, 그 말이 지나치게 포괄적이어서 누구를 지칭하는지 알 수 없어서 하나 마나 한 말이고, '인간'이라는 모호한 주어를 내세우면, 그 뒤에 어떠한 술어를 붙여도 말이 되는 것처럼 보이기 때문에, 어떠한 술어를 붙여도 말이 안 되는 것이며, 따라서 장철수의 그 인간론은 문장으로 성립될 수 없다고 말했다.

'문장으로 성립된다는 것'의 의미는 무엇인가. 인간을 주어로 할 때 그 어떤 문장도 성립이 불가능한 것이라는 대목은 인간이 쓰는 말의 통용 불가능성을 의미하는 것처럼 보이지 않는가. "인간은 비루하고, 인간은 치사하고, 인간은 던적스럽다. 이것이 당면문제다. 시급한 현안문제다."라는 장철수의 추도사는 당면문제, 시급한 현안문제를 해결하지도 회피하지도 못하는 인간의 무력함을 의미한다. 이 인간론이 문장으로 성립될 수 없다는 것은 곧 문장의 무력함을 가리키는 것일 텐데, 그 무력함 앞에서 우리는 문장의 불가피함과 마주하게 된다. 소설의 후반에 등장하는 바다에 사는 포유류인 바다사자의 형상이야말로 김훈의 불가피한 문장이 가장 정확하게 현현하고 있는 모습이라고 할 수 있다.

몸으로 몸을 끌어서, 끄는 몸과 끌리는 몸이 한 몸이 되어 뒹굴었다. 바다사자는 앞지느러미를 흔들면서 무언가를 잡으려 하는 것 같았는데, 앞지느러미에 손가락이 없어서 잡을 수가 없었다. 바다사자는 수조 난간을 붙잡고 기어오르려는 듯이 뒷지느러미로 타일 바닥을 치며 뛰어올라 앞지느러미로 난간을 잡을 듯 안간힘을 쓰다가 바닥으로 미끄러져내려갔다. 바다사자의 앞지느러미는 잡을 수 없는 것을 잡으려고 허우적거렸고, 바다사자의 뒷지느러미는 일어설 수 없는 몸을 일으키려고 바닥을 치며 몸을 뒤틀었다. (중략) 바다사자는 타일 바닥에 엎드려서 옆구리를 퍼덕이며 가쁜 숨을 쉬다가 또 갑자기 뒷지느러미로 바닥을 치며 뛰어올랐고, 앞지느러미를 수조 난간에 걸치려다가 미끄러져내렸다.

— 230쪽

물으로 올라온 바다사자의 형상은 아무것도 잡을 수 없고 또 떠나보낼 수도 없는 인간이 쓰는 '문장'의 형상을 닮아 있다. 바다사자는 바다에 빠진, 혹은 그곳으로 뛰어들어 간 '여옥'의 모습을 닮아 있지 않은가. 육지에서 살 수 없어 바다로 갔으나 다른 것들처럼 알을 낳은 뒤 흘려보내지 못하고 젖으로 새끼들을 돌봐야 하는 포유류의 운명. 육지로 올라왔으나 잡을 수 있는 것이 없어 발버둥 치다가 다시 바다로 돌아가야만 하는, 불가피한 문장들, 불가피라는 말로만 설명되는 존재들.

3. 가장 처음 배우는 말 : 우울한 독백, 자살suicide
— 조해진의 『천사들의 도시』

우울한 독백으로 가득 차 있는 조해진의 소설 속에서 어떤 공동체의 형상을, 나타나기 위해 **이미** 사라져버린 공동체의 형상을 희미하게 감지할 수 있다. '당신'이 기어코 하지 못한 말 속에 흐르고 있는, 내가 경험해보지 못한 충만한 시간, "언어 이전의 감정이 스며"(『천사들의 도시』, 10쪽)드는 시간 속에서 조우하는 불가능한 우리. 그 시간에 대해서 말하기 위해선 우선 공포와 혼란을 감내해야만 한다. 언어는 공포를 몰아 오고 규칙은 무수한 혼란을 낳기에, '우리'라고 명명하기 위해서는 이 공포와 혼란을 배워야만 한다. 그러나 언어를 습득하는 순간 '우리'라는 '감각'은 흔적도 없이 휘발되어버리고 만다. 언어는 언제나 존재를 희박하게 만들지 않았던가. 우리는 언어를 발화함으로써 잠시 현존하지만 동시에 언어에 의해 '유령'이 되기도 하기 때문이다. 내가 발화하는 순간 어디선가 희박해져가는 유령들의 끝자락을 보게 된다. 우리는 더 이상 '언어 이전의 감정'에 대해서는 말하지 못한다. 그러나 '언어 이전의 감정'이라니! 기이하지 않은가. 이 말은 감정이 언어 이후에나 만들어진다는 의미일 텐데, 언어야말로 감정을 표현하는 수단이었지 않은가. 언어를 사용하는 우리들의 감정이 원초적이고 자연적인 것이 아니라 '언어체계'를 기반으로 구조화된 것임을 미국 중서부 미네소타 주의 작은 마을에서 저녁 7시마다 울려퍼지는 종소리에 대한 이야기로 시작하는 조해진의 「천사들의 도시」를 통해 환기하게 된다.

'언어 이전의 감정'은 언어의 무력함이 아니라 언어의 폭력성을 가리킨다. 언어의 무력함은 언어의 폭력성 속에서만 드러나며 『천사들의 도시』의 '독백체'는 이 같은 지반 위에서 사유되어야 한다. 화자가 일인칭이 되었든 삼인칭이 되었든 그에게 직접적으로 말을 거는 그 누구도 소설 속에 등장하지 않는다는 점, 대신 화자가 자신의 감정뿐만 아니라 상대의 감정까지 가늠하는 독백으로 일관한다는 것은 무엇을 의미하는가. 이 독백에서 서둘러 폐쇄적인 자아를 떠올릴 게 아니라 독백의 불가피성에 대해서 생각해보기로 하자. 저 중얼거림, 상대에게 가닿지 못하는 혼자서 내뱉는 말들은 모든 언어가 품고 있는 폭력성, 다름 아닌 공동체에 내재되어 있는 보이지 않는 폭력에 대한 자각으로부터 비롯되는 것처럼 보이지 않는가.

① 그들이 영어로 대화할 때, 나는 그 강의실에 없는 사람이 된다.
—「천사들의 도시」, 13쪽

② 우리 사이의 언어는 인색했을 뿐 아니라 매번 연약했고 무력했다. 아니 언어란 애초부터 내 의도를 비껴가고 있었다는 걸 나는 너를 만나고 나서야 깨닫게 된다.
—17쪽

한국어 수업 수강생인 '커트'의 집에서 벌이는 파티에서 '나'가 천천히 바닥으로 쓰러지는 것은 한 모금 흡입한 대마초 때문만은 아니다. "저것 봐, 우리들의 언어 선생(language tutor)이 죽어 가고 있어"(15쪽)라는 조롱, 외침, 웃음소리는 '선생'이라는 권위에만 향해 있지 않다. 우리는 이 장면에서 '나'의 언어가 그들의 언어 속에서 희박해진다는 사실, 다시 말해 우리는 이 장면에서 '언어 선생(language tutor)'의 죽음에 대해서 생각해보아야 한다. 그것은 공동체의 언어를 가르치는 사람 또한 배우는 사람만큼이나 위태로운 상태에 처해 있음을 의미하는 것이기도 하다는 중요한 지점을 환기한다.[5] 조해진은 '나'를, 동시에 '너'를 위태롭게 만드는 언어의 폭력성을 외려 언어의 '무력함' 속에서 이끌어낸다(인용 ②). 여기에 그의 소설이 독백으로 이루어져 있는 이유, 그것이 그토록 우울한 이유가 감추어져 있다. 이 우울한 독백들의 무덤[6] 속에서 한 마디의 말, '자살suicide'이라는 말을 배우기 때문이다.

조해진이 말하는 '자살'은 나르시시즘의 극단을 의미하지 않는다. 그것은 그가 독백의 어법을 취할 수밖에 없는 사정과 함께 사유되어야 한다. "이해한다는 말의 무력함을 잘 알고 있는"(28쪽) 저 불가피한 독백 앞에서, 기어코 상대에게 가닿지 못할("나는 단 하나의 문장도 쓸 수가 없다", 32쪽) 언어를 내뱉는다는 것. 그것은 언어의 폭력성뿐만 아니라 언어 자체의 불가능성에 대한 사유로부터 비롯된다. 그가 우울한 독백의 어법, 반쪽의 어법, 결어의 어법으로 '나'와 '너'에 관한 이야기들을 이어나갈 수밖에 없는

---

5) '가르치고-배우는' 관계에 대해서는 가라타니 고진의 다음과 같은 논의를 참조해볼 수 있겠다. "가르치다-배우다 관계를 권력 관계와 혼동해서는 안 된다. 사실 명령하기 위해서는 먼저 어떤 것을 가르치지 않으면 안 된다. 우리는 갓난아기에 대해 지배자이기보다는 오히려 노예에 가깝다. 다시 말해 '가르치는' 입장은 일반적으로 생각하는 것과는 달리 결코 우월한 위치가 아닌 것이다. 오히려 '가르치는' 입장은 '배우는' 측의 합의를 필요로 하며 '배우는' 측은 무슨 생각을 하든 거기에 따르지 않을 수 없는 약한 입장이라고 봐야 할 것이다." 가라타니 고진, 송태욱 옮김, 『탐구』 1, 새물결, 1998, 11쪽.
6) 그 말은 상대에게 가닿지 못할 것이므로 발화되는 순간 사라져버린다. 아니 사라져버린 흔적(무덤)을 남긴다. 독백은 언어의 무덤이다. 가닿지 못함에 대한 흔적이다.

것은 이 때문이다. 우리는 저 '자살'이라는 단어를 언어의 무력함과 폭력성, 그럼에도 발화할 수밖에 없는 불가피함과 겹쳐 볼 수 있어야 한다. 그것을 '언어 속에서 언어가 되지 못한 언어를 배우는 것'이라고 바꿔 말해도 좋을까.

언어의 불가피함, 그 불가능성을 통해 우리는 어떤 언어를 배울 수 있을까. 그것이 언어의 공포와 혼란, 무력감으로부터 우리를 구원해줄 수 있을까. 우리가 '언어 속에서 언어가 되지 못한 언어'를 배운다고 해도 "감정을 꿰뚫는 언어는 없"을 것이며 그것은 "다만 몇 마디로만 남아 불투명하게, 불완전하게 발화되는 것"(17쪽)에 불과하지 않을까. 그러나 이 불가능성이야말로 우리로 하여금 끝없이 언어를 배워야 한다는 사실을 가리키고 있다고 할 수 있지 않은가. 그렇다면 '언어 속에서 언어가 되지 못한 언어'는 어떤 방법으로 배울 수 있는 것일까? 먼저 "묻지 않고 말하지 않는 침묵"(19쪽)의 주변을 오랫동안 배회해야 한다. 그것은 우리가 교환하는 언어 속에서 '결여와 과잉'을 발견할 수 있을 때, 비로소 우리 앞에 제 모습을 드러낼 것이다.

희박한 존재들, 미래가 없는 존재들, 다시 말해 언어 공동체가 될 수 없는 존재들의 발화 속에서 우리는 언제나 '결여'된 언어의 모습을 확인한다. 그러나 이 결여는 부주의함에서 비롯되는 것이 아니다. 외려 결여를 감추려고 하는 세심함과 과도한 집중이 그의 언어를 말더듬으로, 절름발이로 만든다는 사실을 알아차릴 필요가 있다. 「인터뷰」[7]에서 화자가 쫓고 있는 우즈베키스탄에서 온 '나탈리아'에게 한국에서의 삶은 공포에 가까운 수치심에 매번 노출된다는 것을 의미한다. "소통할 수 있는 언어를 갖지 못했기에 스스로 열등한 존재임을 인정할 수밖에 없는 치욕감."(70~71쪽) 문제는 그가 어디에서도 '외국인'이라는 '위치'를 벗어날 수 없다는 데

---

7) '나탈리아'를 인터뷰하는 방식으로 이루어진 이 소설은 보다 정확하게 말해 말을 잃어버린(박탈당한) 자가 자신에게 건네는 독백이다.

있다. 우즈베키스탄에서도 '나탈리아'는 온전한 우즈베키스탄, 다시 말해 러시아 사람이 될 수 없다. '쪼이(최)'라는 성을 가지고 있는 고려인이기 때문이다. '나탈리아'는 한국으로 '이동'한 것이 아니라 '추방' 당한 것이라고 하는 것이 더 정확할 듯하다. 그 어디에도 뿌리내리지 못하기에 '나탈리아'는 먼저 자신의 이야기에 대해 "침묵, 하는 법을 배운다"(67쪽) 그러므로 나탈리아의 '침묵'은 공동체의 언어로 환원할 수 없는 '언어'다. 설사 그 침묵을 번역한다고 해도 매번 번역 '불가능한 지점'과 마주하지 않을 수 없다. 아니 우리는 다시 저 번역불가능한 지점 앞으로 돌아와야 한다. 그 돌아옴의 반복을 통해서만 '나탈리아'의 언어를 배울 수 있기 때문이다. 이 반복이 언어 속에서 언어가 되지 못한 언어를 배우는 거의 유일한 방식이다.

[나! 는!] 한, 국, 사, 람, 입, 니, 다, 아!

—「인터뷰」, 79쪽

한 자 한 자 또박또박 끊어서 발음하는 저 말 속에서 우리는 과잉과 결여를 동시에 발견하게 된다. 한국어를 하지 못해 한국 '사람'이 될 수 없는 '나탈리아'의 절규는 언제나 열등한 자리에 놓여 있어야 하는 사회적 규정에 대한 항변이기도 할 것이다. 그녀가 알고 있는 몇 안 되는 완벽한 한국어 문장을 발음해도 그는 공동체의 구성원이 되지 못한다. 그러나 우리는 결여로부터 연유하는 이 절규 속에서, 무력하기에 덧붙여질 수밖에 없는 어떤 초과의 말과 조우하게 된다. "할머니와 할머니의 할머니들의 언어, 하지만 아무것도 보상해 줄 수 없는 무력한 절규"(79쪽) 속에는 지금까지 우리가 알지 못했던 '언어'가 드러나 있다. 한 자 한 자 발음함으로써 의사를 표현하는 장면은 조해진의 다른 소설 속에서도 발견된다.

① 나 좀 가만 둬, 나, 좀, 나줘! 이제 그만 나, 타, 나, 라, 구, 우!

—「지워진 그림자」, 112쪽

② 왜, 내, 게, 이, 러, 는, 거, 야! 어? 어!

—「기념사진」, 168쪽

가족에게 짐을 안기고 위장 자살을 한 남편을 보고 외치는 절규(①)와 망막색소변성증에 걸린 연극배우가 내뱉는 절규(②), 이 한 자 한 자 또박 또박 끊어서 발음하는 말은 그것이 비명과 다르지 않음을 의미하는 증표 이기도 하다. 그럼에도, 아니 그러하기에 이들의 말은 여전히 상대에게 전 달되지 않는다. 저 초과된 절규를 듣지 못하기/않기 때문이다. 초과된 말 은 '우'나 '어'라는 감탄사를 지칭하는 데 국한되지 않는다. 하나의 문장을 전달하기 위해 외려 문장을 해체하는 것, 다시 말해 문장을 단말마의 비명 처럼 한 자 한 자 끊어서 발음하지 않을 수 없는 이유에 대해서 먼저 생각 해볼 필요가 있다.

여기서 우리는 다음과 같은 질문과 대면하게 된다. 언어를 가지지 못하 는 존재는 '나탈리아' 같은 경계인에 국한되는 것인가? 사회적인 죽음을 선고 받은 사람들에 한정되는 것인가? 언어를 전달할 수 없는 존재는 그 렇게 '타자'로 지칭되고 분류되는 이들만 해당하는 것일까? 그보다는 '언 어'를 교환하는 관계 속에 노정되어 있는 불가피함, 불가능함을 의미하지 않는가. 저 또박또박 발음하는 문장 속에 초과하고 있는 절규를 읽어내는 것, 동시에 그것에 대해 응답할 수 있을 때 그들의 '말'이 비명이나 괴성으 로 환원되지 않을 것이다. 문제는 발화의 위치에만 있는 것이 아니라 수신 자의 위치, 다시 말해 '가청 범위'라는 한정적인 영역에도 있다는 점 또한 간과해서는 안 된다. 공동체의 가청 범위를 넘어서거나 미달하는 이 초과/ 잉여(excess)의 언어야말로 우리가 교환하는 언어 본연의 속성이라고 할 수 있지 않을까? 바꿔 말해 언어의 음역대에 도달하지 못하는 저 초과의 언어는 '외국어'와 유사하다. 여기서 우리는 외국어를 배워야 하는 사람은 '타자'가 아니라 우리 또한 그들의 말을, 외국어를 배워야 한다는 사실을 자각하게 된다. 저 외마디 비명, 초과/잉여의 언어야말로 우리가 배워야 하는 '외국어'다. 그렇다고 저 단말마를 서둘러 번역하려고 하지 말자. 그것은 말하고 듣는, 내성의 회로 안에 저 절규를 녹여버리는, 기왕의 언어 체계를 강화하는 것에 지나지 않기 때문이다. 외국어는 공동체의 언어로 번역할 수 없는 환원불가능 자리에서만 겨우 배울 수 있기 때문이다. 1937년 연해주의 고려인이 추방당할 때 타고 가던 그 열차를 떠올려보자. 목적지가 없는 화물열차에 모든 것을 내맡기고 갈 수밖에 없는 상태, "달려가고는 있으나 그곳이 어디인지 알 수 없는"(85쪽) 종착점을 알 수 없는 상태, 우리가 초과/잉여의 언어를, 외국어를 배우는 시간 또한 이와 다르지 않다. 우리는 그곳이 어디인지 모르고 계속 달려야(배워야) 한다. 목적지를 가지지 않을 때만 언어를 배울 수 있는 것이다. 설사 우리에게 도착한 편지에 "단 하나의 문장도 쓸 수 없"(「천사들의 도시」, 32쪽)더라도 말이다.

조해진은 침묵의 자리를 오랫동안 맴돌고 있는 이들이나 '언어'를 가지지 못한 존재들에 대해서만 이야기하고 있는 것처럼 보인다. 설사 그들이 이야기를 한다고 해도 그것은 죄다 독백의 형식에 지나지 않는다. 앞서 조해진이 독백의 형식을 고집하는 이유에 대해서 언급하며 내성의 언어처럼 보이지만 외려 그 독백 속에 초과되어 있는 언어에 집중할 필요가 있다고 했다. 그 초과의 언어 속에 우리가 자명한 것으로 믿고 있는 공동체의 언어가 독백의 메커니즘(조해진의 독백과는 다른)을 통해서 '교환'되고 있음을 확인할 수 있기 때문이다. 조해진의 소설에서 존재의 희박함은 언어의 희박함과 긴밀하게 연결되어 있다는 것을 어렵지 않게 확인할 수 있다.

다시 「인터뷰」의 한 장면을 떠올려보자. 언어를 가질 수 없는 고려인 '나탈리아'가 한국에서 느끼는 치욕감이 러시아에서의 그것과 다른 것은 공동체의 언어를 획득하지 못한다는 사실이란 사람들의 시선에 노출된다는 것을 의미하기 때문이다. "무엇보다 참기 힘든 건 사람들의 시선이었다."(70쪽) 이 치욕감은 감정의 문제에 국한되지 않는다. 타인의 시선에 무방비로 노출되어 있다는 것은 무엇을 의미하는가. 그것은 자신이 공동체의 구성원과는 다른, 이방인이며 공동체에 들어오지 못하는 불순한 존재, 열등한 존재의 표지라는 것이다. 외국인이 눈에 잘 띄는 사회란 어떤 곳인가? 보이지 않는 규정과 배제에 노출되어 있는 상태, 그런 일상적 폭력이 지속적으로 가해지는 곳이지 않은가. 언제나 (공동체의) 시선에 노출되어 있는 곳에서 '외국인'은 '도마 위의 물고기'일 수밖에 없다. 그들을 향한 시선은 우리와 다름에서 비롯되는 호기심에 국한되지 않는다. 그 시선은 "이곳에 있다는 동질감을 확인 받기 위해 저곳의 사람을 경계 짓는 적대감 가득한 눈빛"(「인터뷰」, 77쪽)이기 때문이다. 공동체라는 절대적인 언어로 점철된 곳의 시선은 존재를 위협하고 위태롭게 한다.

희박한 존재들의 삶은 '무대'처럼 모두에게 노출되어 있는 무방비 상태로 점철되어 있다. 그들에게 '무대'는 정해진 각본을 따라야 하는 공동체의 규율 및 훈육 공간이라는 점에서 원형감옥과 다르지 않아 보인다. 「그리고, 일주일」의 연극배우 아버지의 실종을 이러한 관점으로 접근해볼 수 있다. 조해진의 소설을 읽는 독자들이 처음 배워야 했던 단어를 다시 한번 떠올리게 된다. '자살suicide', 그것이 무대 위에서 내려온다는 것이라면 실종이라 바꿔 말할 수도 있겠다. 실종된 사람은 '어버지'에 국한되지 않는다. 조해진 소설에 등장하는 사회적인 죽음을 선고받은 대부분의 인물들 또한 실종 상태에 있기 때문이다. '아버지'와 달리 대부분의 인물들은 '무대' 위를 떠나지 못한다. 존재를 위협하는 그 시선으로부터 벗어날 수 없다.[8] 「인터뷰」의 '나탈리아'를 다시 떠올려보자. 그가 머무르는 공간이 바깥의 시선에 완전히 노출되어 있는 투명 유리막이라는 점은 외국인을 바라보는 시선의 폭력성을 함축하고 있는 설정이라고 할 수 있다. 타인의 시선에 무방비로 노출되어 있기에 존재를 위태롭게 하는 공간임에도 불구하고 그 위태로운 자리 말고 '나탈리아'는 갈 곳이 없다는 사실은 우리의 삶이 위태로움 속에서만 희박하게나마 존재감을 가질 수 있는 상황과 포개어진다.

「기념사진」의 남자가 언제나 자신의 얼굴을 감추고 있는 것은 시선에 노출되어 있다는 것 또한 존재를 위태롭게 할 수도 있다는 것을 함의한다. 우연히 찍힌 CCTV로 인해 자신의 인생이 송두리째 망가져버린 '남자'의 사례는 특수한 것이라고 보기 어렵다. 여기서 주목해야 하는 점은 시선의 노출에 의해 큰 피해를 입은 남자가 누군가의 사생활을 훔쳐보는 것을 통해 삶을 유지하고 있다는 사실이다. 불륜의 증거를 카메라에 담아 의뢰인에게 건네주고 받는 보수로 생활하는 '남자'가 "자신을 지켜보고 있을지도 모른다는 실체 없는 공포감"(「기념사진」, 158쪽)에 휩싸이는 역설에 주목해보자. (누군가에게) 보여진다는 것뿐만 아니라 (누군가를) 본다는 것 또한 존재를 위태롭게 만든다. '누군가'가 어디에나 있지만 누구도 인지하지 못하는 공동체의 시선이라면 보는 자리와 보여지는 자리 모두 언제라도 위험에 빠질 수 있다는 것을 의미하기 때문이다.

---

8) 「여자에게 길을 묻다」에 등장하는 벙어리(말할 수 없음)이면서 거인증(타인의 시선에 노출)에 걸린 여자는 조해진이 소설 속에서 구현하는 인물의 원형적 모습을 잘 보여준다.

4. (불)가능한 문장

던적스러운 삶에 내던져짐으로써 발화되는 문장(김훈)과 핍박과 고통 속에 감금되어 있는 타인의 얼굴과의 대면을 통해 발화되는 문장(조해진)은 다른 경로를 통해 삶의 불확실성에 대한 성찰이라는 같은 지점에서 만난다. 불가피한 문장은 결코 분리될 없고 우리와 '이미' 연루되어 있는 타자와의 관계를 가리킨다. 그들과 대면할 수 있을 때, 그들의 (불확실한) 얼굴을 마주볼 수 있을 때 불가피한 문장들이 가능해지는 것이다. 레비나스식으로 말해 나 자신의 삶에 대한 각성, 나 자신의 불확실함에 대한 이해의 근거해서 다른 이들의 불확실한 삶의 의미를 추정하는 것일 수 없다. 타자의 방어력을 상실한 불확실한 얼굴은 내게는 살인의 유혹이자 동시에 평화의 호소이기도 한데, 그것은 "타자의 불확실함이 살인에의 유혹을 산출함과 동시에 평화에 대한 요구를 전달하는 것에 다름 아니며 타자의 취약성이 나에게는 살인에 대한 유혹이 된다는 것"[9]을 의미하기 때문이다. '타자의 얼굴'은 자기환원적인 방식으로 구축되는 공동체를 위태롭게 만든다. 타자의 얼굴은 언어와는 다른 것으로 이야기하기 때문인데, 잊지 말아야 하는 것은 타자의 얼굴이 가시적인 영역 너머에 있다는 점이다. 그것은 우리의 시각, 다시 말해 이성적 범주로 포착되지 않는다.

> 얼굴의 의미에 단어를 부여하려 한다고 해도, 얼굴은 그에 해당하는 어떤 단어도 작동하지 못하는 그런 것일 게다. 얼굴은 일종의 소리, 의미를 뺀 언어의 소리, 모든 의미론적 의미의 전달에 선행하고 그런 의미의 전달을 제한하는 발성의 기층언어(substratum)인 것 같다.

---

9) 주디스 버틀러, 양효실 옮김, 「불확실한 삶」, 『불확실한 삶 : 애도와 폭력의 권력들』, 경성대학교출판부, 2008, 185쪽.

— 주디스 버틀러, 「불확실한 삶」, 앞의 책, 184쪽

'의미를 뺀 언어의 소리, 모든 의미론적 의미의 전달에 선행하고 그런 의미의 전달을 제한하는 발성의 기층언어(substratum)'란 불가피하기에 가능한 문장을, 우리를 '우리'일 수 있게 하는 그 조건을 허물어버림으로써, 우리로 하여금 '뭍(공동체 안)'에서 '물(공동체 밖)'로 도약할 것을 종용하는 그런 요청이라고 할 수 있지 않겠는가. 그 요청에 응답할 때, 우리는 타자가 우리에게 보낸 유일한 메시지를 수신할 수 있는 장소에 겨우 당도할 수 있을 것이다.(2012)

죽음과 글쓰기 : 애도(불)가능성에 관하여
—하성란, 김숨, 편혜영의 소설

1. 죽음 앞의 응답

오래전부터 썩어가는 시체는 공포의 대상이었다. 시체는 그것을 목도하는 사람뿐 아니라 모든 사람을 파멸시킬 수 있는 폭력의 증거였으며 우리 모두가 그러한 폭력에 노출되어 있음을 현시하는 것이었다. 사람들이 시체를 땅에 묻기 시작한 것도 죽음이 세계를 폐허로 만들 수 있는 폭력의 상징처럼 보였기 때문이다. 죽은 사람은 그를 죽인 폭력과 한패가 되어 죽음의 전염병을 만연시키려고 한다고 생각했기에 사람들은 죽음의 폭력으로부터 벗어나기 위해 그들을 땅속에 묻었던 것이다. 그런 점에서 무덤은 '죽음에 대한 의식'을 의미하는 것이라고 할 수 있다. 죽음을 의식한다는 것이야말로 인간과 동물을 구분 지을 수 있는 중요한 증표라고 한 이는 바타유(Georges Bataille)였다.[1]

---

1) 바타유에 의하면 죽은 사람을 오늘날처럼 경건한 의식을 통해 매장하는 관습은 중기 구석기시대의 말기에서 비롯된 것이라고 한다. 그 일은 선사시대의 역사가들이 소위 지적 인간, Homo sapiens(그전에는 노동인간Homo faber이었다)라고 부르는 인간이 나

죽음과의 대면은 시체라는 고통의 대상, 혹은 폭력의 증거에 노출되어 있음을 의미하는 것일 테지만 그곳엔 또 하나의 중요한 의미를 지니고 있다는 사실을 간과해서는 안 된다. 죽음이 '침묵'과의 대면을 의미한다는 점 또한 기억해야 한다. 죽음 앞에 노출되어 있다는 것은 '침묵'과 마주하고 있음을 의미하는 것이기도 하다. 저 침묵은 우리로 하여금 눈앞의 죽음에 응답해야 할 의무나 조건의 증표이기도 하다. 죽음에 대한 응답은 살아 있음을 증명하는 가장 분명한 행위일 터, 때문에 죽음 앞에서의 응답은 죽음의 영역과 삶의 영역을 구분하는 표식의 기능을 수행한다. 이 응답은 역설적이게도 자신 또한 죽음 앞에 노출되어 있는 유한한 존재라는 사실을 환기시킨다. 살아 있음에 대한 표식이 죽음과 맞닿아 있다는 점, 그것이 죽음과 대면하면서 대결하고 있는 증표라는 점은 의미심장하다.

여기서 매일 밤 죽음을 유예시키기 위해 끝나지 않은 이야기를 만들어 내던 '세헤라자데'를 떠올리는 것은 자연스럽다. 죽음과 대면하지 않았다면 '세헤라자데'의 이야기는 천 일 동안 지속될 수 있었을까? 어쩌면 천 일 동안 끝나지 않던 그 이야기는 '세헤라자데'라는 작가의 개별적 역량에 의한 것이라기보단 죽음과 함께 만든 것이라고 해야 할 듯하다. 이야기를 한다는 것은 죽음의 심연 앞에 노출되어 있는 인간이 자신의 유한성을 직시함으로써 유한성을 연기(延期)하려는 의지적 행위다. 이야기는 언제나 죽음과 대면해 있으며 죽음 너머를 향해 있다는 점에서 그것은 죽음의 심연에서 만들어지는 것이라고 바꿔 말해볼 수도 있겠다.

타난 시기의 일이며, 네안데르탈인이 소멸되고 나서 오늘날의 우리와 같은 인간이 나타나기 직전의 일이었다. 자세한 내용은 조르주 바타유의 『에로티즘』(조한경, 민음사, 1989)을 참조.

2. 너를 삼키(지 못하)다

죽음 앞의 추도문은 우리를 죽음으로부터 분리하는 애도 작업 중 하나다.[2] 시체가 썩기 전에 우리는 그들을 '관' 속에 넣어 밀봉해버린다. 그리고 깊은 땅속에 묻고 그와의 관계를 서서히 분리시켜간다. 시체가 썩기도 전에 우리는 서둘러 그 앞을 떠나는 것이다. 부패하는 시체는 공포의 대상이지만 그것은 동시에 애도를 가능하게 하는 조건이기도 하다. 그러나 때때로 그 시체가 썩지 않고(사라지지 않고) 우리의 삶과 더욱 밀착되거나 다시금 새로운 삶을 유지하는 일이 발생하기도 한다. 영화 〈수취인불명〉(김기덕, 2001)의 한 장면을 떠올려보자. 영화의 후반, '창국 모(母)'는 논두렁에서 꽁꽁 얼어 죽은 자신의 아들을 발견하지만 그를 땅에 묻거나 화장하지 않고, 자신이 먹어버린다. '창국'의 시체는 썩지 않는다. 썩기 전에 먹어버림으로써 '창국 모'의 '살'이 된다. '나'와 분리되지 않고 내 안에서 나의 일부가 되는 것이다. 타자를 자아의 내부에 위치한 일종의 지하 납골당 안에 안치하는 것, 다시 말해 자아가 자신의 내부에 '합법적 묘소'를 마련함으로써 타자의 시신을 안치하고 이를 통해 이미 상실된 타자의 죽음 이후의 삶을 계속 유지시키고, 더 나아가 자신의 동일성을 이 타자의 죽음 이후의 삶과의 동일화로 대체하는 것이다. 데리다(Jacques Derrida)는 애도 작업이 본질적으로 타자를 상징적, 이상적으로 내면화하는 것, 곧 타자를 자아의 상징 안으로 동일화하는 것을 의미한다는 점에서 정상적인 애도, 성공적인 애도는 타자의 타자성을 제거하기에 그것은 타자에 대한 심각한

---

2) 프로이트는 「애도와 우울증Trauer und Melancholia」(1917)에서 사랑하는 사람의 상실, 혹은 사랑하는 사람의 자리에 대신 들어선 어떤 추상적인 것, 즉 조국, 자유, 어떤 이상 등의 상실에 대한 반응을 애도라고 일컬으며 애도작업이란 자아에게 이제 대상이 죽었다고 선언하면서 자아에게는 계속 살아가는 것이 좋다고 부추김으로써 자아로 하여금 대상을 포기하도록 강요하는 것이라고 말한다. 자세한 내용은 프로이트, 「슬픔과 우울증」(『정신분석학의 근본 개념』, 윤희기 · 박찬부 옮김, 열린책들, 2003)을 참조.

(상징적) 폭력을 함축하고 있다고 했다. 애도가 타자에 대한 존중, 타자에 대한 충실한 기억을 목표로 하는 이상, 정상적 애도는 실패한 애도, 불충실한 애도일 수밖에 없다는 것이다.

애도는 주체 구성에 필연적으로 수반되어야 하지만 궁극적으로 불가능하다. 데리다에 의하면 이 역설과 이중 구속이야말로 모든 주체의 식인성이며 주체는 근본적으로 식인주체라는 것이다. "타자와의 관계 이전에 그 자체로 존재하는 자아, 주체, 우리란 존재하지 않으며, 자아, 주체, 우리는 항상 이미 타자의 입사나 합체를 통해서 비로소 자아, 주체, 우리일 수 있다는 것이다."[3] 타자로부터의 완전한 분리도 완전한 합체도 불가능하다는 데리다의 논의에 따른다면 타자(시체)와 관여하지 않는 주체는 없다고까지 말할 수 있다. 현존하는 주체는 부재하는 유령들로부터 벗어날 수 없으며 언제나 이들과 함께한다. 삶이 언제나 죽음을 통하거나 그것과 함께할 때 비로소 제 의미를 가질 수 있는 것처럼 말이다.

하성란의 「여름의 맛」(『작가세계』 2009년 여름호)에서 인물들이 찾아다니는 '맛'은 이 같은 애도(불)가능성과 밀접한 관련을 맺고 있다. 어느 여름 낯선 이국땅에서 우연히 만난 남자와 함께 먹은 복숭아 맛을 잊지 못하는 '그녀'와 암에 걸려 죽음을 목전에 둔 '김 선생'이 다시 맛보고자 하는 '콩국', 이들은 '그 맛'에 붙들려 있다. 그리고 오랜 시간 '그 맛'을 찾아 헤매지만 어디에서도 찾지 못한다. 그때의 복숭아 맛은 '그녀'의 일상을 뒤흔들어 놓고 '김 선생'은 오래전부터 맛있는 음식이라곤 먹어보질 못했다. 이들의 헤매임은 '그 맛'을 다시 만나기 위함일까, 아니면 그것으로부터 벗어나고자 하는 시도일까. "주문은 걸렸는데 주문을 건 사람의 행방을 알지 못하니 주문을 풀 방법도 알 수 없었다"(26쪽)는 '그녀'의 토로를 다음의 두 장면과 겹쳐서 읽어보자.

---

3) 자크 데리다, 『법의 힘』에서 진태원의 「용어해설」, 문학과지성사, 2004, 194쪽.

복숭아에서 흘러내는 과즙이 손바닥의 손금을 타고 흘러 꺾인 손목 아래
로 뚝 떨어졌다. 팔꿈치까지 진득한 물이 흘러내리기도 했다. 과즙이 흘
러내리지 않도록 그녀는 허겁지겁 복숭아를 베어 물었다. "맛있다." 아무
도 없는 산책로에서 두 사람이 복숭아 먹는 소리만 울렸다. 베어물고 씹
고 흘러내리는 과즙을 쪽쪽 소리나게 빨아 먹었다. **다 씹기도 전에 꿀꺽**
소리나게 복숭아를 삼켰다.

— 하성란, 「여름의 맛」, 22쪽(강조-인용자)

산입구에는 등산객들을 상대로 노점상들이 서 있었다. 촌 여자들은 콩국
을 팔았다. 커다란 젓갈통이었다. 그 안에 콩국이 가득했다. 커다란 얼음
덩어리가 서서히 녹고 있었다. 아버지가 플라스틱 바가지로 콩국을 떠서
내게 주었다. 간간했다. **무언가 차갑고 미끄러운 것이 목구멍을 타고 넘**
어갔다. 나는 그것이 작은 물고기일 거라고 생각했다. 작은 물고기들이
헤엄쳤던 것처럼 콩국은 비릿했다.

— 하성란, 34쪽(강조-인용자)

꿀꺽 삼켜버린 것, 목구멍을 타고 넘어가버린 것은 복숭아나 콩국 속의
우뭇가사리만이 아니다. "맛은 맛이 아니라 추억"(35쪽)이라는 '김 선생'의
말은 그들이 삼킨 것은 다시는 반복할 수 없는 시간이며 곁을 떠나버린
대상이기도 하다는 사실을 암시한다. '그녀'는 그 남자와의 짧은 만남의
시간을 "베어물고 씹고 흘러내리는 과즙을 쪽쪽 소리나게 빨아" 먹고 "다
씹기도 전에 꿀꺽 소리나게" 삼켜버렸다. 항암 치료를 거부한 엄마를 묻고
내려오는 길에 마신 '콩국', 어머니의 죽음에 대한 진실을 알지 못한 한 소
녀가 더운 여름날 산 아래에서 마신 것은 '콩국'만은 아닐 것이다. "목구멍
을 타고 넘어"간 것은 엄마와 함께한 모든 시간이지 않았을까. 그렇게 '그

녀'와 '김 선생'은 상실된 대상으로부터 분리되지 못하고 그것들로부터 헤어나지 못한다. 온전한 나로도, 합일된 우리도 아닌, 반복 불가능한 시간의 주문에 걸려 '지금'과 '그때'를, '나'와 '너' 사이를 헤매고 있는 것이다. 「여름의 맛」은 '이곳의 나'와 '저곳의 너'가 결코 분리될 수도 합체될 수도 없다는 사실을, 언제나 분리된 채로 함께 있을 수밖에 없는 애도(불)가능성이라는 주체의 조건을 작가는 달콤한 복숭아와 비릿한 콩국의 '맛'을 통해 섬세하게 형상화해내고 있다. '그 맛'을 찾아 헤매는 소설 속의 인물들에서 언어를 통해 세계를 재현하는 소설가의 모습을 발견하는 것은 그리 어려운 일이 아니다.

3. 노동의 세기와 '유통기한'의 기율

하성란의 「여름의 맛」이 '그 맛'을 찾아가는 서사의 축 위에 애도(불)가능성의 문제에 대해서 이야기하고 있다면 김숨의 「럭키슈퍼」(『문학동네』 2009년 여름호)는 '침묵'해야만 하는 존재들에 둘러싸여 있는 화자의 공포와 애도(불)가능함에 대해 이야기한다. '자전소설'이라는 타이틀을 달고 있는 탓에 소설의 주요 공간으로 설정되어 있는 '럭키슈퍼'를 과거의 실제 공간으로 간주할 수도 있지만 그 공간이 어떤 강력한 체제에 의해 통제되고 있다는 사실을 환기해야 한다. '유통기한'이라는 질서의 규정력이 주관하고 있는 '럭키슈퍼'는 김숨 소설의 전체를 관통하는 원형적 공간이자 소설적 원체험의 공간처럼 보인다.

김숨은 '노동의 세기'라고 할 수 있을 저 70년대와 80년대를 벗어나지 않고 있다. 그에게 노동의 세기는 애도할 수도, 애도하지 않을 수도 없는 시간이다. 누구나 '슈퍼(super)'해져야만 했던 시절(개발의 논리와 88올림픽), 그 속에서 오지 않는(을) '럭키(lucky)'를 한없이 기다려야만 했던 이들의 거처인 '럭키슈퍼'라는 공간은 허용된 기간 동안만 '유통'을 허락했던 폭압적 세계의 메타포로 읽을 수 있다. 그것은 존재가 의미를 가질 수 있는 기간이 어떤 획일화된 질서에 의해 규정된다는 뜻일 텐데, 그런 점에서 '유통기한'은 죽음이 아닌 '쓸모없음'의 규약을 의미한다고 하겠다. 그곳에는 죽음 대신 '쓸모'와 '쓸모없음'만 있을 뿐이다. 유통기한이 지난 물품은 시체처럼 썩어 사라지거나 일정한 절차에 의해 폐기되지 않는다. 다만 누군가의 부주의나 유통기한 따위에 신경을 쓸 수 없는 처지에 있는 이들이 집어 갈 때까지 먼지를 뒤집어쓰고 그 자리를 지키고 있을 뿐이다.[4]

'슈퍼'하지 못하기에 '럭키'를 기다릴 수밖에 없는 이들의 공간에는 유통기한이 지난 것들로 넘쳐난다. '슈퍼'한 곳은 더욱 '슈퍼'해지고 '슈퍼'하지 못한 곳은 '슈퍼'라는 이상향을 꿈꾸며 그 자리를 지키고 있을 수밖에 없다. 손님이 없어도 무작정 가게를 지키고만 있어야만 하는 '나'처럼 '럭키슈퍼'에 있는 모든 것들은 '슈퍼'하지 않기에 아무것도 하지 못한 채 자신의 유통기한이 지나버려 폐기의 시간이 더께처럼 쌓이는 것을 견디고만 있을 수밖에 없다. 노동의 세기는 '쓸모'의 극대화에 집중하던 시절로 기억되어왔지만 김숨은 세계를 쓸모와 쓸모없음으로 매끈하게 분할해버리는 국가와 자본의 폭력에 의해 쓸모없음의 자리로 내몰리는 사람들의 역사를, 그 무엇도 말할 수 없는 입이 없는 존재들의 역사를 복원하고자 애쓴다.

유통기한이 3년을 훨씬 넘은 '아빠'는 노동의 세기의 폭압성을 체현하고 있는 존재다. 그가 노동을 그만두게 되었을 때, 그의 유통기한 또한 동시에 시효를 만료한다. 그러나 그는 썩지 않는다. "유통기한이 한참 지나

---

[4] "똑똑한 미정 아줌마와 달리, 유통기한이 지난 물건을 아무렇지도 않게 사가는 사람들이 있다. 그들은 유통기한을 살피지 않을뿐더러, 어쩌다 살피더라도 별로 개의치 않는다. 먹고 죽지만 않으면 된다는 게, 그들의 신조라도 되는 듯. (중략) 그들은 철로 저 너머에 사는 사람들로, 그들의 직업은 생노가다이거나 파출부이거나 백수건달이다." 김숨, 「럭키슈퍼」, 352쪽.

버린 간장"처럼 먼지를 뒤집어쓰고 '럭키 슈퍼'의 모퉁이에 구겨져 '있다'. 아빠는 유통기한이 지나버렸기에 "좀처럼 입을 열지 않는다."(350쪽)고 쓰여 있지만 '쓸모'를 박탈당해버렸기에 입을 열 수 없는 금치산자(禁治産者)가 되어버렸다는 의미로 읽어야 한다. 종일 유통기한이 지나버린 것들에 둘러싸여 그들이 유통되는 순간을 기약없이 기다려야만 하는 '나' 또한 "좀처럼 입을 열지 않는다." 주변에는 도무지 자신의 이야기를 들어줄 수 있는 (쓸모 있는) 존재가 없기 때문이다. 그들이 쓸모를 가질 수 있을 때 '나'의 쓸모 또한 회복할 수 있고 그때서야 유통기한의 공포, 풀어 말해 아무 말도 할 수 없음의 공포로부터 벗어날 수 있을 것이다. 그러나 "가게 안에는 오늘도 팔리지 않아, 유통기한이 지났거나 거의 다된 물건들과 나만 남는다."(365쪽) 버리지도 못하고 팔지도 못하는 물품들 속에 유통기한을 넘긴지 가장 오래된 '아빠'가 있다.

'나'의 공포는 자신 또한 '아빠'나 팔리지 않는 가게의 물건처럼 유통기한이 지나버린 인간이 되지 않을까 하는 것이겠지만 실은 그보다 더 큰 공포는 '침묵'과의 대면에 있다. 하루 종일 유통기한이 지나는 시간을 '침묵' 속에서 고스란히 겪어내야만 하는 '나'의 공포는 '침묵' 그 자체로부터 비롯된다기보다 그 '침묵'에 아무런 응답도 할 수 없다는 쓸모 없음의 공포에 있을 것이다. 그들의 '침묵'에 대해 그 어떤 응답도 하지 못한다는 것, 그 공포가 김숨으로 하여금 저 '노동의 세기'를 벗어날 수 없게 하는 것은 아닐까? 아니 어쩌면 저 '침묵'이, 저 응답불가능함이 김숨의 문학적 원체험으로 각인되어 그로 하여금 소설을 쓰게 했고 또 계속해서 소설을 쓰게 만드는 동인처럼 보인다.

기껏해야 감자만한 찰흙으로, 나는 아빠의 얼굴을 빚기로 한다. 찰흙이 조금밖에 없으니 아빠의 얼굴을 아주 작게 빚어야 할 것이다. (중략) 가장 먼저 얼굴을 빚고, 눈썹을 빚는다. 얼굴 중간에 두 눈썹을 떡하니 붙여넣는다. (중략) 입을 붙여넣어야 할 자리를 코가 차지해버려 입을 붙이지 못한다. 그렇다고 해서 입을 이마에 붙여넣을 수도 없다. (중략) 나는 고민을 하다가 귀 자리에, 입을 냉큼 붙여넣는다. 두 귀도 빚어서 붙여넣고 싶지만 찰흙이 그새 다 떨어져 그렇게 하지 못한다. 귀 자리에 입이 떡하니 붙어 있으니, 입이 꼭 귀 같다.

텅 비어서인가, 이마가 사하라 사막만큼 광활해 보인다.

자, 지금부터가 하이라이트!

나는 마침내 이마에 유통기한 날짜를 조심조심 새겨넣는다. 샤프 끝으로 꾹꾹 눌러가며.

2005. 11. 13

— 김숨, 「럭키슈퍼」, 354~355쪽

'나'가 찰흙으로 빚은 '아빠'의 얼굴에는 '입'이 없다. 김숨의 소설에서 반복적으로 등장하는 멀리서 돌아온 무기력한 아버지(『백치들』, 랜덤하우스중앙, 2006), 강도 높은 노동에 마모되어가는 아버지(『철』, 문학과지성사, 2008), 쓸모없는 일에 열중하는 아버지들(「바위」, 『실천문학』 2008년 겨울호)은 하나같이 '침묵'하고 있다. 그 침묵 앞에서 어떤 것도 응답해 줄 수 없는 참담함과 '공포'가 김숨 소설의 저류에 흐르고 있는 주조음이다. 침묵하고 있는 이는 온전한 형체를 가질 수 없다. '나'가 아빠의 얼굴을 빚을 때 "입을 붙여넣어야 할 자리에 코가 차지해 입을 붙이지 못한"(354쪽) 것은 찰흙이 부족해서만은 아니다. 나는 아버지를 재현해낼 수가 없기 때문이다. '침묵'은 어떠한 표상도 마련해주지 않는다. 그것은 '나'와 '너'가 어떤 관계를 맺어야 하는지 알려주지 않는다는 것이다. 그보다 더 공포스러운 것은 아무런 응답을 하지 못하는/않는 '나'로 인해 그 침묵이 더욱 깊어질 수도 있을 것이라는 예감에 있다.

미술실 창틀 위에서 말라가는 동안, 아빠의 얼굴은 비명이라도 내지르듯 쩍쩍 갈라지고 터진다. 그리고 그런 아빠의 얼굴을, 그 어떤 얼굴이 물끄러미 내려다보고 있다. 아빠의 얼굴보다 열 배는 커다란 그 어떤 얼굴이. 고작 한 입 거리밖에는 안 되는 아빠의 얼굴을 당장이라도 삼켜버릴 듯, 입을 우악스럽게 벌리고서는. 그 어떤 얼굴이, 그러니까 그 어떤 얼굴이……"

— 김숨, 355쪽

타자의 침묵으로부터 공포를 느끼는 것은 그들의 '침묵'과 '죽음'에 우리가 깊숙이 관여하고 있지는 않은가 하는 의구심과 실은 직·간접적으로 관여하고 있다는 뼈아픈 자각에서 연유한다. '아빠'의 얼굴을 물끄러미 내려보며 당장이라도 삼켜버릴 듯 우악스럽게 벌리고 있는 저 얼굴은 '권력자'의 얼굴만은 아닐 것이다. "그 어떤 얼굴"은 '침묵'에 아무런 응답도 하지 못하는 '우리들'의 얼굴이기도 한 것이다. 김숨에게 있어 소설은 이 '침묵'에 대한 공포로부터 벗어나기 위한 실천적 행위이자 윤리적 응답의 방식일 것이다. 김숨은 '침묵'하고 있는 이의 '말'을 대신해주거나 그들에게 말할 수 있는 '입'을 붙여 넣는 데 집중하지 않는다. 다만 그들의 이마에 새로운 날짜의 유통기한을 새겨 넣는다. 그것이 비록 유통기한이라는 기율을 전복시키지는 못하겠지만 말할 수 없음을 대변(對辯)하는 것이 아니라 '말할 수 없음' 그 자체를 보여줌으로써 타자의 침묵과 관계를 맺을 수 있는 '최소한의 말'을 직조해내는 것, 내게 그것은 가까스로 내뱉는 응답처럼 보인다.

4. 부패하지 않는 죽음, 끝나지 않고 반복되는 이야기

어쩌면 정작 두려운 것은 죽음 후의 썩어가는 육신이 아니라 '산주검(undead)'[5]이나 '살 수 없는 삶(unlivable lives)'[6]을 살아가는, 결코 썩지 않는 (비)존재들과 대면하는 것인지도 모른다. 썩지 않는다면 어떻게 그들을 저 차가운 땅속에 묻어버릴 수 있겠는가! 제 형체를 그대로 유지하고 있지만 '침묵'하고 있기에 어떤 관계를 맺어야 할지 가늠하기 힘든, 재현불가능한 존재들 앞에서 공포는 극에 달한다.

> 나는 문득 고개를 훌쩍 돌리고 가게 안을 들여다본다. 창백한 형광등 불빛 때문일까. 진열대 위의 어제도, 오늘도, 그리고 그저께도, 그끄저께도 팔리지 않은 물건들이 박제 처리된 짐승이나 벌레처럼만 보인다. 속을 싹 긁어내고 방부제 처리를 한, 썩지도, 변형 변색되지도 않은 박제들 말이다. 소고기를 말린 것이라는, 혁대처럼 납작하고 질겨 보이는 육포는 섬뜩하기조차 하다.
>
> — 김숨, 363쪽

썩지 않는 (비)존재들 앞에서 우리는 추도문을 욀 수가 없다. 죽음과의 경계를 설정할 수 없다는 것, 그것은 썩어가는 시체 앞에서의 응답이, 살아남은 이들의 애도가, 바꿔 말해 이야기의 방식이 바뀌어야 함을 의미한

---

5) 살아 있지도 죽지도 않은 비(非)존재이며, 그러한 (비)존재의 형용이자 움직임을 의미하는 '산주검'에 관해서는 복도훈의 논의(「산주검undead」, 『문학과사회』 2007년 가을호)를 참조.

6) 인간(the human)과 연관된 규범적인 개념들이 배타적인 과정을 통해 법적·정치적 위상을 중지당한 일단의 '살 수 없는 삶'을 생산하는 양태에 관해서는 주디스 버틀러의 논의(「무기한 구금」, 『불확실한 삶 : 애도와 폭력의 권력들』, 양효실 옮김, 경성대학교 출판부, 2008)를 참조.

다. 모든 죽음이 '생생하게' 죽어 '있기에' 도무지 죽음을 감각할 수가 없다. 오늘날의 소설은 썩지 않는 죽음 앞에서 씌어지고 있다. 일찍이 박민규는 「카스테라」(『문학동네』 2003년 겨울호)에서 "냉장고를 통해, 비로소 인류는 부패와의 투쟁에서 승리한다"라며 그곳을 "하나의 세계"라고 명명했다. 이 "환상적인 냉장술"에 의해 우리는 더 이상 부패하지 않는 세계 속에서 살게 되었다는 것이다. 그것은 우리가 썩지 않는, '생생한 죽음'과 함께 살아야 함을 의미하는 것이기도 하다. 죽음의 방식이 달라졌으므로 애도의 방식, 죽음 앞의 응답, 이야기의 형식 또한 달라질 수밖에 없다.

부패하지 않는 세계는 냉장의 흐름처럼 기계적 순환과 반복이 계속되는 세계다. 반복되는 일상을 강박적일 정도의 비슷한 패턴으로 그려내고 있는 편혜영의 소설이야말로 이 자리에 거듭 소환되어야 한다. 무한히 반복되는 일상과 그것의 순환에 대한 집착의 저류에는 부패하지 않음에 대한 공포가 잠복해 있다. 일상이 반복되는 양상을 건조하게 그려내는 편혜영의 소설이 그 어떤 소설보다 섬뜩하게 느껴지는 것은 부패하지 않는 것과 대면함으로써 발생하는 공포 때문이다. 편혜영의 소설에서 확인되는 반복은, 예컨대 쉬지 않고 글을 쓰고 있는 이의 작업물이 실은 흰 백지에 똑같은 단어를 빼곡하게 적어 넣는 행위임을 발견했을 때의 섬뜩함과 다르지 않다.[7] 그 신경강박증이 비정상의 표식이 아니라 정상의 표식이라는 것, 노동의 기율이라는 것이 이러한 비정상의 정상화라고 할 때 미치지 않고 강박적인 반복을 일상화하는 좀비 같은 인물들의 묘사와 온기라곤 찾아볼 수 없는 건조하고 마른 문체는 이러한 세계 인식으로부터 비롯되는 것이라고 할 수 있다.

편혜영의 「통조림공장」(『문학동네』 2009년 여름호)은 부패하지 않는 세계에 대한 음울한 우화다.[8] '생생한 사체'들을 만들어내는 통조림공장에서

---

7) 영화 〈샤이닝The Shining〉(스탠리 큐브릭, 1980)의 한 장면.
8) 부패하지 않는 세계는 반복을 '생산하는 공간'이라고 바꿔 말할 수 있으며 편혜영의

"깡통에 넣어 밀봉할 수 있는 것의 종류에는 한계가 없다"(264쪽). 어느 날 갑자기 실종된 공장장의 말처럼 그들은 밀봉된 깡통으로 세상을 알아간다. 그러나 밀봉된 깡통을 만드는 과정은 누구나가 할 수 있는 일이기에 그들 중 누군가가 사라진다고 해도 그의 부재는 현실에 아무런 영향도 미치지 못한다. 심지어 사라진 공장장의 아내조차 "내가 귀국한다고 갑자기 남편이 나타나는 것도 아니잖아요"(262쪽)라며 그의 부재를 무덤덤하게 받아들일 따름이다. 그녀는 "만약 시체가 발견된다면 그때 가겠어요"(263쪽)라고 말하지만 공장장은 끝내 발견되지 않는다. 그는 어디로 간 것일까? 아니 그의 시신은 어디에 있는 것일까? 통조림공장 한편에 쌓여 있는 어느 깡통에 일정한 크기로 분쇄되어서 밀봉되어 있는 것은 아닐까? 공장장의 부재에도 불구하고 통조림공장의 모든 일이 순조롭게 돌아가며 아무도 그의 상실을 인지하지 않는다는 것, 그처럼 부재를 상실로 받아들이지 않는다는 것은 노동의 기율이 애도를 불가능하게 하는 폭력적 조건이라는 것을 의미한다.

> 모두들 약간의 시차를 두고 공장장의 일과와 식사가 자신과 다르지 않다는 걸 깨달았다. 열심히 일했고 고분고분 살았지만, 어쩌면 그래서인지도 모르지만, 씹고 있는 통조림의 맛처럼 삶이 너무 자명해진 느낌이었다. 미래는 아직 시작되지도 않았는데 이미 지나버린 것 같았다. 지나버린 미래는 공장장의 현재와 다름없을 거였다.
>
> — 편혜영, 「통조림공장」, 259쪽

다른 소설에서도 이 같은 공간을 빈번하게 확인할 수 있다. 가령, 대도시 주변에 똑같은 모양으로 즐비해 있는 전원도시(「사육장 쪽으로」)나 복사물을 만들어내는 복사실(「동일한 점심」), 일정 기간을 주기로 파견되는 위성도시(「토끼의 묘」) 등을 떠올려 볼 수 있다.

똑같은 일이 반복되지요. 저는 하루 종일 밀봉만 합니다. 어떤 사람은 하루 종일 꽁치 대가리를 치고 어떤 사람은 내내 생선 뱃속에 손가락을 넣어 미끈거리는 내장을 빼내요. 하루 종일 생선에 소금을 쳐 간을 하고, 하루 종일 깡통을 박스에 포장하기도 해요.

특별한 건 없군요. 그러면 재미있는 건 뭡니까?

(중략) 똑같은 일이 반복되는 거예요. (중략) 벨트 앞에 서서 그저 익숙한 각도대로 몸을 움직이기만 하면 돼요. 생각이 탈수되고 몸이 기계의 일부가 되어가는 거죠. 왠지 뿌듯하죠. 자랑스럽지는 않지만.

— 편혜영, 266~267쪽

통조림공장을 지배하고 있는 질서는 모든 과정이 동일한 반복으로 이루어져 있다. 그들의 생각도 삶도 통조림처럼 동일하게 밀봉된다. 그리하여 "생각이 탈수되고 몸이 기계의 일부가 되어가는" 것이다. 똑같은 일이 반복되는 것에 재미를 느낀다는 것과 뿌듯함을 느낀다는 공장 직원의 대답은 오늘날의 노동에 대한 증언처럼 읽힌다. "산 것을 죽여서 가공한 후 죽지 않게 밀봉 처리하는 것, 그러니까 죽은 것을 상하지 않게 가공 처리하여 동일한 상태로 보관하는"(268쪽) 것을 핵심으로 하는 밀봉기술은 '죽음을 죽지 않게' 만드는 것을 목적으로 한다. 통조림공장이라는 세계, 풀어 말해 죽음을 죽지 않게 밀봉하는 세계 속의 삶은 "아직 시작되지도 않았는데 이미 지나버린", 통조림의 맛처럼 획일화되고 변하지 않을 것이다. 사체가 밀봉되어 생생한 죽음을 살 때 누구도 죽음 앞에 설 수 없으며 애도 또한 불가능하다. 편혜영의 소설은 획일화된 현대사회의 단면을 예리하게 간파하는 데만 있지 않다. 부패를 막는 밀봉의 기술은 대상을 상실했음에도 불구하고 결코 죽음과 대면할 수 없음을, 그럼에도 어떠한 영향도 받지 않는 애도(불)가능성을 의미한다. 저 반복되는 패턴의 소설들은 애도(불)가능한 세계 속의 이야기가 끝날 수 없음을 의미하는 것처럼 보인다. 어떻게 우리가 이야기를 끝낼 수 있겠는가. 이렇게 생생하게 살아 있는 산주검 (undead)들과 함께 이야기는 계속된다.(2009)

문학적 순교자의 독창적인 패배

—김경욱에 관하여

1. 부재 : 김경욱'표'라고 부를 만한 게 없다

2000년대 한국 소설의 특징을 규명하기 위한 모색이 끊임없이 이루어지고 있음에도 불구하고, 너무나도 중요한 변화 중 하나가 여전히 언급되지 않고 있다는 사실은 다소 기이하게 느껴진다. 소설책의 겉모습이 기왕의 것과는 판이하게 달라졌다는 사실말이다. 오랫동안 소설책의 대명사로 군림해왔던 '신국판'의 아성이 무너지고 작고 앙증맞은 판형들이 대거 출현하게 되었다는 점과 세련된 일러스트가 소설집의 표지를 장식하고 있는 탓에 무뚝뚝하고 무거웠던 과거의 표정에서 산뜻하고 가볍게 바뀐 최근 소설의 변화된 표정은 출판시장에서 '소설'이라는 장르가 유통되는 방식 또한 변화했음을 징후적으로 보여주는 중요한 표지라고 할 수 있을 법하다. 소설을 즐겨 읽는 주요 독자층뿐만 아니라 누구라도 펼쳐보고 싶게 만드는 소설의 변화된 '표정'을 두고 단순히 겉치레에 지나지 않는 것이라 서둘러 단정 짓지 말자. 소설책의 표지를 장식하고 있는 세련된 일러스트는 해당 소설의 이미지를 집약적으로 반영하고 있는 것이라고 할 수 있는데, 이러한 변화들이 단지 상품으로서의 매력을 증진시키기 위한 상술에 국한 되는 것이 아니라 소설이라는 장르의 변화된 위상까지 반영하고 있다는 사실을 알아차릴 필요가 있다는 것이다. 과감하게 말해본다면 저 팬시한 표지는 2000년대의 젊은 작가들의 작품이 일러스트나 아이콘으로 재현 가능하다는 것을 넌지시 가리키고 있는 표지일 수도 있을 듯하다.[1]

문단에서든 출판시장에서든 이른바 작가의 이름 뒤에 붙는 '~표' 소설이라는 수사가 조금도 어색하지 않게 '유통'되고 있는 상황 또한 어렵지 않게 확인할 수 있다. 작가의 작품 세계를 통칭하는 저 '~표'라는 수사가 소설집 한두 권으로 형성될 리 만무하건만 지금 이 순간에도 문단에서는 '~표'를 만들어내기 위해 여념이 없다. 소설책이라는 '상품'의 브랜드 네임적 요소를 다분히 가지고 있는 '~표'는 젊은 작가들이나 그들을 읽는 독자들로 하여금 (근대)소설이라는 장르가 수행해왔던 기왕의 책무로부터 '거리'를 획득할 수 있는 표지의 기능을 하고 있는 것처럼 보이기도 한다. 뿐만 아니라 소설의 죽음이나 위기를 운운하고 있음에도 소설의 총판매량이 외려 증가하고 있는 아이러니컬한 작금의 상황은 '~표'라는 표지가 단순히 변화된 소설의 자리를 적실하게 드러내는 증표의 역할만 하는 것이 아닌 문학 잡지와 출판자본의 결탁을 통한 특정 작가의 '스타 만들기 커넥션'과도 긴밀하게 연관되어 있다는 심증을 입증하는 단서로 삼을 수 있을 법도 하다.[2] 당대의 소설들을 감싸고 있는 앙증맞은 일러스트들이

---

1) 가령, 이런 비유도 가능하겠다. '아이팟'을 귀에 꼽고 21단 자전거 페달을 밟으면서 불어오는 바람에 몸을 맡기는 것—그는 지금 중고 LP를 사러 가는 길이다(김중혁). 그 길에서 우리는 땀을 뻘뻘 흘리며 뒤로 달리는 '뻴짓'을 하고 있거나 씨부렁씨부렁 거리며 알 듯 말 듯한 말들을 내뱉고 있는 '시봉이'(들)를 만날지도 모르며(이기호), 도시의 변두리를 지날 때 반지하에서 단말마처럼 울리는, 그러나 너무나도 경쾌한 행진곡을 들을 수도 있을 것이다(김애란). 그러나 그 여정이 구획된 도시의 안에서 쉼없이 맴돎으로써 길을 잃게 될 수도 있다는 점(편혜영) 또한 잊어서는 안 된다.

2) 이때 말하는 소설 총판매량의 증가는 정확하게 말해 특정 출판사에서 발행되는 몇몇

소설의 '겉'을 꾸미는 장식에 지나지 않는 것이 아니라 오히려 소설의 내부와 소설을 둘러싸고 있는 구조를 드러내고 있는 것은 아닌지 물어볼 필요가 있다는 것이다.

90년대 초반의 급변하는 문화적 지형도를 실감 있게 그려냄으로써 오랫동안 '신세대 작가군'으로 분류되어왔음에도 불구하고 김경욱이라는 작가를 적실하게 표현하는 아이콘이나 일러스트를 상상할 수 없다는 것은 한편으로 기이하게 여겨지기도 한다. 한국에서 소설을 쓰는 작가치고 꽤나 많은 작품을 꾸준히 발표해오고 있을 뿐만 아니라 몇몇 문학상을 수상함으로써 '문학적 승인' 또한 어지간하게 받고 있음에도 불구하고 김경욱 '표'라고 부를 만한 게 없다는 사실은 외려 김경욱의 소설이 여타의 소설가들의 작품과 상이한 지점에 놓여 있음을 명징하게 드러내는 증표로 읽을 수 있다. 2000년대 젊은 작가군들의 틈바구니에서 김경욱의 분명한 특징은 역설적으로 김경욱 '표'를 내세우지 않고 있다는 점에서 찾을 수도 있을 듯하다. 물론 그가 취득하지 못한/않은 꼬리 '표'가 일관된 작품 세계를 구축할 수 있는 구심력의 부족으로부터 연유하는 것이 아닌 변화하는 소설의 효용과 기능에 있어 여타의 젊은 작가들과는 다소 다른 지점에 놓여 있다는 의미에서 말이다.

그렇다고 지금까지 김경욱이라는 작가를 지시하는 표지가 전무했던 것은 아니다. 90년대 초반에 등단한 이래로 지금까지 꾸준히 소설을 발표해온 김경욱에게 앞서도 언급한 것처럼 시대 규정적 성격이 다분한 '신세

대형 작가들 소설의 판매 부수가 과거에 비해 비약적으로 증가했다는 것을 의미한다. 이러한 쏠림 현상에 대한 명징한 해석과 판단 없이 마치 '진흙 속에서 일어선 것'처럼 호들갑을 떨며 한국문학의 건강함과 보람 따위를 운운하는 것은 외려 한국문학을 위협하는 자본에 투항함으로써 오랜 시간 동안 고군분투하며 획득한 유의미한 '표지'들을 스스로 지워버리는 행위와 다르지 않다. 최근 한국문학의 약진과 '문학의 몰락'에 관해서는 조영일의 다음과 같은 글을 참조해볼 만하다. 조영일, 「2008년 한국소설을 돌아본다」, 『교수신문』 2008년 12월 22일자.

대 작가'라는 그다지 적절치 않은 이름표가 오랫동안 따라다녔기 때문이다. 이러한 명명이 전혀 틀린 것은 아니지만 김경욱의 소설이 시대적인 정황을 포착하는 데만 집중하고 있는 것처럼 간주하게 한다는 점에서 꽤나 만족스럽지 못한 명명임은 분명하다. 이 같은 오해는 김경욱의 많은 소설에서 반복적으로 다루어지고 있거나 김경욱 소설의 풍경을 직조하는 데 결정적인 영향을 미치고 있는 각종 대중문화가 가지는 의미에 대한 해석으로부터 연유하는 것이라고 할 수 있겠다. 지금까지 김경욱이 대중문화를 어떻게 다루어왔는지에만 초점이 맞춰져 있었던 탓에 그가 왜, 무엇 때문에 대중문화를 적극적으로 차용하는지에 대해서는 그다지 많은 관심을 기울이지 않았다는 사정과 함께 지금까지 묻지 않았던, 그러나 김경욱이라는 작가에게 있어 가장 중요한 부분이기도 한 그에게 있어 문학이란 도대체 어떤 것인지에 대해서는 별다른 논의가 이루지지 않은 것이 사실이다. 문학에, 혹은 소설에 자신의 전부를 걸었다고 말하는 것이 어딘지 겸연적은 시대적 분위기 속에서 매번 소설의 존재 방식에 대한 질문과 그것에 대한 답변을 적극적으로 해왔던 김경욱이라는 작가에게 이제야 비로소 너무나 때늦은 그 질문을 하게 된 셈이다. 설사 김경욱으로부터 질문에 대한 명쾌한 답변을 듣지 못한다고 할지라도 지금-여기에서 문학과 소설의 존재방식에 대해서 질문해야 할 필요성을 촉구한다는 점만으로도 김경욱의 위치는 당대의 어떤 작가와도 구별되는 자리에 놓여 있다고 해도 무방할 것이다.

『위험한 독서』(문학동네, 2008)는 오랫동안 김경욱 소설의 주조음으로 기능해왔던 하드보일드에 대한 '고집(강박)'에서 꽤나 자유로워진 탓에 이야기를 기왕의 소설들에서보다 훨씬 자연스럽고 유려하게 펼쳐내고 있다는 점에서 우리의 관심을 끌기에 충분하다. 이처럼 변화된 김경욱의 최근 소설집을 살펴보는 것은 김경욱이라는 작가가 걸어온 여정을 살피는 데 있어 유효한 참조점을 제공할 뿐만 아니라 다소간 오독되어왔던 기존의 평가가 수정되어야 함을 보여주는 계기적 역할을 한다는 점에서 앞서 제기했던 김경욱에 관한 새로운 논의를 시작하는 출발점으로 삼는 데 모자람이 없어 보인다.

2. 틈(들) : 관계에 대한 고집

김경욱 소설의 특성에 대해 이야기하기 위해 오래된 '회화' 한 점을 경유하고 싶다. 이 그림은 김경욱 소설의 핵심적인 부분을 관류하고 있으며 앞서 간략하게 언급한 소설의 일러스트화나 아이콘화라는 간명한 재현 방식으론 포착할 수 없는 김경욱이 조형하고 있는 소설적 특성에 접근하는 유용한 경로가 될 수 있다고 생각하기 때문이다. 야코프 오흐테르벨트(Jakob Ochtervelt)의 1670년 작 〈책을 읽고 있는 여인에게 하는 청혼〉(국립 미술관, 독일 카를스루에)에는 여인의 팔목을 잡고 애절한 시선으로 바라보며 어떤 말을 전하고 있는 남자와 그것에 아랑곳하지 않고 묵묵히 책읽기에 집중하고 있는 여자의 모습이, 아마도 구애의 내용을 담고 있을 법한 뜯겨진 편지와 함께 그려져 있다.[3] 여자는 남자가 쓴 편지와 구애의 말들 속에서 무심한 표정으로 책읽기에만 집중하고 있는 듯 보인다. 어쩌면 여인이 보고 있는 저 책은 구애를 하고 있는 남자로부터 빌린 것인지도 모른다. 남자는 여인의 환심을 사기 위해 자신의 박식함을 늘어놓았을 것이고 여인에게 더 많은 이야기를 하기 위해 그녀에게 책을 권했을 것이다. 문제는 그의 예상과 달리 그녀가 책을 읽으면 읽을수록 그에게로 향했던 관심의 정도가 그녀 자신에 대한 관심으로 바뀌어간다는 데 있겠다. 그녀가 무심해지면 무심해질수록 그녀에 대한 그의 애정은 깊어만 갈 것이고

---

3) 슈테판 볼만, 조이한 · 김정근 옮김, 『책 읽는 여자는 위험하다』, 웅진지식하우스, 2006, 81쪽.

급기야 자신의 속마음을 먼저 털어놓는 지경에까지 이르게 될 것이다. 그러나 여인의 반응은 냉랭하기만 하다. 남자는 무심한 여인보다 그녀가 보고 있는 '책'이 더 저주스러울 것이다. 그러나 저 여인 또한 책의 위험으로부터 자유롭지 못하다. 독서는 그간 관심을 기울이지 않았던 자신과 대면해야 한다는 것을 의미하기 때문이다. 지금 여인에게는 사랑을 속삭인 '편지'나 달콤한 유혹의 '말'보다 '책'이 더욱 매혹적일 것임에 틀림없어 보인다. 그 속에는 자신이 채워 넣어야 할 것들이, 그럼으로써 자신이 구성해 나가야 할 것들이 너무 많이 존재하기 때문이다. 그때 발견하게 되는 것은 지금까지 관심 밖의 대상이었던 '나'라는 존재일 것이다.

이 한 점의 회화를 김경욱의 「위험한 독서」와 겹쳐서 읽어보자. "여태 단 한번도 대출된 적 없어 존재감마저 희박해진", "한번 훑어보기만 하면 두 번 다시 들춰볼 일 없을 것처럼 평범해 보이는 책"(「위험한 독서」, 13쪽)과 같은 '당신'이 아주 매력적으로 느껴지는 것은 그 평범함이 외려 '나'에게는 해석이 힘든 요령부득의 "난감한 책"(17쪽)처럼 다가왔기 때문이다. '나'는 책을 빌려줌으로써 자기 모멸의 회로에 빠져 있는 '당신'을 구출해내려고 한다. 문제는 위험에 빠져 있는 사람을 구출해내는 행위가 언제나 그 위험을 온전히 감수함으로써 수행될 수 있는 것이라는 점을 '나'가 미처 알아채지 못했다는 데 있겠다. 그것은 곧 '독서'의 위험이자 '관계'의 위험이기도 하다. 독서가 위험한 것은 그 행위가 소유할 수 없는 심연을 매번 확인하게 만들 뿐만 아니라 그 심연 앞에 무방비로 노출되어 있는 자신과 대면해야 하기 때문이다. 이 같은 '독서'의 특징은 김경욱이 거의 모든 소설에서 집중하고 있는 '관계'의 양상과 닮아 있다.

「위험한 독서」의 화자로 등장하는 독서 치료사인 '나'는 오직 책이라는 매개를 통해서만 타인과 '관계'를 맺을 수 있다. 독서는 '당신'과 관계를 맺을 수 있는 계기적 기능을 하지만 그 '과정'이 '나'에게 또 다른 '읽기'로 다가온다는 점에서 환자/고객의 완치는 '읽기'의 중단을 의미한다. 문제는 이 같은 '관계 맺음'이 자의적으로 종료할 수 있는 성질의 것이 아니라는 데 있다. 독서를 한다는 것은 읽는 대상을 이해하거나 소유하는 것과는 조금도 관련이 없기 때문이다. 오히려 매번 미끄러져버리거나 치명적인 결여를 반복적으로 노출함으로써만 독서는 유지 가능한 것인지도 모른다. 이때 발생하는 결여는 오로지 독서를 하는 자가 메워야 하는 몫으로 남겨진다. '독서'는 그 '틈(들)'을 메우는 행위일 것이며 그것은 '사람 사이'에서 발생하는 '관계'의 모습과 다르지 않다. 독서를 통해 '당신'과 관계를 맺을 수 있지만 그것이 '당신'에 대한 이해로 이어지는 것은 아니다. 그 관계 속에서 발생하는 결여들을 확인하고 또 메우면서 우리는 노골적으로 드러나는 자기 스스로의 모습만을 대면할 수 있을 뿐이다. 독서가 위험한 것은 이 때문이다.

그러니 그의 읽기는 쉽게 종료될 수 있는 성질의 것이 아니다. "당신은 바쁘다"라는 소설의 첫 문장을 떠올려보자. '나'가 '당신'에 대해서 알 수 있는 경로는 '책'이라는 매개를 통해서였으나 그 매개의 유효성이 사라지자 얼마 전 '당신'이 개설한 '미니홈피'만이 '관계'를 이어갈 수 있는 유일한 수단으로 남는다. 여기서 우리는 김경욱에게 있어 '책'과 '미니홈피'가 같은 층위에 놓여 있다는 중요한 사실을 발견하게 된다. 김경욱의 많은 소설에서 열려 있던 그 (인터넷-채팅)'창'들은 자본주의 사회 속에서 원자화될 수밖에 없는 개인들의 내면풍경을 적실하게 포착하고 있는 장면임과 동시에 그러한 사회 속에서 '관계'라는 것이 어떻게 성립해가는가를 보여주는 보고라 하겠다. 김경욱이 열어놓는 저 '창(들)'이 동세대의 작가들의 그것과 구별되는 것은 인터넷이라는 '창'을 매개로 한 관계와 실제로 만나는 것에 대한 위계적 구분을 하지 않는다는 데 있다. 김경욱에게 있어 오프라인과 온라인은 큰 차이를 가지지 않는다. 그것은 '관계'와 '소통'이 투명할 수 있을 거라는 믿음을 애초에 가지고 있지 않기 때문일 것이다. 이 점은 김경욱의 소설을 이해하는 데 있어 중요한 부분이라고 할 수 있는데, 그의 많은 소설들이 '관계'를 중심으로 서사가 진행됨에도 불구하고 인물들이 직접적으로 대면하는 장면을 쉽게 찾기 힘든 것은 이러한 이유에서이다. 김경욱에게 현실과 가상의 구분보다는 자본의 욕동에 의해 운영되는 이 사회 속에서 '관계'를 맺는다는 것이 무엇을 의미하는지에 대한 고민이 더욱 중요한 것처럼 보인다는 말이다.

'당신'과의 관계는 열린 저 '창'을 통해서만 맺어질 수 있다. 저 '창'들은 언제나 열려 있지만 거기에 비치는 '당신'은 결코 투명하지 않다. '당신'은 결코 그 창을 통해서 '당신'의 전부를 보여주지 않는다. '창'은 '틈'과 같은 것이기 때문이다. 그런 점에서 열린 '창'을 통해 '당신'을 바라보는 '나'의 시선은 훔쳐보기와 닮아 있다. 「베티를 만나러 가다」(『베티를 만나러 가다』, 문학동네, 1999)의 '나'가 매일 밤 훔쳐보는 '당신'의 실루엣과 매일 밤 접속하는 대화방에서 만나는 '베티'라는 아이디를 가진 이는 가상과 실제로 구분되어 있지만 관계를 맺는 양상은 다르지 않다. 여기서 김경욱이라는 작가가 인터넷을 비롯한 대중문화를 어떻게 전유하고 있는지를 다시 한번 더 확인할 수 있게 된다. 「베티를 만나러 가다」와 마찬가지로 「장국영이 죽었다고?」(『장국영이 죽었다고?』, 문학과지성사, 2005)에서 '나'가 '이혼녀'와 끝내 만나지 못하는 상황을 인터넷 채팅으로 이루어진 관계의 허망함을 의미하는 것이라고 서둘러 단정지어서는 안 된다. 얼핏 가상 공간에서 맺어진 관계에 대한 냉소처럼 보일 수도 있겠지만 김경욱에게 가상 공간은 이 시대의 대표적인 풍속임과 동시에 관계의 불가능성을 현시하는 강력한 메타포라는 중층적인 의미를 가지고 있기 때문이다.

흥미로운 것은 그러한 실패들과 결여들이 '나'로 하여금 무언가를 채워 넣어야 함을 끊임없이 요구한다는 데 있다. 소통과 관계의 구축은 언제나 가상적인 것의 매개를 통해서 이루어진다. 그 가상이야말로 소통/관계가 불가능하다는 것을 전제하고 있는 공간이므로 전달과 합일에 대한 환상으로부터 자유로울 수 있는 것이다. 그럼에도 우리는 그 접속을 단 하루도 멈출 수 없다. 이 같은 반복을 가상 세계가 만들어놓은 환등상에 대한 '홀림'으로 손쉽게 설명할 수도 있겠지만 김경욱에게 그 반복은 '관계에 대한 고집'으로부터 비롯되는 것에 가깝기 때문이다. 현대 사회에 대한 냉소로 점철되어 있으며 타인과 맺는 소통의 양상 또한 그 누구보다 건조한 형식으로 담아내고 있는 이 작가는 끊임없이 '당신'을 호명하고 있다. 거의 모든 인물들이 홀로 존립하는 것처럼 보임에도 불구하고 그들은 끊임없이 누군가를 찾고 있거나 이야기하고 있거나 만나고 싶어 한다. 그것이 부질없는 것임을 스스로도 너무나 잘 알고 있음에도 말이다.

다시 「위험한 독서」로 돌아가보자. '당신'의 미니홈피에 업데이트된 글과 사진은 독서를 하면서 매번 마주치게 되는, 행간과 행간 사이에 자리하고 있는 심연과 닮아 있다. 그것은 보는/읽는/접속하는 이로 하여금 재구성할 것을 요구한다. 당신의 일상은 분절된 장면으로만 드러난다. 보이지 않는 부분을 채워 넣는 것은 온전히 '나'의 몫인 셈인데 이 채워 넣음의 과정을 서둘러 병적인 것이라고 단정 짓지 말자. 그것은 허구적 상상력이 틈입할 수 있는 자리이며 '당신'의 모든 것을 알 수 있다는 신화적 믿음으로부터 탈피한 태도를 드러내는 것이기 때문이다. 이쯤되면 소설 속 인물들의 소통 불가능성과 관계 불가능성은 관계에 대한 냉소라기보다 '관계에 대한 고집'이라고 바꿔 불러야 할 듯하다. 김경욱 소설에서 관계를 맺는다는 것은 결코 닿을 수 없는 곳에 가닿으려는 열망, 볼 수 없는 것을 보려고 하는 열망, 금지된 어떤 것에 다가서고자 하는 열망과 유사해 보인다. 무엇보다 중요한 점은 김경욱이 그 열망들을 긍정적인 것으로만 남겨두지 않고 매번 '반성'과 '회의'를 촉구하는 지점에까지 나아간다는 데 있다. 「베티를 만나러 가다」의 마지막 장면. 그녀를 볼 수 있는 유일한 '틈'을 통해서는 분절된 움직임밖에는 볼 수 없다. 따라서 보이지 않는 부분, 예컨대 그녀의 움직임이나 가려진 신체 부분은 '나'의 상상력의 틈입을 요구한다. 그러나 그때 확인할 수 있는 것은 나의 상상 속에서 재구성된 '완벽한 신체'가 아닌 그녀를 훔쳐보고 있는 자기 자신이다.

> 비 때문인지 그의 시야가 뿌옇게 흐려졌고 그 순간, 천천히 아주 천천히 그가 이 세상을 살아온 만큼의 슬픔과 고독이 안개처럼 그의 시선을 휘감았다. 놀랍게도 그녀의 뒷모습이 흐물거리면서 점차 또하나의 영상을 만들어내고 있었고 망원경 속에서 쓸쓸한 뒤통수를 보이고 있는 것은, 바로 그 자신이었다.
>
> ─「베티를 만나러 가다」, 28쪽

이 섬뜩한 장면은 「위험한 독서」에서의 '독서'가 텍스트(타인) 내부로 들어가는 여정임과 동시에 '나'를 발견하는 과정과 같은 층위에 놓여 있는 것임을 알 수 있게 한다("독서를 통해 당신이 발견해야하는 것은 (…) 바로 당신 자신이니까" 16쪽). 언제나 인터넷 창이 열려 있는 그의 소설적 공간이 의미하는 바를 두고 열려 있는 인터넷 창이 현실과 허구의 경계가 무화되는 지점을 직시하고 있는 것이라는 해석에서 멈춰 설 것이 아니라 현실과 허구라는 구분—다분히 현실에 무게감을 두고 있는—에 대한 집중보다 인터넷 창을 열어두는 것을 '반복'하는 그 맥락들에 주목해야 할 것이다. 현실과 가상의 공간이라는 구분이 김경욱의 소설에서 별다른 차이를 만들어내지 못하는 것은 가상으로 점철되어 있는 이 공간이야말로 당대인들이 체감하는 '현실'이라는 인식을 분명히 하고 있기 때문이다. 김경욱에게 '관계'를 맺게 하는 시작점인 '틈'은 나와 너, 현실과 가상 '사이'에 있다.

3. 어긋남 : '맥도날드화'에서 '안주일절의 세계'로 도약하기

짐작했겠지만 김경욱에게 있어 훔쳐보기/독서/관계 맺기는 '소설 쓰기'에 대한 작가의 자의식과 긴밀하게 연관을 맺고 있다. 독서/관계 맺기가 쉼없이 지속되는 것은 메워지지 않는 '결여' 때문일 테지만 "무를 향해 벌어진, 불길하게 째진 틈"(「incert coin」, 『누가 커트 코베인을 죽였는가』, 문학과 지성사, 2003, 134쪽)을 메우기 위한 시도들은 매번 어긋나버리기 일쑤다. 이 어긋남은 김경욱이 취하고 있는 소통과 관계의 불가능성과 조응한다. 저 불길한 '틈(들)'은 결코 메울 수 없는 성질의 것이며, 그 시도들은 매번 어긋남으로 귀착된다. 여기서 주목해야 할 점은 세계의 균열(틈)을 메우기 위한 시도가 도달하는 곳이 '어긋남'을 확인하는 것밖에는 없음에도 불구하고 그 어긋남을 통해서만 결코 얼굴을 대면할 수 없었던 실체가 불분명한 '구조'에 균열을 낼 수 있다는 사실에 있다. 실패를 향한 이 같은 도약들만이 우리를 장악하고 있는 구조가 강요하는 질서로부터 비켜설 수 있는 유일한 방법이 될 수 있다는 것이다. 이 도약들을 김경욱의 소설 쓰기라고 해도 좋다.

김경욱식 유머가 잘 드러나는 「맥도날드 사수 대작전」에는 "실체가 불분명한 위협"(「맥도날드 사수 대작전」, 43쪽)으로부터의 대응이 자유의 획득과 연결되기는커녕 역설적으로 '나'라는 존재가 점점 지워짐으로써 결국 '맥도날드화'되어버리고 마는 과정이 잘 드러나 있다. 지켜야 할 것들이 너무 많은 세계에서 '맥도날드화'가 아닌 바깥을 상상하기란 불가능해 보인다. 표준화되고 획일화된 세계에 내던져진 존재들이 할 수 있는 일이란 더욱 철저히 '맥도날드화'됨으로써 자신이 지켜야 할 것들을 끝까지 사수하는 것이다. 소설 속에서 그려지는 '나'의 노력들은 세계에 대한 승리를 보장해주지 않을 뿐만 아니라 죄다 실체를 알 수 없는 '구조'에 흡수되어 버리고 만다. 단 한 장면을 제외하고는 말이다.

맥도날드 매장 입구에서 발견된 괴전단은 잉크가 번져 훼손되고 뭉개진 글자가 많아서 흡사 검열에 만신창이가 되어버린 불온 문서처럼 보인다. 무엇보다 중요한 점은 괴전단을 읽기 위해서는 훼손되고 지워진 여백에 또 다른 글자들을 채워 넣는 행위를 수반해야 한다는 데 있다. 복자(伏字) 처리 된 괴전단은 「위험한 독서」의 '당신'을 비롯한 김경욱의 소설에서 결코 실체를 다 드러내지 않는 '당신(들)'과 비슷해 보인다. 이 공백의 자리에 상상력을 기입할 때 우리는 '괴문서'를 쓴 저자의 의도를 알아채기보다는 제각각 다른 단어들로 결여된 자리를 채워 넣는 당사자의 욕망과 대면하게 된다. 저 복자들로 이루어진 괴문서는 김경욱 소설의 핵심적인 모티프라고 해도 좋을 듯하다. 유실된 글자들을 채워 넣는 '게임'이 "상상력과는 무관한 판에 박힌 노동"으로 '맥도날드화'되어가는 존재들의 "푸석해진 뇌에 예기치 않은 활력을 불어넣"(50쪽)는다는 데 주목해보자. "전단의 원형을 복원하는 것이 아니라 본래의 형태를 잃어버림으로써 무의미해진 전단에 나름대로 의미를 부여하는"(51쪽) 이들의 행위는 앞에서 언급한 독서/관계 맺기와 다르지 않다. 그렇다고 그 '활력'이 '맥도날드화'의 외부를 보여주는 것은 아니다. 「장국영이 죽었다고?」의 '나'가 약속 장소에서 원래 만나기로 한 '이혼녀'가 아닌 한 배우의 죽음을 애도하기 위해 한번도 본적이 없으며 만남이 이루어진 순간 또한 마스크로 가려져 있는 탓에 얼굴을 확인할 수 없었던 '플레쉬 몹'의 구성원들임에도 불구하고 그 대면에서 "실로 오랜만에 맛보는 활력"을 느꼈다고 하는 이유와 다르지 않을 것이다. 이 같은 어긋남의 확인이 "느슨해지는 법이 없는 긴장 속에서 '나'라는 생각이 끼어들 틈이 없"(55쪽)는 '맥도날드화'라는 현실에 상상력을 개입함으로써 '나'라는 존재를 자각하게 되는 과정일 뿐 아니라 그것이 "우리는 과연 누구인가?"(66쪽)라는 물음과 이어져 있다는 점은 의미심장하다. 보이지 않는 구조에 장악당해 있는 '우리들'의 위치를 다시금 되묻는다는 것은 부과된 규칙들을 따르는 것이 아닌 그것들을 배반함으로써 새로운 경로를 만들어내는 시발점이라고 할 수 있기 때문이다. '맥도날드화'의 외부를 상상할 수 없다고 하더라도 이 같은 어긋남을 향한 도약으로 구축되는 세계는, 김경욱의 말을 빌린다면 '안주일절의 세계'라고 말해볼 수도 있겠다.

「게임의 규칙」의 천재소년 '김광수'가 세 살 때 최초로 읽은 글자가 맞춤법에 어긋난 '안주일절'임을 언급하는 대목은 이 소설에서 가장 인상적인 장면이라고 할 수 있다. 모든 것을 수치화함으로써 완벽한 질서를 이루는 '숫자의 세계'에서 '문장'은 불결하고도 위험한 것일 터, 맞춤법에 맞지 않는 단어를 읽는 행위는 '문장의 세계'가 합일이 아닌 어긋남으로 귀착될 수밖에 없다는 사실을 암시한다. (불결한) 문장을 읊조리는 것이 얼마나 위험한 일인지 깨달은 주인공은 "뻔뻔하고 가증스러"운 숫자에 몰두하게 된다. 놀라운 암산 능력으로 또다시 사람들로부터 주목을 받지만 무엇보다 그를 사로잡은 수가 '0'이라는 사실에서 우리는 그가 숫자의 세계에 적응하지 못하리란 것을 미리 감지할 수 있다. 없는 것이 존재한다는 패러독스에 매료된 그가 정작 원했던 것은 결과로서의 승패가 아닌 세계가 감추어두고 있는 진실이기 때문이다.[4] 숫자의 세계에서 "승부욕이라는 것이 완벽하게 결여되어 있었던"(123쪽) 이 천재소년은 결코 특별한 존재가 될 수 없었던 것이다. 불결한 문장을 읊조리는 행위, 바꿔 말해 틀린 맞춤법이야말로 세상에 유일하게 존재하는 지위를 가진다는 사실에 있다. 술 취한 사내가 몰던 차에 치여 쓰러진 모친의 손에 쥐어져 있던 쪽지에 적힌 '광수내 분식', '천제 분식'이야말로 우리 귀에 익숙한 이름이지만 그 어디에도 없는 이름이기 때문이다. 무엇보다 중요한 점은 불결한 문장을 읊조림으로써 어긋남을 향한 도약에 의해 구축되는 '안주일절의 세계'가 부여된 질서를 따르는 것이 아닌 독창성의 열정과 잇닿아 있다는 데 있을 것

---

4) "숫자가 표현하는 것은 고작 결과로서의 승패에 불과했다. 진실은 어디에도 없었다." 「게임의 규칙」, 130쪽

이다.

　승부를 혐오하는 '그'가 〈내 고장 퀴즈왕 선발대회〉에 출현하게 된 것은 순전히 텔레비전 시청만을 삶의 유일한 낙으로 삼고 있는, 이제는 정신이 오락가락 하는 아버지에게 드릴 벽걸이 텔레비전을 상품으로 타기 위해서이다. 불행히도 그는 마지막 문제를 틀리고 만다. 그러나 "상투적인 승리 대신 독창적인 패배를 택"함으로써 '그'를 일깨운 것은 "승리에 대한 강박이 아니라 오랫동안 잊고 지내던 독창성에 대한 열정"(133쪽)이라고 할 수 있다. "독창적인 패배를 선택한 대가로 부친은 앞으로도 십사 인치 텔레비전의 작고 어두운 화면을 보기 위해 미간을 찌푸려야 할"테지만 이 패배의 순간에 우리가 대면하게 되는 것이 낙담이 아닌 "이 세상 누구도 흉내낼 수 없는 하나뿐인 미소"(133쪽)라는 사실은 의미하는 바가 적지 않다. '맥도날드화'된 세계의 바깥을 기획하고 상상하는 것이 요령부득의 현실임에도 불구하고 우리를 향해 벌어져 있는 그 불길한 '틈'을 외면하지 않고, 설사 어긋남으로 귀결된다고 할지라도 그 틈을 향해 자신의 고유한 상상력을 걸어보는 것, 다시 말해 독창적으로 패배하는 것은 '안주일절의 세계'로 도약하는 것과 다르지 않다. 그 도약에 의해 직조되는 고유한 미소야말로 맥도날드화된 세계가 끝끝내 제거하지 못한 '관계'가 빚어내는 "이 세상 누구도 흉내낼 수 없는 하나뿐인 미소"라는 말이다.

4. 순교 : 타자에 대한 응답과 자기로의 유폐

　부재로서만 스스로를 증명할 수 있는 숫자 '0'은 김경욱의 소설을 관통하고 있는 존재론으로 봐도 무방하다. 세계의 벌어진 틈을 메우기 위한 도약들의 귀착점이 '어긋남'의 확인밖에 없음에도 자신의 전 존재를 던지는 행위는 실체가 드러나지 않는 세계의 부조리를 드러내는 행위라고 말할 수 있을 듯하다. 김경욱의 여러 소설에서 때로는 비중 있게, 또 때로는 소재적으로 등장하는 인물인 '장국영', '커트 코베인', '다자이 오사무'는 모두 자살을 통해 생을 마감한 예술가들이다. 김경욱이 그들을 반복적으로 변주하는 이유를 자살에 대한 동경이나 현실의 문제를 해결하기 위한 대안으로 생각하고 있다고 오해해서는 안 된다. '자살'이 김경욱 소설의 중요한 모티프이기는 하지만 소설의 화자는 결코 자살을 하지 않는다는 점, 오히려 그러한 유혹들을 견뎌냄으로써 이야기를 이어나가고 있다는 점이야말로 '자살'의 의미뿐만 아니라 문학의 존재 방식이란 어떤 것인지를 확인할 수 있는 유효한 표지로 삼을 수 있다. 스스로 밝히고 있는 것처럼 소설은 "무를 향해 벌어진, 불길하게 째진 틈"의 유혹을 견뎌내며 쓰는 것이라는 점에서 소설을 (집행되지 않는) 순교담이라고 명명했다는 것을 기억하자.[5] 많은 작품 속에서 드러나는 '자살'은 삶의 포기가 아닌 외려 자신의 모든 것을 걸고 '살아내는 것'을 의미한다고 하는 게 더 정확할 듯하다. 「토니와 사이다」의 다음과 같은 구절처럼 말이다.

'세상의 끝'이라 불리는 절벽을 찾아가 뛰어내리는 것이 목적으로 설정되어 있습니다. 자살이지요. 요컨대 죽기 위해서 온갖 고난을 극복해내는 것입니다. 심지어 죽음의 길에 방해가 되는 것들을 해치우기도 하면서 말이죠. 기막힌 아이러니가 아닐 수 없습니다. 죽기 위해 살아남는다. 그런 의미에서 이 게임은 들통 난 불륜만큼이나 교훈적인 데가 있습니다. 자살

---

5) "소멸을 증거하기 위해 존재하는 삶의 부조리, 그 부조리에 목숨을 걸고 맞서는 방식을 소설이라고 한다면 모든 소설은 본질적으로 순교담이다. 순교담이되 집행되지 않는 순교담이다. 순교가 죽음으로써 완성되는 순간 그 이야기는 소설이 아니라 신화가 되기에 소설은 궁극적으로 미완성의 순교담이다. (…) 죽음으로써 종결되지 않는 순교담은 환상을 유포하지 않는다. 오히려 환상을 경계하고 폭로한다. 소설은 스스로 허구 됨을 드러내고 (죽음에의 매혹과 공포를) 견딤으로써 삶과 존재의 허구를 직시한다."(김경욱, 「하드보일드, 혹은 순교에의 저항」, 『문학 · 판』, 2004년 여름호, 97~98쪽)

하는 것이 얼마나 어렵고 힘든가를 가르쳐주기 때문입니다.

—「토니와 사이다」, 『누가 커트 코베인을 죽였는가』, 151쪽

"죽기 위해 온갖 고난을 극복해내는 것", "그냥 살아가는 것보다 더 힘든 것이 바로 자살"이다. '자살'은 폭압적인 세계에 자신의 전 존재를 걸고 맞서는 것이기도 하다. 이 역설을 이해해야지만 김경욱이 말하는 삶과 소설이 의미하는 바를 온전하게 해석할 수 있는 것이다. 소설을 쓴다는 것이 부조리한 세계에 목숨을 걸고 맞서는 것이라고 해도 그 행위의 결과가 세계에 대한 '승리'를 보장하는 것은 아니다. '승리'에 대해 낙관하지 않는 것이야말로 그의 소설이 하드보일드한 문체, 다시 말해 세계에 대해 냉정한 태도를 일관되게 견지하고 있는 분명한 이유라고 할 수 있겠다. "인생의 궁극적인 승리자는 인생일 뿐"이라는 전언과 함께 인생이라는 게임에선 그 누구도 승리할 수 없으며 그 같은 "게임에서의 본질적인 승리자는 게임 그 자체"(「누가 커트 코베인을 죽였는가?」, 36쪽)라는 냉철한 판단이 겨냥하고 있는 것은 현실의 폭압성을 은폐시켜버리는 '환상'임을 직감할 수 있다.

부조리한 현실에 대해 전 존재를 걸고 맞서는 그 '숭고한 행위'와 집행되지 않는 순교담이라고 명명한 그의 소설 쓰기는 무엇을 증명하기 위한 행위일까. 세계가 부여한 질서를 따르지 않고 그 질서를 거부하거나 맞서는 행위는 세계의 폭압성을 폭로하는 역할을 하는 것은 분명해 보이지만 그 행위의 최종 귀착지가 '문학적 열망'이라는 귀착지를 향해 나아가는 것처럼 보이기도 한다. "문장을 읊조릴 때 혀끝에서 맴도는 알싸한 느낌"이나 "의미가 아득해서 오히려 아름다운 문장을 읊조릴 때면 독주를 삼킨 듯 가슴이 뜨거워졌다"(「게임의 규칙」, 114쪽)는 표현과 같이 숫자의 세계에서 문장의 세계로의 도약이 '잔혹한 아름다움에 대한 동경'(「공중관람차를 타는 여자」)과 같은 감정의 충족은 '나'라는 심미적 주체의 내면으로 유폐되어버릴 위험에서 자유롭지 못하다. '집행되지 않는 순교담'은 세계에 던

져진 '나'의 존재론적 증명뿐만 아니라 타자에 대한 응답의 의미 또한 획득할 수 있어야 할 것이다.

『위험한 독서』가 김경욱이 상자(上梓)한 여타의 소설들과 다른 자리에 놓일 수 있는 것은 기왕의 소설에서는 좀처럼 발견하기 힘들었던 타자에 대해 응답을 행하고 있는 장면들을 발견할 수 있다는 점에 있다. 「게임의 규칙」에서 승리가 아닌 독창적으로 패배함으로써 세상에 없는 유일한 웃음을 짓는 장면이나 고독과 자기 세계로 침잠하기 위해 쓰기 시작한 글이 한 번도 말해진 적 없는 아내에 대한 글쓰기로 이어지는 「천년의 여왕」의 경우, 그들에 대한 이야기를 함으로써 자신을 발견하는 관계론적 성찰이 반영되어 있는 장면을 확인할 수 있다. 「위험한 독서」 또한 독서/관계 맺기가 '당신'의 치료에까지 가닿고 있다. '우리는 누구인가'라는 물음을 촉발케 했던 「맥도날드 사수 대작전」에서의 그 '회의'가 '나는 누구인가'라는 존재론적 회의와 크게 다르지 않은 것처럼 보일지라도 '나'가 아닌 '우리'의 존재에 대해서 질문을 하고 있다는 점에서 '관계'가 논의의 중심항으로 들어와 있다는 것 또한 어렵지 않게 확인할 수 있다. 생명까지 거래 가능한 당대의 현실을 노골적으로 드러냄으로써 "세상에 거래되지 못할 것은 없어 보였다"라는 냉소적 태도로 점철되어 있는 것처럼 보이는 「달팽이를 삼킨 사나이」에서의 대리모인 아내가 예상하지 못한 '쌍둥이'를 임신하게 되었다는 '어긋남' 또한 주목해야 한다. 이 어긋남이야말로 김경욱이 말하는 독창적인 패배가 (아직 태어나지 않은) 타자에 대한 응답의 방식이기도 하기 때문이다. 어쩌면 이 같은 타자에 대한 응답은 관계와 만남의 실패가 '플래시 몹'이라는 시스템에 포섭되지 않는 집단의 구성으로 연결되는 「장국영이 죽었다고?」에서 이미 제시되었는지도 모른다. 인터넷 채팅을 통해 소통을 하고 관계를 맺는 '나'가 아닌 무수한 '우리들'의 일시적인 '명멸'은 설사 그 만남이 지속 가능한 '빛'이 될 수 없더라도 명멸함으로써 출현할 수 있는 관계 속에 잠재되어 있는 힘을 표현하는 것처럼 보이기 때문이다.(2008)

176

고통의 공동체

1. 고통의 스펙터클, 다시 시인에게로

이종격투기 선수의 몸은 보디빌더처럼 잘 다듬어져 있다. 신체의 특정 부분을 집중적으로 단련해야 할 필요성이 요구되는 다른 격투 스포츠와 달리 손과 발을 비롯해 몸의 모든 부위를 활용해야만 하는 경기의 특성 때문일 것이다. 삼각팬티 한 장만을 남겨두고 모두 드러나 있는 그들의 몸을 감상하는 것은 이종격투기를 보는 또 하나의 즐거움이다. 현실에서 보기 힘든 잘 다듬어진 그들의 몸을 '감상'하는 것에서부터 이종격투기를 온전히 '즐김'의 대상으로 삼을 수 있게 되는 건지도 모르겠다. 비스듬히 누워 팝콘을 씹거나 맥주를 마시며 선혈이 낭자하는 혈투를 즐기는 것 말이다.

비슷한 격투기 종류임에도 불구하고 권투경기를 누워서 보기란 여간 힘든 일이 아닐 수 없다. 권투경기 앞에선 누구라도 허리를 꼿꼿이 세우고 숨을 죽인 채 링 위의 선수들과 호흡을 같이 하게 되는 것이다. 이 같은 사실은 링 위에서 숨을 헐떡이는 선수들의 투박한 몸과 그것을 보고 있는 링 밖의 관객(노동자)의 몸이 그리 큰 차이를 보이지 않는 데서 연유한다. 링 위의 신체는 우리 모두의 신체, 풀어 말해 공장이나 학교, 병영에서 훈

육된 근대적 신체를 대표하기 때문이다. 링 안의 권투 선수들이 겪는 고통은 곧 링 밖의 현실에서 우리들이 겪는 고통과 다르지 않았던 탓에 우리는 링 안의 고통, 다시 말해 타인의 고통에 감응하게 되는 것이다. 그 시절 노동자와 학생 그리고 시민들의 연대가 가능했던 것도 서로의 고통을 감각할 수 있는 감응 능력 때문이지 않았을까.

이종격투기가 링 안의 규칙을 최소화하여 몸의 한계 영역을 극대화시킴으로써 우리의 시선을 사로잡는 것과 마찬가지로 그 어떤 시기보다 폭력적이고 잔혹한 이미지들이 범람함에도 불구하고 사람들은 타인의 고통을 일종의 구경거리로 소비해버리고 만다. 타인의 고통을 '관람자(spectators)'의 시선으로 바라보는 순간, 지금 이 순간에도 계속되는 고통의 구체성은 사라져 버리는 것이다. 이제 '권투선수/육체노동자'는 더 이상 우리의 시선을 붙들지 못한다. 일간지 사회면 한 귀퉁이에 단칸 기사로 처리되는 노동자의 분신처럼 권투선수 또한 링 위에서 발생하는 불의의 사고를 통해서만 우리의 시선을 잠시나마 붙들 수 있는 형편이다. 철조망으로 둘러쳐져 있는 '옥타곤'이라는 새로운 무대 위의 신체가 겪는 고통을 감각할 수 없다는 것은 링이라는 무대 밖의 현실의 고통을 어떻게 감응하고 있는가라는 물음 앞에 우리를 불러 세운다.

타인의 고통을 감응하지 못한다는 것은 사회적 고통의 유무와 아무런 상관이 없다. 1970년 평화시장의 노동자 전태일이 쓴 유서와 2002년 한진중공업의 노동자 김주익의 유서가 다르지 않은 현실임에도 불구하고[1] 왜 우리는 고통에 대해서 이야기하지 않으려고 하는가. 잔악하고 부당한 고통과 반드시 치유해야만 할 고통을 보여주는 사진을 '찍는(shot)' 행위가 역설적으로 총으로 인간을 '쏘는' 행위와 동일한 기능을 할 수도 있다는 수잔 손택의 발언[2]은 '지금-여기-우리' 주변에 널려 있는 고통에 대해 이

---

1) 김진숙, 『소금꽃나무』, 후마니타스, 2007.
2) 수잔 손택, 이재원 옮김, 『타인의 고통』, 이후, 2004.

야기하는 데 있어 여전히 중요한 의미를 가진다. 사진은 세상의 고통이 지금 그곳에서 발생하는 일이라고 믿게 만들기도 하지만 타인의 고통을 멀리 떨어져 대상화하는 데 복무할 수도 있기 때문이다.

시인에게 '시적 순간'은 사진가의 '결정적 순간'과 유사한 면이 있다. 시인은 일상을 낮은 포복으로 접근하면서 우리가 겪고 있지만 보지 못하는 것들을 드러내주고 또 그것에 대해서 말할 수 있게 하기 때문이다. 오랫동안 동시대의 시인들을 주목하고 그들의 언어에 귀를 기울여왔던 이유는 여기에 있다. 구체적인 현실을 떠나 사람이 살지 않는 도원이나 자기만의 유폐된 세계 속에서 유영할 뿐이라는 오래된 풍문은 여전하지만 시인이야말로 '지금-여기'에 존재하는 이들이자 현실의 고통을 응시하는 이라는 것 또한 의심할 수 없다. 언어화할 수 없을 뿐만 아니라 언어를 파괴하는 고통을 언어로 직조해내는 이 또한 시인이라는 이름으로 불려왔다. 보이지 않는 것까지 보려고 하고 말할 수 없는 것에 대해 말하려고 애써왔던 이. 시인의 '몸'에 상처처럼 새겨져 있는 불가능한 말의 형상에 여전히 관심을 가져야 하는 것은 이 때문이다.

2. 시인의 몸'통'에 새겨지는 결정적 순간

시인은 정해진 경로를 따르거나 시스템이 만들어놓은 질서에서 벗어나려는 이들의 이름이다. "어떻게 사는 것이 바른 길인지, / 어떻게 사는 것이 장인의 길인지"(마종기, 「익숙지 않다」, 『문학동네』, 2007년 겨울호) 알 수 없으며 "나는 아직 / 세상을 어떻게 살아야 하는지 / 익숙지 않다"는 토로는 시인의 것일 수밖에 없다. 육성에 가까운 이 고백이 세상과 온몸으로 마주해온 오랜 이력의 산물이라고 해도 그들의 삶이 익숙해지는 것은 아니다. 시인의 몸은 한 순간도 쉬지 않고 세상과 부딪히고 있기에 고요한 들판으로 남을 수 없는 야단의 덤불이기 때문이다.

> 내 귀 속의 소리族들은 오래 살림하며 번식해 왔다. 그들은 내 입이고 나
> 는 그들의 비명이다 육신의 빈 틈이 또 다른 생의 거푸집이라는 예감은
> 있다 그 생이 또 다시 무언가를 거푸집인 것도 분명하다
> (중략)
> 꽃잎의 낙하를 읽어내라고 내 귀와 꽃의 귀에 동시에 속삭이는 늙은 소리
> 들 덕분에 생의 느린 장면, 생의 정지화면과 함께 할 수 있다. 씻어내려고
> 게워내려고 하지만 소리는 이미 내 귀를 나팔꽃 닮은 공명통으로 바꾸는
> 중이다.
>
> ─ 송재학, 「소리族」부분, 『문학사상』, 2007년 12월호

소리에 대한 송재학의 관심은 세계와 소통을 하고자 하는 열망과 닿아
있다. '소리가 입'이라는 구절은 직관적으로 시인의 발성법이 변화했음을
알린다. 일상적인 언어로는 불가능한 "분홍 목성과 대화"(「목성과의 대화」,
『문학사상』, 2007년 12월호)를 하기 위해선 "분홍돌고래의 목청과 비슷해"
져야 하는데 그것 역시 "목소리를 느리게 하"는 발성법의 변화를 통해서
만 가능하다. 그가 "돌고래 울음"이나 "물고기의 아가미 여닫는 소리" 등
의 언어화되지 않는 소리에 관심을 기울이는 이유는 소리야말로 모든 것
과의 소통을 가능케 하는 질료라고 생각하고 있기 때문이다. 소리를 대상
화 하지 않고 그것을 온몸으로 받아들일 때 시인의 귀는 공명통으로 바뀔
수 있다. 시인의 공명통에서 만들어지는 '음'은 시인의 것이면서 '소리'의
것이도 하다. 시인의 몸이 수많은 소리들로 웅성거리는 것은 이 때문이다.
그러니 "밤마다 내 귀엔 이상한 소리가 들린다"(박현령, 「나는 후유증을 앓고
있다」, 『시문학』, 2007년 12월호)는 호소는 비단 청각적 고통만을 지칭하는
것은 아닐 것이다. 세상의 소리가 모이는 장소란 시인의 몸(통)에 대한 은

유일 테니 말이다.

시인의 몸이 세상과의 접촉을 통해 '음'을 만들어내는 '공명통'이라는 것은 시인이 직조하는 언어가 한 가지 감각에 의존하지 않고 모든 감각들의 동원에 의해서 만들어진다는 것을 뜻한다. 그렇다면 시인에게 '본다는 것' 또한 시각이라는 특정한 감각에 국한 되는 것은 아닐 것이다. 시인의 시선은 그의 몸이 공명통으로 기능하는 것처럼 세상을 담아내며 비규정적이고 비균질적인 것들에 '자리'를 마련하는 데 집중한다.

> 일찍이 나는 바람이 흔들리는 법이나 빗줄기에 소리를 내는 법, 그리고 가을 햇빛이 아름답게 물드는 법에 대해 배워왔다 하지만 이파리의 일생이 어떻게 완성되는가는 낙법에 달려 있다 (중략) 나는 적어도 수십 마일 이상 날아가 고요히 내려앉는 법을 알고 있다 그러려면 우선 바람을 보는 눈을 가져야 한다 바람이 몸을 들어올리는 순간 바람의 용적과 회전속도를 느낄 수 있어야 한다 무언가 말하듯이 팔랑팔랑 허공을 떠돌다 강물 위에 내려앉는 낙엽을 본 적이 있는가 그 마지막 한 마디를 위해 내가 얼마나 기다려왔는지 그대들은 모를 것이다 한 방울의 비가 물 위에 희미한 파문을 일으키거나 별똥별이 하늘에 성호를 긋고 사라지는 것도 다르지 않다 죽음이 입을 열어 하나의 몸을 받아들이는 순간, 그 순간이 중요하다 사진을 찍을 때 피사체와 빛이 절묘하게 만나는 결정적 순간을 포착해야 하는 것처럼 그 순간을 놓쳐서는 안 된다
> — 나희덕, 「결정적 순간」 부분, 『문학과사회』, 2007년 겨울호

이파리 일생의 완성은 '낙법'에 달려 있기에 "고요히 내려앉는 법"을 알고 있어야 한다. 그러기 위해서는 "우선 바람을 보는 눈을 가져야" 할 것이다. 이때 '보는 눈'이란 시각이 아니다. "바람의 용적 회전속도"는 눈으로 지각할 수 있는 것이 아니기 때문이다. 이파리의 인생이 고요히 내려앉는

낙법을 통해 완성된다는 인식과 "허공을 떠돌다 강물 위에 내려앉는" 이 파리의 모습에서 "마지막 말 한 마디"를 들을 수 있는 것은 시인의 '시선' 이 하나의 감각에만 의존하고 있지 않다는 것을 의미한다. 시인에게 듣고 보는 것은 온몸으로 세계와 접촉한다는 것을 가리킨다. 이파리가 떨어지 는 낙엽이 아닌 '비상'하는 존재로 몸바꿈을 할 수 있는 것은 낮은 곳에 머 물 수밖에 없는 것들과 소통을 하기 위해 낮은 자세로 그들의 몸짓과 언 어에 귀를 기울이는 시인의 애씀 덕이다.

분명히 존재함에도 불구하고 현실의 자리를 마련하지 못해 유령처럼 우 리 주변을 배회하는 것들과 소통을 할 수 있는 것은 시인이 온몸으로 포 착한 '결정적 순간'에 의해서이다. 그것을 비시(非詩)적인 것에서 시가 만 들어지는 '시적 순간'이라고 불러도 좋겠다. '시적 순간'은 언제나 온몸을 내던짐으로써만 포착 가능한 것이며 그 찰나를 우리는 현실의 공간에 순 간적으로 열리는 섬광 같은 틈이라 바꿔 말할 수도 있겠다. 우리의 눈과 귀에 당도하는 동안 야위거나 휘발되어버리고 마는 '존재의 아우성'은 낮 은 자세로 포복하는 시인의 열려 있는 몸을 매개로 하여 형체를 가지고 실체화되는 것이다. 시인의 몸을 거쳐 다시 흘러나오는 멜로디가 되지 못 한 불완전한 소리는 공동체의 문법으로 감지되지 않는 존재들과의 접촉 이 만들어내는 고유한 음이라 불러도 좋지 않을까.

3. 고통, 유토피아의 음화(陰畵)

과잉과 불공평으로 인한 질서의 파괴로부터 고통은 발생한다. 고통을 느낀다는 것은 역설적으로 공평함에 대한 믿음을 포기하지 않고 있다는 증표이기도 하다. 아픔은 '살아 있음'의 징조이며, '살아야겠음'의 경보라고 한 시인의 말[3] 또한 이러한 의미로 생각해볼 수 있다. 시인들이 고통으로부터 시선을 돌리지 못하는 것은 '시적 순간'이 바깥으로 나가고자 하는 열망과 닿아 있기 때문이다. 시인의 시선은 우리의 시선을 오랫동안 붙잡아 두지 못하는 비루한 것들이나 눈에 잘 띄지 않는 것으로 향한다. 바깥으로 내몰린 자리엔 언제나 고통이 먼저 와 있다. 환한 환부가 길길이 날뛰며 이글거리고 있다.

> 어디서 당했는지
> 가까스로 도망쳐온 듯하다
> 쫓기고 쫓기다 간신히 강을 건너
> 주저앉은 짐승처럼 잔뜩 웅크려
> 엎드린 앞 산, 중턱 옆구리께
> 외딴 불빛 새어 나온다
> 사납게 물어뜯긴 자리
> 벌겋게 농익어 번져가는
> 신열처럼 욱신거린다 저 덧난
> 상처의 중심에 깊게 박힌 심
> 넓게 짚어 꾹, 짜 올리면
> 앞산이 움찔, 강물이 잠깐 멈췄다가
> 출렁 흘러가고 뜨거운 백 촉짜리
> 알전구 같은 피고름 덩어리 하나
> 불쑥 솟아 올라올 것 같다
> 가끔 고개 돌려 화농처럼 희미하게
> 흘러내리는 불빛 핥을 것도 같은데

---

3) 이성복, 「시집 뒷 표지 글」, 『뒹구는 돌은 언제 잠깨는가』, 문학과지성사, 1980.

검은 산은 끝내 꼼짝하지 않는다
참 뻐근하게도 곯아서 씀먹 씀먹
밤마다 잠 못 이루는 통증처럼
거기, 그가 산다

— 이덕규, 「강 건너 불빛」 전문, 『시작』, 2007년 겨울호

　강 건너편의 산 중턱에서 꺼질 듯 꺼지지 않고 홀로 빛나는 불빛이 꼭 포식자로부터 가까스로 도망쳐 나온 초식동물의 흔들리는 눈빛인 것만 같다. 발광하는 그 자리가 곧 상처가 난 자리일 터, 시인의 눈은 어둠에 가려져 있는 환부(患部)를 정확히 감지해낸다. 그곳에서 존재의 살아 있음을 증명하는 기운이 뿜어져 나오기 때문이다. "밤마다 잠 못 이루는 통증"이 "거기, 그가 산다"는 것을 증명하는 것처럼 말이다. '살아 있음'이라는 단어의 지층에 켜켜이 쌓여 있는 고통을 응시할 수 있는 이, 고통받고 있는 것들이 입을 틀어막은 채 참아내고 있는 신음을 들을 수 있는 이, 핍박 받고 굶주린 타자의 얼굴을 외면하지 않고 바라볼 수 있는 이를 시인이라고 불러도 좋을까. "사납게 물어 뜯"겨 "벌겋게 농익어 번져가는 / 신열처럼 욱신거"리는 "거기, 그가 산다"고, 그곳에 '시인'이 살고 있다고 말해도 좋을까.

　'아픈 곳에 자꾸 손이 가듯'(이윤학) 시인의 눈 또한 상처 받은 것들로 향한다. 세계가 여전히 앓고 있다면 시인은 아직 "잠깐 한눈 팔 새도 없"으며 "태어나 단 한 번도 / 눈을 감아보지 못한 눈알"(이덕규, 「눈알」, 『시작』, 2007년 겨울호)을 가지고 있는 이의 운명을 짊고 있을 것이다. 시인은 불행할 수밖에 없는 운명에 놓여 있다고 해야 할지도 모른다. "많이 보는 만큼 인생은 난분분(亂粉紛)"하며 "가장 많이 본 사람은 가장 불행"(허연, 「난분분하다」, 『세계의문학』, 2007년 겨울호)할 것이기 때문이다. 그렇다. 시인이야말로 고통받는 이다. 공동체 바깥으로 내밀리고 내몰린 몫이 없는 이들의

고통을 감응하는 시인의 몸은 거대한 상처 덩어리이지 않을까. 아물지 않은 몸으로 언어가 새겨지는 동안 만큼은 고통이 있는 곳에서 우리는 절망이 아니라 더운 숨이 뿜어져 나오는 생이 약동하는 장소라고 말할 수 있게 된다.

아직도 버티는 것들이 있더라.
부러지고 꺾이고 접히던 것들
갈대랑 들쑥 대궁이랑 앉은뱅이 잡것들
볏단처럼 바싹 마른 들풀들이
죽었는가 하면 살아 있고
갔는가 하면 제 자리에 서고
저 겁나게 천둥치는 맞바람 앞에도
어린 것들 등 뒤에 숨기고
푸른 청무우 이파리로 시퍼렇게 시퍼렇게 살아 있더라

사람들은 갈 길을 몰라 왔던 길을 되가고 다시 오는데
맨몸뚱이 은행나무 포플러가지마다
삶은 이제부터다 싸움은 지금부터다
소백벌 무식한 눈바람 한 잎도 안 버리고
두 활개 네 활개로 온몸 펼쳐들고
오히려 오는 눈보라 쪽으로 뿌리 뻗더라
차고 매운 산맥으로 남은 가지 흔들더라.
— 박승민, 「소백벌에서」 전문, 『시작』, 2007년 겨울호

나쁜 유전자를 물려받아 하찮고 볼품없는 것들만이 자신보다 약한 것들을 돌본다. 그들의 온몸은 언제나 시퍼렇게 멍들어 있지만 그 상처들이

야말로 더운 숨이 뿜어져 나오는 살아 있음의 명징한 증표일 것이다. 고통을 받는 자는 고통의 반대편으로 몸을 돌리지 않는다. 고통을 피하는 것은 고통을 가져오게 하는 것들을 은폐하거나 오히려 고통을 가중시킬 뿐이다. 펀치를 피하는 기술로는 결코 링 위의 상대를 쓰러트릴 수 없는 것처럼 말이다. 이렇게 말해보면 어떨까. 상대의 힘을 역이용한 카운터펀치(counterpunch)만이 그를 쓰러트릴 수 있는 것이라면 우선 펀치가 날아오는 타이밍을 정확하게 인지할 수 있어야 한다. 펀치로부터 눈을 돌려서는 안 되는 것이다. 카운터펀치를 노리는 아웃복서는 자신에게 쏟아지는 펀치들을 온몸으로 받아냄으로써 상대의 펀치가 날아오는 각도와 타이밍을 몸에 각인시킬 것이다. 사정이 이렇다면 순간을 포착할 수 있는 '눈'은 몸에 각인되어 있는 고통의 흔적으로부터 비롯되는 것이라고 말할 수 있지 않을까. "부러지고 꺾이고 접히던 것들"이 "오히려 오는 눈보라 쪽으로 뿌리 뻗"는 것과 겨우 버텨내고 있는 것들이 자꾸만 고통의 방향으로 몸을 향하는 것 또한 이와 같은 이유 때문이지 않을까. 세계가 병들어 있는 한 시인은 앓는 이다. 끊임없이 들썩여야 하는 그 자리엔 화해나 익숙함이 깃들여지는 없다. 세상의 병든 자리에서 몸이 데워지는 것이라면 고통을 유토피아의 음화(陰畵)라고 불러도 좋지 않을까.

4. 고통에서 고통으로

최금진의 『새들의 역사』(창비, 2007)는 부조리한 세상을 향한 절규로 가득 차 있다. 그 절규는 '가난'으로부터 비롯되는데 그것은 언제나 대물림되는 것이어서 쉽사리 벗어날 수가 없다. 가령, "그의 아버지처럼 / 그도 나면서부터 하반신에 수레가 달려 있었다 / 당연히, / 커서 그는 수레 끄는 사람이 되었다"(「수레」)는 구절이나 "내 가느다란 팔다리마다 최씨들

뿐이다 / 서른다섯 해를 살아도 내 몸엔 온통 / 가난하게 살다 죽은 최씨들뿐"(「다들 어디로 가나」)이라는 진술은 못 가진 자들이 겪는 가난의 고통이 역사적 이력 속에서 대물림되고 있음을 의미한다. 가난이 사회 구조 속에서 대물림되는 것에 반해 그로부터 발생하는 고통은 당사자가 홀로 감당할 수밖에 없다. 고통의 진창에서 벗어나지 못하는 가난한 사람은 웃을 때조차 당당하게 남을 똑바로 보지 못한다. "웃음은 활력 넘치는 사람들 속에 장치되어 있"는 것이므로 "열성인자를 물려받고 태어난 웃음은 어딘가 일그러져 / 영락없이 잡종인 게 들통"(「웃는 사람들」)나고 말기 때문이다. "웃음엔 민주주의가 없다"는 시인의 규정을 성급한 것이라 타박할수도 있겠지만 그건 "자신의 표정을 능가하는 어떤 표정도 만들 수 없"다는 오랜 시간 홀로 고통을 겪어낸 자만이 내릴 수 있는 냉철한 판단이기도 하다. 그러니 웃음에 민주주의가 없다는 도발적인 규정을 부조리한 세상과의 타협을 중단하고 오직 고통을 양산하는 시스템의 중심을 향해 나아가겠다는 선언으로 바꿔 읽어내야 한다. 사회를 향해 표출하는 시인의적대감은 과잉된 것처럼 보이기도 하지만 그것은 "누구나 함부로 예상할수 있는 통속적인 불행을 사"는 현실을 외면하지 않고 "갈 데까지 가겠다는, 기꺼이 '콜'하겠다"(「할레루야, 소주와 함께」)는 의지라고 해야 할 것이다.

꿈틀거리는 의지로
어둠속 터널을 뚫는다
덧난 상처가 다시 가려워지는 쪽이 길이라고 믿으며
흙을 씹는다
눈을 뜨지 않아도 몸을 거쳐가는 시간
이대로 멈추면 여긴 딱 맞는 관짝인데
조금만 더 가면 끝이 나올까

무너진 길의 처음을 다시 만나기라도 할까

잘린 손목의 신경 같은 본능만 남아

벌겋게 어둠을 쥐었다 놓는다, 놓는다

돌아보면 캄캄하게 막장 무너져내리는 소리

앞도 뒤도 없고 후퇴도 전진도 없다

누군가 파묻은 탯줄처럼 삭은

노끈 한 조각이 되어

다 동여매지 못한 어느 끝에 제 몸을 이어보려는 듯

지렁이가 간다, 꿈틀꿈틀

어둠에 血이 돈다

— 최금진, 「끝없는 길」 전문, 『새들의 역사』, 창비, 2007

　　환형동물인 지렁이는 온몸으로 감각한다는 점에서, 아니 온몸으로 감각할 수밖에 없다는 점에서 시인의 몸을 닮아 있다. 그는 온몸이 눈이거나 귀이거나 손바닥이다. 지렁이는 "덧난 상처가 가려워 지는 곳"을 향한다. 지렁이가 상처의 방향으로 가기를 멈추는 순간 그 자리는 이내 자신의 몸에 "딱 맞는 관짝"이 된다. 언제라도 쉴 수 있다는 안락함을 밀어내며 지렁이는 "잘린 손목의 신경 같은 본능"으로 어둠을 온몸으로 뚫고 간다. 누군가가 걸었지만 아무나 볼 수 없는 오솔길처럼 그가 몸으로 뚫어내 걸어나간 자리에서 흙이 서로를 감싸 안아 양분을 만들어내고 어둠 속에 빛나는 통로가 생긴다. 아픔의 자리로, 고통이 있는 곳으로 지렁이가 밀고 나간 자리엔 뜻밖에도 늘 숨통이 트이고 "血이 돈다".

　　울고 싶고, 누구도 용서하기 싫고,

　　높은 데 올라서면 뛰어내리고 싶고,

　　차를 보면 달려들고 싶다고

빌딩숲에 내리는 눈발을 보며 당신은 말했다

사람은 가장 위험한 순간에 사람을 설득할 수 없다

(중략)

당신은 울면서 내게 말했다

날 그냥 놓아줘, 제발!

눈발은 아래로 아래로 미끄러지고

당신과 나는 총체적으로 현명하게 진화해온

호모사피엔스,

차마 놓을 수 없는 어떤 본능으로

나는 당신을 붙들고 있었다

한 번도 본 적 없는 당신 어머니의

천 개의 손으로 당신을 힘껏 붙들고 있었다

적어도, 너는, 사람이다, 이러면, 안되는 거다,

—최금진, 「천 개의 손」 부분

고통을 향해 나아가는 몸짓은 다시 타인의 고통을 향해 손을 뻗는 행위를 닮아 있다. 고통받은 타인에게로 향하는 손 뻗음이야말로 "차마 놓을 수 없는 어떤 본능"이자 "호모사피엔스"임을 증명할 수 있는 유일한 행위라는 것, 그때 우리의 손은 천수관음처럼 천 개의 손으로 돋아날 수 있는 것이지 않을까. 고통받은 타인에게 내미는 천 개의 손, 바꿔 말해 고통의 연대가 가능한 것은 시인이 고통을 그저 바라보는 위치에 있지 않고 고통으로 고통을 비추기 때문이다. 고통의 진창, 아니 고통의 어울림 속에서 새롭게 씌어지는 척도가 있을 것이며 갱신되는 가치 또한 있음을 예감하게 된다.

텃밭의 열무에 난 구멍을 "무지렁이 벌레가 제 힘 다해 / 한세상 깊이 / 둥글게 통찰했다는 흔적"(이기와, 「열무구멍」, 『그녀들 비탈에 서다』, 서정시학,

2007)이라며 그곳이야말로 생명이 살 수 있는 "숨통"이자 어울릴 수 있는 통로로 인식하는 것 또한 고통의 진창 속에서 어울리는 시인의 감응 능력으로부터 말미암은 것일 테다. "울음은 울음으로 달래야 한다"(이기와, 「우물귀신」)는 구절처럼 고통을 그저 바라보는 것에 그치지 않고 타인의 울음(고통)을 함께 앓아낼 수 있을 때 "득음"이라는 어떤 경지에 무심히 이를 수 있는 것이다. "그 억울한 처지를 염두하여 / 끊어질 듯 울음의 작두를" 탈 때 울음이 "천상의 노래가" 되는 이치 또한 이와 다르지 않다.

그러나 시인의 '득음'이 자신의 행위, 신념, 인생을 정당화하기 위해 채용하는 일련의 낱말이라는 마지막 어휘(리처드 로티)가 되어버릴 때 공동체의 도그마로 고착되는 역설을 낳을 수도 있다. 이와 비근하게 굶주리고 핍박받는 타인들의 모습이 무수한 '나'와 다르지 않다는(「나」) 동일시나 "거울을 보듯 그녀를 본다"(「그 여름의 역전」)는 자기반성이 외려 자기를 반복하는 회로 속에 갇혀버릴 수도 있다는 말이다. "입맛 없을 때" "물 빠진 그리움의 작업복을 입고" 먹는 "공장밥"이 "별미"(「공장밥」)로 둔갑해버리는 것처럼 여전히 현실에 존재하는 고통이 서정적 자아를 반복하거나 강화해버린다면 이곳의 고통과 저곳의 고통은 상상 속에서만 이어질 뿐 분리되고 고립되어버릴 수도 있을 것이다.

고통은 다른 누구도 대신할 수 없다는 점에서 고립되어 존재하는 것처럼 보인다. 그러나 지금 누군가가 고통 속에서 아픔을 견디고 있다는 것은 세계의 어딘가가 병들어 있다는 알림이자 경고이지 않은가. 고통은 병들어 있음의 증표로써 그것이 치유되어야 할 것임을 우리에게 끊임없이 요청한다. 끝내 지켜내야 하는 존재의 가치는 어쩌면 이 세계의 고통 속에서, 고통을 통해, 고통의 교통으로 가까스로 보존되는 것인지도 모른다. 고통의 연대는 우리가 발 딛고 있는 현실의 구조를 되비추는 조명 같은 것이기도 하다. 그 조명으로 지금 이곳에서 고통받고 있는 이들의 얼굴을 보라. 그들은 세계의 상처를 온몸으로 감싸며 감내하고 있는 이들이다. 고

190

통만이 존재와 존재의 심연을 잇는 순간의 가교의 역할을 할 수 있을 테니, 고통을 딛음으로써 비로소 타인에게 가닿을 수 있고 그 고통을 딛고 누군가가 내게 당도할 수 있을 테니.

고통의 자리를 드러내 보이는 것은 가능한 한 빨리 그 고통의 원인을 찾고 해결하라는 요청이다. 그 요청은 고통받는 이로부터 떨어져 관조하는 것을 멈추고 지금 당장 무언가를 해야 한다는 요청이기도 하다. 시인이 앓음으로써 드러내는 고통은 과잉과 불평등으로 인해 생긴 세계의 환부를 알리는 표지다. 우리 곁에서 신음하고 있는 존재로부터 거리를 둔 채 연민의 눈길을 보내는 것은 무력감이나 미안함이 아니라 그들의 고통이 우리의 안락과 연결되어 있다는 사실을 은폐하는 자기 알리바이에 지나지 않는다. 고통받고 있는 이들은 공동체로부터 추방된 이들이기도 하다. '우리'라는 안락한 자리가 그들이 겪고 있는 고통의 원인일 수도 있음을 인지할 수 있을 때 고통은 고립된 섬이 아니라 다르게 만날 수 있고 다른 것이 될 수 있는 약속의 장소가 될 수 있지 않을까.(2008)

3부

빚지지 않은 이들의 평등

매일매일 성실한 기적

— 정익진의 『낙타 코끼리 얼룩말』에 관하여

1

어떤 재능은 곧잘 낭비되고 필연적으로 오해를 낳곤 한다. 정익진의 경우, 전자의 낭비로부터는 가까스로 비켜나갔지만 후자의 오해는 속절없다. 재기발랄하고 감각적인 언어 사용 능력을 두고 사람들은 서둘러 '유희적'이라는 딱지를 붙이곤 한다. 그의 시에 유희적인 특성이 있다면 그 가용 범위는 사물과 사물, 사물과 세계 사이를 자유자재로 넘나드는 '유연함'을 바탕으로 한다는 정도까지다. 만약 불가피하게 '유희적'이라는 간명한 규정을 한 시인의 시적 세계로 진입하는 첫 번째 걸음으로 삼아야 한다면 우리는 곧장 유희를 가능케 하는 유연함의 출처를 물을 수 있어야 한다. 유연함은 가벼움과는 아무런 관련이 없다. 유연함의 출처는 꾸준함에 있다. 간명하게 말해 유연하다는 것은 성실하다는 것이다. 정익진의 감각적인 언어의 특질에서, 사물과 세계 사이를 유연하게 넘나드는 것에서 우리는 매일매일 꾸준하고 성실한 태도로 지속하는 '시적 운동'을 읽을 수 있어야 한다.

쉽게 오해하는 사람은 결코 성실할 수 없다. 서둘러 '딱지 붙이기'를 좋아하는 이들 또한 그런 이유로 유연해질 수 없다. 오해를 받는 이가 성실함을 지속한다는 것, 오해를 무릅쓰고 바로 그 오해 아래에서도 꾸준함을 지속하며 유연해지는 것은 말처럼 쉬운 일이 아니다. 정익진 시의 배면(背面)에 흐르고 있는 유연함은 즉흥적인 성질의 것이 아니라 오랜 시간을 버티며 지속해온 운동이 물화된 '근육'이라 바꿔 말할 수 있다. 그것을 '시적 근육'이라고 불러도 좋다면 지체 없이 그것의 쓰임에 대해 묻기로 하자. 정익진의 시적 근육은 무언가를 내리쳐 결단내거나 들어 올려 정복하는 데엔 관심 없다. 다만 끊임없이 넘나들기, 오직 이동하고 또 이동하기를 반복하는 데 쓰일 뿐이며 바로 그 쓰임을 통해 더욱 단련된다. '단련'이란 견고해진다는 것이다. 정익진에게 그것은 부피를 늘려가거나 딱딱해지는 것이 아니라 더 유연해진다는 것이다. 그의 시적 근육은 '결정적인 순간'을 간취할 때보다 사물과 사물 사이를 성실히 넘나들기 위해 쓰일 때 더 빛난다.

이 꾸준함의 행보가 내겐 랭보의 '바람구두'를 떠올리게 했다. "여기서는 그것이 불가능하다. 여기서는 하루 더 지내는 것이 불가능하다. 여기서는 견딜 수가 없다. 이곳이여 안녕, 난 어디든지 가려니"라고 외쳤던 랭보의 걸음이 '도피의 열정'을 동력으로 했다면 정익진의 걸음은 '넘나들기의 열정'을 동력으로 하고 있다고 해도 좋다. 사물과 세계, 사물과 사물 사이를 넘나든다는 것은, 이동하고 또 이동한다는 것은 결국 사물과 세계, 사물과 사물 사이를 '잇는다는 것'이다. '잇기'란 관계를 맺는다는 것이며 그것은 결국 없던 길을 낸다는 것이다. 그런 이유로 저 걸음은 독아(獨我)적이라보다 독립(獨立)적이며 독립적이되 상호적이다. 정익진에게 '걷기의 지속'은 매일매일의 성실한 태도로 유연함을 유지하는 것이다. 일상과 생활의 바깥이 아니라 바로 그 일상과 생활 안에서 유연함을 지속하는 걸음은 분명 독보(獨步)적인 것이다. 이 독보적인 걸음, 독보적인 성실함을 나는 사물과 세계, 사물과 사물 사이에 이루어지는 발신과 수신의 경로를 바꾸는 '변침(變針)의 노동'이라 부르고 싶다. 그는 무언가를 정복하거나 어딘가에 당도하는 사람이 아니라 우리에게 애써 무언가를 전하는 사람이다.

2

삶을 옥죄는 것들은 원치 않아도 때에 맞춰서 도착한다. 오늘도 우리 앞으로 정확하게 도착하는 것들이 있다면 그것은 고지서와 광고 뭉치다. 이 가난한 목록들 앞에서 우리는 매번 무력한 수신자의 자리를 확인한다. 하루가 멀다 하고 도착하는 수많은 편지들, 그것은 죄다 통보장이다. 통보장이 편지를 대체해버린 탓에 이제 편지는 '도착하는 것'이 아니라 '찾아야 하는 것'이 되었다. 사람들은 이곳저곳을 기웃거리고 온종일 여기저기를 샅샅이 뒤진다. 그런 이들에게도 편지는 도착하지만 불행히도 그들은 어김없이 자신에게 도착한 편지를 제대로 읽지 않는다. 한 사람을 위해 쓴 편지가 바로 그 한 사람에게 도착할 때 놀랍게도 그 당사자는 무지하다. 누군가가 자신을 향해 말을 건네는 순간, 그 한 마디의 말을, 하나의 문장을 공대할 수 있어야 한다. 그것이 오늘 자신에게 정확하게 도착한 한 통의 편지이기 때문이다. 수신자란 뒷짐 지고 기다리는 이가 가질 수 있는 이름이 아니다. 나 아닌 대상을 매일매일 성실하게 공대하고 받아 안을 수 있는 이만이 수신자라는 이름을 얻을 수 있다.

매일매일 도착하는 편지를 성실하게 수신한다는 것은 각종 고지서와 통보장이 독점하고 있는 '수신의 경로'를 바꾸는 일이기도 하다. 정익진의 시에서 가장 주목해야 하는 점은 '사물들의 편지'를 매일매일 성실하게 수신한다는 것이다. 일상에 편재되어 있는 사물들을 자유자재로 넘나들며 연계함으로써 시적 가상 공간을 직조하는 능력이야 이미 많은 이들을 통해 회자된 바 있지만 역설적이게도 바로 그 능력 때문에 가려졌던 것이 있음을 놓쳐서는 안 된다. 다시 정익진의 '유연함'을 상기해보자. 유연하다는 것은 지속하고 있다는 것이다. 사용하지 않으면 이내 굳어버리는 것이 근육이라면 시적 근육의 유연함이란 그가 늘 시에 몰두하고 있다는 것이며 그런 습관을 동력으로 시작(詩作) 활동을 멈추지 않고 있다는 것이다. 그 성실함이 국가와 자본이 공모하면서 고착시켜버린 발신과 수신의 자리를 바꾸는 일을 한다.

그런 점에서 매일매일 성실하게 사물의 편지를 수신한다는 것은 기민한 언어 감각을 정련하는 데 몰두한다는 것이 아니다. 사물의 가능성을 발견하는 데 정성을 다한다는 것, 그렇게 발신과 수신의 경로를 바꾸고 확장함으로써 일상 속에 잠재되어 있는 만남의 방식을 발견하고 또 발명한다는 것이다. 만남의 방식을 발명한다는 것은 우리의 삶을 둘러싸고 있는 고착화된 위계적 질서를 바꾼다는 것이다. 이를 저마다에게 할당된 '몫을 재분배'하고 고착된 각자의 '자리를 바꾸는 것'이라 바꿔 불러도 좋다면 그곳을 '정치의 자리'라 부르지 못할 이유가 없다. 정익진의 시가 상이한 사물들 사이를 활달하고 유연하게 넘나들 수 있는 것은 무엇보다 '평등에 대한 감각' 때문이다. 이 감각은 거저 얻어지는 것이 아니다. 시를 쓴다는 것이 자신에게 도착한 편지를 또 다른 누군가에게 송신하는 것이라면 그를 성실한 우편배달부라 불러도 좋지 않겠는가. 이 우편배달부의 시적 노동이, 매일매일 지속하는 성실한 행보가 사물과 사물을 잇고, 사물과 세계를 연계하는 다른 경로를 만들어낸다.

3

꾸준함과 성실함이 유연함의 바탕이라면 상처는 유연함의 서명이다. 나

는 곳곳에서 정익진의 활달한 시적 상상력의 저류에 흐르는 도저한 슬픔
과 상처의 흔적을 보게 된다. 이 시집의 첫 번째 시를 함께 읽어보자.

가로등 희미한 부둣가 근처, 취객이 오줌을 누다
냉동 창고의 벽면 속으로⋯ 스며든다
아직도 오줌을 누는 하반신은 바깥에 남겨둔 채로

벽의 갈라진 틈 사이마다 이빨이 돋는다
어쩌다 오늘의 운세가 좋지 않은 이들, 벽 가까이 지나치다
불투명해진다⋯ 담배를 피우던 팔 한쪽, 페달을 젓던 다리 하나 혹은
몇몇 살덩이만을 남겨둔 채로

벽 속으로 사라진 사람들은 곧 잊혀질 것이다
달빛을 머금고 잔잔하기만 한 벽면은 호수와 같다

다시 피비린내가 흐른다 한차례 벽들이 요동을 친다
가까운 해변이 먼 바다와 연결되었듯이 벽과 벽은 통해 있다

의심받지 않는 벽, 누구도 벽이 다가서는 것을
눈치채지 못한다 인기척이나 뒤돌아보아도
벽은 여전히 실눈을 뜨고 벽처럼 서 있을 뿐이다

—「앗, 상어」 전문

인적이 드문 후미진 부둣가 앞을 술에 취한 한 남자가 지나간다. 그는
더럽혀진 얼음들이 바깥으로 밀려나온 무더기 앞에 서서 소변을 눈다. 녹
지 않은 얼음들이 쌓여 있는 것으로 보아 벽면 너머는 아마도 냉동 창고

일 것이다. 더럽고 차가운 얼음더미 위로 흐트러진 취객의 뜨거운 오줌이 쏟아지고 그 위로 듬성듬성한 구멍이 생긴다. "벽의 갈라진 틈 사이마다 이빨이 돋는다"는 구절은 이 듬성듬성한 구멍을 두고 한 말일 것이다. 차갑고 더러운 세계에 산다는 것은 곳곳에 도사리고 있는 날카로운 이빨에 무방비로 노출되어 있다는 것이다. 어쩌면 남자가 술에 취해 비틀거리는 이유 또한 '세상의 이빨'로부터 상처를 입었기 때문일 수도 있겠다. 정익진은 곳곳에 도사리고 있는 공포와 위협과의 대면을 일러 '불투명해진다'라고 말한다. 불투명해진다는 것은 불확실해진다는 것이다. 동시에 이 '상처 입음'의 흔적은 확정적인 체계가 무너지는 순간을 가리키는 것이기도 하다. 불투명해지고 불확실해지는 것은 벽에 가로막힌 삶만이 아니다. 삶을 둘러싸고 있는 벽 또한 취객의 오줌발에 불투명해진다. 삶을 제약하고 가로막고 있는 벽을 극복하는 저마다의 방법이 있다면 정익진은 벽을 부수거나 허무는 것이 아니라 하나의 벽에서 다른 벽으로 건너가는 방법을 택한다. 그렇게 건너갈 수 있을 때 벽과 벽은 통하게 된다("가까운 해변이 먼 바다와 연결되었듯이 벽과 벽은 통해 있다"). 벽을 다른 벽과 연결시킬 때 우리는 '제약의 조건'이 '이행의 조건'으로 변하는 것을 보게 된다. 불투명과 불확실은 상처의 흔적이면서 동시에 감응(感應)의 조건이기도 한 것이다.

갑작스레 나타나 삶을 뭉텅뭉텅 잘라가 버리는 날카로운 이빨은 특정한 장소에 잠복해 있는 위험이 아니라 차라리 다른 것과 접속할 수 있는 접촉면이자 다른 것이 될 수 있는 가능성이기도 하다. "가벼운 말 한마디에 혀가 잘리고 / 짓눌린 심장엔 금이 간다"(「절취선」)는 대목이 집중하고 있는 것은 도저한 폭력성이 아닌 상처 받을 수 있는 '가능성'이다. 절취의 흔적을 두고 "떨어져 나간 것들엔 배후가 있다"(「절취선」)고 한 것은 절취선이란 (잘려나간) 상처이면서 동시에 다른 무엇과 연결되었던 자리이기도 하기 때문이다. 세계의 폭력을 감각하고 그것을 표현할 때 정익진은 '비명'을 '감탄'으로 변환시킨다. 상실의 자국에서 생성의 동력을 이끌어내는 이 시적 운동이야말로 발신과 수신의 구조를 바꾸는 '변침의 노동'이 아니라면 달리 무어라 불러야겠는가. 갑작스레 나타난 날카로운 이빨을 벌린 상어를 '앗, 상어'라는 경쾌한 어조로 전환할 수 있는 것은, 가로막고 있는 벽을 허물지 않고 외려 다른 벽과의 접속을 통해 제약이라는 조건을 접속의 조건으로 변주하는 능력은 아무나 가질 수 있는 것이 아니다. 이 세계에 잠복해 있는 것은 공포와 위협만이 아니다. 바로 이 세계에 잠재되어 있는 유동하고 생동하는 것을 정익진이 감각할 수 있는 것은 그가 세계-사물과 함께 운동하고 있기 때문이다. 이것은 시적 가상 공간에 자신의 감정과 추상적인 관념을 채워 넣는 것과는 아무런 관련이 없다. 우리 주변에 있는 사물들이 전하는 메시지에 성실히 응대할 때, 세계에 잠재되어 있는 가능성을 발견하고 기꺼이 접속하려는 노동을 멈추지 않을 때 조우할 수 있는 기적. 나는 그것을 '매일매일 성실한 기적'이라고 부르고 싶다. 버려진 목욕탕이 갤러리로 변한 「반디」가 바로 그런 기적에 관한 시다.

반딧불이가 아닙니다.
동네 목욕탕이 화랑으로 변신했대요.
대안공간 반디입니다.

광안리 해변에서 몰려온 파도 냄새를 맡으며
반디 안을 모래사장 거닐듯 어슬렁거리죠.
오늘의 전시 명은 '남사당과 B 보이', 윙크 한 번 해보세요.
실내의 반디도 작품이지만 실외 제2전시장으로 가는 길목
지저분하고 자연스럽게 흐트러져 있는 오브제들,
또 다른 세계를 보여주죠.

쓰레기 봉다리, 오래된 모래, 일상의 귀퉁이에서 떨어져 나온
페이지들, 녹슨 것들, 빗물에 젖은 각종 전단들,
쓸데없이 우뚝 서 있는 목욕탕 굴뚝, 그 밖의 반디

화랑도 화랑이지만 반디 밖의 작품들에도 눈길이 갑니다.
새마을 금고 광안점, 과일 전쟁, 안녕, 낭랑 헤어라인
안녕, 황금 돼지 마을, 초콜릿 호프, 경북 만물 철물점 그리고
호암 경로당 여러분들 반디, 반디

큰길들도 반디이지만
후미진 골목 안 텃밭의 잎사귀 하나,
낡은 담벼락 주변, 이상한 꽃들과 잡초도 반디

상품포장지나 재떨이, 뭐든지 가져오세요.
망가진 기타라도 가져오세요.
사인 해드릴게요. 무조건 반디입니다.

쪼가리 하나
먼지 한 톨까지,

—「반디」전문

  동네 목욕탕이 화랑으로 변신한 '반디'는 시인이 만든 시적 가상공간이
아니라 2007년부터 2011년 10월까지 부산시 수영구 광안동에 실제로 존
재하던 대안공간이다. 이 시는 시적 유희란 현실을 비켜나가거나 자족적
인 영역에서 기교를 부리는 것이 아니라 이미 도착해 있는 현실을 마주하
고 그 속으로 들어갈 수 있는 다양한 경로들을 비추는 한 방식임을 말하

고 있는 듯하다. '반디'라는 대안공간을 통해 새로운 뜻을 품게 된 '반디'라는 어휘는 시인을 통해 의미의 경계를 넘나들며 다른 것들을 향해 날아가 번진다. 정익진의 시선이 가장 먼저 도착하는 곳은 당연히 상처 받은 것들이다. "쓰레기 봉다리, 오래된 모래, 일상의 귀퉁이에서 떨어져 나온 / 페이지들, 녹슨 것들, 빗물에 젖은 각종 전단들, / 쓸데없이 우뚝 서 있는 목욕탕 굴뚝, 그 밖의 반디". '반디'라는 대안공간이 다양한 예술의 양식을 실험함으로써 일상 속에 예술이 자리할 수 있는 장소를 만들었던 것처럼, 마찬가지로 목욕탕을 대안공간으로 변모시키며 주변의 공간을 변화시켰던 것처럼 정익진은 '반디'의 내부 구석구석을 옮겨다니며 숨어 있는 희미한 빛('반디')을 찾은 뒤 이내 반디 바깥으로 나가 '반디적인 것'이 흐르고 있는 길을 발견한다("그 밖의 반디").

고유한 언어로 대상을 새롭게 명명한 뒤 그 자리에 자신의 서명을 새기는 것이 아닌, 다만 연결하고 통로를 만드는 것, 사물과 사물이 맺고 있는 관계망을 비춤으로써 잠재되어 있는 힘(빛)을 발견할 수 있게 하는 것, 그것이 정익진의 시적 운동이 하는 일이다. 다음과 같은 부분을 보라. "마을 금고 광안점, 과일 전쟁, 안녕, 낭랑 헤어라인 / 안녕, 황금 돼지 마을, 초콜릿 호프, 경북 만물 철물점 그리고 / 호암 경로당 여러분들 반디, 반디" 주변 상점들의 이름을 나열한 것일 뿐인데 이 연쇄가, 이 연결이 미약하고 희미한 빛이 되어 온 마을로 번져가는 진경처럼 보인다. 경로당의 어르신을 향해 '반디, 반디'라고 '인사'할 때 나는 시인이 삶의 회복을 알리는 '복음(福音)을 전하는 사람'일 수도 있겠다는 생각에까지 이르게 된다. 그 진경을 조금 더 감상하기로 하자. "큰길들도 반디이지만 / 후미진 골목 안 텃밭의 잎사귀 하나, 낡은 담벼락 주변, 이상한 꽃들과 잡초도 반디 // 상품포장지나 재떨이, 뭐든지 가져오세요. / 망가진 기타라도 가져오세요. / 사인 해드릴게요. 무조건 반디입니다. // 쪼가리 하나 / 먼지 한 톨까지." 시인이 애써 배달하는 '반디'라는 편지로 인해 내부뿐만 아니라 그 주변의 안과 밖이 모두 반짝인다. 정익진의 유연하고 성실한 시적 노동은 모든 사물 속에 잠재되어 있는 빛이 넘나들고 번져가는 길을 내는 일을 한다. 군림하고 장악하는 '눈부신 빛'이 아니라 나누며 번져가는 빛, 줄여 말해 빛의 나눔. '매일매일 성실한 기적'이란 이런 나눔을 두고 한 말이다. '성실함'이라는 일상적인 것과 '기적'이라는 비일상적인 것이 어울릴 수 있을 때 "쪼가리 하나 / 먼지 한 톨까지" 반짝이는 것을 볼 수 있게 된다. 정익진의 시적 노동이 매일매일 성실하게 일구어가는 토양에서 우리는 '평등함의 진경'과 마주하게 되는 것이다.

4

생수병 하나 차 뒤편 유리창 가에 놓아두었습니다.
브레이크를 밟거나, 커브, 요철을 지날 때마다
쿨렁, 쿨렁, 물소리를 냅니다.

시냇물의 뼈마디 소리,
강물이 흘러가다 멈추는 소리,

심장이 벌렁거리는군요.
피아노 건반을 누를 때마다
쿨렁거리는 소리,

김밥을 급히 먹었을 때, 한 모금, 쿨렁
막힌 가슴속 뚫어주기도 합니다.

생수를 들이켜시는 할아버지, 쿨렁, 쿨렁
메마른 목울대를 지나는 그 소리

내 뱃속에서 울렁거리는 물고기 한 마리

식도를 타고 쿨렁, 입 밖으로
튀어나옵니다. 쿨렁, 쿨렁, 투명한 생각들이
연거푸 떠오릅니다.

―「생수병」 전문

차 뒤편에 놓아둔 생수병이 브레이크, 커브, 요철이라는 문턱을 넘어갈 때마다 쿨렁거린다. 이 소리가 시냇물의 뼈마디로, 막힌 가슴을 뚫어주는 물 한 모금으로, 막힌 곳을 뚫고 목울대를 넘어가는 소리로, 마침내 뱃속에서 울렁거리는 물고기 한 마리로, 그런 투명한 생각들의 연쇄로 이어진다. '쿨렁'이라는 부사는 좁은 공간에 갇혀 있는 비명이면서 동시에 부단히 들썩거리는 존재의 울림이기도 하다. 생수병이 흔들리며 내는 일상적인 소리가 바깥으로 흐를 수 있도록 정익진은 소리의 길을 튼다. 그 길 위에서라면 생수병 안의 물이 냇가로 흘러들고 피아노 건반을 지나 누군가의 목울대를 넘어갈 수도 있다. 자유자재로 넘나드는 이 연쇄의 지속은 평등의 지반 없이는 불가능하다. 정익진의 종횡무진 넘나드는 유연함의 감각은 바로 그 평등의 지반을 다지는 시적 노동이다. 끝없이 펼쳐진 세속의 길을 걸으면서도 시인은 좀처럼 허무에 빠지지 않는다. 정익진의 시를 두고 낙타를 떠올리는 것이 어색하게 느껴질지도 모르지만 매일매일 성실하게 사물과 사물을, 사물과 세계를 넘나들며 연계하는 그 꾸준한 행보는 낙타의 걸음을 닮아 있다. 사막(세속)을 걷는다는 것은 그곳을 벗어난다는 것이 아니다. 사막에 머물며 오랫동안 지속하는 성실한 걸음이, 쉼 없는 이행의 걸음이, 끊이지 않는 걸음의 연쇄가 사막이라는 세계를 바꾼다. 주변을 바꾸고, 우리가 발 딛고 있는 이곳의 지면을 바꾼다. 평등해서 다정한, 그래서 더 없이 아름다운 곳에서 우리는 "수면 위로 입술을 내민 동물들"이 내는 존재의 북소리를 듣게 된다.

해파리들,
완만한 파도에 실려와
낙하산처럼 날아오른다
멈출 수 없는 꿈,
몇몇은 아직도 구천을
떠돌며 히죽히죽 웃는다
교회의 첨탑 위에 걸터앉았기도 하고
방금 정사를 마치고 잠든 연인들의 침실
어디쯤엔가 일렁이다 얼른 사라진다
살랑대는 머리카락 사이
눈동자가 짓물러 있다
서로를 끊임없이 지분대며
물컹하지만 투명한 영혼을 퍼뜨리는 족속들
광장의 시계탑, 꽃길,
화장터, 동네 언덕 위, 집들 주변을
흔적 없이 머무르며…
이승을 되새김질한다
수면 위에 입술을 내민 동물들의 이름,
태양이 지워버린 기록들
팔꿈치의 향방 따위를
그들은 잘 기억하고 있다

음울하게… 흐물흐물…
너울너울… 떠다니며
결코 세상 밖으로
떠날 줄을 모른다
둥, 둥

—「해파리 유령」 전문

해파리가 무게도 색깔도 없는 것처럼 보이는 것은 언제나 경계 위를 떠다니기 때문이다. 오직 '사이'에서만 해파리를 발견할 수 있다는 것은 그곳에 쉼 없는 넘나듦과 유연함의 운동성이 생동하고 있다는 것이기도 하다. 파도에 떠밀리고 낙하산처럼 속절없이 떠올라 이글거리는 태양에 이내 지워질 수도 있는 연약하고 투명한 존재가 '히죽히죽' 웃을 수 있다는 것, 그런 표정을 우리는 정익진의 시를 통해 처음으로 알게 되었다. '너울너울'과 '흐물흐물'은 이곳과 저곳을 유영하며 되새김질하는 소리다. 수면을 지면으로 다지는 소리다. 그것은 경계를 넘나드는 존재가 "결코 세상 밖으로 / 떠날 줄을 모른다"는 것을, 한시도 쉬지 않는다는 것을 의미한다. '둥, 둥'은 경계를 넘나드는 존재의 알림이며, 바로 그 존재의 무게가 경계(수면)와 부딪치며 내는 북소리다. 이 북소리가 수면 위로 입술을 내밀며 자꾸만 올라와 그곳을 지면으로 바꾼다. 동시에 우리가 살고 있는 견고한 지면이 흐물흐물 너울너울 바뀌며 서로가 평등하게 넘나들며 흘러갈 수 있게 된다.(2014)

존재의 조건
: 공명(共鳴)-공동(共同)-공생(共生)
—이선형의 『나는 너를 닮고』에 관하여

1. 구덩이에 빠지다

산다는 것은 구덩이에 빠지는 일과 같다. 그건 우리들의 삶이 나락으로 떨어지거나 진창을 구르는 것만을 의미하지는 않는다. 구덩이에 빠진다는 것은 개인의 실착이나 체제의 함정을 가리키는 것처럼 보이지만 삶이 '예측할 수 없음'을 조건으로 할 때 비로소 제 모습을 드러내는 것처럼 구덩이에 빠진다는 것은 한 치 앞을 알 수 없는 삶의 형식과 닮아 있음을 알게된다. 우리들은 무언가를 쫓고, 쟁취하고, 추구하는 데서 삶의 동력을 찾곤 하지만 실은 무언가에 사로잡힐 때 비로소 살아 있음을 느낀다. 구덩이에 빠진다는 것은 무언가에 사로잡힌다는 것과 다르지 않다. 바로 그것이 삶의 이치를 적실하게 논파하고 있는 '한 치 앞을 알 수 없다'는 관용어의 본뜻일 것이다. 예측할 수 없고 한 치 앞을 알 수 없는 삶의 형식은 관계의 조건이기도 하다. 기꺼이 구덩이에 빠질 수 있을 때 비로소 대상과 만날 수 있다. '구덩이'가 얼핏 한정된 삶의 영역을 가리키는 것처럼 보일 수도 있겠지만 그곳은 '자아'가 자신 밖으로 걸어 나와 대상과 만날 수 있는 '관계'가 생성되는 곳이다. 그러므로 '구덩이'는 대상과 조화롭게 합일을 이루는 도원(桃源)이 아닌 소란스러운 '도가니'에 가깝다. 구덩이는 제한되고 폐쇄적인 영역처럼 보이지만 대상과의 만남이 성사되는 경계 영역이기도 하기 때문이다.

쓴다는 것 또한 구덩이에 빠지는 것과 같다. 쓰기란 '삶의 자리'에서 이루어지며 어딘가에 '빠져야' 글쓰기가 가능하다. 무언가에 빠지지 않는 사람은 글을 쓰지 못/않는다. '만남'과 '관계' 없이 쓴(산)다는 것은 불가능하다. 더군다나 산다는 것과 쓴다는 것의 간극에 대해 늘 고민하고 그 긴장을 통해 삶과 글을 끌고 나가는 시인의 경우엔 더욱 그러하다. 이선형의 시 전체를 감싸고 있는 서정적인 정조가 삶의 자리가 아닌 '저기-너머'를 행해 있는 것처럼 보인다면 '서정'을 단선적인 것으로 규정하고 있기 때문일 것이다. 이선형 시의 고요함이라는 정조는 그 내부의 뜨거움까지 인지할 수 있을 때 온전하게 전달될 수 있다. 시 내부에 흐르는 뜨거움은 '서정'에 대해 손쉽게 오해하곤 하는 자아와 대상 간의 합일이 주는 충만함을 가리키는 것이 아니다. 이선형의 시적 발화의 조건이기도 한 만남은 '나'라는 임계(臨界)를 넘어 밖으로 흘러넘치는 지점을 뜻하기 때문이다.

'서정'이 평화로운 화해의 세계만을 지향하는 건 아니다. 무언가에 이끌리는 힘에 의해 작동하는 '서정'은 차라리 '구덩이에 빠지는 이끌림'에 가깝다. 사로잡힘의 순간은 예측할 수 없는 삶의 체계와 닮아 있지만 구덩이 속에서 마주하게 되는 '대상'은 나와 닮지 않은 것이다. "산다는 건 호랑이 등을 탄 거야"(「무명암」)라는 삶에 대한 통찰은 '한 치 앞을 알 수 없기에' 빠져버린 '구덩이'에서 이루어지는 '만남'이 "생전 처음 와보는 길 없는 길"(「구덩이」)에 발을 내딛는 것과 다르지 않음을 의미하는 것이기도 하다. 이선형의 시적 발화는 오직 관계의 지반 위에서만 이루어진다. 예측할 수 없고 제어할 수 없는 삶이 더욱 뜨거운 숨을 내쉬는 것 또한 '구덩이'에 빠져 있기 때문이다.

2. 포개어 있는 것들, 서로를 업고 있는 것들

한 치 앞을 내다볼 수 없어 내내 뒷걸음질을 치다가 구덩이에 빠진 것들이 있다. 힘없고 약한 것들은 그렇게 '발아래'에서, '구덩이'에서 '만나' '모여' 산다. 누구나 더 높은 곳을 바라보며 삶을 꾸리곤 하지만 삶은 '아래'에서만 시작할 수 있고 결국 '아래'로 돌아가는 일이다. 그 아래에서 저마다 다른 삶들이 어울려 살아간다. 삶을 조형하는 이 어울림의 관계를 이선형은 '닮는 것'이라고 한다.

길은 왼종일 걷느라 먼 산을 닮고
부은 발목은 내려다보이는 바다를 닮고
찡그린 구멍 속으로 생쥐는
막 도착한 저녁무렵을 닮고
버스 속 기우뚱 매달려 서있는 남자는
머리를 찧으며 조는 여자를 닮고
산동네에 왕관을 씌우는 저녁해는
분식집 모퉁이 핀 여뀌꽃 무더기를 닮고
버스 기다리느라 낡은 밤색구두는
등에 닿는 온기로 사귄 은행나무 몸피를 닮고
흙 속에 박힌 돌멩이처럼
살아있기에 서로 닮고

바다는 벽돌을 촘촘히 실은 손수레를
맨드라미 씨는 그치지 않는 싸움을
그치지 않는 깊은 밤을 닮고

—「나는 너를 닮고」전문

    이선형이 말하는 '닮는다'는 것은 육친적인 친화감이나 대상에 대한 호의가 만드는 환상을 통해 맺어지는 관계와는 성격을 달리하며 이 닮음은 자아와 대상 간의 정서적인 합일을 조건으로 하는 것도 아니다. 대상들 사이의 별다른 연관성을 찾을 수 없고 대상에 대한 특별한 매력을 느끼는 것도 아닌데 시인은 일상 속에서 마주하는 것들이 서로 닮아 있다고 한다 (길과 산, 발목과 바다, 생쥐와 저녁 무렵, 남자와 여자, 저녁해와 여뀌꽃 무더기, 밤색구두와 은행나무, 바다와 손수레, 맨드라미 씨와 싸움). 공통분모가 없어 보이는 이들의 관계는 "살아있기에 서로 닮고"라는 구절에서 조금 더 구체적으로 제시되지만 '살아 있다는 것' 그 자체가 닮음의 조건이 될 리 만무하다. 어떻게 (어울려) 살고 있는가가 중요하다. 여기서 이선형의 시 속에 무심하고 사소하게 놓여 있는 "흙 속에 박힌 돌멩이"라는 표현에 눈을 돌려보자. 바로 그 구절 속에 이선형의 시적 공간을 직조하는 중요한 원리가 감춰져 있기 때문이다. 이선형이 조형하는 시적 공간의 중요한 원리는 존재와 존재의 '닮음'에서 찾을 수 있다. '닮음'은 '동일성'을 의미하기보다 차라리 '업는 것'에 더 가깝다. "흙 속에 박힌 돌멩이"는 어떻게 시인의 시선에 포착될 수 있는가? 그것은 이선형이 세계와 대상을 관조적인 시선을 통해 '풍경'으로 환원하지 않는다는 것을 의미한다. 무심하고 덤덤해 보이는 "흙 속에 박힌 돌멩이"라는 표현은 존재와 존재가 포개어 있는 장면이며 바로 그 어울림 속에서 저마다의 존재들이 고유한 빛을 내며 살아간다. 이선형에게 '닮았다는 것'은 별다른 연관성을 찾기 힘들지만 포개어 있는 것들의 어울림이 삶을 직조한다는 것, 삶이란 서로가 서로를 업고 있는 관계 양식을 통해서만 지탱될 수 있음을 알린다.

　이러한 '닮음의 시학'은 '존재의 미학'과 이어져 있다. 세계를 풍경처럼 바라보는 관조적인 시선 속엔 밖에서 내게로 밀려드는 외부의 것을 한사코 막아내려는 자아의 자맥질이 있을 뿐이며 그것은 "허우적거릴수록 더 깊이, 자신을 걸어 잠그고 나는 불쌍한 문지기"(「외경」)가 되는 것과 다르지 않다. 사로잡힌다는 것은, 구덩이에 빠진다는 것은, 닮았다는 것은 바로 존재와 존재가 포개어 있다는 것, 그렇게 서로가 서로를 업고 있다는 것을 의미한다. 무언가를 업고 있는 사람은 발아래의 존재들을 살피는 시선을 가져야만 한다. 업는다는 것은 기꺼이 자신의 '등'을 내어주는 것이며 이선형의 '닮음'이란 등을 내어주지 않을 수 없는 어떤 불가피함을 조건으로 한다. 이선형에게 닮는다는 것과 업는다는 것은 불가피한 일이다. 이선형은 불가피함을 (닮음의) 시학으로 삼아 (존재의) 미학으로 나아간다.

3. 목이 쉰 더운 화음

　삶은 구덩이에 빠질 때 시작될 수 있는 것이라고 했다. 그 구덩이 속에 연약하고 상처받기 쉬운 것들이 어울려 살고 있다. 서로가 서로를 업고 있다는 것이 닮음의 조건이 된다. 닮았다는 것은 무언가에 기꺼이 자신의 '등'을 내어주는 것과 다르지 않다고 했다. 그렇게 내 몸(등)에 타인의 흔적을 남기는 것이다. 쉽게 지울 수도 내려놓을 수도 없는 그 불가피한 흔적을 삶의 조건이자 동력으로 삼고 있는 이가 있다. 시인이 "얼룩이 지고 때가 묻어가는 건 세상에서 오직 하나의 존재가 되는 것"(「설탕 한 봉지」)이라고 한 것은 이 때문일 것이다. 얼핏 비슷해 보이는 "불쌍한 문지기"와 "오직 하나의 존재" 사이의 거리는 삶에 새겨져 있는 타인의 흔적을 어떻

게 헤아릴 수 있을 것인가에 달려 있으며 그것은 자신의 등을 얼마나 허락
할 수 있는가를 통해서만 가늠해볼 수 있다.

　　몸에 겨운 모래 짐을 포개 싣고

　　장미넝쿨 담 아래 타박타박 지나는

　　등이 젖은 당나귀야

　　편안하지 못한 것은

　　설움이 아닐 게야

　　너는 모래를 편안히 해주고 있는 게야

　　납작하게 눌려진 네 등은

　　젖은 모래에게 자장가를 불러주고 있는

　　한참 밤인 게야

　　　　　　　　　　　　　　　　　　　　　—「당나귀 울음」 전문

생겨났다가 사라지는 콘베어벨트 위로 쓰레기 자루 고봉으로 쌓은 손수
레 한 사내가

끌고 간다 짐에 눌려진 등이 초승달 눈을 뜨고 한밤중을 한낮으로 걸어
간다

—「등」 부분

  납작하게 눌려진 등을 가진 존재들의 삶이 서럽지 않은 것은 그들을 짊
어지고 있는 삶의 무게가 혼자만의 것이 아니기 때문이다. "양철지붕 아래
납작한 사람들"(「납작한 집」)이 "제 몸 앞으로 뒤로 석류 줄기 구부러진 길
을 내"는 것처럼 이 세상이 "등이 젖은 당나귀"의 "납작하게 눌려진"(「당나
귀 울음」) 등에 업혀 비로소 (숨)쉴 수 있다. 우리들의 밤이 안락한 것은 "한
밤중을 한낮으로 걸어"(「등」)가는 누군가의 '등'에 업혀 있기 때문일 것이
다. 그러므로 지금 우리가 발 딛고 있는 곳은 누군가의 '등'이다. 누군가에
게 업혀 있다는 것, 그렇게 서 있음의 조건을 감응할 수 있을 때 또 다른
누군가를 업을 수 있다. 발밑의 존재들을 기꺼이 업고, 그렇게 타인의 흔
적을 더해가며 삶을 조형해간다. 이선형의 '닮음의 시학'은 '존재(관계)의
미학'을 통해 발현된다.

한 올 바람이 지난다 아이를 등에 업고 염천 복날 지난다

그늘 내린 다리 밑에 사람들 모여 앉고
미루나무 잎그늘마다 매미 포개 붙어
더운 화음 귀 따가운 한낮
아이 체온은 그대로 보태지는 게 아니었다
내게 기댄 말캉말캉한 숨을 업고 땀 토하면
살갗 비집고 여러 체온 업고 온 바람이
두 몸을 지난다

팥죽땀 손등으로 훔치며 어디선가
지줏대 타고 넌출이 붉게 오르고

매미를 업고 미루나무를 업고 사람들을 업고
삼복염천에 살껍질 벗겨지는 제 몫의 자리를 업고
포개진 몸들 목이 쉬는 화음

더운 몸에 더운 몸이 그늘길을 내어
지렁이는 해를 업고 저녁별 내리도록 기어간다

—「그늘길 내다」 전문

    그늘 아래 사람들이 모여 있다. 아니 "더운 몸에 더운 몸이 그늘길"을 낸다고 했으니 사람들 아래에 사람들이 모여 있다고 해야겠다. 존재가 존재의 그늘이 되고, 그 어울림으로 만들어진 그늘이 살아감(생명)의 길을 낸다. 그곳에서 우리는 "더운 화음"을 듣게 되는데 사람들의 어울림이 만드는 화음이란 특별한 것이 아닐지도 모른다. 그것은 그저 사람들이 내쉬는 더운 숨을 가리키는 것일지도 모르니 말이다. 서로를 업고 있는 탓에 "포개진 몸들"이 내는 숨은 거칠 수밖에 없을 것이다. "목이 쉬는 화음"이 내는 길은 나무를 살게 하는 물관과 다르지 않다. 존재들의 어울림이 만든 '숲' 아래에서 우리가 숨 쉰다. 목이 쉰 더운 화음이란 숨이면서 꽃피는 일이다. "아이 업은 볼품없는 몸이 굵은 빗발로 지나간다 분홍 아이 옷에서 번지는 살비린내, 어미 등을 놓칠까 꽉 잡고 분홍색 등이 불룩 꽃 핀다"(「선인장 계단」) 누군가를 등에 업은 이의 호흡은 점점 거칠어지겠지만 "여러 체온 업고 온 바람이" 몸과 몸 사이의 공간을 관통할 때, 비로소 '숨통'이 트인다. 몸과 몸이 만나는 공간이 공명통으로 열리며 화음으로 울린다. 이선형은 그것을 공명(共鳴)이라고 부른다.

4. 공명(共鳴) – 공동(共同) – 공생(共生)

한 자리에 서서 몸이 그저 눈인 줄 알았던 나무도
지나는 이의 소매를 붙잡고 놓아주지 않는 때 있다.
이내 놓치고 말지만

고집부리는 마음이 소매를 당기고 있다.
어둑한 저녁이 걸어 나갈 길 뻔한데도,

나무야, 우리는 잠깐 손가락을 꺼냈다가 넣는구나.
햇빛이 우리 몸에서 그림자를 끄집어내어 바닥에 삐죽 그려놓았다가
이윽고 거두어 넣는 저녁

하지만 몸 안에는 공명의 그림자 늘 있어,

신발 뒷축은 비스듬히 낡아가고
나무창틀은 기우는 볕으로 등이 마른다.
저도 모르게 짓는 사소한 표정이 보고 있는
사물 저 너머.

— 「공명共鳴」 전문

이미 첫 번째 시집에서부터 시인은 "내 속에서 길을 왔다 갔다 하는" 소리가 나만의 것이 아님을 알고 있었다. 그 소리는 "고양이와 물오리와 소의 검정 울음소리"였고 "아무도 모르게 저 혼자 떨어지는 잎의 소리"(「봄밤의 기척」, 『밤과 고양이와 벚나무』, 시와사상, 2000)이기도 했다. 내 안에 이미 들어와 있는 소리를 들으며 시인은 직감했을 것이다. '소리'란 '홀로' 낼

216

수 있는 게 아니라는 것을. 그리고 예감했을 것이다. '소리'란 만남이며, 부딪힘이며, 좌절이며, 고통의 흔적들 속에서만 만들어진다는 것을. '소리'란 너와 나의 하나 됨이 아니라 외려 너와 나 사이의 간극에서, 어긋남에 의해 조형된다. '소리'의 발원지는 너와 나 사이, 차라리 텅 비어 있기에 밝게 빛나는(空明) 무수한 '사이'에 있다. 몸 안에 있는 "공명의 그림자"란 바로 이미 나와 연루되어 있는 '관계'의 흔적을 의미하는 것일 게다. 「공명」은 이선형이 직조하는 시적 공간의 특징을 분명하게 보여준다. 공명은 '사이'가 아닌 저 너머로부터 이곳으로 오고 있는 '무엇'처럼 보이는 탓에 "사물 저 너머"에서 찾아야 하는 것처럼 여겨진다. "저도 모르게 짓는 사소한 표정"이 보고 있는 "사물 저 너머"란 무엇이며 그곳은 어디인가? 이선형에게 '닮음'이 동일성의 세계를 지칭하는 것이 아니었던 것처럼 "사물 저 너머" 또한 현실을 초탈한 낭만적인 공간을 의미하는 것은 아니다. "사물 저 너머"란 '대상 속으로 사라진 것을 나타나게 하는'(모리스 블랑쇼, 『문학의 공간』) 곳과 다르지 않아 보인다. 그것은 우리 모두가 우리 모두에게 업혀 있고, 그렇게 서로를 업을 수 있을 때 존립할 수 있다는 '존재의 조건'을 가리키고 있다. 이렇게 말해도 좋을까. 공명(共鳴)이 우리 모두의 조건(共同)이라고. 그 조건을 수락하는 것이 공생(共生)이라고.

일상의 고즈넉함 속에 숨겨져 있는 존재들의 어울림을 섬세한 언어로 길어 올리는 이선형의 시 전면엔 비애의 감정이 흐르고 있는 듯 하지만 그 아래에 모든 존재의 삶을 긍정하는 따뜻한 시선이 감싸고 있다. 콩을 파는 아주머니가 비둘기를 쫓기 위해 든 매는 비둘기를 내려치지 않고, 겨우 콩 하나만을 삼킬 수 있는 비둘기 또한 졸다 깬 아주머니 옆에서 주억거린다(「짐짓」). 혹은 가난한 산동네의 "발꿈치 창문"(「안창마을」)에는 하루 양식만큼의 빛이 들어와 살림살이를 데우고 그렇게 "기우뚱거리며 미흡한 하루는" 우리를 "생생히 살아있게 한다"(「조응照應」) 그럴 때 공터에 넉넉하게 넘치는 햇볕은 사람들이 둘러앉아 있는 분주한 두레상 같다. 연약해서 함께 살아야만 하는 세상의 '아이들'을 시인의 섬세한 언어가 기꺼이 업을 수 있을 때 그곳에서 "세상 여윈 것들 살 오르는 소리"를, "비우면서 채워지는 소리"(「풀냄새 젖냄새」)를 듣게 되는 것이다.

> 산꼭대기까지 집들이
> 빽빽하게 밀고 올라간 비탈
> 관절이 맥없이 꺾이는
> 슬레이트 지붕들 속에 난데없이
> 아직도 살아있는 잔디 무덤
> 두둑을 올려주던 사람 있어
> 길 어두워도 또박또박 돌아오라고
> 아랫목 묻어둔 밥그릇 봉분
> 밭두둑에서 뽑히면 고랑에서 살고
> 고랑에서 던져지면 바위틈
> 살아있던 날이 떠밀려 올라간 곳
> 밟힌 개비름나물은 내쫓긴 줄기에서 뿌리를 낸다
> 파릇파릇 집 앞에 내놓은 화분 같은 무덤이
> 파릇파릇 마중 나온 살아있는 사람이
> 삶에도 죽음에도
> 골골샅샅이 공평하게 들어오는
> 햇볕이 닿자 윙크를 한다
>
> ─「산복도로 무덤」 전문

산꼭대기에 집들이 빼곡한 것은 한 가수의 노랫말을 빌리자면, 연약해서 자꾸만 밖으로 밀려나가는 존재들이 "조금만 더 살고 싶어 올라갔"(루시드 폴, 「평범한 사람」, 〈레 미제라블〉, 엠넷미디어, 2009)기 때문일 것이다. 헐벗은 집들이 어지럽게 쌓여 있는 모습은 '무덤'처럼 보이지만 아픈 것을 향해 자꾸 몸이 기우는 시인의 시선에 의해 그곳은 새로운 삶을 잉태하는 '화분'으로 변주된다. "살아있던 날이 떠밀려 올라간 곳"은 더욱 살기 힘든 곳이겠지만 "관절이 맥없이 꺾이는" 헐벗은 집들이, 자신보다 더 약하고 헐벗은 집을 '업고' 있다. 산복도로는 약한 것들이 기대어 서로를 비추는 희미한 길이다. 가진 것이 없기에 도시 밖으로 떠밀려 나간 사람들이 살기 위해 어울려야 했던 삶의 궤적이 길을 만든다. 버려진 공터에 '개비름'이 "내쫓긴 줄기에서 뿌리를" 내는 것처럼 이름을 가지지 못한 이들이 좁은 골목에서 서로의 어깨를 기대고 산다. 집이 집을 업을 때 '길'이 나고 사람이 사람을 업을 때 '더운 숨'이 난다. 사람들의 어울림이 숲을 만드니 그 사이에서 "파릇파릇" "살아있는 사람"들이 자꾸만 마중을 나온다. 그 존재들의 그늘 아래에서 우리는 서로에 기대고 어울려 살아가는 것이다.(2011)

빚지지 않은 이들의 평등

—김이듬의 신작시에 부쳐

    갚아야 할 빚이 있다는 사실을 잊지 않는 사람만이 자유를 누릴 수 있다. 빌려준 것과 갚아야 할 것의 구분을 분명하게 인지하고 그것의 상환 날짜를 잊지 않을 때, 우리의 일상은 안정적인 체계의 보호를 밑천 삼아 저마다의 길을 갈 수 있게 된다. '현실 감각'이란 '갚아야 할 빚'으로부터 구축되는 것이라고 해도 좋다. 우리가 맺고 있는 '인간관계'라는 것의 속내를 파헤쳤을 때 그것들이 죄다 채무 관계의 다양한 판본임을 확인하게 되더라도 그리 놀랄 일은 아니다. 누군가의 가족, 한 국가의 국민, 유구한 역사를 자랑하는 민족의 일 분자라는 자격이 아니고선 누릴 수 있는 자유가 그리 많지 않다. 이런 상황에선 채무 관계를 성실히 이행한다고 해도 갚아야 빚은 줄어들기는커녕 눈덩이처럼 불어난다. 갚아야 할 빚이야말로 존재를 증명해주고 설명해줄 수 있는 유일한 표지이기 때문이다. 삶의 좌표는 꿈이나 이상에 의해 결정되는 것이 아니라 '갚아야 할 빚'의 양과 종류에 의해 결정되는지도 모를 일이다.

'신용'이라는 것이 지불의 의무를 유예할 수 있는 능력치를 의미한다고 할 때 그것은 얼마나 많은 빚을 짊어질 수 있는가에 대한 사회적 평가(등급)에 달려 있다고 하겠다(신용카드를 생각해보라!). 갚아야 할 빚이 많은 사람은 역설적으로 많은 것을 가진 사람이라는 설명이 가능하다. 빚이 없다는 것은 자유롭다기보단 현실적 좌표를 상실한 상태라고 봐도 무방하다. 보다 많은 빚을 짊어질 수 있는 능력을 가진 이가 더 많은 자유를 누릴 수 있다는 설명이 가능해진다. 갚아야 할 빚이 없는 사람은 '지도'를 갖지 못한 사람과 처지가 다르지 않다. 지도가 없다는 것은 목적지까지 당도할 수단과 방법을 가지고 있지 않은 상태나 처지를 의미하는 것일 텐데 이때의 지도는 '일정한 기호·문자·색 따위를 써서 세계를 일정한 축척에 따라 평면 위에 나타낸 그림(地圖)'이라는 의미이면서 '어떤 목적이나 방향에 따라 가르치고 이끄는 의미(指導)' 또한 동시에 지닌다. 지도를 가지고 있지 못한 존재들은 사회가 할당하는 자유나 삶의 안락함이 허락되지 않겠지만 예측할 수 없는 사건이나 지도가 표기하지 않는 지형, 지물과의 우발적인 마주침의 조건이 되기도 한다. 지도를 가지고 있지 않은 이의 불규칙적인 움직임은 당도해야 할 목적지에 가닿기 전의 시행착오 과정이 아닌 '합일된 목적지'로부터 이탈해 있는 이의 독특한 동선이라고 불러야 마땅하다.

갚아야 할 빚을 물려받은 유산과 같은 것이라고 바꿔 말할 수 있다면 김이듬은 별다른 유산을 상속받지 못한 시인이라고 해도 좋다. 물려받는 (문학적) 유산이 없기에 갚아야 할 빚(문학적 책무)으로부터도 자유로운 셈이다. 그러나 앞서 언급한 것처럼 채무 관계로부터의 이탈이 자유를 보장해주는 것은 아니다. 갚아야 할 빚이 없는 이는 끊임없이 스스로를 증명해야만 하는 곤혹스러운 위치를 의미하는 것이기도 하기 때문이다.

우르르 유령 시인들이 몰려와 여자의 종이를 찢어버립니다. 종이만 찢었을 뿐안데 여자의 가슴에서 피가 흐릅니다. 욕조 안에 핏물이 고입니다. 유령 시인들은 종이에 대고 협박합니다. 자신의 시를 모방했다고, 갖은 기교 범벅 비스킷 같다느니 뭐니 벽돌로 여자의 머리를 빗어줍니다. 칭찬은 아닌 것 같은데 기분이 좋아집니다. 이상(李箱) 옆에서 김수영이 사랑에 미쳐 날뛰는 날을 이야기합니다. 전 당신들을 닮을 생각도 없고 오마주도 모르는데요.

— 김이듬, 「유령 시인들의 정원을 지나」 부분,
『명랑하라 팜 파탈』, 문학과지성사, 2007

채무 관계에서 비교적 자유로운 시인에게 '유령 시인'들이 우르르 몰려와 문학적 족보를 밝힐 것을 종용한다. 시인은 그 누구도 닮으려고 하지 않았고 그 누구도 존경하지 않는다고 얘기하지만 그런 응답으로는 시인으로서의 정체성을 증명해낼 수 없다. '유령 시인'들은 '네 정체를 밝혀라'고 묻고 있는 셈인데, 그 물음은 김이듬의 시가 문학사적 맥락 위에서 파악되지 않는다는 것을 우회적으로 증명하는 것이기도 하다. 문학이라는 제도가 종용하는 합일된 기호 체계에 부합하지 않는 시에 대한 해석은 요령부득일 수밖에 없다. 대신 '(문학적) 족보가 없는 (시) 것들은 돼먹지 못한 종자'라는 폭력적인 언사들이 덕지덕지 달라붙게 되는데, 채무 관계를 맺고 있지 않은 일개의 시인을 향한 이 집단적인 히스테리가 함의하는 바가 자못 흥미롭다. 자신이야말로 적통임을 자임하는 문학사의 적자들이 족보가 불투명한 한 시인 주변에 몰려들어 '네 정체는 무엇이냐'고 집요하게 묻는 행위야말로 자신들을 존립 근거인 문학적 적통성이라는 것이 단 하나의 이질적인 인자조차 감당해낼 수 없는 한없이 얕고 불안한 지반 위에 놓여 있다는 사실을 역설적으로 실토하는 것이기 때문이다. 그런 점에서 정체성에 대한 질문은 대상에 대한 관심이라기보단 대상을 규정하고 포섭하기 위한 위협과 다르지 않아 보인다. 이질적인 대상의 출현은 사후

적으로 만든 규칙을 신화적인 것으로 전도시킴으로써 구축한 집단에게는
공포스러운 것일 수밖에 없다.

'사랑스러워'를 '사랑해'로 고쳐 말하라고 소리 질렀다
밥 먹다가 그는 떠났다
사랑스러운 거나 사랑하는 거나
남자는 남자다워야 하나

죽은 친구를 묻기 전에 민첩하게
그 슬픔과 분노를 시로 쓰던 친구의 친구를 본 적 있다
그 정신에 립스틱을 바르고
난 멍하니 서서 아무 것도 할 수 없었다
그렇게 시인은 시인다워야 하나

오늘 나는 문학적인 선언문을 고민한다
내 친구들 대부분은 이미 써서 카페에 올렸다
주저 말고 서둘러야 한다. 적이 문제다

'—적的'은 '—다운, —스러운'의 의미를 가진 접사인데
'문학적文學的'이라는 말
문학적 죽음, 문학적 행동, 문학적 선언, 시적 인식, 시적 소설
나는 지금 시적으로 시를 쓸 수 없구나

문학적인 선언문을 쓰자는 말은
왕에게 속한 신성한 것을 그냥 불러서는 안 되는
폴리네시아 인처럼 은유로 도피하거나

수사적 비유를 쓰라는 말은 아닐 텐데

나는 한 줄 쓰는 데 좌절하고 애통함에 무기력하다

그리하여 난 또 다시 적的의 문제로 적敵을 만들게 될 것이다

나는 내가 시적이지 않은 시를 쓰며

시인답지 못하게 살다

문학적이지 않은 죽음을 맞게 되길 빈다

—「문학적인 선언문」 전문[1]

이 '문학적 선언문'은 공식적인 언표의 기능을 할 수 없다.[2] 자신의 정체
성을 사회적으로 공표하는 '커밍아웃'이 사회적 정당성을 획득할 수 없는
것처럼 김이듬의 문학적(敵) 선언문 또한 문학이라는 제도가 장악하고 있
는 언표 체계를 회의하고 있는 탓에 공식적인 발화의 지위를 획득하지 못
한다. 그러나 공통의 체계에 환수되지 않는 이 비공식적인 발화야말로 '선
언'이라는 행위가 실천적인 지반을 가질 수 있는 유일한 조건이기도 하다.
김이듬의 '문학적 선언문'이 문학을 더욱 문학답게 만드는 것(一的)이 아
니라 문학답다는 것의 믿음을 회의하고 있는 것(一敵)은 문학적 채무 관계
로부터 이탈해 있는 것이 결여나 결핍이 아닌 공동체라는 구심력으로부터

---

1) 『시를 사랑하는 사람들』 2009년 7-8월호.

2) 이 시는 젊은 작가들의 모임 〈작가선언 69〉에서 수행한 일련의 작업과 연관되어 있는
   것으로 보인다. 합일된 체계나 규칙 등 제도적인 것에 얽매이지 않고 개별자들의 문학
   적 발화를 통해 현실에 참여하고자 자발적으로 모인 이 모임에서조차 김이듬의 위치
   는 내부가 아닌 외부에 놓여 있음을 확인할 수 있다. 〈작가선언 69〉는 『이것은 사람의
   말: 69 작가선언』(이매진, 2009)과 『지금 내리실 역은 용산참사역입니다』(실천문학,
   2010) 등의 결과물을 산출한 바 있으며 모임에 성격에 대해서는 진은영의 「조각의 문
   학」과 심보선의 「불편한 공동체: 어떤 공동체의 발견」, 『문학과 사회』 2009년 가을호
   를 참조해볼 수 있다. 〈작가선언 69〉의 의미에 대한 비평은 권명아의 「죽음과 생존을
   묻다」(당대비평 기획위원회 엮음, 『아무도 기억하지 않는 자의 죽음』(산책자, 2009)
   를 참조할 것.

자유로운 상태를 가리키는 것처럼 보인다.

이전의 시들보다 정제되어 있는 듯한 김이듬의 신작시가 '결별'을 축으로 하고 있다는 점이 먼저 눈에 들어온다. "적的의 문제로 적敵을 만들게 될 것이다"는 대목이 암시하는 것처럼 김이듬에게 시를 쓴다는 것은 '합일'을 위한 만남이 아니라 만나되 어긋나는 '결별'을 지향하고 있는 것처럼 보인다. 두말할 것도 없이 문학적(文學的)인 체계와의 결별을 통해 집단적 논리에 포섭될 수 없는 비공식적인 목소리를 발화한 것처럼 결별이야말로 새로운 만남을 가능케 하는 조건이다.

　　　흘러가야 강이다
　　　느리게 때로 빠르고 격렬하게

　　　그렇게 이별해야 강물이다
　　　멀찍이 한 떨기 각시 원추리와
　　　반질거리는 갯돌들과
　　　흰 새들과
　　　착한 어부와
　　　몸을 씻으며 신성을 비는 사람들과

　　　돌아선 발이 뻘밭인 듯 떨어지지 않아도
　　　우리들 할 말이야 저 강물 같아도

　　　너는 강물에 발을 담그고 난 손을 모아 그 물을 마신다
　　　흘러가니까 괜찮은 일이다

　　　우리는 취향이 다른 음악처럼

마주보고 흐르거나

다른 지류로

알 수 없는 유형으로 흘러갈지 모른다

흐르고 흘러 너와 내가 우연히 다시 만난다면

그래서 오늘의 모습을 까마득히 잊고

반갑게 서로 포옹할지도 모른다

—「결별」 전문

　강의 존재가 대상들과의 결별을 통해서만 증명될 수 있다는 인식은 앞서 살펴본 '문학적 선언문'과 같은 층위에 놓여 있다. '결별'은 김이듬 시의 핵심이며, 주제이자, 시적 동력이다. 서정적인 어조를 취하고 있음에도 불구하고 "한 떨기 각시 원추리", "반질거리는 갯돌", "흰 새", "착한 어부", "신성을 비는 사람들" 등 서정적 상관물과의 결별을 지향함으로써 이 시가 획득하는 아이러니한 정조에 주목해보자. 그것은 우리들로 하여금 '만남'이라는 사회적 결속이 노정하고 있는 행위를 환기시킨다. 공동체를 통해 구성되는 만남은 얼핏 '일대일의 관계'처럼 보이지만 실은 앞서 언급한 '채무 관계'처럼 특정한 공동 규칙을 전제함으로써만 이루어질 수 있는 것이기에 개별자들이 맺는 결속의 근저에 권력 시스템이 자리하고 있다는 것을 알아차려야 한다. 이럴 때 '만남'은 공동체의 규칙을 강화하고 개별자들을 특정 집단에 포섭해버리는 기능을 부여받기 때문이다.

　공동체 내부에서 이루어지는 만남과 달리 김이듬이 지향하는 결별은 '나', 혹은 '우리'가 이질적인 존재들과 조우할 수 있는 조건이다. 결별을 통해서만 만남이 가능하다는 것을 가리키는 "오늘의 모습을 까마득히 잊고"라는 대목은 개별자들의 관계를 주관하는 현실적 권력으로부터의 탈피를 의미한다. 서로가 알지 못하는 상태에서 만났음에도 불구하고 환대하며 "반갑게 서로 포옹"할 수 있다는 것, 이때의 '포옹'은 '나'와 '개별자'

의 합일을 의미하지 않는다. 그 만남은 흐르는 강물처럼 한시적인 것일 수밖에 없기 때문이다. 오늘의 모습을 까마득히 잊음으로써 비로소 조우하는 이들을 갚아야 할 빚이 없는 존재들이라 바꿔 말할 수 있을 텐데, 이러한 조건 위에서 이루어지는 개별자들의 만남이야말로 '나'와 '너'가 서로 어긋내며 결속할 수 있는 평등한 관계의 형상이라 할 수 있다.

김이듬의 관계론이라고 할 수 있을 법한 '어긋내며 만나는'(김영민,『동무론』, 한겨레출판사, 2008) 방식은 「세석 대피소에서」에서 보다 분명하게 확인된다. 험한 산행 후 쓰러진 '시적 화자'를 도운 어떤 이의 존재, 그는 불현듯 나타났고 '나'를 도왔지만, 누구인지 알 수 없으며 다시 만날 수도 없다. 만났지만 만남으로 성사되지 않는 관계를 두고 사람들은 "네가 꿈을 꾼 거야"라거나 "내가 찾는 이는 원래 없었다"고 한다. 그는 내가 깨어났을 때 그 자리에 있지 않았으며 "혼자 산으로 간 사람"이자 "새벽에 떠날 줄 아는 사람"이기 때문이다. '채무 관계'가 아니고서 어찌 '우리'가 될 수 있겠는가. 그러나 '우리'라는 결속력이 '달과 별을 노래하고 신비로운 세계를 버리지 않으며 정의롭게 살기로 다짐'(「폭염주의보」)할 수 있는 기반이 된다손 치더라도 그것은 "헤어지자마자 그들이 되는 우리의 이름"이라는 한계를 벗어날 수 없다. 채무관계를 통해 구성되는 집단이란 사회적 통념에 스스로를 내맡겨버리고 '우리'라는 환상을 밑거름 삼아 일상의 안락과 만족에 침잠하는 것을 목표로 하기 때문이다.

　　네가 지금 꽃나무에 반했다면
　　꽃무더기 묶어 네 손 가득 쥐었다면

　　만약 네게 근심이 없다면
　　조급히 돌아가 해치워야 할 일도 돌볼 이도 없다면
　　바람의 말에 숲에 취해 출가자처럼 깨친 자처럼 걷고 있다면

친구여! 너는 누군가 그어놓은 경계 속에 있는 거다

중국여행을 다녀온 이웃이 준 선물은 분필 같은 약
온갖 나쁜 벌레를 박멸할 수 있을 거라기에
나는 방바닥에 동그라미를 그려놓고 그 안에서 과자부스러기를 핥는 벌
레들을 보았다
그 금을 넘어가다 죽는 개미를 관찰하였다
개미는 나에게 나빴는가

네가 평화로이 들길을 거닌다면
울창한 숲 새소리 물소리에 사람들 울음소리가 들리지 않는다면
이 외롭고 높지 않고 다소 천박한 노랫소리에 귀를 막았다면
넌 너무 깊숙이 들어간 거다
누군가 일부러 만들어놓은 길을 산책하는 거다
짐승들이 다니는 길을 걷고 있는 거다

—「야생동물보호구역」 전문

　홀림과 소유(1연), 안락과 초월(2연)은 개별자들의 역량에 의해 구축되
는 것이 아니라 "누군가가 그어놓은 경계 속에" 자신을 의탁해버릴 때 배
당되는 몫에 불과하다. 현실의 안락함과 평화는 공동체의 영역 내부(채무
관계)에서만 유효한 셈인데, 문제는 이 내부의 평화가 외부의 절멸을 통해
서 이루어진다는 데 있다("그 금을 넘어가다 죽는 개미를 관찰하였다"). 우리
가 일상에서 영위하는 평화의 내부에 "사람의 울음소리"가 은폐되어 있다.
"새소리와 물소리"가 울려퍼지는 평화로운 공간은 "누군가 일부러 만들어
놓은 길"임에도 불구하고 우리는 그곳을 "울창한 숲"이라 간주하며 일상

의 평화를 자연적인 것으로 치환해버린다. '우리'가 화해롭게 만나는 평화의 내부엔 '사람의 울음소리'나 "외롭고 높지 않고 다소 천박한 노랫소리"는 들리지 않는다. 그곳엔 '나-우리'가 될 수 없는 이들은 접근할 수 없는 견고한 성(城/聖)에 불과하기 때문이다. 그런 점에서 「세석 대피소에서」의 '만남'이 얼핏 추상적이고 초월적인 희구로부터 비롯되는 것처럼 보이지만 실은 현실에 발을 붙이고 있는 구체적인 실존의 감각 위에서 성립되는 만남임을 기억해야 한다. "누군가 이리 절뚝거리며 뛰어드는 시간"(「세석 대피소에서」)이야말로 예측할 수도, 제어할 수도 없는 타자와의 만남이 이루어지는 순간이며 어긋냄을 통해서만 마련되는 희미한 길일 수 있기 때문이다.

김이듬이 스스로를 끊임없이 회의하는 것은 '누군가가 절뚝거리며 뛰어드는 시공간'에 자신을 놓아두려는 의지에서 비롯된다. "담벼락에 내가 썼던 글자가 깨져 있"(「영도라니」)는 것 또한 그가 "내가 믿는 바를 스스로 믿지 못하는 사람"이자 "거침없이 말하며 후회하기를 타고난 사람"[3]이기 때문인데, 이때 '시'는 저 먼 "울창한 숲"(「야생동물보호구역」)이 아닌 세속의 공간 위에서 '낙서이자 공갈이며 동시에 음란한 그림'(「영도라니」)과 평등한 관계를 맺을 수 있게 된다. 채무관계를 기반으로 공동체 내부에 안주하는 것을 철저하게 경계하려는 김이듬의 태도는 담장에 붙어 볼일을 보는 개가 "두 다리를 다 들 수 없"(「영도라니」)는 것처럼 '저 너머'를 희구하는 현실의 초월이 아니라 절뚝거리며 뛰어드는 개별자들과 어긋냄으로써 만나는, 평등한 관계를 정초하는 기반이 되는 것이다.(2010)

---

3) 김이듬, 「도플갱어」, 『현대시학』 2010년 1월호.

상형을 음각하다

—송재학의 신작시에 부처

1. 상형과 음각

문자라는 형틀은 '사물'을 구획하고 절단하며 약속을 남발한 뒤 끝내 외면한다. 우리가 부려 쓰는 글과 말은 '사물'에 기대어 그 존재를 빌려 쓰는 것에 불과함에도 저 구획과 절단, 지킬 수 없는 약속과 배신은 끝내 '사물'을 '풍경'으로 변주해버리고 만다. '풍경'이란, '사물'이 '글-말'이라는 틀(frame)에 갇혀 있는 형국을 지칭하는 것이라고 해도 좋다. 당연하게도 그 풍경에는 사물이 부재한다. 오직 자아의 '글-말'만이 번성할 뿐이다. 문자가 사물을 집어삼킨 후 흔적도 없이 소화해버린 자리에 '풍경'이 만들어진다. 가라타니 고진(柄谷行人)의 말처럼 풍경이란 고정된 시점을 가진 한 사람을 통해 통일적으로 파악되는 대상과 다르지 않기에 거기서 우리가 만날 수 있는 것은 정작 대상(사물)을 거부하거나 대상에 전혀 무관심한 '내적 인간(inner man)'일 따름이다.

언어의 긴장과 매혹, 수사에 대한 믿음을 노출하는 데 거리낌이 없는 송재학이야말로 얼핏 이 '내적 인간'의 전형처럼 보이지만 그의 시 세계를 집약하고 있는 것처럼 보이는 "풍경은 아무렇게나 문을 열어주지 않는다"(송재학, 「풍경에는 비밀이 있다」, 『풍경의 비밀』, 랜덤하우스, 95쪽)는 대목의 알짬은 가라타니가 파악한 풍경의 틀로는 설명되지 않는다. 송재학이 말하는 풍경은 투명한 것이 아니다. 외려 모호하고 불투명하며 끊임없이 변하기에 단일한 시선으로는 결코 포착되지 않는다. 송재학에게 있어 풍경이란 대상에 무심해질 때라야만 구성할 수 있는 것이 아니라 대상의 신비에, 그 비밀에 접근할 때 비로소 열리는 틈과 같은 것이기 때문이다. 풍경의 비밀 속으로 들어가기 위해서는 사물(대상)에 각인되어 있는 '흔적'들을 세심히 살펴야 한다. 송재학의 섬세한 언어는 풍경 속으로 들어갈 수 있는 틈이자 출입구인 흔적을 찾기 위한 모색으로 읽어야 한다.

그의 시 쓰기 또한 사물(대상)에 음각(陰刻)되어 있는 흔적들을 세심하게 좇는 행위와 다르지 않다. 밖으로 드러나 있는 것이 아닌 안으로 침잠되어 있는 흔적들을 살핀다는 것은, 바꿔 말해 음각된 시간들을 발굴한다는 것은 섬세한 손길이나 날렵한 눈보다 각각의 대상들이 가지고 있는 고유한 리듬을 읽어내는 감각이 더 중요하다는 것을 의미한다. 그것은 곧 사물의 정조(情調)를 파악하고 각각의 사물들이 맺고 있는 관계도(關係圖)를 재구성하는 것이다. 사물을 보다 투명하게 만드는 것이 아니라 '지금'을 지탱하고 있는 '시간'과 사물(대상)이 맺고 있는 '관계'를 추적함으로써 '이미' 드러나 있지만 '여전히' 만나지 못하고 있는 존재의 신비에 다가가려는 열망. 이러한 송재학 시의 조형 원리를 '지리학'을 '고고학'으로 바꾸는 작업이라 말해볼 수도 있겠다.

'지리학'을 '고고학'으로 바꾼다는 것은 사물(대상)을 보는 관점(perspective)을 달리 한다는 것이다. 그것은 사물의 경계가 유동적이라는 사실과 함께 사물의 형상 또한 고정적인 것이 아니라 쉼없이 변한다는 것을 의미한다. 그 유동과 변화의 흔적들이 죄다 사물(대상)에 음각되어 있다는 것, 이를 송재학의 시적 태도라고 할 수 있다면 그의 섬세한 언어는 상형문자(象形文字/傷形文字)의 원리를 통해 직조된다고 해도 좋을 것이다. 흥미로운 것은 그의 작업에서 가장 두드러지는 중요한 감각이 '시각'이 아닌 '청각'이라는 점이다. 송재학의 상형(象形) 원리가 '잘 보는 것'이 아니라 '잘 듣는 것'인 이유는 사물의 형상(象形)이 상처의 흔적(傷形)이기도 하기 때문이다. 그 상흔은 사물의 도드라진 면만으로는 포착되지 않는다. 상흔과 조우하기 위해서는 사물(대상) 속으로 들어가야 한다. 그러나 "풍경[사물]은 아무렇게나 문을 열어주지 않는다"고 했다. 상형의 본뜻이 사물을 흉내내는 것이라고 할 때, 그 작업은 도드라져 있는 부분을 파악하는 것만으로는 부족하다. 사물의 고유한 리듬과 정조는 음각(陰刻/音刻)을 원리로 하고 있기 때문이다. 송재학이 문자를 쓰는 방식은 잘 듣는 것이다. 청각을 기반으로 하는 시 쓰기, 송재학에게 시를 쓴다는 것은 말하자면 음각(陰刻/音刻)을 통해 사물(대상)의 내부로 진입한다는 것이다.

까마귀가 울지만 내가 울음을 듣는 것이 아니라 내 몸속의 날것이 불평하며 오장육부를 이리저리 헤집다가 까마귀의 희로애락을 흉내내는 것이다 까마귀가 깃든 동백숲이 내 몸 속에 몇백 평쯤 널렸다 까마귀 무리가 바닷바람을 피해 은신처를 찾았다면 내 속의 동백숲에 먼저 바람이 불었을 게다

개울이 흘러 물소리가 들리는 게 아니다 내 몸에도 한없이 개울이 있다 몸이라는 지상의 슬픔이 먼저 눈물 글썽이며 몸 밖의 물소리와 합쳐지면서, 끊어지기 위해 팽팽해진 소리가 내 귀에 들어와 내 안의 모든 개울과 함께 머리부터 으깨어지며 드잡이질을 나누다가 급기야 포말로 부서지는 것이 콸콸콸 개울물 소리이다 몸 속의 천 개쯤 되는 개울의 경사가 급할수록 신열 같은 소리는 드높아지고 안개 시정거리는 좁아진다 개울 물소

리를 한 번도 보거나 들어보지 못한 사람에게 개울은 필사적으로 흐르지
않는다

— 송재학, 「사물 A와 B」 전문, 『진흙 얼굴』, 랜덤하우스, 2005

듣는다는 것은, 그리하여 쓴다는 것은 궁극적으로 사물(대상)을 흉내내
는 것이다. 흉내를 낸다는 것은 그저 따라하는 것이 아니라 사물(대상)과
교접(交接)한다는 것이다. 여기서 말하는 '교접'은 사물(대상)을 지각하고
판단함으로써 구축되는 강력한 '자아의 자리'를 마련하는 것과는 무관하
다. 사물(대상)의 내부로 진입하는 것이란 적절한 출구를 찾기 위한 모색
이 아닌 대상이 깃들 수 있는 '나'의 출구 또한 찾아서 열어두는 것을 의미
하기 때문에 '교접'을 가능케 하는 공리는 대상을 지각하고 판단하는 시
각적 위계가 아니다. '나'로 수렴되거나 '사물(대상)'에 침잠하는 것이 아
닌 '나'와 '사물(대상)'이 맺는 관계를 통해서만 마련되는 공간이야말로 '시
적 순간'을 의미한다. 마찬가지로 귀를 열어 사물(대상)의 흔적을 좇는다
는 것은 귓바퀴가 하는 일이 소리를 모으는 것뿐만 아니라 바깥으로 소리
를 내보내는 출력 장치이기도 하다는 사실을 가리킨다. 위의 인용시의 "개
울물 소리"가 단순히 개울이 흐를 때 나는 소리가 아닌 "몸이라는 지상의
슬픔이 먼저 눈물 글썽이며 몸 밖의 물소리와 합쳐지면서, 끊어지기 위해
팽팽해진 소리가 내 귀에 들어와 내 안의 모든 개울과 함께 머리부터 으깨
어지며 드잡이질을 나누다가 급기야 포말로 부서지는 것"을 의미하는 것
도 이 때문이다. 몸 밖의 물소리와 몸 안의 물소리가 교접할 때 발생하는
팽팽한 긴장감이 포말로 부서지는 그 찰나의 소리는 '나' 홀로, 혹은 '사물
(대상)'이 저 스스로가 만들어 낼 수 있는 것이 아니다.[1]

---

1) 가령, 악기만 남고 소리가 소실되어버린 양이두(羊耳頭) 사진을 보며 자신의 손에 아
로새겨져 있는 손금과 겹쳐 봄으로써 이제는 들을 수 없는 그 악기의 소리를 감지하
는 행위 또한 사물(대상)의 (찰나) 소리란 나/사물 홀로 직조되는 것이 아님을 확인

2. 소리의 지형 : 고요와 물질

일찍이 "가장 바람직한 시란 노랫말"(송재학, 「뒷 표지 글」, 『푸른빛과 싸우다』, 문학과지성사, 1994)이라 밝힌 송재학의 간명한 시론은 최근까지 "노래야말로 시의 출발이고 노래야말로 시의 도착지"(이은규·송재학, 「귀에 고인 풍경의 내간체를 얻다」, 『신생』 46호, 2011년 봄호)라는 입장으로 이어지고 있다. 이 언급들로부터 율격이나 운율 등 시라는 양식의 고유한 특징을 떠올리는 것은 자연스럽지만 '시의 음악성'이라는 범박한 틀로 송재학의 시 내부로 들어가는 출구를 찾아내는 것은 쉽지 않다. 송재학에게 '소리'는 청각뿐만 아니라 다른 감각들과 긴밀한 관계를 맺고 있기 때문이다. 다시말해 소리는 사물의 일면만을 보여주는 것이 아니라 사물의 내부로 들어갈 수 있는 중요한 단서이며 '사물 그 자체'라고까지 말할 수 있다. 송재학에게 '형상'과 '소리'의 경계는 분명하게 나누어지지 않는다. 그 스스로 밝히고 있는 것처럼 '소리'는 '감각의 현현'이라는 점에서 '물질'에 가깝다.

"소리는 나에게 색의 운동성이라고도 볼 수 있습니다. 색이란 소리의 정지성이라고 정의하는 것도 가능하겠지요. 그렇다면 소리와 색은 동전의

할 수 있다.

8현 가야금의 머리 부분은 양이두 사진을 보면 / 먼 백제 사람의 저녁이 수많은 귀와 입을 가진 채 내 저녁과 겹치고, 몇 번이나 울리는 우레마저 나와 다시 겹치는데, 짐작하자면 공기와 빗방울과 달빛이 뒤죽박죽된 왕배야덕배야 낮고 길게 퉁기는 음색으로, 천천히 구르는 수레바퀴의 살처럼 되풀이된다 햇빛이 하품을 하며 더 어두워진 저물 무렵, 빗물 고인 웅덩이에 오래 머무는 구름처럼 어떤 음은 내 몸에 쉽게 스며들어 그걸 손금이라고도 하고 어떤 음은 잡히지도 않고 빠져나가 금방 잔상만 남는데 그건 전생이라 불리기도 한다. 「양이두로 상상하기」 전문, 『진흙 얼굴』, 랜덤하우스중앙, 2005.

양면처럼 서로 북돋고 있는 겁니다."

— 이은규·송재학, 앞의 글

보이저 호가 목성의 궤도에서 돌고래 울음을 감청했다 초승달 옆 목성에
서 내 귀까지 건너오는 소리 중 어떤 것은 허공에 말끔하게 탈회되어 살
점 없이 여위었고 어떤 것은 금도(襟度)의 묵언에 가깝다 초승달에 부려
진 소리들도 있으리라 혹 내가 다시 허공에 씻기워져서 문득 목성을 스친
다면 모든 물고기의 아가미 여닫는 소리를 들을 수 있겠다 그때 내 목소
리를 느리게 하여 분홍돌고래의 목청과 비슷해진다면 분홍 목성과 대화
가 되리라 목성의 오랜 안부는 그때 묻겠다

—「목성과의 대화」 전문, 『내간체內簡體를 얻다』, 문학동네, 2011

소리와 색이 동전의 양면처럼 서로 북돋고 있다는 언급에서 〈사물-소
리-시〉가 전체와 부분이라는 항으로 나뉘는 것이 아니라 서로 뒤섞여 영
향을 주고받는 것임을 알 수 있다. 그 자체로 매혹적인 표현이기도 한 "분
홍 돌고래의 목청"과 같은 복합적인 감각의 조합 또한 '소리'가 사물과 시
의 내부로 들어갈 수 있는 열쇠와 같은 것임을 직감케 한다(목성이 분홍
인 것은 아마도 그 아득함 때문일 텐데, 붉은 아가미에서 흘러나오는 목성의 숨결
이 달이라는 미농지에 한번 걸러져 이곳에 당도하기에 그처럼 아득하게 여윈 분
홍인 것). 물고기의 아가미 여닫는 소리의 청취가 저 스스로가 허공에 씻기
워질 때 가능하다는 것은 사물의 소리를 듣는다는 것이 단순히 청각이라
는 감각의 변화뿐만 아니라 '다른 몸'을 갖는 것과 다르지 않다는 것을 의
미한다. "소리는 이미 내 귀를 나팔꽃 닮은 공명통으로 바꾸는 중"(「소리
족(族)」, 『내간체內簡體를 얻다』)이라는 대목 또한 '다른 몸'을 갖는다는 것이
곧 사물(대상)과 다른 관계를 맺는 것임을 알 수 있게 한다. 사물(대상)이
그러한 것처럼 '나' 또한 확고부동한 실체가 아니다. 그런 점에서 '다른 몸'

이란 사물(대상)과 맺는 관계를 통해 발생하는 변화를 지칭하는 것이다.[2] 가닿을 수 없지만 우리에게 늘 영향을 주고 있는 목성이라는 행성-사물과의 대화는 외부로 열려 있는 '다른 몸'을 가질 때라야만 가능한 '다른 발화' 방식을 통해서인 것이다.

> 사람의 말과 나무의 말은 다르다 사람의 말이 공중에 번지는 소리의 양
> 각이라면 나무의 말은 소리를 흡입하여 소리의 음각을 만든다 공중의 소
> 리 일부를 흡입하면서 만들어낸 펀칭카드를 통한 나무의 대화법은 고요
> 의 音域이다 성대가 없는 나무들에게 잎과 수피의 자잘한 구멍을 통한 소
> 리의 들숨이야말로 맞춤한 점자법이라면 나이테는 소리에 대한 지문이
> 겠다 나무의 음각 소리는 무늬에 가까워서 소리의 요철은 바스락거리지
> 만 너무 희미하여 잎들이 소리를 만져 확인하기도 한다 주변에 소리가 없
> 다면 잎들이 서걱이는 소리가 前史이겠다 나무에게 와서 언뜻먼뜻 소리
> 는 홀연 어눌하고 홀연 비밀스러워졌다 나무들이 새긴 소리의 지형은 쉬
> 이 사라지지 않기에 나무의 대화는 명상록으로 유전된다 책으로 묶은 소
> 리책은 낙엽과 함께 퇴적한다 목간에 고이는 소리는 나무의 발전에 보태
> 어진다 그 소리 또한 나무 속에서 묵언을 배운다 그러고도 남은 소리는
> 잎들이 서로 부빌 때 혹은 잎들이 바람에 일렁일 때 사용된다 나뭇잎들이
> 자주 겹치는 것은 소리의 아가미에 해당되는 것이다
>
> —「나무의 대화록」 전문, 『문예중앙』 123호, 2010년 가을호

나무와의 대화는 "사람의 말과 나무의 말은 다르다"는 자명한 사실을

---

2) 가령, "여름 내내 비워두었던 방의 창문은 / 막 산산조각나고 있는 초록 거울로 바뀌는
중이다"(「민물고기 주둥이」, 『진흙 얼굴』)와 같은 대목 또한 외벽을 타고 올라온 담쟁
이덩굴이 창문을 거울로, 그 투명한(텅 빈) 공간을 초록이라는 '다른 몸'으로 바꾸는
장면을 형상화한 것이다. 관계라는 개입이, 그 스밈이, 그 충돌이 내부를 환하게 한다.

새삼 자각하는 것으로부터 시작한다고 해도 좋다. 나무의 말을 듣기 위해서는 기왕의 방식과는 '다른 태도(다른 몸!)'를 가져야만 한다. 그 '다른 몸'은 나무 쪽으로 몸(귀)을 기울여 닿고자 하는, 물들고자 하는, 옮아가고자 하는 열망이 외현화된 것이라 할 수 있을 텐데, 그것은 하나의 도약이다. 소리를 흡입하여 만드는 소리의 음각, 그 무늬에 가까운 음성을 듣기 위해서는 처음으로 글자를 배우는 사람처럼 더듬더듬 그 점자(點字)들을 온몸으로 읽어내야 한다. 대화란 '다른 몸'이 되고자 하는 도약을 통해서만 가능한 법!

무늬에 가까운 음각의 소리, 다시 말해 나무들이 새긴 '소리의 지형'을 감각한다는 것은 '고요의 음역대'에 가닿는 것을 의미한다. 그때 나무의 울퉁불퉁한 외피 그 형체 또한 하나의 소리가 된다. 소리의 요철(凹凸)은 바스락거리거나 서걱거리기만 하는 것이 아니라 '언틀먼틀' 거리기도 하는 것이다. 사물(대상)과의 대화란 어눌하고 비밀스러운 소리의 전사(前史)까지 감각한다는 것이다. 나무가 내는 소리, 그 고요의 음역대에 나무라는 물질, 그 존재의 전 과정이 각인되어 있다.

3. 외면하는 얼굴을 탁본하다

흔적들은 죄다 상처다. 모든 사물(대상)은 저마다의 상처를 가지고 있고 '얼굴'은 그 '상(像/傷)'이 맺히는 장소다. 송재학이 쓰는 문자는 사물(대상)의 '상(像/傷)'을 읽어낸 기록이다. '사물-소리-시'의 혼융적 관계가 그러한 것처럼 얼굴 또한 단일한 형상일 수 없다. 상(像/傷) 위로 또 다른 상(像/傷)이 쌓이고 겹친 흔적이 얼굴이기 때문이다. 그러니 얼굴 위에는 살아 있는 것뿐만 아니라 죽어버린 것 또한 남아 있다. 아니 얼굴이란 삶과 죽음이 겹쳐져 있고 전생과 후생이 함께 새겨진 장소라 하겠다.

파도가 두려웠기에

늘 징징거리는 각다귀가 싫었기에

몸을 곳추 세운 단애 무리가 생긴거다

하지만 아랫도리를 자꾸 적시는 파도의 債務를 어쩌란 말이냐

설왕설래 팔딱거리다가 뒹굴어버리는

新劇의 파도가 마뜩찮았기에

해안선은 짐짓 쇠경첩을 닫았다

딱딱해진 해안의 기원이 슬픈 이유처럼

그게 녹슬며 굳어지는 지리학으로 바뀌었다

파도가 고요해져도 서로 침묵하고 있다

파도는 터번을 한 이역의 해일까지 이끌고 왔기에

점점 높아지는 절벽의 높이만큼

귀 없고 눈 없는 外面하는

이목구비가 남겨졌다

다정다감한 해안선은 먼 곳에 있다

— 송재학, 「해안선」 전문, 『신생』 46호, 2011년 봄호

얼굴은 사물(대상)의 바다(深淵 혹은 前史)을 흐르는 정조(情調)가 외현화
된 것이다. 해안선의 기원을 추적하는 위의 시에서 우리는 '外面(외면)하는
이목구비'라는 생소한 표현, '그 얼굴'과 대면해야 한다. 파도는 먼 땅의 해
일까지 끌고 오지만 쇠경첩을 닫아버린 해안은, 그리하여 "녹슬며 굳어지
는 지리학으로 바뀌"어버린 해안선은 눈도 귀도 없는 이목구비로 남겨진
다. 이때의 '外面(외면)하는 이목구비'란 복합적인 의미를 가진다. 그것은
우선 사물(대상)의 정조가 밖으로 드러난 형상일 테지만 그 이목구비는 얼
굴을 돌려(外面) 자신의 모습을 쉽게 드러내지 않고 있다는 역설적인 의미

또한 함의하고 있다. 송재학이 사물(대상)로부터 포착하는 에너지가 바로 이 드러냄과 감춤의 운동성일 것이다. 그가 부리는 섬세한 언어는 식물적이고 정적인 정조에 침잠하지 않고 그 아래에 흐르고 있는 동물적이고 역동적인 또 다른 정조 사이에서 운동한다.

그런 이유로 해안선은 결코 쇄경첩을 닫아버리거나 지리학으로 굳어질 수 없다. 맨발로 개울을 건너는 오체투지의 발자국을 남기기 위해 결빙하는, 자꾸만 셈해질 수밖에 없는 개울처럼(「개울은 그렇게 셈해졌다」, 『내간체를 얻다』) 얼굴은 "아물지 못하는 상처가 자꾸 문을 여닫"(「생가(生家)」, 『내간체를 얻다』)는 흔적이기 때문이다. "내 몸의 옹이는 모두 닫히지 않는 문짝에 모여 있다"(「부음」, 『진흙 얼굴』)고 할 때 이 '닫히지 않는 문짝'이야말로 '얼굴'이다. 그러니 "어머니 미간의 지층을 뜯어내면 / 지적지간 아버지 주름"(「죽은 사람도 늙어간다」, 『내간체를 얻다』)이 켜켜이 아로새겨져 있는 것이다.

얼굴은 원래 복잡했지만 바늘구멍의 오랜 노출을 거치면서 쉽고 단순해졌다 접근이 쉬운 이목구비만 유곽의 네온처럼 벽에 걸렸다

하지만 플랑드르 화가들처럼 나 역시 얼굴의 복잡한 심리학에 마음이 끌린다 데드마스크를 묘사한 초상화에서 코발트색 덧칠이 주검을 숨긴 것처럼 얼굴에는 오글오글 저녁이 모여 있다

찡그린 눈썹 때문에 저 낯선 소묘가 내 얼굴인지 의심되는 순간, 얼굴의 심리는 흐릿하지만 풍경과 멀어진 흑백이라는 점에서 안도감이 생긴다 프레임으로부터 소외된 기하학은 희게 날아가버렸다 얼굴은 바늘구멍 너머 앙금부터 해석되었다 저건 사람으로부터 추출된 근대의 표정이 아니라 원시 동굴의 벽화처럼 정령에 가깝다

바늘구멍을 통과한 저 얼굴의 기억을 더듬으면 짐승과 사람이 같은 해골
을 사용하고 있다 눈동자가 있어야 할 자리에 별과 어둠이 있는 것처럼
― 송재학, 「카메라 옵스큐라 중, 얼굴의 해석」 전문, 『신생』 46호, 2011년 봄호

반복해서 변주하자면 '얼굴은 아무렇게나 제 신비를 보여주지 않는다.'
우리가 보는 얼굴은 유곽에 걸린 네온처럼 쉽고 단순해져버린 것들이다.
그러나 얼굴은 외면(外面)한다고 했다. 이미 드러나 있지만(外面) 동시에
저 스스로를 감추고 있기에(外面) 얼굴에 "오글오글 모여 있는 저녁"을 보
기란 쉬운 일이 아니다. "얼굴의 복잡한 심리학"을 보기 위해서는 사물(대
상)을 단순하고 명료하게 만드는 "바늘구멍" 그 "너머의 앙금부터" 해석되
어야 한다. 그때 눈동자가 있어야 할 자리에 "별과 어둠"이 대신한다. 송재
학 시의 알짬은 "근대의 표정"이 아니라 '정령'에 가까운 '별과 어둠'을 읽
어내는 것에 가깝다.

사물(대상)의 정조 아래로 흐르며 때로는 요동치며 생생하게 살아 있는
음각된 얼굴. 그 점자를 내밀고 섬세하게 읽어간 자리, 바로 그 흔적을
송재학의 문체라 바꿔 말해도 좋다. 하여, 내간체(內簡體)란 동생이 보낸
보자(褓子)에 스며 있는 "늪의 새녘", "항라(亢羅) 하늘", "되새 떼들이 방금
넓고 간 발자국"(「늪의 내간체(內簡體)를 얻다」, 『내간체를 얻다』)을 언니의 정
조로 탁본(拓本)한 것을 가리킨다. 어서 "모래로 씌어지는 글자를 찾아야"
(「진흙 얼굴」, 『진흙 얼굴』) 한다. 그것은 외면(外面)하는 얼굴에 맺힌 '상(像/
傷)'을 읽어내는 것이며, 그렇게 더듬어 읽은 흔적을 미농지에 탁본하는 것
이다. 거기에 송재학의 문체가 사물(대상)의 얼굴과 경계없이 흐드러져 음
각되어 있다.(2011)

미지수 'x'는 존재를 구해낸다

—정진경의 시

1. 시인 : 속도를 먹다

속도는 시간과 공간을 지운다. 아니 시공간을 게걸스럽게 먹으며 제 몸을 불려간다. 속도는 제 몸에 또 다른 속도를 더할 뿐이다. 속도는 속도를 반성하지 않는다(김수영). 가속(加速)은 주변의 모든 것들을 빨아들여 제 몸을 불려가는 속도의 이름이다. 속도가 주변의 것들을 빨아들인다는 것은 그것들을 자신과 같은 형태로 환원해버린다는 것이다. 속도에는 종류가 다른 사물들을 같은 것으로 만드는 강력한 등식이 존재한다. 그 등식은 다름을 같게 하라는 명령이다. 속도 속에서 사물들은 하나의 '몸'으로 수렴되어 제 몸을 불려나가는 것이다. 속도를 일러 모든 것을 빨아들여 저 스스로를 불려가는 자본주의의 '몸'이라고 말할 수도 있겠다. 인간이 속도에 매혹되는 것은 사물들을 하나의 형태로 환원해버림으로써 그것을 파악하고 다룰 수 있게 만드는 데 용이하기 때문이다. 속도는 산술에 능하다. 망설임이 없다. 종류가 다른 두 개체도 하나로 합해버리거나 곱하고 나눈다. 속도는 술어적이다.

'A는 B이다'라는 단순한 명제를 떠올려보자. A와 B는 엄연히 다른 것임에 불구하고 '~이다'라는 술어적 명령에 의해 이 둘은 곧장 만난다. 속도는 이 결합을 화해롭게 만드는 명령을 속성으로 한다. 속도가 속도를 반성하지 않는 것은, 아울러 우리가 속도에 매혹되는 것은 이 화해로움이 너무 달콤하기 때문이다. 그 달콤함은 사물을 명명하고 규정지음으로써 쉽게 도구화하는 데서 비롯된다.[1] 쓸모없는 것들은 소멸하고 쓸모 있는 것은 속도 속으로 편입된다. 아니 그보다 속도가 사물의 쓸모와 쓸모없음을 구획한다고 하는 게 더 정확할 듯하다. 속도는 사물에 일정한 형식을 부여함으로써 현실 속에 존립할 수 있는 자리를 마련해주지만 결코 사물 그 자체를 온전히 설명해내지는 못한다. 속도가 지배하는 공간은 사물들의 화해로운 조합에 의해 보다 매끄러워지겠지만 그만큼 많은 결락이 있을 수밖에 없다. 매끄럽게 구획되어 있는 도시에 외려 '미아'가 많아지는 것처럼 말이다.

시인은 도시를 떠돌고 있는 미아들, 술어적 폭력에 의해 산산이 조각나버린 사물들이 속도를 빌리지 않고도 저 자신을 드러낼 수 있는 자리를 마련해준다. 그들은 속도의 질서에 제 몸을 던져 사물들을 구출해낸다. 시적 언어는 사물을 사물로서 드러내며 사물이 스스로 말하게끔 하기 때문이다. 우리가 여태껏 들어보지 못한 그 말들은 폭압적인 속도에 의해 조난당한 말들, 탈구(脫臼)되어 있는 말들일 것이다. 이 탈구되어 있는 말(言)이 기거할 수 있는 공간(寺)을 마련하는 이가 시인(詩人)이다. 시인이 속도 방지턱과 유사하다는 생각도 하게 된다. 제 몸 불리기를 멈추지 않는 세계의 속도는 시인이라는 속도 방지턱과 부딪치며 도약하게 되는데 '사고'라고 해야 할 순간을 '도약'이라고 한 것은 어쩌면 부딪침의 순간에만 속도는 자신에 대해 회의할 수 있을 거라는 생각이 들기 때문이다. 말하자면 속도

---

1) '술어적 명령'에 관한 논의는 송상일의 『국가와 황홀』(문학과지성사, 2001)을 참조.

가 제 속도에 의해 전복될 때 매끄러운 시간, 오직 질주를 위한 속도를 위해 탈구되어 있어야만 했던 언어들이 잠깐 드러날 수 있다는 것이다.

2. 미지수 'x' : 방정식을 만들다

정진경은 속도의 질서로 수치화되어 있는 존재들이 어떤 과정을 거쳐 그 수치를 자명한 것으로 받아들이게 되었는지를 밝혀낸다. 그 행위는 군더더기 없이 잘 짜여 있는 옷감을 다시금 풀어 실타래로 만들어버리는 훼방처럼 보인다. 그러나 그 훼방은 우리가 지금까지 알지 못했던 공식을 눈앞에 펼쳐 보인다. 할당받은 우리들의 수치가 어떤 연산 과정을 통해 배당된 것인지를 풀어서 보여주는 그의 작업은 잘 짜여져 있는 규칙들에 의해 단순화되어 있던 세계와 존재들을 다시금 복잡한 숫자들과 연산들의 관계로 흩트려 놓는다. 이때 우리를 규정하고 있는 각종 수치들은 자명함을 상실하고 의미의 권역에서 이탈한 기표가 되어 우리 앞에 서게 된다. 의미의 좌표를 상실한 개체들은 역설적으로 어떠한 의미로도 환원되지 않는 단독성(singularity)의 자리에 놓일 수 있는 것이다. 그것은 세계의 문제들을 정답이라는 목적지까지 이르는 경로에 대해 고심하는 것이 아니라 정답을 다시 문제로 돌려세우는 연산을 한다는 것이다. 정진경의 연산은 사물을 교환가능한 방식으로 수치화하는 속도의 연산을 무화해버린다.

정진경의 시를 읽다 보면 시인이 방정식을 풀고 있다는 것을 감지할 수 있다. 그의 방정식은 'x값'에 알맞은 수치를 추적하는 일에 골몰하지 않는다. 등식이 참이 되게 만드는 데 집중하는 것이 아니라 외려 변수의 값에 관계없이 항상 참인 '항등식'에 미지수의 자리를 마련하는 데 집중하는 것처럼 보인다. 그 미지수에 의해 항등식은 설 곳을 잃어버린다. 그가 '푸는' 방정식은 'x값'을 찾는 데 목적을 두고 있는 게 아니라 'x'의 '자리'를 마련하는 것을 목적으로 한다는 것이다. 정진경이 마련한 'x의 자리'에서 우리는 자명한 지위를 가지고 있던 '등식'을 이루어왔던 숫자나 수치들이 위태로운 상태로 탈바꿈하는 순간과 마주하게 된다. 이 'x'의 자리는 대칭항과 'x'와의 관계의 패턴이나 공식을 구획하는 것을 목적으로 하지 않는다. 외려 우리가 미처 지각하고 있지 못한 패턴이나 공식을 보여줌으로써 항등식으로 여겨왔던 관계들이 자명한 것이 아니라 특정한 규칙을 공유하는 구조에 의해 구성된 것임을 드러내는 데 집중한다. 정진경의 시는 문제를 푸는 것을 목적으로 하는 것이 아니라 문제를 만드는 것에 골몰한다는 것이다.

정진경이 푸는 방정식은, 아니 정진경이 만들어내는 방정식은 고고학적 시선을 근간으로 한다. 그 시선은 '과거-현재-미래'라는 진보론적 역사관에 의해 구획되는 선형적 질서의 결을 거스르는 솔질(벤야민)을 닮아 있다. 진보론적 역사관에서 과거는 현재를 위한 시간으로 구획되어 있으며 현재 또한 미래를 예비하기 위한 준비 단계의 의미를 가지고 있기에 '충만한 시간'은 자꾸만 이후로 미루어진다. 문제는 아직 도래하지 않은 '미래'가 과거적 권위에 결박당해 있는 탓에 철저하게 통제되어 있다는 것이다. 진보적 역사관이야말로 매번 현재를 포기하게 만드는 하나의 '환등상'에 지나지 않는 것이다. 주목해야 하는 것은 정진경이 자본주의 체제 속에서 생산되는 '상품'에 집중하고 있다는 점이다. 그는 상품들 속에 내장되어 있는 역사를 불러냄으로써 교환가능한 방식으로 구획되어 있는 '상품'을 '사물'로 재구성하는 데 집중한다. 시인의 고고학적 시선은 상품들 옆에 'x'라는 미지수의 자리를 만드는데, 그 미지수에 의해 상품들은 균질화된 체계를 벗어날 수 있는 경로를 가지는 것이다. 시인이 부가한 'x'에 의해 '상품'의 자명성은 위태로워진다.

통로는 좁았어요 에스컬레이터로 도착한 층계에서 핸드백 같은 하이힐 같은 그리고 벨트 같은 짐승들 허울을 보았어요 내게도 하나쯤 매달려 있는 쇠가죽 핸드백 지퍼를 열때마다 슬프게 눈 껌벅거리는 황소의 긴 숨소리가 옆구리에 지근하게 파고들었어요 세상 모든 짐승들이 뿜어내는 숨소리의 올가미에 나는 깔려 있었어요 어둠을 찍어 짐승들은 내 뇌리에 벽화를 하나씩 그리기 시작했어요 뿔을 그리고 등뼈를 그렸어요 천정 어디쯤엔 별 몇 개, 옛날 수림을 찾아 푸른 눈망울을 반짝이고 있었어요 층계를 빠져 나오기도 전에 슬픔을 껴안은 조그만 동굴 하나, 수렁처럼 아득히 뚫려 있었어요

— 정진경, 「알타미라 벽화」 부분, 『알타미라 벽화』, 현대시, 2003

백화점으로 추정되는 공간에서 시인의 시선에 포착된 상품들은 '상품'이 아닌 '짐승의 허울'로 전도(顚倒)된다. 진열되어 있는 상품들이 동물들의 가죽처럼 보이는 것이 아니라 외려 핸드백, 하이힐, 벨트처럼 보인다고 의뭉스러운 어조로 말하는 시인에 의해 동물의 가죽을 가공하여 상품이 만들어지는 선후 체계가 흐트러진다. 시인의 눈에는 진열되어 있는 것이 상품이 아니라 동물의 허울이기 때문이다. 상품에서 동물의 모습이 발견되는 것이 아니라 현현하고 있는 상품을 동물로 간주하는 이 전도야말로 정진경 특유의 방정식을 만드는 공식이다. 앞서 언급했듯이 이 방정식은 'x값'을 구하는 것을 목적으로 하지 않는다. 다만 'x의 자리'를 만들어줌으로써 상품의 자명함을 위태롭게 만드는 것이다. 이 위태로운 자리가 우리에게 사물을 다르게 만날 수 있는 기회를 제공하는 것이다.

상품과 동물의 이 같은 전도는 얼핏 자본주의 상품 시장을 비판하던 기왕의 시선들과 유사한 것처럼 보인다. 그러나 상품을 통해 동물의 형상을 포착해냈던 시선과 달리 시인은 동물의 형상과 직접적으로 대면하고 있기에 그들의 '숨소리'를 더욱 가까이에서 들을 수 있다. "황소의 긴 숨소리가 옆구리에 지근하고 파고들"며 "세상의 모든 짐승들이 뿜어내는 숨소리의

올가미에 깔려" 있다는 시인의 토로는 문학적 수사가 아니다. 이 생생한 실감에 의해 상품으로 치환되었던 동물의 허울과 시인 사이에 은폐되어 있던 '벽화'의 모습을 발견할 수 있게 된다. 정진경은 벽화를 그리기보다는 벽화를 그릴 수 있는 벽면을 만들어내는 사람이라고 할 수 있는데, 그 벽화는 사물들이 사물로서 드러내며, 사물 스스로 말할 수 있는 공간이다. 정진경이 마련한 벽화는 사물들의 말로 채워져갈 것이다. 그 말들로 채워지는 장소가 정진경의 시적 공간이다.

3. 몸 : 사건을 기록하다

인류의 척추뼈에 대한 '프로파일링'을 하고 있는 작업(「등뼈에 관한 프로파일링」) 또한 '과거-현재-미래'가 선형적으로 이어지는 '역사 서사'를 전복하려는 시도로 읽을 수 있다. 앞서 확인한 것처럼 정진경에게 자본주의 상품은 배척해야 할 대상이 아니라 이미 우리의 척추와 같은 것으로 전이되어 있는 탓에 부정의 대상으로만 간주될 수는 없다. 대신 그는 이 자명한 '척추-상품'들 곁에 'x'라는 기호를 가져다 놓음으로써 현재라는 확정된 시간과 가시적으로 드러나 있는 존재들의 은폐되어 보이지 않는 권력의 양상들을 비춘다. 시인이 마련한 'x'라는 미지수는 반사(reflection)판처럼 보이기도 한다. 그 반사는 반성(reflection)을 촉발하는데 그것은 현재를 '도착 지점'이 아니라 '조난 부호'로 돌려세움으로써 응당 가야 할 자명한 경로들을 회의하게 하는 효과를 낳는 것이다.

세상 어느 곳에도
오차를 허용하지 않는 올곧은 등뼈가 없다는 건
직립은 진화의 끝이 아니라는 말이다

등뼈는 몸을 지탱하기에 급급한 골조가 아니라

욕망이 지향하는 대로 끓는

빙점을 기억하지 않는 용광로이어서

휘어질 수밖에 없다

— 정진경, 「등뼈에 관한 프로파일링」 부분

　정진경에 의하면 인류의 진화를 가능케 했던 직립보행과 그로 인해 만들어진 인간의 몸은 "욕망이 지향하는 대로 끓는 / 빙점을 기억하지 않는 용광로" 같은 것인 터라 "휘어질 수밖에 없다". 인류의 근간을 이루는 것이라고까지 할 수 있는 등뼈(척추)가 가변적이라는 시인의 언급은 인간을 세계의 중심에 두고 있던 진화적 질서를 무너뜨린다. 시인이 진화의 정점으로 간주되어왔던 인간의 몸, 다시 말해 직립이 진화의 끝이 아니라 외려 퇴화할 수도 있다고 한 것은 멈출 줄 모르는 인간의 욕망에 대한 경고처럼 들린다. 인간의 몸은 유한하지만 욕망은 "썩지 않고 불변하는 몸"(「혀는 묘혈을 타고 올라」, 『알타미라 벽화』)을 가지고 있기에 그 욕망이 실현되는 장소인 인간의 몸은 변형될 수밖에 없다. 그렇다고 이 변형에 대한 경고를 인간의 몸에 대한 신성화로부터 연유하는 것이라고 간주해서는 안 된다. 외려 시시각각 변모하는 인간의 몸이야말로 증식하는 '욕망의 공식'을 확인할 수 있는 '벽화'이기 때문이다. 자본주의가 만들어내는 상품을 전도시킴으로써 사물의 언어를 포착해낸 것처럼 정진경은 인간의 몸에 새겨지는 욕망의 공식을 통해 자명한 것으로 간주되어왔던 인간중심의 신화를 탈신화화한다.

　정진경이 인간의 몸에 관한 시를 지속적으로 창작하고 있는 것 또한 욕망이 은폐하거나 왜곡시켜왔던 기록을 시시각각 변하는 몸이 '말하고' 있기 때문이다. 인간의 몸은 '사건'이 기록되는 장소라고 할 수 있다. 그런 점에서 인간의 몸이 "신성과 혐오를 동시에 함유하고"(「유통기한이 지난 여자」) 있다는 진술은 자연스럽다. 인간의 몸은 얼핏 욕망에 정복당한 식민지처럼 보이지만 그 힘이 언제나 일방적인 것만은 아니다. 인간의 몸은 욕망의 '프로파일링'이자 '알리바이'가 기록되는 장소이기에 '욕망의 실현'은 곧 '공식의 노출'로 이어진다. 인간의 변형된 척추뼈에서 TV라는 종교에 광적으로 빠져 있는 우리의 모습을 확인할 수 있다는 것이다(「벽걸이형 TV 인간」). 나의 몸은 나의 욕망으로 온전하게 포섭할 수 없다. 내 몸은 사물과 접촉하고 부딪치며 관계가 조형되는 장소이기도 하기 때문이다.

> 누구이든 간에 알리바이를 요구한다는 건
> 몸 어디선가 철거덕,
> 덫이 닫히는 소리를 듣는 일이다
> 누군가 나를 취조하려 들면
> 나는 나를 증명할 방법이 없다
>
> 알리바이는
> 내게서 증명되는 게 아니라
> 당신에게서 증명된다
>
> ― 정진경, 「알리바이」 부분

정진경의 「알리바이」는 "굴절된 렌즈로 나를 보고 있"는 타인들의 시선에 대한 냉소를 표현하는 데 집중하고 있지만 '알리바이가 당신에게서 증명된다'는 진술을 다의적으로 해석해보자. 이때의 당신을 2인칭의 '너'라는 축자적인 의미로 해석하는 것도 가능하겠지만 한편으론 '나'라는 '주관'이 온전히 포섭하지 못하는 또 '다른 나'로 읽어낼 수도 있다. 그것은 나의 몸에 새겨져 있는 욕망의 기록들을 비추어봄(reflection)으로써 가능한 것일 텐데, 이때 몸에 새겨져 있는 기록에는 '자아의 욕망'뿐 아니라 사물들의 형상까지 남겨져 있다는 사실을 기억하자. 자신의 몸을 비춰봄으로써 스스로를 되돌아보는 행위는 얼핏 "나르시시즘의 함량이 과도한 거울"을 맹신하는 것처럼 보이기도 하지만 굴절된 것은 타인의 시선에 국한되지 않는다. 우리의 몸 또한 "굴절된 렌즈"를 통해서 바라보지 않았던가. 이 굴절된 렌즈는 일차적으로 자아중심적인 욕망에 의해 왜곡된 시각을 의미한다. 그것을 다시 한 번 더 '굴절'시켜보자. 이 '굴절'은 자명한 등식을 이루고 있던 질서에 미지수 'x'를 기입하는 것과 유사하다. 이중으로 굴절된 시선은 인간의 몸이 욕망만이 기입되는 장소가 아니라는 점을 환기한다. 다시 말해 인간의 몸에는 욕망의 실현을 위해 계산가능한 방식으로 도구화해버린 사물들의 흔적 또한 기록되어 있다는 것이다. 사물들의 흔적이 보이지 않은 것은 이미 지워져버린 데서 연유하는 것이 아니라 은폐되었기 때문이다. 인간의 몸이야말로 지금까지 우리가 알지 못했던 사물들과 몸이 만나는 '미지의 장소'다. 그곳에서 욕망의 공식이 가려버린, 혹은 기록되지 못한 역사까지 확인할 수 있다.

> 해변가 단층의 아귀가 조금씩 어긋나고 있었지만 사람들은 기상청 통계 자료를 맹신하고 있었다 그곳엔 태풍이 안타를 친 기록은 기재되지 않았으므로, 사람들은 한 여름 열기를 가려줄 선글라스와 모자, 비치솔만 해변가 모래 위에 빼곡히 꽂아놓았다. 홈런은 예견하지 않은 도면에 그려진다는 걸 사람들은 알려고 하지 않았다. 무안타 기록자가 가진 내공 같은 건 관심이 없었으므로
>
> — 정진경, 「무안타 기록자의 홈런」 부분

"예견하지 않은 도면에 그려"지는 홈런은 "기상청 통계자료"에서는 예측할 수 없는 돌발적인 사건이다. 인용문에서 지칭하고 있는 '태풍'은 세찬

바람만이 아니라 욕망에 의해 식민화된 것처럼 보이는 인간의 몸속에 잠재되어 있는 태풍 같은 에너지의 은유로 읽을 수도 있지 않을까. 다시 말해 욕망의 논리에 의해 식민화된 장소처럼 보이지만 결코 완전하게 장악당하지 않는 곳, 동시에 지워지지 않은 사물들의 흔적들이 남아 있는 곳, 인간의 몸이 시시각각 변형되는 것은 욕망의 변덕 때문만은 아닐 것이다. 사물과 접촉하기에 몸은 저 스스로도 예측할 수 없는 형태로 변모하는 것이지 않을까. 욕망은 사물을 교환가능한 방식으로 변형시킬 수는 있지만 그것을 온전히 장악할 수는 없다. 인간의 '몸' 또한 사정이 다르지 않을 것이다. 정진경이 거스르고자 했던 진보론적 역사관념을 다시금 떠올려 보자. 지금이라는 현재의 시간을 미래를 위한 목적론적인 시공간으로 사유하는 것이 아니라 과거와 미래가 열리는 공간으로 재맥락화 하고 있는 태도에서 '안타'라는 기록이 없어도 '홈런'이라는 사건이 도래할 수 있는 '태풍-몸'의 예측불가능한 비선형적인 속성이 선명하게 표현되고 있지 않은가.

4. 시선 : 수술을 하다

정진경의 시에서 가장 빈번하게 활용되고 있는 동사를 '본다'로 꼽는 것에 이의를 제기하기는 힘들 것이다. 시인에게 '본다는 것'은 우선 시선으로 포착된 대상을 장악하는 폭력적 기능을 수행할 가능성이 농후하다. 그런데 정진경에게 '본다는 것'은 대상 또한 '나'를 보고 있다는 사실을 포함하는 행위다. 말하자면 '본다'란 '(마주)본다'는 것이다.

① 우리 속 원숭이가 우리를 보고 있어요 바나나 껍질 같은 미끄러운 속셈을 보고 있어요 너희 조상은 나라며 비웃고 있어요 가면을 둘러쓰고 웃

던 우리들 표정이 벗겨지고 진화된 세월의 껍질이 먼지를 털고 있어요

           —정진경, 「우리 속의 우리」부분, 『알타미라 벽화』

② 지금은 수술 중
다음 관람자는 경계선에 서서
마취제를 투여하세요
살아오면서 조립한 의식들은
입구에 있는 보관함에 넣어두고
비밀번호 하나만 외워 두세요
붓끝이 도려내는 환부를
이식받을 마음의 준비를 하세요

미술관 벽면에 해부해 놓은
프리타 칼로와 만나면
수술은 금속성 메스로만 가능하다는
생각은 과감히 버리세요
상징의 비법으로 시술되는
프리다 칼로 메스
피를 흘리지 않는 칼질은
꿰매는 방법도 신화라는 걸
알게 될 거예요

               —정진경, 「지금은 수술 중」부분

  '본다'는 행위는 자아라는 소실점을 중심으로 대상을 규정하는 것이 아니다. 시적 소실점에 의해 구성된 세계는 1인칭 자아에 의해 식민화된 세계에 지나지 않을 것이다. 정진경의 시에서 빈번하게 마주하게 되는 '본다'

는 행위가 매번 '보여진다'는 상황까지 포함하고 있음을 주목해야 한다(인용 ①). 보는 자와 보여지는 자의 위계가 언제나 전도가능하다는 사실을 자각할 수 있을 때, '본다'는 행위가 일방향적인 것이 아니라 쌍방향적인 것으로 변모할 수 있다. 그것은 본다는 것이 대상을 장악하는 데 국한되는 것이 아니라 매번 나 또한 대상에게 노출되어 있다는 사실을 환기하는 탓에 나를 보고 있는 대상에 의해 '나의 위치'라는 자명함 또한 위태로워질 수도 있다는 것이다. 그들을 보고 있는 우리들의 자리가 고정될 때 그곳 또한 '철창'과 다르지 않은 곳이 된다. 이러한 자각은 '주체의 자리'가 타자와의 관계에 매번 노출되어 있다는 조건을 환기한다. 정진경에게 있어 '본다'는 행위는 회의와 반성을 함의하고 있다고 하겠다. 보는 행위에 의해 나라는 존재는 강화되기보다 위태로워진다. 무언가를 받아들이기 위해서는 언제나 가지고 있던 것을 내주어야 하기 때문이다. 본다는 것은 영향을 주고받는 것이다. 보기 위해서는 나를 도려낼 각오를 해야 한다(인용 ②). 그 정도의 각오로 봐야 한다. 그가 '본다'는 행위를 '수술한다'는 행위와 등치시키고 있는 것은 이 때문이다. 정진경에게 있어 본다는 행위는 언제나 대상에게 보여진다(인용 ①)는 것이자 내가 가지고 있는 것을 대상에게 내어주어야 한다(인용 ②)는 것을 동시에 고려해야 함을 의미한다.

대상을 본다는 것은 관계를 맺는다는 것이다. 이 쌍방향적인 시선은 자명한 것처럼 보였던 대상과 나의 자리에 미지수 'x'를 부여한다. 그 미지수 'x'에 의해 확고했던 주체의 위치는 흔들린다. '나는 나다'라는 자명함이 '나는 x다'라는 불확정적인 상태로 바뀌는 것이다. 미지수 'x'는 '관계'를 직조하는 중요한 공식이며 나-세계의 바깥으로 나갈 수 있는 열쇠이기도 하다.(2009)

4부

하나이면서 여럿인 : 지역과 공동체

인간의 문턱, 정치의 장소
— 요산 김정한의 문학과 강에 관하여

길 잃은 자 여기로 오라
이 찬 저녁 강가로
세계는 물로 흐르고
저 강물은 결코 길을 잃지 않는다네.
— 김두수, 〈저녁강〉 중에서

1. '강'의 줄기와 '말'의 줄기

'은둔자' 혹은 '세기의 음유 시인'이라 불리는 가인(歌人) 김두수가 2002
년에 발표한 〈자유혼〉(리버맨뮤직, 2002)에 수록되어 있는 〈저녁강〉을 다시
듣는다. 삶의 비의를 감춘 듯한 그의 낮고 깊은 저음은 강의 흐름을 좇고
있다. 강의 흐름 위에 제 목소리를 얹어두었으니 목소리는 저 자신도 모르
는 소리를 찾아 흘러갈 것이다. 김두수가 노래하고 있는 강은 세속으로부
터 벗어나기 위해 찾은 무릉도원(武陵桃源)이 아니다. '강물은 결코 길을
잃지 않는다'는 전언을 존재의 비의(秘意)와 세계의 신비가 감추어진 현실
을 초월한 공간을 지칭하는 것으로 읽어서는 곤란하다. '길을 잃은 자'가
'강' 쪽으로 발길을 옮긴다는 것은 단순히 세속의 상처를 위무하는 초월
적인 공간으로의 진입만을 의미하지 않기 때문이다. '강'은 현실 '너머'의
공간이 아니라 '길'이 있는 곳, 바꿔 말해 내가 걷기 전에 누군가가 걸었던

곳을 의미한다. 그렇다. 강 주변에는 사람이 산다. '강물은 결코 길을 잃지 않는다'는 전언의 알짬은 '그곳에 사람이 산다'는 데 있는 것이다.

어디서 당했는지

가까스로 도망쳐온 듯하다

쫓기고 쫓기다 간신히 강을 건너

주저앉은 짐승처럼 잔뜩 웅크려

엎드린 앞 산, 중턱 옆구리께

외딴 불빛 새어 나온다

(중략)

거기, 그가 산다

— 이덕규, 「강 건너 불빛」 부분, 『시작』, 2007년 겨울호

"거기, 그가 산다"는 사실이 상처받은 이들을 강 쪽으로 이끈다. '불빛은 강 건너(저 너머)에 있지 않은가'라고 탄식조로 묻는다면 '바로 저기에 불빛이 있지 않은가!'라고 답하리라. 김두수의 〈저녁강〉을 이덕규의 「강 건너 불빛」과 겹쳐서 읽을 때 '강물은 결코 길을 잃지 않는다'는 문장이 품고 있는 의미의 내부로 들어가 강으로부터 '사람이 사는 곳으로 흘러들어갈 수 있는 길'이라는 의미를 캐낼 수 있게 된다. 그렇게 캐낸 문장은 어느새 '말의 줄기'를 만들어 '강은 통째로 길이다'[1]는 문장을 한쪽으로 내어놓는다. 천천히 제 몸을 뒤척이며 강의 줄기는 말의 줄기가 흘러들 수 있는 길을 튼다.

---

1) 이 문장은 권경인의 시 「깨어있는 시간」(『변명은 슬프다』, 창비, 1998)에서 "산은 통째로 길인 것"이라는 구절을 변용한 것임을 밝혀둔다. 이 변용을 포착한 출처는 다음과 같다. 김영민, 『동무론』, 한겨레출판사, 2008, 181쪽.

2. '지킨다'와 '쓴다'의 교호(交互)
: '낙동강 파수꾼'이라는 소설가의 이름

요산(樂山) 김정한(金廷漢, 1908~1996) 문학에 대해 이야기할 때 '부산 문학의 거두'라는 명명보다 '낙동강 파수꾼'이라 부르는 것이 보다 많을 것을 현시한다는 것은 무엇을 의미하는가. 그것은 김정한 문학의 밑절미를 '강'에서 찾을 수 있음을 의미한다. 김정한을 일러 '낙동강 파수꾼'이라고 하는 것은 표면적으로 '낙동강'이라는 국지적 공간에 대한 애착과 그곳을 지키고자 하는 사명감을 가리킨다고 할 수 있다. 이 글은 우선 낙동강이라는 국지적인 장소가 가지는 의미로부터 보편적인 인식으로 나아갈 수 있는 경로를 마련하는 데 집중할 것이다. 김정한을 지역 문학에 있어 빼놓을 수 없는 작가라 칭할 수 있다면 그것은 '부산' 지역이라는 국지적 경계의 범위만을 지칭하는 것이 아니라 '사람답게 살아가라'는 정언명제를 실천하는 작가로 명명되어야 한다는 주장으로부터 논의를 시작해보자.

'낙동강 파수꾼'을 풀어쓰면 낙동강을 지키는 이쯤의 의미를 가질 텐데, 이때의 '낙동강'이라는 고유명사 속에는 지리적인 의미와 함께 '사람들이 살고 있는 곳'이라는 보편적인 속성 또한 함의하고 있다는 점을 주목하자. 다시 말해 '낙동강 파수꾼'이란 명명 속에는 '사람이 사는 곳을 지키는 이'라는 의미가 내장되어 있다. 김정한을 가리키는 '낙동강 파수꾼'이라는 별칭이 이러한 의미를 가질 때, '지킨다'는 의미에 대해 고찰하는 것은 자연스럽다. '지킨다'는 태도는 전근대적인 사고방식의 고수라던가 당대의 변화를 부정하는 보수적이고 편향적인 입장을 표명하는 것만으로 환원될수 없다. 김정한에게 '지킨다'는 태도는 '쓴다'라는 작가 의식과 맞닿아 있기 때문이다. 역사의 격랑을 피하지 않았던 작가들이 대개 그러하듯 이때 '쓴다'라는 동사는 '듣고'(타인의 대한 공대), '주워 모으는'(세속을 걸으며 수집하는) 행위와 호응한다. 그렇다면 그는 무엇을 쓰고, 무엇을 듣고 주워

모으는가. 금방 사라져버릴 아무것도 아닌 따라지들의 이야기, 한차례 격
랑에 모든 것이 산산이 부서져버리는 가난뱅이들의 이야기를 주워 모으고
쓴다. 연필처럼 지워지기 쉬운 이들에게 존재의 무게 추를 달아주기 위해
'쓰는 이'란 사람 사는 이야기를 듣고(恭待) 모으는 행위가 수반되어야 한
다. 다시 말해 소설가란 '사람이 사는 곳을 지키는 이'를 달리 칭한 것이라
하겠다.[2]

> 이십 년이 넘도록 내처 붓을 꺾어 오던 내가 새삼 이런 글을 끼적거리게
> 된 것은 별안간 무슨 기발한 생각이 떠올라서가 아니다. 오랫동안 교원
> 노릇을 해오던 탓으로 우연히 알게 된 한 소년과, 그의 젊은 홀어머니, 할
> 아버지, 그리고 그들이 살아오던 낙동강 하류의 어떤 외진 모래톱—이들
> 에 관한 그 기막힌 사연들조차, 마치 지나가는 남의 땅 이야기나 아득한
> 옛 이야기처럼 세상에 버려져 있는 데 대해서까지는 차마 묵묵할 도리가
> 없었기 때문이다.
>
> — 김정한, 「모래톱 이야기」, 『文學』 6호, 1966, 10(조갑상·
> 황국명·이순욱 엮음, 『김정한 전집』 3권, 작가마을, 2008, 10쪽)[3]

'기발한 생각'과 '묵묵할 도리 없음'이 맞서고 있는 위의 대목은 김정한
의 문단 복귀작으로 더욱 유명해진 작품의 도입부에 해당한다. 가령, "이
야기꾼들이 곧잘 쓰는 〈우연성〉이란 것을 아주 싫어하는 나지만, 그날 저
녁 일만은 사실대로 적지 않을 수가 없다."(「모래톱 이야기」, 22쪽)라는 대목
에서도 「모래톱 이야기」가 여타의 소설들과는 다른 태도를 취하고 있음

---

2) 소설과 소설가의 의미는 시대에 따라 달라지기 마련이고 더군다나 소설의 밑절미가 되
   는 '체험'의 형식 자체가 완전히 달라져버린 오늘날의 사정에서는 더욱 그러하다. 그러
   므로 여기서 말하는 '소설가'의 함의가 전 시대를 포괄하는 것은 아니다.
3) 이 글에서 인용하는 김정한 소설은 조갑상·황국명·이순욱이 함께 엮은 『김정한 전
   집』(작가마을, 2008)을 판본으로 하며 이하 『전집』이라 표기하겠다.

을 어렵지 않게 짐작할 수 있다.[4] 낙동강 하류의 이야기란 기막힌 사연이 있음에도 불구하고 남의 땅 이야기나 아득한 옛이야기처럼 세상에 버려져 있는 이야기를 주워 모은 것이다. "나는 꿈 같은 생각만으로써 글을 쓰는 버릇을 배우지 못했다. 발로써 쓰고 싶다."[5]는 다짐에서 앞서 언급한 '기발한 생각'과 '묵묵할 도리 없음'의 맞섬이 곧 '(꿈)생각'과 '발'의 갈등과 다르지 않은 것임을 확인할 수 있다. 발로써 글을 쓰고 싶다는 저 전언에서 자신이 딛고 있는 지반을 매번 환기하겠다는 작가 의식을 읽어낼 수 있다. 그 지반은 '나'를 둘러싸고 있는 세계의 구조를 포함하는 것일 터라 '낙동강 파수꾼'이라는 명명에서 '지역'을 읽어낼 수 있다면 국지적인 범위를 한정하는 협의(狹義)의 '지역'이 아니라 오히려 그러한 '지역'을 명명하고 구획해온 근대화의 논리와 정면으로 대응함으로써 '지역'의 문제가 근대의 문제이자 세계의 문제임을, 더 나아가 '사람의 문제'라는 근본적이고 보편적인 영역에 대한 탐사의 의미를 가진다는 것을 알 수 있다.[6]

3. 강이라는 '사이 공간' : 법의 경계, 인간의 경계

김정한 소설에 있어 '낙동강'의 의미는 '사람이 사는 곳의 이야기'라는

---

4) 구모룡은 「요산문학을 읽으며 생각한 민족문학의 방법」(『지역문학과 주변부적 시각』, 신생, 2005)에서 「모래톱 이야기」를 '버려지는 이야기들 찾기', '구체적인 터에 내재한 역사성 알기', '박진 묘사에 의한 인물과 환경 그리기'라는 맥락으로 분류하고 김정한의 그와 같은 '민족지적 글쓰기'를 통해 '민족문학'의 새로운 방법에 대해 모색하고 있다. 이러한 논의는 「21세기에 던지는 김정한 문학의 의미」(『창작과비평』 141호, 2008년 가을호)에서 보다 심화된 형태로 개진되고 있다.
5) 김정한, 「먼저 하고 싶은 이야기」, 『사람답게 살아가라』, 동보서적, 1985, 33쪽.
6) 황국명은 김정한 소설의 '낙동강'이라는 장소 정체성을 '행위 주체와 장소의 관계나 주체에 대한 지역 공간의 영향' 등을 포괄하고 있는 '지리적 상상력'이라는 개념을 통해 논한 바 있다. 자세한 내용은 「낙동강과 김정한 소설의 지리적 상상력」(『문학도시』 63호, 2006년 3-4월호)을 참조.

맥락 위에서 독해될 필요가 있다. 그가 지키고 있는 것은 '강'이 아니라 강으로부터 만들어진 '삶-터'이기 때문이다. 강 주변에서 삶을 길어 올리는 이들처럼 그 또한 '강-삶터'로부터 이야기를 길어 올리고 있는 것이다. 여기서 중요한 것은 강 그 자체에 있다기보다 강과 육지 사이에 만들어지는 '공간'에 있다고 하겠다. 그것은 구체적으로 '모래톱'이나 '조마이섬'으로 형상화되어 있는 데, 육지도 아니고 강도 아닌 그 '사이 공간'이 함의하는 바에 김정한 소설의 요체가 있다. 그곳은 국가의 논리(육지의 법)로부터 거리를 두고[7] 있는 것'처럼' 보이는 공간이다. 이 조건은 평화와 재앙, 이 둘을 모두 포함한다. 자연의 법칙에 의해 조성된 모래톱, 진펄, 갯벌 등은 그 자체로 삶을 영위할 수 있는 터가 된다는 점과 국가의 법이 항시적으로 미치지 않는 곳이라는 점에서 평화롭다. 그러나 법 밖에 놓여 있는 탓에 '소유권'을 주장할 수 없어 언제라도 법의 침입에 의해 주거지를 박탈당할 수 있다는 점에서 재앙의 공간이 되기도 한다. 김정한 소설의 강 주변이라는 '사이 공간'은 '삶-터'이자 '배제된 상태로 포함'되어 있는 역설적인 공간이다.

김정한 소설의 공간이 항상 국가 폭력의 형태로 반복되는 것은 이 때문이다. "넘실거리는 강기슭 갯벌이 이 고장 사람들의 생명선"이며 "먼 조상때부터 이 강변의 모래톱과 진펄에 매달려 살아왔"[8]지만 "옛날 일인들의 소유로서 〈휴면법인재산〉인가 뭔가가 되어 있는 그 평지밭들이, 별안간 〈농업근대화〉의 물결을 타고 어떤 유력자에게로 넘어간다는 소문이 마침 자자"해지자 "근대화 두 번만 했으면 집까지 뺏아갈 거 앙이가!"(같은 책, 69쪽)라는 탄식에 이르기까지, 이러한 갈등을 '국유지'와

---

7) 이 거리는 자발적으로 만들어지는 것이 아니라 타율적으로 강제된 것에 가깝다. 육지에 삶의 터전을 가질 수 없는 빈민들이 강쪽으로—삶의 환경이 열악한 곳으로—밀려나기 때문이다.
8) 김정한, 「평지」(『창작과비평』 10호, 1968. 5), 『전집』 3권, 68쪽.

'사유지'의 대립으로 간주해서는 안 된다. '사유지' 또한 국가가 보장하는 법적 체계를 통해 구획될 수 있는 성질의 것이기 때문이다. 이를 '땅을 소유하는 것'과 '땅에서 사는 것' 사이의 갈등이라고 하는 것이 더 정확하다. 이 대립항은 한쪽의 승리를 통해 해소되는 것이 아닌 오직 '대립의 형식'을 통해서만 존립할 수 있는 성질의 것이다. '땅의 소유권'이 확립되기 위해서는 필연적으로 삶의 터를 일구어 놓았던 이들을 '추방' 해야 한다. 그 '추방'을 통해 비로소 '땅의 소유권'이라는 법적인 체계가 구축될 수 있기 때문이다. 하여, 김정한 소설에 있어 '강-삶터'는 추방과 소유권(법적 체계)이 대립하고 있는 '생명'을 둘러싼 '정치'의 공간인 셈이다.[9]

막스 베버(Max Weber)는 국가를 일정한 영역 안에서 정당한 물리적 폭력 행사의 독점을 실효적으로 요구하는 인간 공동체라 명명함으로써 국가가 '폭력과 관련된 운동'임을 논증한 바 있다.[10] '국민국가'란 폭력 행사의 독점을 요구하는 집단과 이를 강요당하는 사람들의 관계가 하나의 공동체로 재편성되었을 때 비로소 성립하는 것이라 규정할 수 있다면, 국가가 무엇인지 생각한다는 말은 '폭력이 조직화되고 집단적으로 행사되는 구조를 고찰하는 것'과 다르지 않다.[11] 김정한 소설에서 강 주변에 모여 사는 이들은 '버려진' 땅으로부터 '배제됨으로써 포함되는 삶'을 살고, 그와 같은 경계 영역을 통해 법적 체계는 구획된다. 여기서 말하는 경계 영역은 '강'

---

9) 김만석의 「요산과 향파 소설의 공간정치학 : 산업화 시대 소설을 중심으로」(『인문학논총』 26호, 2011)는 김정한의 소설을 '생명'을 갈취하는 근대권력에 대항하기 위해 '생명'을 옹호하는 문학적 성취라 평가함으로써 그의 소설이 사라져버린 '정치'의 가능성을 모색하고 있음에 주목한다. 김만석은 김정한 소설 속의 '추방'이라는 문제의식을 적극적으로 탐색함으로써 그 소설이 법의 은폐성을 드러내고 '정치'의 문제를 탐구하도록 촉구한다고 주장한다.

10) 카야노 도시히토, 김은주 옮김, 『국가란 무엇인가―국가의 본질에 대한 역사적 고찰』, 산눈, 2010, 8쪽.

11) 앞의 책, 16~36쪽.

이라는 공간에 국한되지 않는다. 극심한 가뭄에도 수리조합(水利組合)의 혜택을 못 받는 농민들이 사는 '도둑골'(「축생도(畜生道)」)이나 전염병 환자들이 내버려져 있는 '3등 병실'(「제 3병동」), 고속도로와 동물원 건설로 인한 강제 철거로 살고 있던 곳에서 쫓겨나와 사는 '토굴'(「굴살이」), 들어갈 감방조차 없는 나환자들이 맨손으로 일군 '인간단지'(「인간단지」), 평지에서 떠밀려 풀도 잘 나지 않는 왕모래 등성이에 군집해 있는 '판잣집'(「산거족」), 화물선을 타고 국경을 넘어 수출되는 계절노동자들이 있는 '오끼나와'(「오끼나와에서 온 편지」) 등 김정한 소설의 상당수는 삶과 죽음, 법의 안과 밖이 맞물려 있는 '경계 영역'을 주요 공간으로 하고 있다. 이 경계 영역은 '내버려지거나' '배제된 공간'이며 이러한 내버려짐과 배제의 논리로 구성된 곳은 '살게 만들고 죽게 내버려두는' 생명 권력(bios power)의 권한이 현시되고 있는 장소임을 의미한다.[12] 김정한 소설이 구축하고 있는 경계 영역은 '생명'과 '인간의 범주'에 대한 질문에까지 육박해간다. 김정한의 소설이 반복해서 제출하고 있는 '사람답게 산다는 것'이 무엇인가라는 물음의 저류에는 '인간이란 무엇인가'라는 근본적이고도 긴급한 문제 제기가 수행되고 있기 때문이다.

① 가축병원이란 데는 소위 일반 병원과는 달라서, 까다로운 문간도 없고, 그저 허름한 갈대발만이 드리워져 있을 뿐이었다. 아마 개나 돼지 같은 짐승을 끌고 들어가기 쉽게 하기 위함이라 싶었다. (중략) 바우가 얼른 말을 못내고 어름대니까, 그는 갑갑한 듯이 발 틈으로 바깥 달구지 쪽을 흘끗 내다보며, "돼집니까?" 하였다. (중략) "머라 캐도 좋심더. 빨리 좀 보아 주이소!" 바우는 매달리는 소리를 했다. (중략) "사람은 병원

---

12) '살게 만들고 죽게 내버려두'는 '생명권력'에 관해서는 미셸 푸코의 『삶의 역사 : 앎의 의지』(이규현 옮김, 나남, 1990/2006 재판)와 『"사회를 보호해야 한다"』(박정자 옮김, 동문선, 1997)를 참조.

엘 가야 합니다. 여기서는 개나 돼지 같은 짐승밖에 보지 않습니다.

— 김정한, 「축생도(畜生道)」, 『世代』63호, 1968, 10(『전집』3권, 115~116쪽)

② 이 따라지 목숨들을 다스리기 위해서 시청에서는 거기에도 통·반을 만들었다. 통·반은 만들어졌지만, 쓰레기차, 거름차가 안 올라오는 것과 마찬가지로 시 수도는 올라오질 않았다. 아침저녁이면 물을 찾아서 헤매는 여인들이 동이를 들고, 이고, 온통 산길을 메우듯 날뛰었다.

— 「산거족(山居族)」, 『月刊中央』34호, 1971. 1(『전집』4권, 118쪽)

③ 마침 흑산이란 그녀의 개가 별안간 그녀의 무릎 위에 앞발을 털썩 얹어 놓으며 무어라고 꿍꿍거렸다. 아마 뭔가를 재촉하는 것 같았다. 나는 그녀와 개를 번갈아 보았다. 그러나 나는 뜻하지 않고, 후줄근하게 늘어진 런닝샤쓰의 목깃 밖으로 드러나 뵈는 밤순이의 피부에, 이상스런 생채기가 있는 것을 발견했다. (중략) 흑산이가 꼬리를 치면서 먼저 굴속으로 쏙 들어갔다. 그리고 그녀가 이내 따라 들어갔다. 개처럼 기어서. 그러나 즈로스를 입지 않은 것을 나는 그때야 비로소 알았다.

— 「굴살이」, 『現代文學』177호, 1969. 9(『전집』3권, 242~243쪽)

인용 ①의 '바우'가 병든 아내를 달구지에 '싣고' 여러 병원으로부터 퇴짜를 맞고 찾아간 곳이 가축병원이라는 점은 의미심장하다. "돼집니까?"라고 무심히 묻는 수의사의 물음은 비단 '바우'에게만 향해 있는 것이 아니라 김정한 소설에 등장하는 대부분의 인물들에게도 향한 것이기 때문이다. 여기서 '사람답게 살아가라'라는 김정한의 정언명제가 함의하는 바가 무엇인지 보다 뚜렷하게 드러난다. 김정한이 남긴 '사람답게 살아가라'는 전언[13]은 계몽적인 목소리에 국한되는 것이 아니라 사람답게 살 수 있는 세상에 대한 희구와 요청이라고 봐야 한다. 맑스(Karl Marx)가 '종교는 인민의 아편이다'[14]라고 했을 때 그 비판이 종교에 향해 있는 것이 아니라 종교라는 아편에 매달려야만 견딜 수 있는 삶의 조건을 문제 삼은 것처럼 '사람답게 살아가라'는 전언은 사람답게 살 수 없는 이 땅의 현실에 대한 강렬한 비판이자 그러한 현실을 변화시켜야 한다는 요청이었던 것이다. "사람은 병원을 가야 한다"는 수의사의 저 당연한 말이야말로 '병원'으로 갈 수 없는 삶의 조건이 폭로되는 자리이며 그 '(생존의) 문턱'에서 우리는 '벌거벗은 삶(bare life)'이 오늘날의 '인간의 조건(human condition)'임을 자각하게 된다. 그것은 인용 ③에서 확인할 수 있는 것처럼 쉼 없이 '구획'하고 '계획'하는 힘은 단순히 대상의 포섭을 위한 것이 아닌 '배제를 통한 포섭'의 방식이자 무언가를 자신에게 인도하도록 하며 자신을 내버리는 자의 자비에 위탁되는 '추방'의 형식을 정확하게 현시한다는 것이다.[15]

'사람답게 살아가라'는 정언명제는 사람과 동물을 가르는 '문턱'에 대한 질문을 함의하고 있다. 저 가축병원[16]에는 사람과 동물을 구분할 수

---

13) '사람답게 살아가라'는 명제가 제시되는 소설의 대목은 다음과 같다. "사람답게 살아가라! 비록 고통스러울지라도 불의에 타협한다든가 굴복해서는 안 된다! 그것은 사람이 갈 길은 아니다." 「산거족」, 130쪽.

14) 칼 맑스, 최인호 옮김, 「헤겔 법철학의 비판을 위하여: 서설」, 『칼 맑스/프리드리히 엥겔스 저작 선집』 1권, 박종철출판사, 1991.

15) 근원적인 정치적 관계가 외부와 내부, 배제와 포함 사이의 비식별역으로서 예외 상태를 의미하는 '추방령'이라는 논의에 관해서는 조르조 아감벤(Giorgio Agamben)의 『호모 사케르—주권 권력과 벌거벗은 생명』(박진우 옮김, 새물결, 2008)을 참조.

16) 여기서 지칭하는 '가축병원'은 단지 「축생도」라는 소설에 국한되지 않는다. '3등 인간', '염병'이나 '호열자'에 걸린 환자보다 더 무서운 '가난이라는 병'에 걸려 있는 사람에게는 "세상이 바로 병원과 같은 것이기도"(「제3병동」, 『新東亞』 53호, 1969. 10, 『전집』 3권, 146쪽) 하기 때문이다. 이때의 '세상의 병원'이란 "나환자들이 들어갈 감방은 없었다"(「인간단지」, 『月刊中央』 25호, 1970. 4, 『전집』 4권, 30쪽)는 구절이 정확하게 가리키고 있는 것처럼 '격리'가 아닌 '추방'을 원리로 하고 있다.

있는 '문턱'이 없다("가축병원이란 데는 소위 일반 병원과는 달라서, 까다로운 문간도 없고, 그저 허름한 갈대발만이 드리워져 있을 뿐이었다"). 인용 ③의 '밤순이'가 개처럼 토굴 속으로 '기어 들어갈 수 있는 것' 또한 '문턱'이 없기 때문일 것이다. 토굴에 사는 한 여성이 개와 성적 관계를 맺는다는 사실을 암시하는 것으로 마무리 되는 「굴살이」에서 속옷을 입지 않은 여성의 뒷모습을 바라보는 '화자'의 시선은 '관음적인 것'이라기보다 "고층건물이 날로 늘어가는 도시에 아직도 토굴 속에 사는 사람"(220쪽)의 연원을 추적하는 '고고학적인 것'처럼 보인다. 이 고고학적인 시선을 통해 "아직도 토굴 속에 사는 사람"에서의 '아직'이라는 부사가 가리키는 것이 "고층건물이 날로 늘어가는 도시"에 향해 있다는 것, '아직'의 본뜻이 '~때문'이라는 구조적인 이유나 원인과 분리될 수 없다는 태도를 읽을 수 있다.

  김정한의 소설이 형상화하고 있는 '경계 영역'을 '문턱'이 없는 공간이라 바꿔 불러도 좋다. '사람답게 살아가라'는 정언명령을 사람과 동물을 구별할 수 있는 '문턱을 만들어라'는 계몽적이고 지사적인 언사로 환원해버릴 것이 아니라 '인간의 조건이란 무엇인가'라는 보다 근원적인 질문으로 확장해야 할 것이다. '사람답게 살아가라'는 정언명제 앞에서 우리는 '인간이란 무엇인가?'라는 근본적인 문제와 마주하게 된다. 한나 아렌트(Hannah Arendt)식으로 말해 인간 개념은 한 인간의 선험적 성질이나 자질에 대한 정의가 아니라, 존재의 평등한 관계를 가리킨다.[17] 이 정의가 존재론적인 주장인 동시에 정치적 열망을 구성하는 것처럼 김정한이 '삶-생명'의 '경계 영역'에서 쉽게 지워지거나 말소되는 사람들의 이야기를 '채록(採錄)'하는 행위는 '사람답게 살아가라'는 정언명제를 구체화하는 소설적 실천에 가깝다.

---

17) 주디스 버틀러 · 가야트리 스피박, 주해연 옮김, 『누가 민족국가를 노래하는가』, 산책자, 2008, 58쪽.

4. 잉여의 말, 흘러넘치는(excess) 노래

> 사실 나는 그물을 가지고 구름 잡는 듯한 이야기는 자신이 없다. 역사를
> 공부하는 사람들이 먼 옛날의 인류 생활의 실태를 파악하기 위하여 도처
> 에서 열심히 고분을 파헤치듯이, 나는 오늘날의 우리들의 진실의 한 부분
> 을 알아보기 위해, 지난 여름 강원도의 탄갱지대를 몇 군데 돌아다닌 일
> 이 있다.
>
> —「오끼나와에서 온 편지」,『文藝中央』1977년 겨울호(『전집』4권, 268쪽)

침수된 강 주변에서, 주소지로 '등록'되지 않은 여기저기를 살피며 발
로 쓴 그의 글이 건져 올리고 캐낸 것은 무엇이었던가. 그것은 '사람의
말'이다. "어떻게 해서 벌거벗은 생명은 폴리스에 거주하게 되었는가"라
는 질문이 "어떻게 해서 생명체가 언어를 가지게 되었는가"라는 질문과
정확히 대응하는 것일 때[18] 김정한에게 소설 쓰기란 말할 수 없는 자들
이나 말을 박탈당한 자들의 '먹는 입'에 '말하는 입'을 기입하는 작업이
기도 했다.[19] '사람답게 살아가라'는 정언명제는 '생존'(먹는 입)이 '정치'
(말하는 입)와 분리될 수 없다는 사실을 함의하고 있다. 김정한 소설에 등
장하는 대부분의 인물들은 '말하는 입'보다는 '먹는 입'에 집중하고 있는
이들처럼 보인다.[20] '법적 체계'로부터 '삶-터'를 침탈당한 이들은 '말하
는 입'이 봉쇄된 자들이다. 그러나 앞서 살펴본 것처럼 '추방'이 공동체의
규칙을 위반했을 때 부여되는 징벌이 아니라 외려 원초적인 정치적 관

---

18) 조르조 아감벤, 앞의 책, 44쪽.

19) '먹는 입'과 '말하는 입'이라는 개념쌍은 김항의『말하는 입과 먹는 입—'종언의 시대'
의 종언과 새로운 사유의 모색』(새물결, 2009)에서 빌려 왔다.

20) '말'은 저 멀리 날아가버리고 오직 사는 문제(생존)만이 존재를 잠식한다. "결국 귀에
남는 것은 무슨 단지 단지 하는 새로운 말뿐이고, 청년이 말하는 〈먼 앞날〉보다 우선
코 앞에 다가 있는 〈사는 문제〉가 더 절박했다." 「평지」, 76쪽.

계로써 우리들의 삶을 주관하는 핵심적 조건이라는 점을 다시금 상기할 필요가 있다. 그것은 법적 체계가 '말하는 입'을 추방하는 것이 아니라 외려 '먹는 입'을 양산하는 것과 조응한다. '먹는 입'과 '말하는 입' 사이의 경계를 끊임없이 결정하려는 반복을 '정치적 삶'이라고 할 수 있다면 이는 말을 할 수 없는 것처럼 보이는 '입이 봉쇄된 자'들의 그 '먹는 입'에 어떤 목소리가 '말소된 형태'로 포함되어 있다는 것을 의미한다. 인간은 '먹는 입'과 '말하는 입' 어느 쪽과도 일치할 수 없기 때문이다. 다시 말해 '정치'(말하는 입)와 '폭력'(먹는 입)은 대립 관계가 아니라 쌍둥이라는 것이다.[21]

목소리가 '말소된 형태'로 포함되어 있는 것, 그것은 김정한의 소설에서 '노래'로 형상화되곤 한다.

① 뒤기미 사공아 뱃머리 돌려라
우리님 오시는데 마중 갈까나
아이고 데고 성화가 났네.

옛날의 구성진 가락이 용케도 그대로 흘러나왔다. (중략) 그러자 이번에는 눈이 좀 튀어나온 노인이 미처 받는다.

뒤기미 나리는 눈물의 나리
임을랑 보내고 난 어찌 살라노
아이고 데고 성화가 났네.

—「뒷기미 나루」,『창작과비평』 15호, 1969. 12(『전집』 3권, 258쪽)

---

21) 김항, 앞의 책, 15~42쪽.

② 이마까라 나끼다샤, 얀톤 고랴샤또,

미나도니 쯔꾸마데, 얀톤 고랴샤또,

나까나꺄 나란노쟈, 얀톤 고랴샤또,

(이제부터 울기―즉 부르기 시작하면 항구에 닿을 때까지 안 울고는 못 배긴
다는 뜻)

　　　―「산서동(山西洞) 뒷이야기」, 『創造』 창간호, 1971, 9(『전집』 4권, 178쪽)

　인용 ①은 '뒷기미 나룻가' 주변의 모래톱 밭뙈기 하나에 외딴 집을 짓
고 사는 박노인 일가의 비극적인 연대기를 덤덤하게 그리고 있는 「뒷기미
나루」에 등장하는 '노래'다.[22] 강이 만들어준 삶-터가 이들에게는 "〈제 7
천국〉"(253쪽)과도 같은 곳이었지만 그 장소는 법적 체제에 무방비로 침탈
당하고 만다. 이들이 '백중날' 키우던 강아지와 보리쌀을 용왕님께 바치던
강 앞에서 함께 '이어 부르던' 흥겨운 노래의 기저에는 징용에 끌려간 뒤
대동아전쟁이 끝나도 돌아오지 않는 아들을 기다리던 노인의 슬픔이 서
려 있다. 뒷기미 나루는 자립적인 삶을 꾸려갈 수 있는 "〈제 7천국〉"이기도
하지만 동시에 그들의 아들과 딸들이 징용에 끌려가던 길목이기도 했다.
그 슬픔을 표현할 수 있는 말을 가지지 못한 '입이 봉쇄된 이'들이 부르는
노래는 '개별자'로부터 흘러넘쳐 '우리'에게 이어진다.[23] 이 노래야말로 '몫

---

22) 김정한의 소설을 '걸으며' '다시 쓰고' 있는 조갑상의 '글-걸음'에 의하면 뒷기미 나
　루는 밀양강과 낙동강의 삼각지점에 있으면서 밀양군 상동면과 김해군 생림면을 마
　주보고 있다고 한다. 예로부터 많은 사람들이 이곳, 나루를 건너 삼랑진읍에서 대처
　로 나간 탓에 숱한 사연이 서린 곳일 거라는 필자의 언급은 「뒷기미 나루」의 비극적
　서사와 조응한다. 이에 대한 자세한 내용은 조갑상의 『이야기를 걷다』(산지니, 2006)
　를 참조할 것.
23) 「모래톱 이야기」의 '갈밭새' 영감이 "하기싸 시인들이니칸에 훌륭하겠지요. 머리도
　좋고……. 선생도 시인 아입니꺼. 그런데 와 우리 농삿군이나 뱃놈들의 이바구는 통
　안 씨능기요? 추접다꼬? 글 베린다꼬 그라능기요?"(「모래톱 이야기」, 28쪽)와 같은
　발언을 한 후 육자배기 가락으로 고시조를 노래한 것 또한 이러한 맥락에서 이해해
　볼 수 있다.

없는 이들의 정치화'가 수행되는 자리이며 '우리'라는 범주를 회의하게 하고 우리들로 하여금 '우리'로만 있을 수 없게 만드는, 우리를 찢고 들어오는 어떤 목소리라고 할 수 있겠다.[24]

예컨대 2006년 봄, 캘리포니아의 주요 도시에서 '불법' 거주자의 권리 보장을 요구하는 대규모 거리 시위에서 불리어진 노래를 두고[25] 주디스 버틀러(Judith Butler)는 "노래를 부르는 행동은 자유의 표현이자 권리를 향한 호소"이며 "거리라는 공간의 틀을 다시 짜고, 법적으로 금지된 바로 그 순간에 집회의 자유를 실천하는 행위"라고 논한 바 있다. 거리에서 울려 퍼지던 그 노래야말로 '수행적인 정치학'이라는 것이다. 이 노래를 부르는 사람들은 권리를 부여받지 못한 사람들이기에 이들의 노래는 지배적 언어를 바꿔 권력관계를 다시 쓰게 한다.[26] 인용 ②를 염두에 둘 때 '입이 봉쇄된 이'들이 부르는 노래는 단순히 '우리'(민족/국가)의 언어만을 변화시키는 것에 국한되지 않음을 확인할 수 있다. 노동의 고됨과 타향살이의 설움이 각인되어 있는 한 일본 선로수(線路手=보선공원)의 노래를 채집하여 한국어로 새긴다는 것, '이제부터 울자'는 그 '노래-울음'은 민족이나 국가라는 경계에 속박되지 않는다.

「산서동 뒷이야기」의 주요 인물인 '에리에상'은 부상을 입고 철도 일을 그만둔 후 개펄 농민이 되어 'ㄹ군' 농민 봉기사건에 단 한사람뿐인 일본인 가담자이다. 그런 이유로 해방 뒤 일본으로 돌아갈 때는 동리 사람들이 부산 부두까지 가서 전송을 한다. 그가 참가했다는 농민봉기란 양산군 농민봉기사건을 말하는 것이고 그가 농사 짓던 곳이 바로 '메깃들'이다. 「산

---

24) 이 책의 2부, 「불가능한 공동체」 참조.

25) "이때 사람들은 거리에서 미국 국가를 멕시코 국가와 함께 스페인어로 노래했습니다. Nuestro hymno(우리의 국가)로 불리는 스페인어 미국 국가의 등장은 민족의 복수성에 대해, 그리고 '우리'와 '우리 것'의 의미에 대해 흥미로운 질문을 불러일으킵니다. 이 국가는 누구에게 속하는 걸까요?", 주디스 버틀러, 앞의 책, 59쪽.

26) 주디스 버틀러, 앞의 책, 64~67쪽.

서동 뒷이야기」는 경부선 철길과 메깃들이라는 배경을 뒤로한 일제시기의 농민운동을 통한 새로운 한일관계를 정초할 수 있는 하나의 되새김이다.[27] 노래가 단순히 민족의 언어만을 변화시키는 것이 아니라, 공적인 관계에도 변화를 가져오는 셈이다. 가령, '에이에상'의 아들 '이리에 나미오'의 발화, "아부지는 돌아가고 오마니는 살아 있이무니더. 모도 안부 존하라 캅디더."(「산서동 뒷이야기」, 175쪽)와 같은 '기이한 말'은 일본어와 한국어, 그리고 경상도 사투리의 경계를 넘어 뒤섞여 흘러넘친다.

김정한 소설에 등장하는 노래들은 '몫 없는 이들의 몫을 돌려주는 수행적인 정치학'이라는 점에서 침탈의 방식만을 강구하는 법적 체계 아래, 산속에서 물길을 내어 삶-터에까지 물을 '흘러넘치게' 한 「산거족」의 '산수도'와 다르지 않다. '흘러넘친다'는 것은 한 사람의 목소리를 넘어서는 것을 의미한다.[28] 이 집단의 노래는 구습(口褶)을 통해 오랜 시간 이어져 내려오는 것이기에 한 사람의 목소리로 감당할 수 없다. 개별자들은 그 노래를 부름으로써(agency), '흘러넘침'을 통해 (존재의) 흐름과 연대를 지속한다. '흘러넘친다'는 것은 어떠한 체계 위를 범람하는 것이기도 하다. 노래는 체계와 불화할 수밖에 없다. 특히 김정한이 채록(採錄)하고 있는 민

---

27) 조갑상, 앞의 글, 264쪽. '메깃들'에 관한 보다 자세한 내용은 김정한의 수필 「메깃들」
에 상세히 설명되어 있다. 김정한에게 '메깃들'이라는 장소에 관한 기억은 다음과 같
다. "또 한 가지 내 머릿속에 폭풍같이 되살아 오는 것은 이 들에 싸움이 벌어졌을 때
의 일이다. 그것도 어느덧 30년이 가까웠나 보다. 동척(東拓) 상대로 이 들에서 불기
시작한 그 용감한 양산 농민투쟁! 순식간에 경찰서를 습격하고 무기를 탈취하고 죽이
고 죽고 하던 숨막히던 싸움이었다. 여름 방학에 고국에 돌아왔다가 권토중래하려는
이 고장 농민들을 격려하기 위하여 신통하지도 못한 유세(遊說)에 나섰다가 덜그럭
붙들려 욕만 톡톡히 당하던 기억이 새롭다. 비록 그것이 내가 학업을 중단한 꼬투리
의 하나가 되었다 하더라도 결코 후회되지 않는 오늘의 심경이다." 김정한, 「메깃들」,
『낙동강 파숫꾼』, 한길사, 1978, 200쪽.
28) 김정한 소설의 노래가 한 사람의 목소리를 넘어선다는 것, 그것은 자기 완결적인 1인
칭 서사를 벗어날 수 있는 방법에 대해 고민해볼 수 있는 사유의 경로를 마련하는 것
이기도 하다.

간 노래는 근대화, 더 정확하게 말해 '민족-국가' 시스템과 불화할 수밖에 없다.

김정한 소설을 관류하고 있는 핵심이 무엇인지 묻자. 그것은 일본이라는 제국주의자나 미군정의 강압에 대한 저항이 아니며 근대화라는 절대 명제로 삶-터를 약탈하고 초토화시킨 폭압적인 법적 체계만도 아니다. 그 핵심은 사람의 '숨결'이다. 그들이 부르는 '삶-노동'의 노래다. 그곳에 사람이 살고 있(었)다는 유일한 흔적을 쉼 없이 흐르는 저 강이, 저 경계 영역이 증명하고 있다. 김정한이 일평생을 낙동강 근처를 떠나지 않았던 것은 '장소 사랑'에 국한되지 않는다. 그 강을 끼고 사람들의 굴곡진 삶 또한 더운 물살을 만들어내고 있었기 때문이다. 김정한 소설의 제목에 '사람'과 '삶', '생명'을 유추할 수 있는 대목이 빠지지 않고 들어가 있는 것 또한 이러한 맥락으로 접근해 볼 수 있다.

'사람답게 살아가라'는 정언명제는 곧 '말의 문제'와 연관된다. 강 주변이 삶-터라는 것, 그곳이 포함이면서 배제된 구조에 의해 주권적 질서가 구획되는 경계라고 할 때, 김정한이 강 주변에서 버려진 이야기를 주워 모은다는 것은 곧 '먹는 입'과 '말하는 입'의 구획 및 위계화를 극복하기 위한 것임을 알 수 있게 한다. 김정한의 소설을 '지역 문학'이라고 할 수 있다면 그것은 '서울놈들'이라는 종속적인 권력 관계를 폭로하는 데 열성인 지사적인 작가 태도로부터 비롯되는 것이 아니라 법과 폭력의 문제를 사유할 수 있는 구체적인 내용을 구체적인 장소를 통해 구현하고 있다는 점에서 그러하다. 이때의 지역 문학은 중앙집권적 국가에 맞서고 있는 것에 국한되지 않으며 '인간의 조건(The human condition)'과 '생명권력(bios-power)'이라는 당대의 문제로 진입할 수 있는 중요한 경로의 의미를 가지는 것이다.

5. 지금-여기, 삶과 폭력이 흐르는 곳 : 정치의 장소

길 한 켠에 쌓여 있는 재첩껍질,[29] 갈대 숲으로 둘러쳐진 곳에서 흘러나오는 더운 김.[30] 그곳 가까이에 강이 있다. 더 가까운 곳에 사람이 살고 있다. 강이 있는 곳에 사람이 산다. 강에 대한 논의는 필연적으로 땅(삶-터)과 연관되지 않을 수 없고 그것은 곧 '장소'에 대한 논의와 직결되어 있다. 이를 두고 발생하는 갈등은 표면적으로는 '땅의 소유'와 관련되어 있는 것이겠지만 궁극적으로 '인간다운 삶'에의 희구와 몫 없는 이들에게 자리를 만들어주는 행위로 수렴된다. 김정한 소설의 요체가 '강'이라는 장소, 그 경계 영역에 있다는 것, 그것이 인간의 조건에 대한 물음과 다르지 않다는 것은 그 소설의 중심에 '정치적인 것(le politique)'의 문제가 내장되어 있음을 의미한다.

> "저기 여객선이 정박한 곳 있죠? 저기가 우리 집이었어요. 다 사라졌어요."
>
> ― 지아장커(賈樟柯)의 영화 〈스틸 라이프(三峽好人)〉(2006)의 한 대목

2000년 된 도시가 2년 만에 헐렸다. 수몰되었고 여전히 수몰 중인 양쯔 강의 싼샤(三峽)라는 그 장소에 아내를 찾는 사내와 남편을 찾는 아내가 찾아든다. 아내가 써 놓고 간 주소는 이미 댐 건설로 물에 잠겨버렸고 그 '삶-터'에는 유람선과 관광객으로 가득하다. 삶의 터전은 물밑으로 사라

---

29) "골목자기에는 군데군데 재첩 껍질이 쌓여 있어서, 강가 마을이란 것을 곧 알려 주었다. 낡은 한옥이 삼십여호 모여 있는 듯한 이 엄궁이란 부락은 비스듬한 산 발치에서 낙동강을 향해 자리 잡고 있었다."「슬픈해후」,『12人 新作小說集·슬픈해후』, 1985. 7(『전집』 4권, 305쪽).

30) "게다가 갈대를 엮어 울타리까지 두르고 보니, 제법 더운 김이 나는 듯도 했다."「뒷기미 나루」, 247쪽.

지고 그 형상은 10위안짜리 인민화폐에 희미한 흔적으로 남아 있을 뿐이다. 〈스틸라이프〉의 원제는 '세 협곡에 사는 좋은 사람들'이라는 뜻을 가지고 있는 삼협호인(三峽好人)이다. 협곡 아래의 '삶-터'가 물에 잠겼으니 (좋은) 사람들의 행방 또한 찾을 수가 없다. 지아장커의 〈스틸라이프〉가 댐 건설로 상징되는 현대 중국의 발전 이면에 삶과 관계의 파괴를 조명하고 있는 것처럼 '강'으로 가는 것은 필연적으로 '둑'을 향한 것일 수밖에 없다. 강으로 간다는 것은 사람이 사는 영역으로 간다는 것이다. 사람답게 살아간다는 것은 강이라는 원천적인 조건(평등)과 둑이라는 개발(조에zōē 와 비오스bíos 혹은 '먹는 입'과 '말하는 입'의 위계화)이 충돌하는 지점에서 산다는 것과 다르지 않다.(2011)

부산스러운, 하나가 아닌 여럿인

1. 지역을 '사유'한다는 것 : '이중의 회의'라는 방법론

'지역에 대해 사유한다'는 것은 얼핏 일련의 집단들이 특정한 목적을 달성하기 위해 수행하는 행위들을 통칭하는 것처럼 보이는 탓에 일상적인 영역 밖이나 특수한 지점에 놓여 있는 것으로 간주되곤 한다. 우리가 살고 있는 지반이 어떤 방식으로 구조화되어 있는지에 대해 묻는 것과 '지역에 대해 사유한다'는 것이 다르지 않음을 떠올려 본다면 그것은 일상의 영역을 구조화된 힘과 권력의 역학 관계라는 지평 위에서 인식하는 것이며 그 같은 바탕에서 구성되는 삶의 양식을 의미화하는 것이기도 하다. 이는 '나'와 '세계'가 관계를 맺고 있는 방식에 대해 사유하는 것일 텐데, 여기서 우리는 너무나 자주 들어온 탓에 이제는 일상어가 되어버린 듯한 '지구화 (globalization)'라는 개념이 우리의 삶과 얼마나 밀착되어 있는 것인지를 매번 확인해야만 한다는 사실을 알아차릴 수 있게 된다.[1] '지역에 대해 사유

---

1) '지구적으로 사유하고 지역적으로 행동하라(Thinking Global, Acting Local)'는 다국적 기업의 약탈적인 전략 구호를 재해석하는 여러 갈래들을 굳이 언급하지 않더라도 '지역'에 대한 관심은 세계를 인식하는 패러다임의 변혁과 긴밀하게 연관되어 있다는 사

한다'는 것은 일상 너머에 있는 것이 아니라 일상의 바닥, 다시 말해 자신의 삶을 구성하는 전반적인 요소들에 대해 고민하는 것이다. 삶에 있어 가장 근본적인 것들에 대해서 사유한다는 것은 자명한 것들에 물음표를 다는 행위인 것이다.

자명한 것들을 향해 있는 이러한 '회의'는 서로 상충되는 것처럼 보이는 두 측면에서 동시에 수행되어야 한다는 점에서 그 어려움을 미리 예상할 수 있다. 지역에 대해서 말하는 순간 우선적으로 나오기 마련인 자신이 터해 있는 공간의 구조화 양상에 대한 '회의'는 대개 위계의 메커니즘을 밝히는 지점을 향해 있기 마련이다. 그러나 지역에 대한 사유가 이 같은 위계화 메커니즘에 대한 규명만을 목적으로 할 때 사유의 주체는 대개 피해자의 위치에 설 수밖에 없다. 문제는 자신의 삶을 구성하는 제반 요소들에 각인되어 있는 힘의 역학을 위계의 재편이라는 한정된 프레임으로 바라보게 될 때 그것에 대한 '사유(思惟)'가 언제라도 '사유(私有)'의 논리를 구축하게 되는 위험에서 자유로울 수 없다는 데 있을 것이다. 위계의 메커니즘에 대한 탐구가 대안적인 관계 양식을 생성해내기보다 위계적 구조 속의 '순번 바꾸기'를 지향할 때 지역에 대한 사유는 역설적으로 기왕에 구조화되어 있는 위계를 승인하거나 그것의 재생산 기반이 되어버리기 때문이다.

'지역에 대한 사유'가 취하고 있는 주요한 방법론인 자명한 것들에 대한 '회의'는 자신이 '처해' 있는 상황에 대한 '회의'와 자신이 '누리고 있는' 지반에 대한 '회의'가 짝을 이룰 때 제 모습을 갖출 수 있다. 패권을 가지고

<hr />

실은 이미 상식이 되었다. '지구화'라는 인식적 틀이 국가 대 국가라는 공적이고 거대한 영역에서만 통용되는 것이 아니라 우리의 일상을 촘촘하게 엮어가는 모든 행위에 습합되어 있음을 확인하는 것은 그리 어려운 일이 아니다. 지구화를 소유권의 문제로 파악하면서 탈국경 서사에서 나타나는 '이동'의 두 양상과 '포함적 배제'인 상태에 놓여 있는 '외부자'의 문제를 지역 문학의 존재 방식과 관련지어 논한 글로는 이 책의 「약탈을 위한 이동과 목숨을 건 이동」 참조.

있지 못한 집단이 체감하고 있는 박탈감 속에 으레 똬리를 틀고 있기 마련인 피해의식이 그들의 내부에서 발생하고 있는 또 다른 위계를 괄호에 넣어 버리거나 눈감게 되어버리는 지점에 대해 자각하는 것, '지역에 대한 사유'는 이러한 '이중의 회의'를 수행할 때 온전한 의미를 획득할 수 있다. 사유의 칼날은 대개 밖을 향해 있기 마련이지만 그 대상이 지역일 때 그것을 휘두르는 순간 칼날이 내부를 향해 돌진하는 부메랑이 된다면 그 부메랑을 폐쇄적인 내부 구조를 드러내고 전환할 수 있는 계기로 삼을 수 있지도 않을까.

'지역은 무엇이다'이라는 술어적 진술은 매번 '지역이 무엇이 아닐 수도 있으며 아니어야 한다'는 회의적 진술로 이행해야만 하는 운명에 처하게 되는지도 모른다. 자명한 것을 의심하면서 시작된 이 진술들이 매번 빠지고 마는 회로에서 나올 수 있어야 한다. 지역에 대한 고민이 내부의 합의를 강화하는 회로를 반복해버릴 때 지역에서 지역에 대해 고민하는 것이 외려 '쉬운 길'을 선택해버리는 알리바이가 되기도 한다. 지역 담론이 오랫동안 갱신되지 못하는 이유는 근본적인 것에 대한 물음과 당대적인 흐름을 동시에 살펴야 하는 이중의 어려움 때문이겠지만 기왕의 구조를 승인해버리는 '쉬운 길'에 대한 유혹에 투항해버리는 이유 때문이기도 할 것이다. 그렇다고 내부의 논의를 승인하는 새로운 버전을 강구하는 '쉬운 길'이라는 것이 누구라도 마음먹기만 하면 갈 수 있는 길 같은 것은 아니다. 암묵적인 방식으로 선택된 지역의 적자들만이 걸을 수 있는 길이며 비판적인 태도라는 외형에 감춰져 있는 욕망이 또 다른 차별과 불평등의 구조를 승인하고 정당화하는 논리를 구축하는 경로이기도 하다. 이런 부분까지 성찰하는 일이 '이중의 회의'가 가리키는 바다. 말하자면 자명함에 대한 회의가 역설적으로 자명한 구조의 기반으로 환수되는 회로를 벗어나 새로운 인식 지점을 구축할 수 있는 자리를 마련하는 것, '지역에 대한 사유'는 이러한 '자리'를 구축할 때라야 의미를 가질 수 있다.

2. '지역 작가'라는 모호한 대상

지역을 사유하는 중요한 방법론인 '이중의 회의'는 여러 방법을 통해 수행될 수 있는 것이겠지만 이 글에서는 먼저 '지역 작가'라는 명명의 모호함을 지적하는 것으로부터 시작해보고 싶다. '지역'이라는 명명과 마찬가지로 '지역 작가'에 대해서 말하기 위해서는 그들이 처해 있는 구조에 대한 사유가 선행되어야 한다. 그것은 지역을 외부적 힘에 의해 재편되는 공간이라는 시각과 크게 다르지 않은 것이라고 할 수 있는데, 문제는 이러한 관점이 '동변상련'식 정서적 유대의 확인이나 '그들 또한 응당 주목할 필요가 있다'는 획일화된 명제를 도출하는 것에서 크게 벗어나지 않는다는 데 있을 것이다. '민족은 상상의 공동체다'라는 명제가 더 이상 새삼스러운 것이 아님에도 불구하고 일상의 다양한 국면에서 강력한 힘을 발휘하는 실체화된 모습으로 출현하는 것처럼 '지방'이 아닌 '지역'이라고 명명한다고 해서 중앙과 주변의 이분법적 도식이 손쉽게 극복되는 것은 아니다. '지역'이라는 프레임 안에 자리하고 있는 '지역 작가'라는 명명 속에도 이미 '위계화'에 의한 차별과 소외라는 핸디캡을 안고 작업을 하는 '핍박받고 있는 존재'라는 의미가 각인되어 있다는 점을 부정하기는 힘들다. '지역 작가'의 위상에 대한 접근은 대개 그들이 처해 있는 불평등한 관계의 부당함을 지적하는 것으로부터 출발하여 나름의 의미를 부여하는 방식으로 귀결되는 기왕의 행로를 벗어나기란 여간 어려운 일이 아니다.

문제는 꽤나 자명한 지반 위에서 이루어지는 것처럼 보이는 '지역 작가'라는 명명이 실은 굉장히 곤궁한 지점에 놓여 있다는 데 있을 텐데, 서둘러 말한다면 그 누구도 '지역 작가'라고 불리기를 원하지 않음에도 우리는 '지역 작가'를 호명을 하기 위해 꽤나 많은 노력을 들이고 있다는 것이다. 작가들은 자신이 '지역 작가'로 명명되는 순간 한정적인 틀 속에 갇힌다고 생각하는 탓에 '지역 작가'라는 범주로 자신을 묶는 것을 탐탁하지 않게 생각하며 비평가들 또한 작가들의 작품을 '지역'이라는 범주를 통해서 해명하는 것이 곤혹스럽기만 하다. 말하자면 '지역 작가'라고 불리기를 원하는 사람도, 그렇게 부르는 것을 원하는 사람도 없다는 것이다. '지역 작가'를 명명하는 순간 지역이든 작가든 외려 더욱 한정적인 영역에 고착되어버리는 역설이 발생하기 때문이다.

'지역 작가'라는 명명이 처해 있는 곤궁한 상황은 '지역' 담론이 처해 있는 곤궁한 처지와 맥을 함께하고 있는 것처럼 보인다. '작가'라는 지위가 '지역'이라는 지반을 조건으로 할 때 획득될 수 있는 것이라면 이때의 '지역'은 패권을 가지지 못한 집단들이 자신의 몫을 챙기기 위해 사투를 벌이는 장으로 추락해버리고 만다. '지역 작가'라는 명명이 한정된 장에서만 통용되는 '그들만의 문법'에 기반하는 것이 아니라 기왕의 문법 체계 속에서 반복 · 재생산되고 있는 '위계화'가 만들어내는 불평등의 정당화 구조를 '회의'하게 만드는 새로운 인식지점을 제공할 수 있다면 '지역'과 '지역 작가'라는 곤궁한 '처지'가 외려 새로운 의미를 획득할 수 있는 유의미한 조건이 될 수도 있다. 지역을 패권을 가지지 못한 자들의 인정투쟁이 벌어지는 장이라는 한정된 맥락으로 전유하지 않고 중앙 집권적인 국가 권력이 부여하는 힘의 위계를 '넘나들거나' '비켜서는' 궤적을 포착할 수 있는 지점이 될 때, 한 작가의 위상에 대해 말하기 위해 반드시 '지역'이라는 기반을 경유하지 않아도 된다. 뿐만 아니라 '위계적 질서'를 '횡단'했던 사유의 궤적은 그간 통용되어왔던 '지역'이라는 범주를 새로운 지평 위에 올려둘 수 있는 동력의 역할을 할 수도 있다. 그것은 앞서 언급했던 '이중의 회의'라는 방법론을 통해 시도해볼 수 있다. 특히 지역 작가에게 이러한 '이중의 회의'는 '지역-내-작가'라는 한정된 장을 넘어서는 도약의 의미를 가진다. '지역 작가'의 이중의 회의라는 도약이 각 지역마다 상이한 방식으로 표출될 것임은 자명하다. 각 지역 작가들의 작품들이 만들어내는 다양한 궤적의 스펙트럼은 중앙과 주변이라는 이분법적 틀을 파기할 수 있는 대안적 지점을 만드는 데 일정한 역할을 담당할 수도 있다.

3. 부산을 본다 ─ (1) 〈도시의 공룡들〉 : 김성연의 작업

부산이라는 지역의 독특한 특성은 오직 부산만이 가지고 있는 특권화된 자질이라기보다는 중앙 집권적인 국가 권력에 의해 강제적으로 재편된 한국의 거의 모든 지역에서 확인할 수 있는 기형적인 근대화의 모순을 가장 선명하게 현시하고 있다는 데서 찾을 수 있다. 부산에 대해 말한다는 것은 부산에 거주하고 있는 구성원들에게만 해당되는 것이 아니라 국가가 휘두른 위계화에 의해 불공평한 방식으로 재편되어온 이 땅의 모든 지역의 구성원들에게도 향해 있을 수밖에 없다. 그러니 부산이라는 지역의 특이성은 바다를 끼고 있다는 지정학적 위치나 제2의 도시라는 규모의 정도를 통해 규명되는 것보다 외려 모든 지역의 공통된 속성이기도 한 '도시성'에 집중할 때 더욱 분명하게 드러날 수 있다. '부산'의 도시성에 대해서 말하기 위해서는 앞서 언급한 '이중의 회의'라는 방법을 통해 접근할 필요가 있어 보인다. 부산이라는 근대 도시가 어떤 위계화 작업에 의해 형성된 것인지를 파악하는 것과 아울러 부산이 '누리고 있는' 혜택, 바꿔 말해 내부에서 발생하는 '위계'까지 동시에 '사유'해야 한다는 것이다. '지역'을 단순히 보호하고 의미를 부여해야 하는 당위적인 공간이 아니라 '도시'라는 보편적인 지위에서 바라볼 때 핍박받는 희생자의 위치에 있던 '지역'이 은

© 김성연, Dinosaur in the city series 복천동 2, 2006

© 김성연, Dinosaur in the city series 민락동, 2006

폐하고 있던 폭력적인 면, 다시 말해 패권을 가지지 않았다는 이유로 면
죄부가 부여됨으로써 간과되곤 했던 부분 또한 확인할 수 있다는 것이다.
'지역'을 통해 새로운 인식지점을 생성하기 위해서는 이러한 겹의 사유는
자기 정당화의 논리로부터 거리를 가질 수 있을 때만 가능하다.

　김성연의 작업, 〈도시의 공룡들Dinosaur of city〉[2]은 부산이라는 공간이

---

2) 김성연의 〈도시의 공룡들〉에 대한 보다 심층적인 분석은 〈도시의 공룡들〉 도록에 실려
　있는 김만석의 「공룡의 세기」를 참조.

하나의 속성으로 환원되는 것이 아니라 중층적인 의미망에 의해 구축되어 있음을 표현하고 있다. 그것은 앞서 언급한 '이중의 회의'라는 방법론이 시각 예술의 분야에서 적절하게 수행하고 있는 드문 사례로 삼을 수 있다. 김성연의 시선에 포착된 부산은 무엇보다 '도시'가 가지고 있는 다양하고 중층적인 양상들을 확인할 수 있는 장의 의미를 가진다. 부산이라는 근대 도시의 특징에 대한 포착은 우선적으로 '도시화'가 언제나 '슬럼화'라는 바탕 위에서 구축되는 것이라는 기본적인 태도 위에서 이루어지는 것처럼 보인다.[3] '도시의 공룡들'이라는 저 표제는 겹의 의미를 내장하고 있다. 도시 자체가 '공룡'과 같은 폭압적인 속성을 통해서 증식하고 있다는 측면과 함께 도시의 한켠에 아직 멸종하지 않은/못한 '공룡'들의 양상을 보여줌으로써 부산이라는 근대 도시가 탈근대 도시로 이행하는 과정 속에서 발생하는 여러 가지 문제들을 가시화한다는 점에서 그러하다. 부산의 이 같은 급속한 변화야말로 '부산적'인 특징이라고 할 수 있는데, 이 이행의 과정 속에서 발생하는 여러 결락들에 의해 역설적으로 부산이라는 도시의 독특성이 더욱 분명하게 드러나게 된다.

무분별한 개발을 통해 제 몸뚱이를 불려가는 '도시'는 '공룡'을 닮아 있다. 김성연의 작업이 포착하고 있는 여러 지점들은 공룡이 지구에서 사라진 것처럼 도시 또한 그러한 운명에서 자유로울 수 없을 것이라는 점을 환기하는 듯하다. 공룡의 식성과 같은 폭압적인 방식으로 공간을 균질화 시켜가는 '도시'가 실을 제 살을 갉아먹음으로써 스스로를 파괴하고 있다는 것, 다시 말해 도심 속에 생존하고 있는 '공룡'이 멸종되어가는 양상은 '도시'의 절멸과 이어져 있음을 의미하는 것처럼 보인다는 것이다. 그의 작업을 통해 광안리, 주례, 수정동, 광복동, 복천동, 용호동 등 부산의 전 지역

---

3) 도시의 양극화 문제에 관해서는 신자유주의 세계화라는 기획에 의해 슬럼화 되어 가는 현대 도시의 문제를 사회학적 관점에서 분석한 마이크 데이비스의 『슬럼, 지구를 뒤덮다』(김정하 옮김, 돌베개, 2008)를 참조.

① 김성연, 〈불꽃놀이〉, 비디오, 2006 일부

② 김성연, 〈불꽃놀이〉, 비디오, 2006 일부

을 집어 삼키고 있는 '도시-공룡'과 그 틈바구니에서 서식하고 있는 '공룡'의 존재를 확인하게 되는데, 덧칠되어 있는 그 형상은 단순히 작가의 상상력에 의해 직조되는 허구의 산물이라기보다는 우리가 너무나 잘 알고 있다고 착각하는 도시라는 공간이 어떻게 구축되어왔으며 그 안에 무엇이 있는지 정작 우리가 모르고 있다는 사실을 환기한다.

도시 속에 감추어져 있는 이 '공룡'들은 무엇을 의미하는가. 도시가 자신의 몸을 불리기 위해 삭제하고 은폐시켜버린 '공룡'들은 도시를 구성하고 있는 분명한 실체임에도 불구하고 결코 자신의 존재를 승인받지 못하는 처지에 놓여 있는 것처럼 보이지만 이 '공룡'들은 누군가가 반드시 확인해주어야만 스스로의 존재를 증명할 수 있는 피동적인 위치에 놓여 있는 것만은 아니다. 분명하게 존재하지만 우리의 눈에 보이지 않는 '공룡'들은 도시가 결코 장악할 수 없는 주체들을 형상화한 것이기도 하다. 부산이라는 도시의 독특성은 난개발의 힘의 압력에도 불구하고 여전히 살아 꿈틀대고 있는 존재들, 아니 어쩌면 그러한 난개발로부터 발생한 것처럼 보이는 존재들의 형상과 그것들이 남긴 흔적을 포착할 수 있는 시간의 단층을 내장하고 있다는 점에서 찾을 수 있다. 증식하는 도시가 무엇을 바탕으로 하고 있는지에 대해서는 단채널 비디오 작업 〈불꽃놀이 fireworks〉(비디오, 2006)에서 더 분명하게 확인할 수 있다.

탈근대 도시 부산이 브랜드를 구축하는 데 있어 빼놓지 않는 것 중의 하나인 불꽃 축제의 이면과 그것의 지반을 탐색하는 이 작업을 통해 우리는 탈근대 도시로 재빨리 몸바꿈을 시도하는 부산이라는 도시의 이면과 심층을 동시에 만나게 된다. 광안대로의 상공에 터지는 불꽃들의 화려한 군무를 시작으로 하는 김성연의 〈불꽃놀이〉는 불꽃의 화려함을 보여주는 것에 집중하다가 돌연 영상을 뒤로 돌리면서 불꽃이 터지는 장면 위에 산복도로의 영상을 겹쳐놓는다. 이는 불꽃의 기원을 거슬러 올라감으로써 불꽃 축제의 화려함이 딛고 있는 지반이 어디인지를 묻고 있는 것처럼 보이는데, 그 물음은 곧 불꽃'놀이'에 시선을 뺏기는 순간 도시에 켜켜이 쌓여 있는 시간의 단층이 사라져버릴 수도 있음을 경고하는 것이기도 하다.[4] 광안대교 위에서 펼쳐지는 저 화려한 불꽃놀이가 산복도로에 빼

---

4) 흥미로운 것은 도시의 밤하늘을 화려하게 장식하는 불꽃과 그 아래에 놓여 있는 슬럼이 긴밀하게 연관되어 있음을 아주 작은 효과를 통해서 보여준다는 데 있다. 이 같은 점은 부분적으로 색을 덧칠하거나 흑백으로 처리함으로써 부산이라는 도시의 정체성을 적확하게 재현하고 있는 〈도시의 공룡들〉에서도 확인할 수 있다.

곡히 들어차 있는 다세대 주택과 겹쳐지니 마치 슬럼가로 쏟아지는 폭격처럼 보인다.[5] 수직 삼분할 된 영상 위에 슬럼가들이 단층을 이루고 그 위로 'BUSAN'이라는 로고가 겹쳐지는 장면(사진②)에서 부산이라는 도시의 정체성이라는 것이 도시 이미지 구축 사업으로 추진되고 있는 각종 축제에 의해서 만들어지는 것이 아니라 오랜 시간동안 적층되어온 산복도로를 따라 가득 메운 저 '슬럼가'에 의한 것임을 알아차릴 수 있게 된다. 아니 어쩌면 불꽃축제와 슬럼가의 겹침, 매끄럽게 다듬어지지 않은 저 이질적인 것들의 불협화음이야말로 '부산적인 것'이라고 부를 수 있는 유일한 것인지도 모른다.

4. 부산을 본다 — (2) 〈another frame〉: 이인미의 작업

　사진가 최민식은 오랜 시간 동안 부산이라는 도시에 거주하고 있는 서민들의 부박한 삶을 담아내는 데 집중해왔다. 그의 작업은 삶에 열중하고 있는 인물들의 표정이 만들어내는 굴곡진 시간의 흔적을 순간적으로 포착함으로써 그 인물이 걸어온 삶을 사각의 프레임 안에 부려 놓았다. 인물들의 얼굴에 남아 있는 깊게 패인 주름들은 그들이 살아온 삶의 궤적에 질감을 부여하는 것이었고, 삶의 고단함이 선연하게 드러나는 인물들의 표정은 하나같이 알 수 없는 에너지를 발산하곤 했는데, 우리는 그 에너지가 굉장히 동적인 것이라는 것을 감각할 수 있었다. 최민식의 사진에서 공간이 차지하는 비중은 인물에 비해 부차적일 수밖에 없겠지만 그렇다고 그가 공간적인 특성을 전혀 고려하지 않았다고 성급하게 규정해서도 안 된

---

5) 불꽃이 터지는 영상에서 우리는 폭죽 소리가 아닌 폭격 소리를 듣게 되는데, 김성연이 축제의 소리를 폭격의 소리로 대체한 이유는 화려한 불꽃의 군무가 실은 도시의 스펙터클이 난사하는 폭격과 다르지 않은 것이라는 판단 때문일 것이다.

다. 인물들의 얼굴에 펼쳐져 있는 삶의 굴곡들은 그들이 딛고 있는 공간의 형상과 긴밀하게 연결되어 있을 수밖에 없기 때문이다. 자갈치라는 공간에서 찍은 일련의 인물 사진과 부민동의 판자집, 범일동의 공동수도 앞에서 포착한 표정들에서 우리는 피사체의 표정뿐만 아니라 그러한 표정이 직조되는 외부적 환경 또한 감지할 수 있기 때문이다.[6] 최민식이 포착한 인물들의 세밀하지만 역동적인 표정은 그 공간의 모습과 그리 떨어져 있지 않다. 인물들의 모습뿐만 아니라 그들이 딛고 있던 공간의 역동성이 전달될 수 있는 것 또한 최민식이 포착하고자 했던 '당대의 표정'이 '공간'과 그 속에 자리하고 있는 '주체'와의 긴밀한 관계에 의해 직조되는 것이기 때문이다.

오래전부터 건축 사진 작업을 해온 이인미를 최민식과 비교를 한다는

---

6) 최민식, 조세희 엮음, 『최민식 1957—1987』, 열화당, 1987.

것이 어딘지 어색하지 않을 수 없겠지만 긴 시간 동안 부산이라는 '도시의 표정'을 담아내고 있다는 점에서 그들의 작업을 나란히 두고 비교해보는 것도 일정한 의미를 가질 수 있을 듯하다. 이인미는 인물의 표정보다는 건축물의 형상(표정)을 포착하는 데 집중하고 있다. 이인미가 담아내는 대상은 사람이나 유동하는 형상들이 아닌 탓에 대부분의 사진은 정적인 것처럼 느껴지며 피사체들은 대개 건축물이거나 건물의 골조가 만들어내는 그림자인 터라 그것으로부터 운동성을 찾아내기란 어려워 보인다. 그러나 조금만 자세히 살펴본다면 움직임이 없는 그 사진들에 '움직임의 흔적들'이 남아 있다는 사실을 확인할 수 있다.[7] 사진의 안정적인 구도를 만드는 데 일정한 역할을 하고 있는 사선으로 뻗어 있는 건물의 윤곽과 그것이 만들어내는 그림자들은 유동하지는 않지만 시시각각 변하는 도시의 표정처럼 보인다. 뿐만 아니라 이인미의 사진에는 움직이는 피사체가 없는 대신 그것을 대신하는 요소들이 빠지지 않고 배치되어 있다는 점 또한 주목해야 한다. 빈번하게 등장하는 신발, 빨래, 자전거 등은 멈춰 있지만 움직임을 지속시키고 있던 것이거나 언제라도 움직일 수 있는 것들이라고 할 수 있기 때문이다. 이인미의 사진이 도시의 건조하고 기하학적인 형상을 포착하는 데 집중하고 있음에도 '숨결' 같은 것이 느껴지는 것은 이 때문일 것이다.

　이인미는 도시적 삶에 포커스를 두고 있다기보다 그러한 삶이 직조되는 '틀'에 집중하고 있는 것처럼 보인다. 도시를 구성하는 구조물들과 그것이 만들어내는 '음영'이 그 자체로 미적인 자질을 가지고 있다는 사실을 이인미의 작업을 통해 확인하게 되는데 그가 수직으로 솟아 있는 고층 건물

---

7) 부산이라는 도시의 표정을 담아내고 있는 이인미의 작업은 개인전 〈another frame〉의 전시 도록과 박훈하와 함께 작업한 『나는 도시에 산다』(비온후, 2008)에 실린 사진들을 참조해볼 수 있다. 부분적이기는 하지만 계간 『오늘의문예비평』(2003~2006년)의 표지 또한 참조할 수 있다.

이나 거대한 다리 등 직선으로 뻗어 있는 건축물에 유독 관심을 집중하는 이유 또한 도시성 그 자체가 획득하고 있는 모던한 실루엣이 주는 미적인 측면을 탐닉하고 있기 때문일 것이다. 이인미의 작업은 도시의 구조물이 만들어내는 음영의 선명한 대비를 통해 모던한 미적 특성을 포착해낸다. 도시 속의 기하학적인 형상과 함께 철골 구조물이나 거대한 건물들이 만들어내는 선과 그림자는 도시에 존재하지만 존재감을 부여받지 못한 집단들을 형상화하는 것처럼 보이기도 한다. 이인미가 집중하고 있는 건물

© 이인미, 2008 부암동

들의 형상과 그 형상들이 만들어내는 음영은 그의 사진이 그저 고층 건물들의 기하학적인 형상을 포착하는 것에 국한되는 것이 아니라 드러나는 것과 드러나지 않는 것들, 사람과 건축의 어울림이 직조하는 시간의 결들을 보여준다. 과감한 음영의 대비로 재구성한 부산의 면면은 고유한 것이면서도 도시성이라는 보편성을 동시에 담아내고 있는 표정이기도 하다.

　이인미가 포착하고 있는 피사체와 그것을 바라보는 주체가 닮아 있다는 점은 그의 작업을 설명하는 데 빼놓을 수 없다. 도시를 구성하는 건축물들이 늘 그 자리를 지키고 있는 것처럼 피사체를 포착하는 이인미의 시선 또한 대상을 오랫동안 바라봄으로써 시선 주체의 의도를 최소화하려는 태도를 감지할 수 있다. 보는 이의 의도를 최소화하려는 이러한 노력들이 도시를 바라볼 수 있는 또 다른 시선을 만들어낸다. 그것은 '지역'을 주제로 하는 여타의 작업들이 특정 공간을 특정 이미지로 고착화하는 데 집중하고 있는 것과는 다른 태도를 취한다는 데서 찾을 수 있다. 사람·건물·공간으로부터 '거리'를 확보하는 데 집중하고 있는 저 태도는 도시를 생소하고 다양하게 바라볼 수 있게 하는 시점(perspective)을 마련한다.

건물과 건물들이 만들어내는 기하학적인 선들의 교차는 그 공간에 또 하나의 프레임을 만들고 이 새로운 프레임을 통해 우리가 알고 있다고 생각해왔던 공간의 또 다른 표정을 읽을 수 있게 된다. 피사체를 바라보는 시선이 대상을 장악하려는 욕망으로부터 거리를 두고자 하는 태도에 의해 겹의 시선을 가질 수 있게 되는 것이다. 이인미가 취하고 있는 이 겹의 시선은 단지 공간의 다채로운 면모를 표현하는 것에 국한되는 것이 아니라 매 순간 시간을 먹어치워 버리는 도시의 역사적 단층들을 바라볼 수 있는 유의미한 경로가 된다. 도시 재개발의 모습을 포착하고 있는 일련의 사진들에서 우리는 남아 있는 것과 사라진 것들, 그리고 앞으로 들어서게 될 거대한 구축물들을 짐작할 수 있으며 그로 인해 남아 있는 것들 또한 곧 왜소한 것이 될 것임을 한 장의 사진 속에서 감지할 수 있기 때문이다. 과거·현재·미래가 겹쳐 있는 사진은 도시에 축적된 시간의 결이 파괴되고 있음을 알림으로써 부산이라는 탈근대 도시의 욕망을 성찰하게 한다. 전쟁의 폐허를 방불케 하는 이 재개발 현장의 사진이 어디 부산만의 문제겠는가.

5. 부산을 쓴다 — 기억의 무덤에서 배달된 편지 묶음

요산 김정한 탄생 100주년을 기념하는 문학제의 일환으로 출간된 『부산을 쓴다』(정태규 외 27인, 산지니, 2008)는 여러 면에서 주목하지 않을 수 없는 소설집이다. 편집 후기에서 밝히고 있는 것처럼 특정한 장소를 주제로 수십 명의 작가의 소설을 묶은 소설집은 전무하기 때문이기도 하거니와 색인으로서의 장소가 아닌 구체적 삶의 공간으로서의 지역을 탐문하고 있는 보고(報告)라는 의미 또한 가지기 때문이다.[8] 『부산을 쓴다』의 모든 작품은 부산의 명소와 특정 장소를 배경으로 하고 있다. 기획자의 의도처럼 "부산의 명소나 장소를 배경으로 30매짜리의 완결된 작품"이자 "서사구조를 통해 장소의 역사적, 문화적 의미가 잘 형상화되면서, 거기다가 예술적 감동까지 가미"[9]되었는지에 대한 평가에 앞서 부산이라는 공간을 명소와 장소로 분할하여 재조직하는 이 작업이 가지는 특징에 대해 언급할 필요가 있다. '장소의 발견'이란 접근 방식은 역사적인 연원을 가지고 있다는 점 또한 간과해서는 안 된다. 국가주도의 중앙집권적 국토 재개발이 전면적으로 시행되었던 산업화 시대에도 국토의 발견이라는 이름으로 많은 기획들이 진행되었었고 제국주의의 시선으로 재편되었던 식민지 조선의 국토 분할과 발명 또한 '장소의 발견'이라는 기획과 역사적 연원을 같이하기 때문이다.

1929년에 발간된 잡지 『삼천리』의 「반도팔경」 기획[10]은 특정 지역을 기념화함으로써 '찌그러져 있는' 조선을 균질한 공간으로 재구성하려는 기획이었다는 점에서 『부산을 쓴다』을 이 기획과 겹쳐서 읽어볼 필요가 있다. 이 기획은 '금강산(강원도)-대동강(평양)-부여(충남)-경주(경북)-명사십리(원산)-해운대(동래)-백두산(함북)-촉석루(진주)'라는 특정 공간을 '팔경'으로 맥락화한 후 새로운 의미로 좌표화된 각각의 '점(點)'들을 잇는 것을 목적으로 하며 '삼천리'라는 새로운 '면(面)'이 이런 방식으로 발견되는 것이다. 삼천리는 '발견된 국토'라는 점처럼 반도에 팔경 또한 내재되어 있는 것이 아니라 '팔경'의 발명에 의해 '반도'가 구성되는 전도로 읽을 수도 있다. 이러한 도착(倒錯)은 식민지 시기라는 특정한 시대만이 아니라

---

8) 『부산을 쓴다』의 「발간사」(구모룡)와 「편집후기」(정태규)를 참조.
9) 정태규, 앞의 글, 298쪽.
10) 『삼천리』 창간호(1929년 6월)에 실려 있는 「「半島八景」 發表, 그 趣旨와 本社의 計劃」을 참조.

지역의 기념화를 통해 특정한 정체성을 획득하려는 오늘의 지역 정책 및 담론의 양상과 일맥상통하는 면이 있다. 물론 식민지 시기라는 특수한 역사적 맥락을 고려해야 하겠지만 『삼천리』의 「반도팔경」 기획이 부산이라는 공간에 각인되어 있는 장소성을 통해 지역성을 재구성하려는 『부산을 쓴다』의 기획과 얼마나 다른 것인지는 상세히 논의되어야 할 것이다.

『부산을 쓴다』에 수록된 대부분의 작품들이 지금 부재하거나 다시 돌아갈 수 없는 상실감이 깊게 배어 있는 이유는 어디에 있을까. 부산의 장소성을 복원하기 위한 일련의 기획이 '부재하는 것'에 대한 회한을 통해 구축된다는 것은 조금 기이하게 느껴진다. 정태규의 「편지」의 경우 400년 전의 편지를 통해 가닿을 수 없는 상대를 향한 화자의 감정을 표현한다는 점만큼은 소설의 형식적 면에서 일정한 의미를 가질 수 있는 것이겠지만 『부산을 쓴다』의 대부분의 소설에서도 결코 조우할 수 없는 소멸한 것이나 상실한 것을 찾거나 그것에 고착되어 있다는 점을 염두에 둔다면 형식적인 완성도만으론 소설에 대해 온전히 다 말할 수 없다고 하겠다. 『부산을 쓴다』가 '장소성'과 관련된 일련의 정서를 환기한다는 점을 주목해야겠지만 삶의 구체성이 발현되는 공간으로서의 지역을 구현하는 것을 목적으로 하는 이 기획과 어쩐지 어긋나는 부분처럼 여겨진다.

조금 고약하게 말한다면 『부산을 쓴다』에 재현되어 있는 작품들에 따른다면 부산이라는 공간은 기억의 시체와 유골이 널려 있는 납골당처럼 보인다. 부산이라는 지리적 공간 속에서 활동하고 있는 작가들이 언제나 부재와 상실감이라는 정서를 통해서 부산을 사유하고 있는 이 심성구조는 무엇을 의미하는가?[11] 결여된 것들을 반복해서 호명함으로써만 현존

---

11) 얼마 전에 출간된 『서울, 어느 날 소설이 되다』(강영숙 외 8인, 강, 2009)는 여러 가지 면에서 주목을 요한다. 서울이라는 공간을 배경으로 한 아홉 편의 소설은 장소성보다는 욕망이 교환되는 '장'인 도시성에 보다 집중하고 있다는 점에서 장소성의 구현에 집중하고 있는 『부산을 쓴다』와 함께 다룰 필요가 있어 보인다. 아주 밀착되어 있는 것처럼도 보이고 굉장히 멀리 떨어져 있는 것처럼도 보이는 이 두 작업을 동시에 고

할 수 있고 사라져버린 것들의 부재감과 상실감을 통해서만 현재를 재구
성하려는 이 집단적 정서가 무엇을 의미하는지 묻지 않을 수 없다. 과거를
소환함으로써만 현재의 '발화'를 할 수 있는 이 작업은 현존하는 삶의 공
간을 낭만적으로 지워버림으로써 가능한 작업이지 않은가. 물론 이러한
상실감에 붙들리게 된 이유가 급변하는 도시와 삶의 모든 영역을 총괄하
는 자본의 폭압적인 면으로부터 비롯되는 것이겠지만 『부산을 쓴다』에서
확인되는 작가들의 입장은 그들의 의도와 달리 주거지를 관광지로 바꿔
버리는 자본의 논리와 공전하고 있는 것처럼 보인다. 지역의 기념화는 '차
이'를 통한 마케팅의 전략과 긴밀하게 맞닿아 있는 것이기 때문이다.[12]

이러한 의구심에도 불구하고 『부산을 쓴다』에 지역을 사유하는 유의미
한 지점을 보여주는 작품 또한 적지 않다. 조명숙의 「거기 없는 당신」과
이정임의 「태양을 쫓는 아이」는 지역과 장소를 사유하는 유의미한 참조점
을 제공하는 소설이다. 조명숙의 「거기 없는 당신」은 제목에서부터 '부재'
를 전면에 내세우고 있지만 그 '부재'는 여타의 소설과 다른 지반 위에 놓
여 있다. 무엇보다 이 소설은 과거를 회상하며 현재를 위무하는 회로에 갇
혀 있지 않다. 오래전 연인을 TV의 촛불 시위 장소에서 다시 보게 된 '여
자'는 '그'를 만나기 위해 예전의 '그'와 시간을 함께했지만 이제는 촛불
시위의 장소로 변한 '서면'으로 향한다. 조명숙은 장소를 '상실감'이 아닌
'변해버린' 상태로 접근하고 있다. 역사와 장소를 서둘러 낭만화하지 않기
에 변해버린 시공간은 '우연성'이 발생하는 장이 되며 그것은 현재적인 '사

<hr>

려할 때, 각 작업의 맥락과 의미가 더욱 분명하게 드러날 수 있을 것이다.

12) 지역의 정체성을 구축하기 위한 다양한 실천이 세계화라는 새로운 국면을 맞이하면
서 국제적 도시 건설이나 도시 브랜드화 같은 글로벌 마케팅으로 흡수되는 역학에 관
해서는 권명아의 「기념의 정치와 지역의 문화 정체성—저항과 글로벌 마케팅 사이」
(『식민지 이후를 사유하다—탈식민화와 재식민화의 경계』, 책세상, 2009)를 참조할
것. 이 글은 전국의 대부분 지역에서 추진하고 있는 '문학 기념관' 사업이 가지는 의
미와 문제들을 다룸으로써 '지역'이 다양한 방식으로 전유되고 있는 상황에 대한 중
요한 통찰을 보여준다.

건'으로 이어진다. 조명숙에게 '장소'는 과거의 아련한 기억을 간직하고 있는 곳이 아니라 "원인이 밝혀지지 않은 채로 잊을 만하면 불쑥 찾아오는 증상"이며 "갑자기 어느 순간에, 왈칵 벼랑으로 떠밀어 버리겠다는 듯이 찾아"(147쪽) 오는 '고통'인 탓에 전 존재를 휘감는 현재적인 실체에 가깝다. '여자'는 지금 당장 '진통제'가 필요하다고 말하는데 이때의 진통제는 여타의 소설에서 구현하고 있는 '상실감'과는 다른 성질의 것이다. 조명숙이 표현하는 고통은 매번 진통제를 삼켜야만 하는 지금 당면한 다급한 현실이라고 할 수 있다. '서면'이라는 장소는 좋았던 시절을 상실한 곳이 아니라 지금도 반복되는 고통이 있는 자리다. 아련한 고통이 아닌 전존재를 흔들어 놓는 고통의 진원지라는 점에서 조명숙에게 '서면'이라는 장소는 실체적인 곳일 수밖에 없다.

이 소설의 중요성은 '서면'이라는 장소의 현재성·구체성을 구현한 것에만 국한되지 않는다. 대개의 상실감을 말하는 소설들이 '그'의 부재에 대한 탄식이나 '황홀한 아픔'으로 점철되어 있는 것에 반해 조명숙의 소설은 여전히 '그'는 '거기'에 있으며 삶에 충실하지 못한 '나'만이 '그'의 곁에도, '거기'에도 없음 말하고 있다는 데서 찾을 수 있다. 이는 주체의 '회의'와 '성찰'을 요구하는 구체성을 띤 '장소'의 의미를 환기시킨다. 이는 장소의 고착으로 귀결되는 것이 아니라 그 장소에 존재하고 있는 '타자'들과 그들로부터 이격되어 있는 '나'를 발견하게 한다. 장소는 '나'와 '타자'를 발견케 하는 구체적인 장의 의미를 가지는 동시에 새로운 관계를 맺을 수 있는 실천적인 장의 자리를 마련하는 것이다.

이정임의 「태양을 쫓는 아이」는 장소성에 관해 풍부한 지점을 사유할 수 있게 하는 작품이다. 이제는 아파트 단지로 바뀐 미군 주둔지였던 '하얄리아 부대'라는 묵직한 장소를 배경으로 하고 있는 이 소설은 유년 시절의 경험을 회상하는 방식으로 이루어져 있다는 점에서 여타의 소설들과 별다른 차이를 가지지 않는 것처럼 보이지만 회상의 구조가 현재 삭제되어 있는 중요한 부분을 환기시키는 역할을 한다는 점을 주목할 필요가 있다. '하얄리아 부대'라는 혼종적인 공간 속에 뒤섞여 있는 인물들의 관계는 그 자체로 해방 이후 한국 사회의 핵심적인 단면을 보여주는 풍경화라고 할 수 있는데 이 소설은 '하얄리아 부대'라는 독특한 공간 속에서 우리는 어떻게 살아왔으며 저 복잡한 혼혈/종의 실체와 양상들이 언제, 어디서부터 오게 되었는지를 사유하게 만든다. '하얄리아 부대' 안의 비디오 가게의 딸인 '나'와 미국으로 도망쳐버린 흑인 아버지를 둔 '최정미'라는 혼혈아, 그리고 부산 사투리가 입에 밴 부대 안에 살고 있는 혼혈아 '써니'가 여름 한 계절 동안 겪는 소소한 사건들 속에서 우리는 결코 가볍지 않은 '역사의 결'과 마주하게 되는 것이다.

> 그때 길 옆 놀이터에서 놀던 백인 꼬마들이 우리에게 소리쳤다.
> 개새끼들아! 꺼지라!
> 노란 머리에 파란 눈을 한 아이들이 부산 사투리로 욕을 하는 것은 우리가 영어를 하는 것만큼이나 어색했다. 나는 지지 않으려 소리 질렀다.
> 셧 더 마우스! 뻑큐!
> 녀서들은 아랑곳 않고 계속해서 우리를 거지새끼들이라 놀려댔다.
> 그때였다. 최정미가 돌을 들어 아이들에게 던졌다.
> 내가 왜? 너거나 꺼져라!
>
> — 이정임, 「태양을 쫓는 아이」, 213~214쪽

저 짧은 대화는 '하얄리아 부대' 속에서 미국과 한국, 흑인과 백인 그리고 혼혈과 순종을 구분하는 것이 얼마나 어려운 일인지를 넌지시, 그러나 선명하게 드러낸다. '냉전 체제'라는 개념을 사용하지 않더라도 인용문에서 확인할 수 있는 '하얄리아 부대'라는 장소는 그 자체로 당시의 세계와 한국이 맺고 있는 관계를 집약적으로 현시하는 공간의 의미를 가지는 탓

에 우리는 부산이라는 지역이 늘 세계사적 지평 위에 놓여 있었음을 새삼 환기할 수 있게 되는 것이다. 저 혼종적인 장면이야말로 '부산적'이며 '부산스러운 것'이라고 말할 수 있는 분명한 것처럼 보이지 않는가.

6. 부산을 넘다

전 지구적 자본주의에 대항하는 저항의 거점이나 근대국가 시스템이 노정하고 있는 구조적인 모순들을 타개할 수 있는 대안적 공간이라는 목적하에 지역을 새롭게 인식하려는 기획이 지금 이 순간도 쉼 없이 추진되고 있다. 그 같은 지역 담론의 다양한 스펙트럼 속에는 토착자본의 증식을 목적으로 하는 기획도 있을 것이며 〈공공미술프로젝트〉처럼 지역의 대표라는 거창한 이름을 달지 않고서도 해당 지역의 특이성들을 잘 살려내어 주민과 작가들이 함께 어울려 기획하고 실천하여 삶-터를 좀 더 살기 좋게 바꾸는 것을 목적으로 하는 기획들도 있을 것이다. 수많은 지역 문화 중 자본과 편승하는 것들이 있는가하면 자본에 대항하는 대안적 기획을 모색하는 것도 있다는 점에서 '지역'이라는 말을 쓸 때 흔히 범하게 되는 오류에 대해서 매번 고심해야할 필요성이 요청된다. 유독 '지역'이라는 개념만이 어떠한 동의도 없이 그 자체로 대표성을 획득해버리는 사정은 우리가 지금 열심히 찾아서 쓰고 있는 '지역'을 단일한 것으로 환원해버리는 우를 반복해서 범하고 있는 것이라고 할 수 있기 때문이다.

근대국가 시스템이라는 대타항의 힘이 너무도 막강한 탓에 그것에 대응할 수 있는 대안적 공간으로써의 '지역'이라는 개념을 다시금 분쇄하여 매번 망각하거나 지워버리는 이질적인 존재들이 뒤섞여 있다는 자명한 사실을 환기할 필요가 있다. 지역은 그 자체로 어떠한 의미도 선험적으로 획득하고 있지 않다는 사실을 염두에 둘 때 현실적 문제를 타개하는 거점으로서의 지역 또한 결코 특정한 의미로 환원될 수 없다는 사실을 자각해야 한다는 것이다. 다시 말해 지역 내부에서도 편차가 있으며 지역을 바라보는 시선들의 '위치'에 의해 '지역'은 결코 하나의 이미지로, 하나의 개념으로, 하나의 심상지리로 구획될 수 없다. 중요한 것은 지역을 호명하는 자의 '위치'다. 누가 왜 어떤 목적으로 지역을 호명하는가? 이를테면 해운대[13]와 범일동[14]은 행정적으로 부산이지만 이 두 공간을 '부산성'이라는 지역적 특징으로 다 포괄할 수 있는가? 탈산업 도시의 첨병으로 '다이나믹 부산'이라는 슬로건하에 새롭게, 너무나 빨리 구획되어버리는(그리하여 도시에 쌓여 있는 시간의 단층들을 서둘러 제거해버리는) 해운대와 도시의 중심에서 밀려난 사람들이 기거하는 범일동이라는 공간은 과연 '부산'이라는 단일한 명명으로, '지역'이라는 용어로 포괄할 수 있냐는 것이다. 이때의 '지역'은 도시가 가지고 있는 많은 모순들을 은폐해버리고 오류투성이인 구조를 용인하거나 승인하는 기제로 작동할 수도 있음을 지각할 수 있어야 한다. '이중의 회의'가 필요한 것은 이 때문이다. 자신이 서 있는 지반의 자명함과 당위들까지 '회의'할 수 있을 때 '겹의 부산'과 조우할 수 있다. '부산'이면서 '부산'만은 아닌, 바로 그런 모순에 대한 사유만이 '부산'을 넘어 새로운 인식의 지점을 구축할 수 있는 장(場)의 의미를 가질 수 있을 것이

---

13) 해운대가 부산의 새로운 중심이 되는 구체적인 양상과 의미에 대해서는 박훈하의 「새로운 인터페이스, '광안대로'에서 바라보기」(『오늘의문예비평』, 2003년 봄호)를 참조. 부산이라는 근대 도시의 형성 과정에서부터 최근 변모하고 있는 공간 변화의 양상을 문화정치적 맥락에서 정확하게 분석하고 있는 김용규의 「추상적 공간으로 변해가는 부산」(『오늘의문예비평』, 2002년 봄호) 또한 같은 맥락에서 참조해볼 수 있다. 특히 김용규는 부산성과 그 지역성을 중앙 권력의 지배를 거부하는 가치나 대안으로 격상시키는 것에 대해 비판적인 태도를 견지하고 있는데, 이는 지역성을 논하는 여타의 논자들과 입장을 달리하고 있을 뿐만 아니라 지역 담론이 매번 간과해버리는 부분을 정확하게 지적하고 있다는 점에서 주목할 필요가 있다.

14) 범일동이라는 공간의 독특성에 대해서는 필자의 「지도에 없는 그곳에서, 블루스를」(『작가와 사회』, 2008년 가을호)을 참조.

다. 배타적인 공간 개념이 아닌 경계를 넘나들면서 매번 새롭게 재편되는 지역, 서로가 연결되어 있음을 매번 확인함으로써 영향을 주고받는 지역 말이다. 이런 조건 아래에서 '지역'은 타자와의 관계를 맺는 새로운 인식적 지평의 장이라는 이름으로 운동하게 될 것이다. 지역이 넘어야 하는 것은 대타적인 중앙이 아니라 지역 그 자신이다. 완결된 하나의 통일체가 아닌 열려 있는 여럿과 조우하기 위해, 아니 차라리 여럿이 되기 위해서라도 '부산스럽게' 지역을 경유해 지역을 넘어가야 한다.(2009)

약탈을 위한 이동과 목숨을 건 이동

—'지역적인 것'에 관하여

1. 외계인의 출현과 지구의 소유권 : '지구화(Globalization)'의 기원

인류가 '지구'의 곳곳을 탐험과 여행을 통해 발견함으로써 '지구'를 조망할 수 있게 될 때, 그렇게 지구를 장악할 수 있다고 믿게 되는 순간 우리는 다음과 같은 질문과 대면하게 된다. '지구는 누구의 것인가?' 이 질문은 답을 요구하는 것이 아니다. 누구나가 이런 것을 궁금해하지 않는다는 사실을 상기해 본다면 지구의 소유권을 물을 수 있는 이야말로 지구를 소유할 수 있다는 믿음을 가지고 있는 것일 테니 질문은 답변을 요구하는 것이라기보다는 '질문을 하는 이'의 위치를 선점함으로써 지구 소유권에 관한 정당화의 논리를 구축하려는 데 그 목적이 있다고 하는 것이 더 정확할 듯하다. 이 '질문'은 어쩐지 아메리카 대륙을 '발견'한 콜럼버스가 신에게 올린 '감사'와 동일한 층위에 있는 것처럼 보이지 않는가. 세계 양차 대전이야말로 지구(영토)의 소유권에 관한 질문을 서둘러 해버렸기 때문에 발생한 비극이었다는 역사적 경험을 환기해본다면 말이다.

그러나 질문만으로는 그 누구도 지구의 소유권을 완전하게 획득할 수 없다. 냉전체제 시 미국과 소련이 앞다투어 우주선을 쏘아 올린 이유는 더욱 분명한 소유권을 획득할 수 있는 '위치'를 차지하기 위한 경쟁으로부터 비롯되었다고 말할 수 있다. '지구는 누구의 것인가?'라는 질문을 지구가 아닌 지구를 전부 조망할 수 있는 '달'에서 행할 때 그 '질문'의 위력은 배가될 것임에 틀림없기 때문이다. 미국이 달에서 찍은 지구의 모습을 송신한 지 얼마 지나지 않아 냉전 체제의 한 축인 소련 또한 달 착륙에 성공함으로써 '질문'을 독점할 수 있는 위치는 파기되고 만다. 지구의 소유권에 대한 '질문'을 독점할 수 있는 경로가 차단되었을 때 질문보다 더 의지적이고 분명하게 소유권을 주장할 수 있는 틀이 필요하게 되었을 것이다. 우리가 '외계인'을 만날 수 있었던 것은 바로 이 지점에서다.

1947년 미국의 한 지역에서 발견된 우주선의 잔해와 그 후의 증언을 비롯한 외계인 수술 장면을 담은 필름의 공개는 전 세계인으로 하여금 '외계인'이 존재하며 그들이 지구에 왔었다는 믿음을 확산시키는 데 결정적인 역할을 하게 된다. 외계인의 흔적이 국가기관에 의해 은폐되어왔다는 '로스웰 사건'에 대해 미국이 '공식적'으로 부인함으로써 역설적이지만 '외계인'의 존재는 공식적인 자리에 놓이게 되었다. 그러나 '로스웰 사건'의 의미는 외계인의 진위 파악이 아닌 그 사건에 의해 구축되는 특정한 효과에 있다. 외계인의 등장은 그들과 싸우든 그들과 협상을 하든, 누군가가 지구를 대표하여 외계인과 대면해야 한다는 것을 의미하는 것이기 때문이다. 당연하게도 그것은 지구의 소유권을 묻는 새로운 방식의 질문이다.

'지구화(globalization)'를 각종 기술(technology)의 비약적인 발달과 이로 인한 인간의 공간 지각 능력에 있어 물리적·심리적 거리가 삭제됨으로써 전세계가 하나로 묶여 있다는 범박한 규정으로 정식화할 수 있다면 그 정식화의 근저에 '지구는 누구의 것인가?'라는 질문이 장악하고 있다는 것 또한 상기할 수 있어야 한다. 더 이상 지구의 소유권에 대해서 질문하지 않게 되었을 때 그 질문의 자리에 외계인의 출현 서사가 대신한다는 것

을 발견할 수 있다. 무엇보다 외계인의 발견과 침략의 서사가 지구의 소유
권을 획득하기 위한 목적으로 만들어지는 것이라는 점을 잊어서는 안 된
다. 할리우드에서 그토록 많은 외계인 침략 서사가 반복해서 제작되는 이
유를 우주적 상상력을 시각화하는 영화 기술의 발달로부터 연유하는 것
이라고 이해할 수도 있겠지만 외계인 서사가 실은 지구의 소유권을 주장
하기 위해 유리한 위치를 점거하기 위한 강력한 알리바이로 삼고 있다는
것이다. 설사 그 서사가 전쟁이 아닌 교감과 협상이라는 방식으로 드러
난다고 해도 사정은 달라지지 않는다. 외계인과 교감을 나눌 수 있는 이,
그들과 협상을 할 수 있는 이는 지구의 대표이자 지구의 소유권을 가지
고 있는 자격이 주어지는 것처럼 보이기 때문이다. 냉전체제의 종식과 현
실 사회주의의 붕괴 및 각종 기술의 비약적인 발달로부터 시작된 '지구
화'라는 새로운 공간 재편 방식의 연원을 '로스웰 사건'으로부터 공식화
되는 '외계인의 출현'으로부터 시작된 것이라 말해볼 수도 있겠다. '지구
화'라는 명명 속에는 지구의 소유권을 주장하려는 욕망이 은폐되고 삭제
되어 있다.

이 같은 소유권 주장을 정식화하기 위한 알리바이들이 우리들의 일상
곳곳에서도 발현되고 있다. 국경의 경계가 흐릿해지고 낮아진 탓에 외부
자(외국인)와의 접촉이 일상적인 영역에서 빈번히 이루어짐에 따라 새로
운 규약들을 마련해야 할 필요성이 요청되고 있는 형편이다. 이때 만들어
지는 규약들이 규칙체계가 다른 존재들의 마주침에 의해 '외부'를 인정하
고 그들과 함께 살아갈 수 있는 방식들을 모색하는 것이 아니라 '그들'과
'우리'를 구분 지음으로써 포함과 배제의 논리를 세우는 근거로 작용하고
있는 것은 아닌가라는 회의는 새로운 규약을 설정하는 것만큼이나 중요
하게 제기해야 하는 질문이다. 예컨대 탈국경적 서사가 '이동'과 '만남'을
통한 '연대'라는 공식의 정식화에 많은 비중을 두고 있다고 할 때 '연대'를
최종 도달지점으로 하는 매끄러운 정식화가 실은 침범과 약탈을 기반으

300

로 하고 있을 가능성 또한 배제할 수 없다고 봐야 한다. '지구화'가 지구의 소유권을 주장하기 위한 새로운 논리적 틀이라는 관점으로 접근할 필요성이 요청되는 것과 마찬가지로 탈국경적 서사의 근저에 은폐되어 있는 욕망의 모습들을 다시금 살펴볼 필요가 있다는 것이다.

'지구화'를 국경의 이동이 용이해졌음을 의미하는 개념틀로 인식할 때, 우리는 이와 같은 논리가 국경 안의 체계 또한 언제나 국경 밖과의 관계 속에서 구성된다는 사실을 의미하는 것임을 알게 된다. 이것은 우리가 굳이 국경을 넘지 않고서도 탈국경적 서사의 기저에 흐르고 있는 욕망의 양태들을 확인할 수 있다는 것이기도 하다. 아니 어쩌면 국경 밖이 아닌 국경 안에서 만들어지고 있는 규약들을 면밀히 따져볼 때라야 탈국경적 서사의 무의식을 확인할 수 있는지도 모른다. 공동체 안으로 들어온 외부자들이 어떤 방식으로 양식화되고 있는지를 면밀하게 파악할 때 국경 밖에서 궁극적으로 이루고자 하는 것의 무의식적 층위를 확인할 수 있다는 것이다. 중요한 점은 국경을 넘었느냐 넘지 않았느냐의 여부에 있는 것이 아니라 공동체가 유지되기 위해서 어떤 것들이 필요하며 또 어떤 메커니즘에 의해 공동체가 스스로의 정당성을 획득하고 있는지를 질문하고 확인하는 데 있다고 하겠다. '지구화'가 소유권의 문제로 집약되는 것처럼 '이동과 만남'을 통한 '연대'의 서사 또한 소유권의 획득 방식과 어떠한 연관을 맺고 있는지를 살펴볼 필요가 있다는 것이다.

2. 소유권은 어떻게 만들어지는가

'소유권'의 발생은 필연적으로 외부자의 개입을 필요로 한다. 어떤 물건을 '지배'할 수 있는 권리는 그 물건이 외부에 '노출'되어 있음을 자각할 때라야 비로소 생겨나는 것이기 때문이다. 대개 소유권은 외부의 침입과 약탈로부터 자신의 재산을 보호하기 위한 권리 개념으로 이해되지만 그것이 언제나 '국가'의 최종 승인을 통해 정식화된다는 점에서[1] 사유재산의 법적 보호가 언제라도 '침략'과 '약탈'을 정당화하는 논리로 변주될 수 있다는 점을 잊어서는 안 된다. 소유권을 주장한다는 것이 외부(자)와의 맺는 관계를 법적 체계에 맡긴다는 것을 의미하는 것이기 때문에 이 같은 법적 장치를 통해 소유권을 획득하는 순간 외부(자)와의 자율적인 관계는 소거되어버리고 만다.

박금산의 「게스트하우스」는 이방인과 소유권에 관한 의미 있는 통찰을 보여주고 있는 소설이다. '나'와 '캐서린'이 같은 집에서 살고 있음에도 불구하고 좀처럼 가까워지지 않는 것은 그들 사이에 촘촘하게 이루어져 있는 계약 때문인데 그들 사이에 일정 기간 동안 서로의 소유권을 보장하는 목록들을 명문화한 문서가 마치 문지기처럼 지키고 있다. 키가 작은 탓에 어떤 여성으로부터도 관심의 대상이 되지 못하는 '나'의 경우 그 계약이 '캐서린'과의 일정 기간 동안 '동거'할 수 있는 합법적인 장치라고 생각하지만 '캐서린'이 그 계약을 바탕으로 자신의 방에 '디지털 스타게이트'를 설치하자 '나'의 기대와 계획은 보기 좋게 빗나가고 만다. 법적 절차를 통해 승인된 소유권 주장은 외부(자)와 단절할(될) 수 있는 조건이 되기도 한다. 자물쇠는 자신의 소유권을 드러내는 장치이면서 동시에 외부와의 '단절'을 야기하는 장애물이라는 것이 이 소설 속에서 더 분명해진다. '캐서린'과 똑같은 '스타게이트'를 모든 방문에 단 후 만족감을 느끼며 "비로소 내 집을 찾은 것 같은 기분이 들었다"(211쪽)는 '나'의 모습은 외부와의 단절을 목적으로 하는 견고한 자물쇠만이 자신을 소유권을 주장할 수 있는 유일한 증표처럼 보이게 한다. '게스트하우스'는 외부자에게 열린 공간이 아니라 외부자(게스트)와의 구분을 통해서만 '하우스'가 성립되는 역설

---

1) "이건 내 소유다, 이걸 말하려면 국가가 필요하다." 박금산, 「게스트하우스」, 『작가세계』 2008년 가을호, 196쪽.

적 공간이다.

'하우스'가 '게스트'들을 배제함으로써 비로소 '하우스'가 될 수 있는 것처럼 수많은 '하우스'로 이루어진 '도시' 또한 사정이 다르지 않아 보인다. 이 복잡한 도시의 증식을 추동하는 가장 강력한 힘은 소유권을 확보하는 일련의 과정 속에 있기 때문이다. 그럼에도 우리는 도시의 소유권이라는 것이 어떤 방식으로 형성되는지 명확하게 알지 못한다. 우리가 발 딛고 있는 도시 아래에 무엇이 묻혀 있는지 모르는 것처럼 말이다. 마치 여름 한철 동안 맹렬하게 울고 죽는 매미가 몇 년간이나 어두컴컴한 땅속에서 살았다는 기억을 떠올리지 않는 것처럼, "옛날의 기억이나 추억 따위를 떠올리는 사람이 있다면, 그 사람은 분명 패배한 사람"(박성원, 「도시는 무엇으로 이루어지는가? 2」, 『현대문학』 2008년 10월호, 55쪽~56쪽)일 것이므로 도시의 구성원들은 '우는 것'에 집중할 뿐 자신이 왜 울어야 하는지에 대해서는 묻지 않는다는 것이다. 그 어디에도 '족적'을 남기지 않는다는 점에서 도시는 사막과 같다.[2] 박성원에 의하면 도시에서 무언가를 기억한다는 것은 가장 불결한 행위다. "축제와 제의만이 우릴 가난과 질병에서 구원해" 줄 것이며 "희생으로 번창을. 제물의 피로 정화를. 축제로 희망을."(70쪽)이라는 구호 아래 맹렬히 뭉친 도시의 구성원들은 '선택 받은 전사'의 역할을 수행해야만 하는 처지에 놓여 있다. 그러나 이러한 희생의 강요로부터 벗어나는 방법이 소설 속의 설정처럼 '매미'라는 권력자로부터 도주함으로써 얻게 되는 유목민적인 삶밖에는 없는 것일까? 도시가 구성원들로 하여금 어떤 것도 기억하지 못하게 함으로써 약탈을 지속시킬 수 있는 것

---

2) "도시는 자고 나면 새 간판이 들어서 있었고, 아는 사람들은 어디론가 이사를 갔으며, 거리는 완전히 뒤바뀌어 있었다. 사람들은 사막에 사는 벌레나 동물처럼 활동시간에 맞춰 출근을 했으며, 사막의 곤충이나 동물들이 모래 안으로 스며드는 것처럼 사람들은 집 안으로 빨려 들어갔다. 그 어디에도 족적을 남아 있지 않으며, 있는 것은 모래알처럼 손에 쥐면 빠져나가는 허망함과 풍화뿐." 박성원, 「도시는 무엇으로 이루어지는가? 2」, 62쪽.

이라면 금지되어 있는 도시의 기억을 복원하는 것이야말로 구성원의 희생을 강요하는 도시의 폭력을 중단시킬 수 있는 것이지 않을까? 오래된 문서 창고에 봉인되어 있는 도시가 은폐한 기억을 깨우는 내용을 서사의 축으로 하고 있는 이정임의 소설을 이어서 읽어보기로 하자.

이정임의 「당신은 어느 별에서 왔습니까?」(『좋은소설』 2008년 가을호)는 우리 시대의 '백수연가'라고 부를 수 있을 법한 내용으로 전개되는 것처럼 보이지만 이 소설은 지금의 백수처럼 희미하고 무기력하게 사라져야만 했던 이들을 도시의 지층 아래에서 만나는 순간에 집중하고 있다. 공공 근로 사업의 일환으로 동사무소의 지하창고에 쌓여 있는 오래된 서류들을 정리하는 '계인'은 지하창고에 버려져 있는 문서 속에서 도시가 망각해버린 이름들을 만나게 된다. 오래된 서류 뭉치 속에 묻혀 도시가 잊어버린 낯선 이들의 이름, 마치 '외계인'들의 신상명세를 읊는 듯한 행위는 "피라미드의 깊은 속을 파고 들어가 미라의 몸에 감긴 붕대를 푸는 일"과 비슷해 보인다.

> "사람과 사람 사이에 일어난 일, 그들이 약속한 일을 간단하고 딱딱한 문장으로 서술한 종이에 손가락을 대면 나는 습자지처럼 투명한 종이가 되어 잉크를 흡수한다. 내 속으로 스며든 이야기가 나의 우주를 건드리고 나는 그들이 떠나온 별을, 우주를, 상상해 보는 것이다."
>
> — 이정임, 「당신은 어느 별에서 왔습니까?」, 112쪽

아무도 관심을 가지지 않는 오래된 서류를 '정리'하고 그것에 말을 거는 것은 도시가 망각한 존재들에게 "당신은 어디에서 오고 어디로 떠났습니까?"(112쪽)를 묻는 행위다. 사회의 중심으로 편입하지 못해 그 주변을 맴도는 청년 백수들의 하릴없는 행위는 도시가 망각한 타자들을 기억해내는 잉여적인 시도이기도 하다. 이 소설 또한 일상을 벗어나는 여행으로 귀

결되지만 그건 박성원 소설의 '유목'과는 다른 성질의 것이다. 이들의 이탈은 권력으로부터 벗어나는 것을 목적으로 하는 것이 아니라 철저한 구획 아래에서 일사분란하게 증식하는 도시가 지워버린 기억들을 잉여적인 것의 표출을 통해 복원하고 '타자'와의 접촉을 목표로 하고 있기 때문이다.

이정임의 소설에서 다루어지는 '백수'들의 비루한 일상에 대한 묘사는 이제는 너무 익숙한 것이어서 때늦은 감이 있는 것처럼 느껴진다. 그들이 나누는 대화는 다소간 인위적이며 여행을 떠나는 것으로 귀결되는 작품의 서사적 구조 또한 느슨해 보인다. 이 때늦음과 비약(혹은 과잉)에 대해 고민하게 된다. 이를 서둘러 '결여'라고 규정할 것이 아니라 결여의 구조를 탐구해보고 싶어지기 때문이다. 이 때늦음과 비약에서 나는 '지역적인 것'의 한 표정을 보게 되는데 '지역적인 것'='고유한 가치'라는 선험적인 규정이 매번 어떤 상실감의 확인이나 자조적 회한으로 귀결되는 지루한 순환을 막기 위해서라도 이 때늦음과 비약의 표정을 직시할 필요가 있다고 생각하기 때문이다. 조금은 의도적으로, 아니 의식적으로 두 소설을 나란히 놓아두자. 박성원의 소설이 도시가 어떻게 구성되는지 그 내부의 권력 관계의 재편을 우회적으로 그려낸 뒤 탈주를 통한 유목민이 되는 것을 삶의 대안으로 제시하고 있는 반면 이정임의 소설에서의 탈주는 타자와의 만남으로 이어진다. 이 차이와 거리야말로 미학적 완성도(문학성)보다 중요하게 다뤄져야만 하는 고유한 '위치'라고 생각한다. 물론 이 두 작가의 세대 및 젠더 차이를 간과할 수 없지만 무릅쓰고 말해본다면 중앙과 지역 혹은 중심과 주변이라는 위계적인 구도는 서로가 서로의 좌표의 역할을 하는 별자리와 같은 것으로 재구성해야 하지 않을까. 지역적인 것의 가치와 좌표 또한 지역 내부에서의 논의뿐만 아니라 또 다른 지역과의 관계 속에서 모색되어야 할 것이다. 문학성이라는 오래된 믿음의 잣대와 같은 고정된 해석의 틀로 평가할 것이 아니라 서로가 서로에게 영향을 주고 받는 좌표들을 통해, 더 많은 좌표, 더 다양한 좌표들을 발견하고 발명하는 방식을 진지하게 강구해내야 한다. 지역적인 것의 가치는 다종한 좌표 속에서 더 선명해질 수 있다고 생각한다.

3. '이동'과 '만남'이 은폐하고 있는 '약탈'에 관하여

떠남과 만남에 관한 이야기를 조금 더 이어가보자. 두 남녀가 떠난다. 목적지는 정해져 있지 않았지만 그 떠남이 도주가 아니라 여행이 되기 위해선 한 남자를 만나야 한다. 얼마 되지는 않지만 그 남자에게 빌려주었던 돈을 받는다면 '진짜 여행'을 떠날 수 있기 때문이다. 낯선 바닷가 마을까지 찾아왔건만 찾고 있는 남자는 없고 텅 빈 집과 그 집을 지키는 늙은 개만이 그들을 기다리고 있을 뿐이다. 이상섭의 「바닷가 그 집에서, 이틀」(『창작과 비평』 2008년 가을호)은 이런 설정으로 진행된다. 한적한 바닷가에서의 이틀은 감춰두었던 아물지 않은 서로의 상처를 확인하는 시간이기도 하다. 설사 남자를 만난다고 하더라도 그들의 이동은 여행이 될 수 없을지도 모른다. 여행은 돌아갈 곳이 있는 이들, 사회로부터 공식적인 좌표를 부여받은 이들의 것이기 때문이다. 그들은 한 곳에 정착할 수 없는 바다와 육지 사이에 끼여 있는 이들이다. 스스로를 '양서류'라 지칭하는 이유도 자신들의 처지를 잘 알고 있기 때문일 것이다. 이틀 동안 그들이 머문 낯선 바닷가에서 뭔가를 새롭게 시작할 수 있을 것이라는 희망을 갖기는 하지만 그 희망이라는 것도 "뭔가 확 씻겨 내려가는 기분"(288쪽)처럼 한시적인 것에 지나지 않는다. 이들이 바닷가의 이틀 동안 얻은 것이라곤 아물지 않은 서로의 상처와 가짜 개소주 한 상자밖에 없다. 이 끼인 존재들의 이동이 그 어떤 전리품도 얻을 수 없고 마치 추방당한 듯한 느낌을 주는 것은 그들의 삶이 사회로부터 그 어떤 '좌표'도 부여받지 못했기 때문일 것이다. 이상섭은 그 좌표의 부재를 익살스러운 위악 속에서 풀어내고 있는데, 주목해야 하는 것은 애초에 좌표라는 게 없었기에 이들이 길을 잃는 일도 없을 것이라는 점이다. 고정된 좌표는 내비게이션에 의해 일사분란하게 구획되는 경로처럼 목적지에 도착하는 데는 이로울지 몰라도 결국 '길치'가 되어버리고 만다. 좌표가 없는 이들의 여행은 누군가를 만나야만 경로가 수정될 수 있는 것이었지만 그 불확실한 이동이 좌절되었음에도, 아니 좌절되었기에 "한 팀이 되어 몸을 흔들"(294쪽) 수 있는 바뀐 좌표를 가지게 되었다는 결말은 의미심장하다.

이에 반해 권지예의 「네비야, 청산가자」(『세계의 문학』 2008년 가을호)에서 나타나는 '이동'은 분명한 목적을 가지고 있다. 정신연령이 14세에서 멈춰버린 '만수'의 신부를 구하기 위한 '결혼 원정기'라고 할 수 있는 이들의 '이동'에 국경은 장애물이 될 수 없다. 낯선 이국에 도착해 신부가 될 여자들을 만나러 가기 위해 탄 택시에 흐르는 '원더걸스'의 노래와 일직선으로 뚫려 있는 장춘에서 길림시로 향하는 한적한 고속도로를 보며 이들은 "운전 연습하면 끝내 주겠다"거나 여기가 "옛날엔 다 우리 땅이었"(133쪽)다는 말 따위는 내뱉는다. 이 매끄러운 '이동'은 국경의 경계선을 지우고 낯선 타지를 자신이 떠나온 공간과 동일한 곳으로 생각하게 한다. 그곳에서 만나는 사람들이 "제복을 입은 듯 천편일률적으로 보"(134쪽)이는 것 또한 이들의 '이동'이 공간의 차이를 지워버린 후 그곳을 균질한 곳으로 만들어버리기 때문이다. 이들의 '이동'은 간절하지만 부적절한 만남을 목적으로 하고 있다. 소설은 시종일관 유쾌하고 때로는 익살스러운 어조로 "이틀 동안 여덟 명의 처녀를" 만나는 과정을 그려내고 있다. 신체 사이즈가 포함되어 있는 중국 처녀들의 프로필을 눈앞의 실물과 대조하며 의심스러운 눈초리로 바라보는 이들의 시선은 노예나 가축을 고르는 사람의 시선과 다르지 않다. 그 시선에는 '절대 손해를 봐서는 안 된다'거나 '잘 골라야 한다'는 의지만이 감지될 뿐 '저 사람은 어떤 사람일까'라는

'만남'이 성립될 때 갖게 되는 기본적인 궁금증조차 발견할 수 없다. 이들의 (중국으로의) '이동'과 (신부감이 될 처녀와의) '만남'이 (결혼이라는) '연대'로 이어지는 매끄러운 과정은 '사고-파는' 계약에 의한 합법적인 약탈과 다르지 않다. 권지예의 「네비야, 청산가자」는 국경을 넘어 합법적으로 자행되는 침략과 약탈이 어떻게 '사랑'으로 미화되어 나타나고 있는지를 그려낸다.

문제는 이 소설이 한 편의 우화나 풍자극이 될 수 없다는 데 있다. 작가가 소설의 주 무대가 되고 있는 '중국 길림성'을 현실의 문제를 해결할 수 있는 '청산'으로 설정하고 있는 것은 우화나 풍자가 아닌 문학적 비유로 쓰고 있기 때문이다. 국경을 넘어 당도한 중국의 길림성은 한국에서는 결혼을 할 수 없는 동생에겐 신부감을 주는 축복의 땅이면서 오랜 시간 동안 유부남과 부적절한 관계를 맺어오고 있는 '나'의 고민을 조금이나마 해소해줄 수 있는 공간으로 설정되어 있다. '청산'은 동생의 혼인을 위해 넘어온 중국의 한 지역을 의미하고 있지만 '길림시'는 한국에서의 문제를 해결할 수 있는 도구적인 공간으로 그려질 뿐이다. 심지어 유년 시절의 상처를 위무하는 역할까지 떠맡게 된다. 한국에서 쓸모 없는 존재였던 '만수'의 가치는 후진국의 구성원들을 하등한 것으로 바라보는 위계적인 시선에 의해 상승하게 되는데 "1000만원 정도의 돈만 있으면 대국의 한족 여자를 사올 수 있는 이 경제력이 자랑스러운 뿐이다"(143쪽)라는 소회가 반어가 될 수 없는 것은 '나'라는 지식인 화자의 내적 갈등이 작품 전반에 개입되어 있기 때문이다. 작품 말미에서 "나는, 문득, 실종되고 싶다"(161쪽)라는 자조 섞인 회한에 이르게 되면 이 소설이 원정 결혼을 풍자하는 블랙코미디가 아니라 침략과 약탈을 정당화 하는 고약한 우화가 되어버린다. "너는 그냥 꼴리는 대로 해!"(153쪽)라는 '어머니'의 세속적인 말과 신부를 행복하게 해주겠다는 '만수'의 말에 가슴 뭉클해하며 "만수는 더 이상 어린애가 아니었다"(155쪽)라며 감동하는 '나'의 상념에 이르면 문제가 더욱 심각해진다. '네비게이션'이 안내하는 매끄러운 이동 속에서 합법적으로 이루어지는 침략과 약탈에 의해 '만수'는 비로소 '어른'의 자격이 주어지기 때문이다.

'네비게이션'의 좌표 이상의 의미를 가지지 못하는 길림시와 그곳에서 살아가고 있는 사람들이 단순화되는 것에 대해 소설은 아무런 질문도 하지 않는다. 국경을 넘은 이들에 의해 길림은 '청산'이라는 민족적인 좌표로 둔갑해버리는 탓에 길림성이라는 타지의 구체성은 사라지고 마치 국경은 넘은 상인들이 차지해야 하는 전리품과 같은 처지에 놓이게 된다. 매끄러운 '이동'에 의한 낭만화 속에 침략과 약탈의 욕망을 은폐하고 있는 권지예의 소설 옆에 베트남 신부라는 외부자가 공동체의 구성원이 될 수 없는 현실을 그려내고 있는 조명숙의 「까마득」(『문학사상』 2008년 9월호)을 놓아두고 싶다. 이 두 소설의 좌표는 '타자'라는 변수를 대하는 방식에 의해 달라진다. 바꿔 말한다면 매끄러운 이동이 가능한 이와 매번 이동이 좌절되어버릴 수밖에 없는 상황에 놓여 있는 이의 차이에서 비롯된다는 것이다. 주체의 위치에 의해 세계를 바라보는 관점의 차이에 대한 규명은 지구화의 문제에 있어서도, 지역화의 문제에 있어서도 중요한 주제가 아닐 수 없다.

4. 목숨을 건 이동 : 가르치고-배우는 위치에 선다는 것

조명숙의 「까마득」은 앞서 살펴본 권지예의 소설에 등장하는 중국인 신부의 관점을 중심에 두고 있는 소설이라고 할 수 있다. 이 소설의 도입부는 한국의 시골로 시집을 온 '흐엉'을 호명하는 소리가("형! 형!") "난데없이 누가 코를"(136쪽) 푸는 소리처럼 들린다는 것에 대한 묘사로 이루어져 있다. 이 상징적인 장면은 '흐엉'이 이곳에서 이름을 가지는 데 어려움이 따를 것이라는 암시와 함께 한국에서 살고 있음에도 구성원으로서의 자리를 획득하지 못했음을 보여준다. 아울러 '베트남 신부'라는 꼬리표를 뗀다는 것이 얼마나 지난한 작업이 될 것인지를 압축적이고 적확한 장면으로 전달받게 된다. '흐엉'은 결코 '향이'('흐엉'의 한국식 이름)가 될 수 없다는 것이다. '흐엉'이 한국말을 배우는 것은 늘 자신을 따라다니는 ('베트남에서 온'이라는) 꼬리표를 지울 수 있는 가장 빠른 방법이었을 것이다. 그러나 한국말을 배우며 공동체의 구성원으로서 자신의 위치를 이동시키는 일은 역설적으로 스스로를 위험에 내모는 일이기도 하다. 공동체의 구성원으로의 위치 '이동'이 '위험'과 연동되어 있는 구조는 비단 한국말을 배우는 것에만 국한되지 않는다. 아이를 임신한 후 집안에서 흐엉의 위치는 완전히 변하게 되고 그로 인해 가지게 된 '권력'이 결과적으로 자신을 위태롭게 만들기 때문이다.

'흐엉'에게 한국말을 가르치거나 대변해주는 인물로 설정되어 있는 '나'와의 관계에 집중해보자. 작중 화자인 '나'는 돼지를 먹이고 재우는 것밖에 모르며 점점 돼지를 닮아가는 삼촌과 '흙'과 구분하기 힘들 정도로 평생을 논과 밭일밖에 모르고 살아온 할머니에게 맡겨진 '유리'라는 이름의 15세 소녀다. 오직 '나'만이 '월남각시 흐엉'을 '흐엉'이라고 부르는 것은 '나' 또한 "의지할 데 없고 앞날이 막막한"(137쪽) '흐엉'과 비슷한 처지이기 때문이다. '나'는 늘 어디론가 떠돌아다녀야 했던 터라 "기분을 꼭꼭 숨기고 상대방의 비위를 맞추는 데 능숙해져 있"었고 그것이 "여러모로 실리를 챙길 수 있는 방법"(149쪽)임을 일찌감치 터득했기 때문이기도 할 것이다. 문제는 '흐엉'이 한국말에 익숙해질수록 이곳이 위험한 곳이 되어간다는 점이다. '나'로부터 말을 배운 '흐엉'이 "일주일 동안 밥하고 빨래하고 청소했어. 잠도 같이 잤어. 하루 삼만 원씩, 이십일만 원! 이십일만 원 줘요!"(147쪽)라며 자신의 '노동'에 대한 정당한 요구를 발화하는 순간 이 외부자는 공동체에서 추방될 위험에 처하게 된다. 외부자를 예외의 자리에 놓아둠으로써 기왕의 공동체를 유지하는 구조는 '세희 아줌마'라는 인물과의 관계 속에서 더 선명하게 드러난다. '세희 아줌마'는 '흐엉'을 '마티즈'에 태워 블라우스나 화장품을 사러 가기도 하고 심지어 운전면허증을 딸 수 있게 해줌으로써 '흐엉' 스스로 '이동'할 수 있는 기반을 닦을 수 있게 도와주는 조력자처럼 보인다. 그 '조력'이 약탈을 위한 공작이라는 것이 소설의 말미에 드러난다. '흐엉'이 획득한 것들은 가까이서 자신을 돕고 있다고 생각한 '세희 아줌마'에게 고스란히 강탈당한다. 이 강탈에 대해 '흐엉'이 아무런 대응도 할 수 없는 것은 무력감 때문이 아니라 외부자라는 위치의 위태로움 때문이다. 다음과 같은 졸렬한 논리가 '흐엉'에겐 생사여탈권을 언제라도 박탈당할 수 있는 위협이 된다. "병신 같은 년. 니가 나한테 돈 주는 거 누구 본 사람 있어? 그냥 잊어버리라니까. 자꾸 지랄하면 젊은 월남 새끼하고 붙어먹었다고 확 소문내 버린다. 그런 넌 끝장이야."(158쪽)

타국에 와서 차곡차곡 모아둔 모든 것을 고스란히 강탈당하고도 '흐엉'은 아무 말도 하지 못한다. 공동체의 말을 배웠음에도 아무 말도 할 수 없는 상태. 조명숙은 바깥에서 내부로 위치를 이동하려는 애씀이 철저하게 파괴되는 공동체의 폭력을 한 이방인의 침묵을 통해 드러낸다. 내부의 매끄러운 질서가 은폐하고 있는 폭압적인 구조를 드러내는 통찰은 공동체의 규칙을 회의하는 위치에 설 수 있을 때만 가능할 텐데, '우리'라는 안전한 위치에서 '그들'을 바라보는 것이 아니라 '그들'의 위태로운 위치가 어떻게 구성되는지 탐침하는 과정이 공동체 바깥으로 나가보는 시도와 연동되어 있는 것처럼 보인다. 세계의 구체성은 '조망'하는 시선이 아니라 바깥으로 나가 내부를 향해 거슬러 오는 위험하고 힘겨운 시도에 의해 명확해진다고 하겠다. 그 일을 수행하는 이가 누구라도 '지역 작가'라는 지위를 부여해도 좋을 것이다. 이 소설이 성취하고 있는 유의미한 지점은 단순히 '그들'의 입장에 서보려는 작가의 시선 때문만은 아니다. '흐엉'에게 한국어를 가르치는 '나'가 '흐엉'으로부터 말을 배우게 되는 장면은 의미심장하다.

> "흐엉과 나는 말이 통하지 않았지만 기분은 통했다. 기분을 나누기 위해 흐엉과 나는 서로 말을 가르치고 배웠다. 가난과 궁상에 전 시골 살림이라고는 해도 마당, 부엌, 텃밭 구석구석에 말들이 숨어 있었다."
>
> ─ 조명숙, 「까마득」, 141쪽

보잘것없는 시골 살림 구석구석에 숨어 있는 말들은 말이 통하지 않는 이들의 접촉에 의해 발견된다. 나에게 타당한 것이 다른 모든 사람들에게도 타당하다는 입장인 '말하고-듣는' 관계가 아니라 나 자신이 믿고 있는 확실성을 붕괴시키고 타자와 비대칭 관계에 서서 '위험한 도약'을 수반하는 '가르치고-배우는' 상호적인 관계를 통해서만 '다른 말'과 만날 수 있다는 것이다. '가르치고-배우는' 상호적인 관계란 '매끄러운 대화'가 불가능하다는 입장에 서 있을 때만 가능하며 그건 자신이 가지고 있는 공동체의 규칙을 포기할 수도 있는 위험한 위치에 설 수 있을 때만 성립된다. '관용'이라는 도덕적이고 시혜적인 태도가 언제라도 유연하고 광범위한 통치의 전략이 될 수 있다는 점 또한 잊어서는 안 되겠다. 중심이 아닌 주변에서 살아간다는 것은 주변부라는 한정적인 영역에 제한되어 있다는 결여가 아닌 안과 밖의 경계를 넘나들 수 있는 자율적 태도를 가질 수 있는 특수한 자리에 존재한다는 것이다. 그건 전체를 한눈에 조망할 수 있는 초월적인 시선이 아닌 생생하고 구체적인 시선으로 세계와 대면하는 자리에 선다는 것이기도 하다.(2008)

문장과 얼굴

—지역, 모더니즘, 공동체

1. 아무 일도 일어나지 않는 문장

문장을 쓴다. 불온한 문장을 쓰고 싶었으나, 내가 나의 팔을 부러뜨리지 못하는 것처럼 그 문장들은 지워지지 않고 지면 위에 무사히 안착한다. 아무 일이 일어나지 않는 평화로운 문장을 자못 심각한 표정으로 쓴다. 4년간 무사고인 나는 얼마나 치밀한 인간이란 말인가. 아무 일도 일어나지 않는 문장이 가족과 국가와 선생들에게 바치는 것이었음을 뒤늦게 알겠다. 늘 신세를 지고 있다. 만나는 사람들에게 굽실거리느라 내 등은 굽을 대로 굽어 있다. 그렇게 조로(早老)해버린 듯하다. 굽을 때로 굽은 시기와 증오, 욕지기의 무게에 휘어지고 굽은 상태. 나는 어디에도 가지 못하고 벌벌 떨며 부산의 밤거리를 호기 있게 배회한다. 나는 부산에서 태어났고 부산에서 살고 있으며 부산에서 살아갈 것이다. 이 말이 '나는 부산에서 태어났기에 부산에서 살 수밖에 없고 결코 부산에서 벗어날 수 없을 것이다'라는 절망적인 미래 없음의 문장으로 낙착될까 걱정된다. 어떻게 고쳐 말하든 분명한 것은 내가 부산을 갉아먹고 있다는 것, 내 일용할 양식은 온전히 부산이라는 도시에서, 이 식민 도시에서, 토호들이 넘치는 이 도시에서, 혈연과 학연이 없이는 그 무엇도 수행할 수 없는 이 도시에서, 되는 것도 없고 안 되는 것도 없는 이 도시에서만 나온다는 사실일 것이다. 누군가에게 신세를 질 수 있다는 것은 감사한 일이지만 감사의 문장은 무사히 지면에 안착할 뿐 그 지면 위에선 무엇을 쓰든 아무런 일도 일어나지 않는다.

IMF가 터진 이듬해, 오래된 책들로만 쌓여 있는 대학 도서관 구석에 틀어박혀 필자의 약력과 서문을 읽는 데 하루를 온전히 소진했던 그때, 선배와 선생 없이, 저 먼 나라의 필자들이 쓴 서문의 수줍은 고백과 비장 어린 선언에 달뜨며, 그보다 더 먼 나라처럼 느껴지는 어느 대학 불문과의 학적 계보, 혹은 인물들의 관계도를 그려가는 데 열중하다 누군가가 버리고 간 사탕 포장지를 발견하고 몰래 호주머니 속에 감추었던 적이 있다. 어둑선한 도서관의 서가에서 맡았던 눅진한 냄새, 누군가가 버리고 간 사탕 포장지의 새된 소리, 그때 훔쳤던 몇 권의 책을 나는 기어코 읽지 않았다. 문장이 되지 못했던, 한사코 문장이기를 거부했던, 굴절되고 골절된 말들을 목발 삼아 절룩거리며 걸었던 길. 아무런 희망도, 계획도 없이 열중했던 쉼표로만 이어지던 메모들. 네게 보내지 못한 편지들. 무던히도 애를 써가며 모았던 비디오 테이프와 카세트 테이프들. 발음하는 것만으로도 많은 말들을 낳곤 했던 명사들. 지금, 그것들과 무관한 문장들을, 돈을 빌려 쓰듯, 여전히 쓰고 있다.

2. 오늘 와서 내일 머무는 자들의 문장

지면에 무사히 안착하는 모든 문장은 빚을 진 채무자와 다르지 않다. 어깨를 짓누르는 그 빚('빛'이라고 위악적으로 '오기'하고 싶다)의 무게가 무사안일한 일상을 지탱하는 삶의 축이 된다. 현실에 발붙이고 살 수 있는 것은 일용할 빚(양식) 때문이다. '부자 되세요'나 '대박'이라는 독점적인 말들이 수많은 말을 집어삼킨다. 빠뜨리지 않고 돌아오는 이자 상환 날짜처럼 똑같은 말들을, 그 빚들을 주고받으며 '소통'의 위대함에 대해 가파르게 목젖을 세우는 것이다. '우리가 남이가'라는 문법이 삶의 구석 자리까지 장악하고 있는 이 도시에서의 '소통'이란 '다이나믹' 하게, 혹은 '시원'하게 '형님-아우', '선생-제자', '아버지-아들'의 관계로 의기를 투합하는 것과 다르지 않다. 그러니 '우리는 남이다'라고 말을 하는 것은 소싯적 '공산당이 싫어요'라는 외침만큼 위험한 것일 수밖에 없다. 밖으로는 열려 있지만 그 내부는 철저하게 폐쇄적인 이 도시, 개방에 대한 환상과 자신의 졸렬함을 근엄함과 우악스러운 완력으로 감추는 것이 '미덕'으로 통용되는 '열린' 이곳, 부산에서 나는, 부산을 갉아먹으며, 문장을 쓴다. 그렇게 부산이 되어간다.

그러니 '우리는 결단코 남이다'라고 말하는 이가 발붙일 곳을 여간해서는 찾을 수가 없다. 떠나는 것이 해결 방식이 될 수도 없다. 차라리 떠남과 머무름으로 삶을 단순화해버리는 구조에 고민해야 하며 삶의 선택지를 제한해 떠날 수 없게 만드는 이 도시의 속성을 들여다보아야 할 것이다. '우리'일 수 없고 '우리'이기를 거부하는 이들의 걸음을 좇고자 하는 것은 '빚'을 '빛'이라 오기하고 싶은 위악에서 어떤 '의욕'을 발견해내고 싶은 욕망 때문이다. 잠시 쓰는 것을 멈추고 읽기 시작한다. 좀처럼 쌓이지 않는 문장들. 지면에 무사히 안착하지 않고 목적지에 도착하지 않는 문장이기에 그 보법(어법이라 읽어도 좋다)을 읽기 위해선 문장이 되지 못/않는 구절 (골절이라 오독해도 무방하다)들을 이어 붙여야만 한다. '그들'의 문장을 읽기 위해서는, 그 보법을 좇기 위해서는 맥락이 잡히지 않는 말들을 조합해보고 이어 붙여야 한다. 오늘 와서 내일 떠나는 방랑자가 아니라 오늘 와서 내일 머무는 자들[1]이 남긴 문장. 그것을 '이방인의 문장'이라고 부르기로 하자. 오늘의 문장에 물음표를 붙이고 내일의 문장을 '이미' 시작하는 이들의 문장을 읽기 위해서는 다시 써야 한다.

3. 다시, 문제는 문장이다

문제는 문장이다. 한 시인의 말처럼 문장에서부터 모든 것이 발생하기 때문이다.

> 이보다 명확한 사건을 본 적이 없다.
> 사건 다음에 문장이 생기는 것이 아니라
> 문장 다음에 사건이 생긴다. 어떤 문장은 매우 예지적이다.
> 어떤 문장은 매우 불길하다. 그리고 어떤 문장은
> 자신의 말에 책임을 진다. 그것은 조금 더 불행해졌다.
> ― 김언, 「이보다 명확한 이유를 본적이 없다」 부분, 『소설을 쓰자』, 민음사, 2009

문장에서부터 모든 것이 발생한다는 시인의 머릿속은 대개 '문장 생각'으로 가득 차 있을 것이다. 시를 쓸 때도 그는 문장 생각을 하고 있지 않을까. 김언의 문장을 다음과 같이 변주해보고 싶다. '시를 쓰기 위해 문장을 쓰는 것이 아니라 문장 다음에 시가 만들어진다.' 그가 불현듯 '소설을 쓰자'고 했을 때, 사람들은 그 문장을 '전위'의 문맥으로, 혹은 의미심장한 '전향서'로 이해했다. 그렇게 우리는 '소설'이라는 단어에 붙들려 '문장'이라는 단어를 망각하고 말았다. 그가 '소설을 쓰자'고 한 것은 만약 '문장을

---

1) 게오르그 짐멜, 「이방인」, 『짐멜의 모더니티 읽기』, 김덕영·윤미애 옮김, 새물결, 2005.

쓰자'라고 한다면 그 〈문장〉이 온전히 전달될 수 없다는 것을 잘 알고 있기 때문일 것이다. 선언의 형식이 필요했던 것은 이 때문이다. 여전히 '문장'은 주어의 자리도 갖지 못하고 동사가 되지도 못한다. 그러니 다시, 문제는 문장이다.

그의 문장이 스캔들이 된 가장 큰 이유는 '불현듯'이라는 부사에 있다고 하겠다. '전위'와 '전향'의 수신자들로부터 오해의 흔적을 찾을 수 있다면 그들의 '이해'가 일시적이고 이벤트적이라는 데 있다. 김언은 '가끔' 이해될 뿐이다. '소설을 쓰자'는 문장은 그가 지속적으로 써왔던 문장들의 변주임에도 분분한 수신자들은 그것을 '전위의 선언'으로, '이벤트성 전향서'로 이해(異解)했던 것이다.[2] 저 '불현듯'이라는 부사를 뺄 수 있을 때 김언의 문장으로 진입할 수 있게 된다. 김언이 썼던 문장들은 축적되지 않는다. 앞서 언급했던 '불현듯'이라는 부사의 출처가 여기에 있다("내 말을 알아듣는 사람은 열두 명도 되지 않는다",「라디오」,『소설을 쓰자』). 그의 문장은 오직 선언문이라는 코스프레(costume play)의 형식으로만 가끔 전달 될 뿐이다. 그것은 그가 "논리와 오류를 함께 내장한 문장"(「이보다 명확한 이유를 본적이 없다」,『소설을 쓰자』)을 쓰기 때문일 텐데, 이 대목을 "비정상이 어쩌면 나의 정상이다"(「詩도아닌것들이―문장생각」)나 "벽 뒤에는 그러나 다른 세계가 존재한다"(「詩도아닌것들이―탱크 애벗의 이종격투기」)는 문장과 함께 읽을 때, 그의 문장이 지면에 안착하지 못하는 이유에 다가갈 수 있다. 김언은 공동체의 문법('시란 ~이다')에 반하는 '소설을 쓰자'라는 외설적인 문장을 통해 이미 벌어지고 있는 '어떤 사건'과 조우하고자 한다. 그 '비정상'을, '벽 뒤의 사건'을, '소설을 쓰자'는 그 구호를 김언의 '시적 자리'라고 바꿔 말해도 좋겠다.

---

2) 다음과 같은 '문장'을 보라. "문장에서 인생이 보인다면, 세계가 보인다면 나는 소설을 쓰는 것처럼 시를 쓰고 있는 것이다."「詩도아닌것들이―문장 생각」,『거인』, 랜덤하우스중앙, 2005.

길을 닦아서 공기와 빛이 드나들게 하는 것, 그 길을 따라서 상가가 들어
서고 노동자들이 지나가고 마침내 군대가 지나가는 것이 이 도시가 만들
어낸 우리들의 목표다.

—「퍼레이드」부분, 『소설을 쓰자』

'이 도시가 만들어낸 우리들의 목표다'라는 구절은 얼핏 문법에 맞지 않
은 것처럼 보이지만 이 생소한 비문(非文)이, 그렇기 때문에 틀린 것으로
규정되는 그 어법(語法)이 '도시라는 시스템'의 핵심을 폭로한다. 각각의
개별자들이 추구하고 있는 '진보적인 가치'나 '좀 더 나은 삶'을 추구하는
'목표'들은 개인의 의지로부터 비롯되는 것처럼 보이지만 그렇게 믿도록
만드는 것이야말로 '도시의 목표'라는 것이다. 아름다움, 혹은 소통이라
는 가치중립적이고 보편타당한 것들에 대한 신화화된 믿음 또한 '도시'라
고 통칭되는 자본제적 시스템이 견고하게 구축해 놓은 구조이며 '우리들'
은 그 가치 구조를 종교처럼 맹신하고 있다. '이 도시가 만들어낸 우리들
의 목표다'라는 어색한 비문(秘文)으로부터 '우리의 목표는 도시가 만들어
낸다'는 '벽 뒤의 문장'을 캐낼 수 있게 되는 것이다.

김언에게 있어 문장을 쓴다는 것은 시라는 양식을 구축하기 위해 수반
해야 하는 도구가 아니라 "끊임없는 실천의 연속"이며 "문장이 곧 바로 행
동이 되는 연습"(「동반자—詩도아닌것들이 · 07」, Sedna, 『기괴한 서커스』, 사문
난적, 2010)이다. 그가 "불구의 문장들"을, "앞뒤가 안 맞는 문장들"을, "정
상과 거리가 먼 문장들"에서 찾고자 하는 이유는 어디에 있는가. '사람으
로 치면 장애인과 다름없는 문장들', 그러한 비문에서 문장을 발견하고,
장애인에게서 인간을 발견하는 탐색 혹은 도약은 곧 시에 관한 탐구와 연
결되어 있는 것일 수밖에 없다. 그가 쓰는 문장은 '공동체의 (문)법'이 추
구하는 것과는 다른 목표를 가지고 있다. "시에는 편입되지 못하는 이 무

국적인 인간들"(「詩도아닌것들이—문장 생각」)이 배회할 수 있는 자리는 특정한 계층 혹은 부류들이 교환하는 지역적인 언어인 '사투리'의 승인만으로는 만들어지지 않는다. 사투리가 원시적으로 극대화된 '방언'들이 부대낄 수 있는 자리에서 '유령'과 '미친년'과 '촌놈'들의 말이 국적의 사슬에서 벗어나 교환된다. 무국적이기에 교환가능한 문장을 '김언의 시'라고 불러도 좋다.

김언은 그곳을 "두 번째 고향"(「그래, 그래, 몇 개의 록」, 『기괴한 서커스』)이라 명명했다. 이주민들의 방언이 교환되는 그 (문학의) 공간은 그럼에도 "도시의 색깔을 지닐 수밖에 없다." 이 무국적 인간들은 국경 너머의 초월적인 공간이 아닌 국경의 내부에서, 도시 안에서 모국(母國)을 이국(異國)처럼 배회한다. 그는 이방인이 그러하듯 결코 '토지 소유자'가 될 수 없다. 여기서 말하는 '토지 소유'란 물리적 의미에서뿐만 아니라 삶의 본질이라는 상징적인 의미에도 그대로 적용된다. 이방인은 토지(상징형식)를 소유하지 못했지만 그 결여는 그에게 특별한 성격의 기동성을 부여해준다("모든 것이 장애물이면서 하나의 동기가 된다." 「그래, 그래, 몇 개의 록」). 아울러 그는 근원적으로 집단의 특수한 구성 요소들이나 특수한 경향들에 고정되어 있지 않기 때문에 이 모든 것들에 대해서 '객관성'이라는 특별한 태도를 취하게 되는 것이다(짐멜). 모국어의 최전선에 한 시인이, 그의 문장이 척후병으로 나가 있다. 그(시)에게는 국적이 없다.

4. 여행자와 무지와 이방인의 얼굴

일상 속에서 낯선 것들을 발견하는 데 집중하는 시인 또한 공동체의 (문)법을 따르지 않는 이임에 틀림없다. 김참에게 있어 시를 쓴다는 것은 길을 뒤로하는 여행이나 모험과 다르지 않다. 그에게 국경이 어디냐고 물어본다면 '지금, 여기'라고 답할 것이다. 일상은 낯선 것들을 집어삼킬 때만 유지될 수 있다. 그러므로 그의 시에서 '머리가 둘 달린 가족'(김참, 「머리 둘 달린 가족」, 『그림자들』, 서정시학, 2006)이나 '눈이 네 개 달린 사람'(「사람」)을 만난다고 해서 이를 '그로테스크한 상상력'이라고 말하진 말자. '가족'과 '사람'이 일구는 일상이야말로 가장 그로테스크한 곳임을 김참의 시적 공간이 그려내는 '비일상적인 일상' 속에서 확인할 수 있기 때문이다. 우리가 부려 쓰는 대부분의 말은 '가족'과 '사람'을 잠정적인 접두어로 하고 있지만 정작 그것의 정체는 명확하게 알지 못한다. 알지 못한다는 그 무지에서 좀처럼 파악할 수 없는 일상의 단면에 근접할 수 있는 자리가 마련되기도 한다. 김참의 여행은, 그 무지의 여행은 일상의 앎에 가닿기 위한 미로(迷路)다.

　"오늘이 무슨 요일인지 모른다"(김참, 「토요일」, 『그림자들』, 서정시학, 2006)는 문장을 주목해보자. 김참의 「토요일」은 '오늘이 무슨 요일이지 모른다'는 문장으로 시작해서 '도대체 오늘이 무슨 요일인지 모른다'는 문장으로 끝난다. 소소한 일상의 편린들이 무덤덤하게 나열되어 있는 이 시 곳곳에 틈입해 있는 '오늘이 무슨 요일인지 모른다'라는 일견 아무런 의미가 없어 보이는 문장은, 일상을 모호한 것으로, 파악할 수 없는 미지의 영역으로 만들어버린다. 반면에 '오늘이 무슨 요일인지 모른다'는 무지의 문장은 발화자가 놓여 있는 위치, 혹은 정체성을 확인할 수 있는 유일한 표지처럼 보이기도 한다. '모른다'라는 그 문장 속에 한 인간의 생활과 그가 맺고 있는 관계와 그를 둘러싸고 있는 세계가 들어 있다. 아무리 되뇌어 봐도 오늘이 무슨 요일인지 여전히 알 수 없고 마찬가지로 그 문장을 반복해서 발화하는 '그'의 정체 또한, 알 수 없는 요일처럼 파악되지 않는다. 그러나 '모른다'는 그 사실이 안온하기만 한 이 일상을 순간 낯선 것으로 바라보게 만든다. '안다'고 믿고 있을 때는 보이지 않던 세계가 '모른다'는 무지의 자리에서 돌연 낯선 모습으로 나타나는 것이다. 오늘이 무슨 요일인지, 그가 누구인지 모른다는 무지의 자리에서 어쩌면 우리는 지금까지 한사코 알기를 거부했던 어떤 진실과 대면하게 될지도 모른다. 그런 점에서 김참의 여행은 길을 찾아 떠나는 것이 아니라 길을 잃어버림으로써만 가닿을 수 있는 '이상한 세계'로 진입할 수 있는 경로처럼 보인다. 그 여행에서 우리는 '안다'라는 믿음이 실은 텅 빈 여백에 지나지 않는 것이라는 사실을 마주하게 될지도 모른다. 아니 오히려 그 텅 빈 여백의 자리에서 '이상한 세계의 얼굴'과 대면하게 될 것이다. 결코 '우리의 얼굴'이 될 수 없는 그 얼굴은 아마도 '돌아선 얼굴'일 것이다.

아홉 명의 얼굴을 돌아선 한 명의 얼굴이
우리 팀의 얼굴입니다.

한 명의 얼굴을 돌아선 아홉 명의 얼굴이
내세운 얼굴입니다

아홉 명의 얼굴이 전달하는 메시지를
전달하지 않는 것이 문자입니다

한 명의 얼굴이 전달하지 않는 문자를
전달하는 것이 전략입니다

돌아서는 순간 우리는 벌써 상처를 받습니다

아무것도 전달하지 않는 얼굴은
전달하는 문자입니다

우리는 누구도

돌아선 얼굴을 볼 수 없는 것이

전달하는 얼굴입니다

— 조말선, 「돌아선 얼굴」 전문, 『기괴한 서커스』

　‘얼굴’은 다른 얼굴들로 하여금 그 얼굴에 공조하기를 종용하고, 동일화되기를 명령한다는 점에서 온전히 개인의 것일 수 없다. 얼굴이란 다수로 구성되면서 다수를 초월하는 통일성을 가지고 있는 것이며(짐멜) 동시에 공동체의 명령이 기입되는 장과 다르지 않다는 주장(들뢰즈·가타리) 또한 이러한 맥락에서 이해해 볼 수 있다. 조말선이 ‘아홉 명의 얼굴’이 아닌 ‘한 명의 얼굴’에 주목하는 것은 얼굴의 집단성과 공동체의 얼굴이라는 구조로부터 거리를 두기(이동) 위함이다. 우리가 볼 수 있는 얼굴은, 우리에게 명령을 내리는 “내세운 얼굴”은 “한 명의 얼굴을 돌아선 아홉 명의 얼굴”이다. 자연스레 우리들의 관심은 ‘아홉 명의 얼굴’이 돌아선 ‘한 명의 얼굴’에 집중된다. 여기서 말하는 ‘한 명의 얼굴’은 “돌아선 얼굴”을 의미하며 그것은 아홉 명의 얼굴이 전달하는 메시지를 전달하지 않는 얼굴이다. 그의 ‘얼굴 값’은 오직 아홉 명의 얼굴을 전달하는 메시지를 전달하지 않는 역할을 통해서만 획득될 수 있는 셈인데, 조말선은 그것을 ‘문자’와 같은 자리에 놓아둔다. ‘우리가 남이가’를 외치며 내세운 얼굴에 ‘우리는 남이다’라고 말하는 얼굴은, 공동체의 얼굴에 돌아섬으로써, 스스로를 전달하지 않는 ‘문자’의 형태로만 획득될 수 있는 것이다. 이 돌아선 ‘얼굴-문자’를 ‘시’라고 불러도 좋다.

　아무것도 전달하지 않는 것으로만 전달될 수 있는 ‘얼굴-문자’가 있다. 얼굴의 진실은 김참의 시를 통해서 확인했던 ‘무지와 앎의 관계’처럼 내세우지 않고 돌아설 때 얼핏 내비칠 뿐이다. 얼굴은 오직 돌아섬으로써만 가까스로 어떤 표정을 가질 수 있다는 것. 그 얼굴의 표정은 원래부터 내장되어 있는 '성질'이 아니라 매번 변하는 '위치'로부터 비롯된다("코는 성질보다 위치로 냄새를 맡는다", 「코의 위치」).

> 옮기고 옮기는 관계의 법칙, 가지를 치고 가지를 치는 관계의 법칙은 사물은 사물이되 관계 속에서만 어떤 것으로 규정될 뿐 원래 자기 자신은 없다. 우리는 계속 이동하고 있을 뿐이다.
>
> ― 조말선, 「몇 가지 징후들」, 『기괴한 서커스』, 123쪽

돌아선 얼굴의 표정은 계속 이동하는 행위이며 그리하여 매번 변화하는 위치와 다르지 않다. 조말선이 "나는 고정적인 시선을 버리고 싶다"(「분산적인 시선을 보는 고정적인 시선」, 『둥근발작』, 창비, 2006)고 언급한 것 또한 공동체의 얼굴(명령)로부터 돌아설 때에만 대면할 수 있는 얼굴들을 만나기 위해서이다. 공동체 내부에 있지만 그 내부를 끊임없이 이동하는 '얼굴-문자'를 '이방인의 얼굴-문자'라고 부를 수 있을까? 아니 그것을 '조말선의 시'라고 부르기로 하자. 여기에서 저기로 이동하며 점점 더 옅어지는 얼굴과 문장, 다시 저기와 여기로부터 증식하는 생소한 얼굴과 문장으로 이루어진 두 편을 시를 옮겨둔다.

> 백 개의 의지를 가진 나는 백 개의 나로 분열한다 // 나는 점점 옅어지고 / 나는 점점 희박해지고 / 나는 점점 증식하고 // 백 개의 의자를 빼앗긴 그는 한 개의 그로 응축한다 // 그는 점점 짙어지고 / 그는 점점 밀집하고 / 그는 점점 그가 되고
>
> ― 「의자의 얼굴」 전문, 『둥근발작』

내가 내 머리털을 싹둑싹둑 자를 때 / 내가 내 치맛단을 싹둑싹둑 자를 때 / 나는 어긋나는 법이다 // 내가 색종이를 사악사악 자를 때 / 내가 색

도화지를 사악사악 자를 때 / 나는 더욱 어긋나는 법이다 // 내가 가정적
으로 구운 삼겹살을 자를 때 / 내가 낭만적으로 뜰에 핀 장미꽃을 자를
때 / 나는 절실히 어긋나는 법이다 // 나는 결코 나를 만지지 못했다 / 나
는 결코 나를 느끼지 못했다 // 어긋난 흔적들이 너무 많다 / 나는 나를
만나기 위해 어긋났다 / 나는 나를 만나기 위해 어긋날 것이다 // 내가 내
증명사진을 오릴 때 / 가족사진에서 나를 오려낼 때

— 「가위」 전문, 『둥근 발작』

「가위」에서 반복되는 무언가를 잘라내는 행위는 보살핌이라는, 사회적
으로 용인(혹은 강요)된 여성적 노동을 가리키는 동시에 그것을 배반(잘라
내버리는)하는 이중의 의미를 가지고 있다. 나를 만나기 위해서는 나로부
터 떨어져 나와야 한다. 나로부터 어긋나야 하고 또 어긋내야 한다. 증명
사진을 오릴 때, 가족 사진에서 스스로를 도려낼 때 비로소 '나'를 만날 수
있다는 대목 또한 이러한 맥락으로 이해된다. 이때 "자기 성향이 굳어지기
전에 굴종을 주입"하라는 요청과 "무엇보다 가장 중요한 것은 성장억제"
라는 당부가 동반되는 이유는 "자유와 억압의 이중구조 안에서 둥근 발작
을 유도"(「둥근 발작」, 『둥근 발작』) 하기 위해서다. '둥근 발작'이라는 기묘
한 에너지의 발원지는 자유와 억압이 맞물려 있는 국경의 안, 공동체, 도
시 내부일 것이다. '둥근 발작'이란 현실을 초월해버리지 않고 도시와 일
상의 도처를 장악하고 있는 '공동체의 문장'에 물음표를 달며 이동하는
'막을 찢고 말을 통하게 하는' 에너지라 바꿔 말해도 좋을 것이다. 아무것
도 담아둘 순 없지만 위와 아래를 통하게 하고 여러 용도로 이동할 수 있
는 '모종컵'[3]이나 '돌아선 얼굴'에서 에너지의 면면을 엿볼 수 있다. 어서

---

3) 밑 없는 컵 / 속 없는 컵 / 아무것도 담아둘 수 없는 컵 / 밑으로 통하고 위로 통하는 컵
/ 마실 수 없는 컵 / 뒤엎을 수 없는 컵 / 확실하게 버려주는 컵 / 살자고 하면 파릇파
룻 살려주는 컵 / 이제는 더 이상 컵이 아닌 컵 / 컵이라는 이름을 뗄 수 없는 컵 / 홀

빨리 '나(우리)'가 되라고 명령하는 밀집되고 **빽빽한** 도시의 구조에서 '이동'하고 '어긋내기' 위해 시인이라는 이방인은 늘 '가위'를 가지고 다니는지도 모른다.

5. 완고한 벽 앞으로 다시 돌아오기 위해

어딘가에 닿고 싶었지만 이곳을 포기할 수 없었다. 시간이 지날수록 이 도시를 떠나지 못할 것이라는 예감만이 점점 더 분명해진다. 점점 육박해 들어오는 그 명징한 예감이 나로 하여금 무언가를 쓰게 한다. 문장의 영도(零度)에 가닿고자 했으나 내가 나를 놓지 못했다. 모든 문장에 '결별의 얼룩'이 남아 있다는 것을 조금씩 알아간다. 결별을 통해서만 가닿을 수 있는 자리가 있다면 문장은 멈추지 말아야 한다. 이 도시가 주는 "자유와 억압의 이중구조 안에서"(조말선) 끊임없이 이동하고 어긋낼 수 있을 때 문장은, 내가 모르는 얼굴로, 저 스스로도 생소한 얼굴로, 비로소 돌아선 얼굴로, 오늘 와서 내일 머무는 자의 얼굴로 이 도시를 여행할 수 있을 것이다.

기어이 안착하지 않고 다시 골절되어 바닥을 구르거나, 혹 절합에 성공하지만 뒤로 걷고 마는 문장들. 그것은 이미 '시'가 아닌지도 모른다. '시도 아닌 그것'이 공동체의 규칙에 의해 조형된 '시'에 장기간 구금되어 있는 단어를, 구절을, 문장을 어긋낸다. 이 무국적의 문장들 앞에서 우리의 용의주도함 또한 폭로된다. 그러나 침대 위의 고백처럼 그것은 벌거벗은

러도 주워담을 수 없는 컵 / 넘쳐도 내다 버릴 생각 없는 컵 / 이따위 막은 찢어버려! / 막을 찢고 말을 통한 컵 / 더이상 깨질까 염려 없는 컵 / 어깨를 비끌어 잡고 함부로 대하는 컵 / 마음먹으면 일년에 새끼 여럿 낳은 컵 / 아버지 당신께 꼭 맞는 컵 —「모종컵」 전문, 『둥근 발작』.

허위일 뿐, 이방인의 문장 앞에서 수행하는 우리의 고백은 또 얼마나 용의주도한 것인가? 이동하고 어긋남으로써 언제 어디서나 부재하는, 부재함으로써만 겨우 존재하는 이들의 문장들을 따라 이 도시의 뒷면('벽 뒤의 세계')에까지 다녀올 수 있었다. 다시, 돌아갈 수 있어야 하며 돌아올 수도 있어야 한다. 돌아오고 돌아가는 그 경로가 삶의 궤적이 될 것이다. 쉼없이 이동할 때만 다시(둥근), 돌아올 수 있다(발작). 그러니 살아남(가)기 위해서는 뒤섞여[4] 다시, 돌아올 수 있어야 한다. 이 도시로, 완고한 이 벽 앞으로.(2012)

---

4) 김언의 문장, "그들은 살아남기 위해서 섞인다"를 변주.

익숙한 골목에서 유령의 이야기를 듣다
—정영선,『실로 만든 달』에 관하여

1. '문학의 종언'과 '세계화' 사이를 부유하는 '지역 문학'

작년 내내 한국 문단은 '문학의 종언'이라는 테제와 싸우느라 분주했다. 그다지 새로울 것도 없는 '종언'이라는 폭풍에 대해 문단은 '결사 단결'이라는 오래된 구호로 대응했으며 태풍이 지나가는 것과 같이 '문학의 종언'이라는 '실체' 또한 흉흉한 '소문'의 모습으로 뒤바뀌어 우리의 뇌리에서 사라진 듯했다. 한 가지 특이한 점은 '문학의 종언'이라는 폭풍이 머물렀던 자리에 외려 꽃이 피고 새가 우는 풍경으로 바뀌어 있다는 사실이다. '종언'이라는 침입자를 '결사 단결'이라는 구호를 외치며 용맹하게 무찌른 '문단 종사자들'은 마치 승리의 기쁨을 마음껏 누리고 있는 것처럼 보이기도 한다. '문학은 결코 죽지 않는다'는 노병의 구호와 함께. 지금의 한국문학이 '문학의 종언'을 소비하고 유통함으로써 자신의 몸을 더욱 비대하게 불려 왔다는 사실을 부정하긴 어려울 듯하다. 중앙 문단이 이와 같은 '종언 특수'를 누리고 있는 것에 반해 지역 문단은 사정이 많이 달라 보인다. 폭풍우를 잘(?) 막아냄으로써 땅을 더욱 기름지게 만든 중앙 문단과 달리

지역 문학은 오랜 시간을 가뭄과 기근에 시달리고 있는 것처럼 보이기 때문이다. 지역 문학의 쇠퇴를 기정사실화하거나 전적으로 외부에 문제 원인의 혐의를 둔다는 점에서 위의 발언은 꽤나 문제적이다. 지역 문학의 가뭄이나 기근이라는 재해가 '중앙의 독식' 때문이라는 것으로 단순하게 말할 수는 없는 노릇이다. '중앙의 독식으로 인해 지역이 소외되었다'라는 식의 '가해자 vs 피해자'의 등식처럼 중심에 대한 '비난의 수사학'(구모룡)을 반복하는 것은 오히려 지역 문학을 더욱 정체시킬 뿐이다. '지역 문학'을 소외되고 핍박받는 피해자의 자리에 놓아두는 한 '한계'를 직시함으로써 성찰할 수 있는 자기 갱신의 운동이 작동할 수 없기 때문이다.

근대 국민 국가 이후의 세계 체제의 재편을 권역화(regionalism)나 글로컬(Glocalization)의 차원에서 다루는 논의들이 제시되면서 '지역'은 그 어느 때보다 중요한 연구의 대상으로 거론되고 있다. '지역'의 문제가 국민국가의 내부에 국한되는 문제일 수만 없으며 지역을 일국적인 차원에서 다루고자 하는 틀이야말로 전형적인 근대 정치학의 산물일 것이다. '지역'을 국민국가라는 고정된 틀의 바깥, 혹은 그 너머를 사유하는 거점으로 설정해야 한다는 것이 최근 지역 연구의 주요 요지라고 말할 수 있다. 그러나 지역에 관한 '이론'은 활성화되어 있는 반면 그것의 구체적인 실천들은 별다른 진전을 보이고 있지 않은 듯하다. 비단 '문학'이라는 특정한 예술 분과에 국한된 문제가 아니라 정치·경제 영역 등 공동체의 삶을 통괄하는 핵심적인 영역에서도 사정이 크게 다르지 않아 보인다. 초국적 자본이나 수도권을 연고로 하고 있는 거대 자본이 지역을 주요 마케팅 대상으로 설정한 탓에 겉으로는 지역이 더욱 화려하고 윤택해진 것처럼 보이지만 정작 그러한 '배치'를 만들어내는 언표 주체는 지역민이 아니라 자본가들에 의해 좌우되고 있기 때문이다. 더군다나 "세계적으로 사유하고 지역적으로 행동하라"는 세계화 시대의 주요 모토가 모든 가치관과 행동 양식을 재편함으로써 이 같은 자본의 침윤을 가속화하고 있는 실정 또한 간과할 수 없다.

'지역적인 것이 세계적인 것'이라는 준거 틀이 구체적인 실천으로 이행하지 못하고 그저 구호나 이론적 층위에 머물 때 '세계적인 것이 곧 지역적인 것'이라는 텅 빈 기표 속에 감금되고 만다. 지역 작가들이 '중앙 따라잡기'(중앙 문단에 먹힐 만한 작품을 써야 한다는 강박)에 열을 올리는 사정 또한 이와 무관하지 않다. 자신이 딛고 있는 구체적인 삶에 대한 고민이 아닌 추상적이거나 자족적인 감상에 머물러버리는 작품이 반복적으로 양산되고 있는 형편이 두드러진다는 것, 구체적으로 상실감이라는 정조를 주조음으로 하고 있는 일련의 작품들은 현실의 모순을 지적하는 듯하지만 정작 '지금-여기'에 존재하는 문제들와 대면하는 것이 아니라 '좋았던 시절'이나 '상실한 유토피아'라는 낭만화된 노스텔지어에 고착됨으로써 현실에 산재해 있는 구체적인 문제에 등을 돌리는 결과를 초래한다.

정영선의 『실로 만든 달』(문학수첩, 2007)을 논의하는 자리에서 '지역 문학'이 놓여 있는 이러한 상황을 상기하지 않을 수 없었던 것은 이 작품이 '지역적인 것'을 사유하고 있는 보기 드문 소설이기 때문이다. 『실로 만든 달』이 '여성 수난'이라는 오래된 형식의 서사 구조를 축으로 하고 있음에도 불구하고 현재적인 문제에까지 가닿을 수 있는 것은 '여성'의 문제뿐만 아니라 폭압적인 근대화에 의해 고통받아 오고 있는 '타자'들의 문제에 집중하고 있기 때문일 것이다. 더군다나 고통의 진원지가 단순히 개별자들 사이의 내적 갈등이나 위계화되어 있는 권력의 문제만이 아니라 '부산'이라는 공간의 혼종적 문맥을 세심하게 탐침하고 있다는 점에서 '지역 문학'의 존재방식에 대한 유의미한 관점을 제공 받을 수 있으리라는 기대를 가지게 된다.

2. 혼종적 도시, 부산에서 타자들을 만나다

정영선의 『실로 만든 달』은 식민지 시기에서 현재에 이르기까지 80년 이상의 시간을 관통하고 있지만 소설의 주 무대가 되는 공간의 시간은 고작 나흘에 불과하다. 이처럼 짧은 시간과 부산이라는 한정된 공간을 조건으로 하고 있음에도 풍성한 소설적 공간을 직조해낼 수 있는 것은 이 소설이 인물들의 다양한 시점을 교차적으로 드러내는 형식적 특징 때문이다. 다층적인 시점을 서술의 주요 방법으로 하고 있는 것은 서술자가 서사 전체를 포획하는 소설이라는 장르의 식민성으로부터 거리를 두고자 하는 의도로 읽을 수 있다. 소설의 서술자가 초월적인 위상으로 주체를 생산하고 훈육하는 구조와 공모 관계에 놓여 있다는 것이 상식이라고 해도 기왕의 서술자에 의해 구성되는 주체화 과정이 필연적으로 주체로 명명될 수 없는 이들을 토대로 하고 있다는 점은 매번 간과된다. 인물들의 다층적인 시점으로 조형되는 소설 속에서 존재하지만 만날 수 없었던 '타자'와 만나게 되리라는 예감을 하게 된다. 공동체의 '언어'를 가질 수 없었던 '타자'의 목소리를 듣는다는 것은 그들이 터해 있던 부산이라는 공간의 심층과 만나는 일이기도 할 것이다. 정영선의 『실로 만든 달』의 가장 중요한 지점이라고 할 수 있는 부분은 작가가 '부산'이라는 공간의 정체성에 대해 끊임없이 묻고 있다는 점이다. '관옥'에서부터 '정원'에 이르는 여성 수난의 연대기는 줄곧 이어져 오고 있는 가부장적 질서로부터 연유하는 것이겠지만 부산이라는 도시의 혼종성 속에서 변모해온 역사와도 긴밀한 관계를 맺고 있다. 그런 이유로 정영선의 『실로 만든 달』은 '지역'과 '문학'의 관계 및 존재 방식에 대한 성찰로 우리를 이끈다.

해안 끝까지, 바다를 향해 뻗은 여러 개의 발처럼 산이 많은 도시였다. 해안가 대부분의 평지는 매립하여 만든 것이었다. 강과 바다가 만나는 수영천도 일제 말기에 매립되어 비행장으로 사용되던 곳이었다. 비행장이 김해로 옮긴 뒤에는 컨테이너 야적장이었다. 몇 년 전만 해도 비오는 아침이면 길게 꼬리를 문 컨테이너 차량들이 멈춰 버린 시계처럼 늘어서 있었다. 그곳이 컨벤션 센터로 탈바꿈 한 것이다. 비행장에서 컨테이너 야적장으로, 컨벤션 센터로 바뀌어도 수영천의 물안개만은 여전했다.

— 정영선,『실로 만든 달』, 문학수첩, 2007, 72쪽

부산이라는 근대 도시의 변모 과정을 축약적으로 보여주는 위의 대목은 '부산성'이라는 것이 원래부터 내재되어 있었던 것이 아니라 외부적인 힘의 개입에 의해 재구성된 것임을 보여준다. 식민지 수탈의 거점에서부터 국가 주도에 의한 경공업 중심의 도시로의 변화뿐만 아니라 서울을 거점으로 하는 국가독점자본의 운영을 통한 부산의 하청구조화에 이어 제조업의 침체를 돌파할 '벡스코(BEXCO)'로 대표되는 서비스 산업 중심으로 변모해 가는 과정이 집약적으로 서술되어 있는 이 대목에서 '제2의 도시'나 '제1의 항구도시' 등과 같은 부산이라는 도시의 표상이 국가주도 국토 개발에 의해 타율적이고 폭력적인 공간 재편을 통해 형성된 것이었음을 구체적이고 생생한 사례 속에서 선명하게 드러난다.

한 가지 눈여겨봐야 할 점은 이 같은 힘에 의한 공간 재편에도 불구하고 사라지지 않은 것이 존재한다는 점이다. '수영천의 물안개'로 표상되는 '억압된 것들'은 폭압적인 근대화에 의해 부정당한 존재들에 대한 메타포일 것이다. 정영선이 집중하고 있는 '여성의 수난' 또한 단순히 남녀차별이라는 익숙한 도식에 의해 설명되기보다 이 같은 근대적 주체가 만들어지는 과정 속에서 발생하는 복합적인 문제라는 관점으로 파악할 때 의미가 더 분명해진다. 그것은 근대 도시가 감추어 왔던 '상처'와의 대면을 조건으로 한다. 식민지 시기 여자라는 이유만으로 철저하게 억압되었던 '관

옥'이라는 인물의 여정을 따라간다는 것은 폭압적인 근대화 과정 속에서 밖으로 밀려난 '타자'들과 만나는 일이기도 하다. 우리 앞에 불쑥 나타난 '타자'는 그들을 억업함으로써 존재하지 않는 상태로 만들어왔던 구조적인 폭력이 지금도 여전히 자행되고 있음을 환기한다. 은폐된 것들과 대면은 작품 외적인 효과뿐만 아니라 작품 내부의 인물들 사이의 갈등이 고조되는 문맥과도 이어져 있다. 오래전 이복동생인 '정원'을 유린했던 '덕재'가 매번 대면해야 하는 은폐된 기억을 환기하는 것을 대표적인 예로 거론해볼 수 있겠다.

> 그러나 가장 급한 순간, 들고 가던 커피를 쏟거나 자동차 문에 손가락이 끼였을 때 그는 어김없이 부산 말을 내뱉었다. 아이구 뜨거버라, 아파 죽겠네……. 그때마다 주위에 있던 사람들이 깜짝 놀라 덕재 씨의 얼굴을 쳐다보았다.
> 예상치 못한 순간에 튀어나오는 부산 말처럼 정원의 얼굴도 불쑥 떠오를 때가 있었다.
>
> —56쪽

'덕재'에게 있어 '정원'은 지우고 싶지만 결코 지울 수 없는 존재이다. 대문을 걸어 잠근다 해도 창을 넘어 어느새 우리 앞에 다가와 있는 억압된 것들은 은폐할 수 있을지라도 제거할 수는 없다. 지우려고 했던 투박한 사투리가 불쑥 튀어나오는 것처럼 억압된 것들은 불시에 방문한다. 은폐되어 있던 '덕재'의 기억이 부산이라는 공간의 특성에 의해 환기된다는 점 또한 중요한 대목이 아닐 수 없다.

> "이제 기억나네. 이 골목에 오시다 아주머니가 일하는 식당이 있었지. 거기서 밥을 먹고 용두산공원에서 놀기도 했는데."

껌껌했던 기억이 등불을 켠 듯 덕재 씨의 두 눈이 환해졌다.

—82쪽

'덕재'가 잊고 있던 기억을 떠올리게 되는 것은 오래된 것들(골목)이 아직 남아 있기 때문이다. 옛것과 새것이 공존하고 충돌하며 억압되었던 기억을 불러낸다. 굳이 식민지적 혼종성까지 거론하지 않더라도 부산의 곳곳은 과거에서 지금에 이르는 시간에 대한 기억을 쟁여두고 있다. 부산이라는 도시의 역사적 두께는 이러한 혼종성과 분리할 수 없다. 부산의 혼종성에 대해 이야기한다는 것은 근대화가 자행했고 탈근대적 욕망이 자행하고 있는 폭압적인 구조와 매번 마주하는 일이기도 하다. 정영선은 이 대면의 자리에 '타자'를 놓아둠으로써 지금까지 외면해왔던 역사적 고통과 상처를 당면한 문제로 설정한다. 부산이라는 도시엔 지우고 싶지만 결코 지워지지 않는 역사적 흔적(일제 침략과 미군정기)이 도시 곳곳에 상흔처럼 남아 있다.[1] 작품에서도 언급하고 있는 집장촌인 해운대의 '609'를 비롯한 도시에 남아 있는 음습한 장소들은 감출수록 드러나고 만질수록 덧나는 역사적 상처와 같은 것이다. 이 역사적 상처 자국은 부산이라는 도시의 열악함을 드러내지만 폭압적인 방식으로 진행되었던 근대화(도시화)를 회의하고 성찰할 수 있는 관점을 제공하는 조건이 되기도 한다. 도시에 남아 있는 역사의 얼룩들은 근대 시스템의 구조적 폭력이 과거가 아닌 현재까지도 여전히 우리의 삶을 장악하고 있다는 점을 환기한다.

---

1) 가령 다음과 같은 구절들을 보라.
　"609라는 이름은 옛날 극동호텔 자리에 있던 미609탄약 중대에서 유래했다. 달맞이 고개 일대에 미군 탄약고와 골프장이 있던 시절이었다. 그때 미군들을 상대로 형성되었던 양키촌이 지금의 609인 것이다." 43쪽.
　"일제 때 지은 낡은 상가들이 모자를 둘러쓴 것처럼 빈지를 내렸다. 허연 얼음이 곳곳에 흉터처럼 희번덕거렸다. 그림자 모양의 시커먼 사람들이 광복동으로 들어가는 샛길로 사라지자 도심의 뒷골목이 금새 껌껌해졌다." 51쪽.

식민지 시기에 여자라는 이유만으로 철저하게 억압된 삶을 살아야 했던 '관옥'이라는 인물 역시 우리가 감추고 있는 '역사적인 얼룩'이다. 작가가 '관옥'을 유령이라는 비약적인 설정을 통해서까지 현재적 공간에 등장시키는 이유는 억압되어 있는 목소리의 발화를 위해서일 것이다. 그 목소리는 과거에서 들려오는 환청이 아니라 지금 이곳에서 여전히 지속되고 있는 구조적인 폭력에 신음하고 있는 비명이며 오늘의 폭력에 맞서는 구호로 이어진다. 억압된 것들의 목소리가 시공간을 넘어 다채로운 스펙트럼으로 펼쳐질 수 있는 것은 보이지 않는 고통과 상처로 인한 연대의 전선이 형성되어 있기 때문일 것이다. 역사에서 삭제되어버린 존재들을 지금 지워지고 있는 존재들과 이음으로써 역사적 주체의 자리를 구축하려는 작가의 고투는 "뭍으로도 바다로도 갈 수 없는 사람들"(47쪽)에 대한 애정과 책임으로 연유하는 것일 터이다.

3. 고통의 연대와 이야기의 윤리

폭력에 관한 가해자와 피해자라는 이분법적 도식에 대한 문제 제기는 『실로 만든 달』의 중요한 테마이다. 이 문제 제기는 여러 가지 방식으로 표출되는데, 무엇보다 다층적인 시점을 도입해 소설을 이끌어나가고 있는 방식이야말로 피해자와 가해자의 위치가 고정되어 있는 것이 아님을 소설적 형식으로 표현하는 것이라 하겠다. 이는 근대적 폭력의 양태를 이분법적으로 파악할 때 폭력이 작동하는 다층적인 시스템이 단순화되어버려 문제를 드러내려는 의도와 어긋나며 구조의 은폐를 반복할 수도 있음을 경고하는 것처럼 보인다. 인물들의 면모를 통해 조금 더 가까이서 살펴보기로 하자. '정원'을 사창가의 여성이라 생각하는 영세 출판사를 운영하는 '윤'의 경우 시종일관 편협한 잣대로 '정원'을 규정하지만 그 역시 사회에서 인정받을 수 없는 사랑을 한다는 이유로 사회로부터 지울 수 없는 상처를 입은 인물이다. '윤'은 '정원'을 폭력적으로 규정하지만 그 또한 사회적 폭력의 희생자다. '덕재'의 경우도 사정이 다르지 않은데 유년시절 이복동생인 '정원'을 성폭행하고 그 행위를 부정하기 위해 또 한번의 지울 수 없는 상처를 준 '덕재'는 '업둥이'라는 정체성 때문에 괴로워하는 인물이다. 물론 그(들)의 불행한 처지가 그가 행한 폭력을 정당화할 수는 없다. 다만 이 작품에서 그려지는 '남성'이 기존의 '여성 수난 서사'에서 묘사되어왔던 가해자라는 고정된 위치에서 조금은 탈피해 있다는 점은 지적해두어야겠다. 피해자와 가해자의 위치가 고정될 수 없다는 이 같은 태도는 민족과 국가라는 절대적인 준거틀을 문제 삼는 대목에까지 뻗어 있다. '관옥'이 죽음에 이르는 과정은 작품 속에 구체적으로 드러나 있지 않지만 저간의 정황을 미루어본다면 만세 사건에 연루되어 옥중사(獄中死) 한 것으로 짐작해볼 수 있다. 작가는 일본인 관리 구로다의 외동딸인 '스에코'를 '관옥'과 다르지 않은 자리에 놓아둠으로써 민족의 잣대로 분할할 수 없는 수난사의 역사적 연원을 따져 묻고 있다.

"조선이 일본의 식민지가 된 것은 경술년의 일입니다. 조선의 여자는 오래 전부터 남자의 식민지였습니다."

— 200쪽

"일본도 마찬가지다. 거리에서나 집에서나 여자들은 굽실거리고 쪼그리고 고개를 숙이지. 마치 죄를 지은 사람처럼. 한번씩 기차에 두 다리가 끊어진 것을 다행스럽게 생각한다. 그렇지 않으면 앉는 법, 차 내는 법, 차 따르는 법을 배우고 가르치느라 평생을 보냈을지도 모르니까."

— 201쪽

피해자와 가해자라는 이분법적 구분이 실은 민족이라는 심급에 의해 구획되어 온 것임이 인물들의 맺고 있는 역학 관계 속에서 드러난다. 작가는 고통을 받고 있는 자들이 서로를 적대함으로써 고통을 고립시켜 그 속에서 벗어날 수 없게 만드는 지배 세력의 통치 논리를 간파하고 이를 거부한다. 이뿐만 아니라 폭력의 근원에 대한 근본적인 성찰을 시도함으로써 고통을 받고 있는 이들이 바로 고통을 조건으로 연대를 해나갈 수 있는 가능성의 영역까지 나아가고 있다. 이 작품을 단순히 '여성 수난 서사'라는 방식으로만 규정 지을 수 없는 이유는 여기에 있다.

한 가지 의문이 드는 건 '덕재'와 '윤'은 현재적 삶에 비교적 충실한 것으로 그려지는 것에 반해 이 작품의 중심인물이라고 할 수 있는 '정원'의 경우 현재적 삶이라고 부를 만한 내용에 상세히 그려지고 있지 않다는 점이다. 그녀는 단지 '관옥'의 이야기를 전달하는 메신저의 역할에 충실한 것처럼 보인다. 무언가를 투영하기 위해 텅 비어야 하는 스크린처럼 구체적인 일상이 부재하는 탓에 투명한 것처럼 보이는 '정원'은 어떤 면에서 기존의 남성 서사가 조형해왔던 전형적인 여성상과 겹쳐 있는 것처럼 보이기도 한다. 물론 타자들의 이야기에 귀 기울이고 그들의 목소리를 발화할 수 있게 돕는 위치에 주목해야 하는 것이겠지만 조용하고 건조한 '정원'의 일상이 삶의 구체성을 표백해버리는 효과를 낳는다는 점과 '정원' 스스로의 반성과 성찰의 지점을 발견하기 힘들다는 점은 작가가 주력하고 있는 여성성이 '투명하고 때묻지 않은 여성상'을 반복하게 될 수도 있다는 우려가 드는 것도 사실이다. 그럼에도 이 작품의 서사가 고통받았던 경험을 가지고 있는 이들이 서로의 고통에 손을 내밀 수 있는 힘을 발견해가는 것과 각자의 은폐된 상처를 이야기로 옮길 때 그것이 연대의 조건이 될 수도 있다는 점으로 수렴되고 있다는 점만큼은 강조해둘 필요가 있다.

"수십 년 동안 나무도 나를 쳐다보지 않으면 어떻게 되겠니? 누군가에게 보

여 주고 싶었던 것들이 다른 사람의 눈으로 옮겨지지 못하고 얇은 비닐처럼
니 눈을 덮게 되겠지. 내 눈도 그래. 남들에게 보여 주고 싶었던 것들이 내
눈을 덮은 거라고. 그것들이 자꾸 겹치다 보니까 거울처럼 된 거야. 그래서
니 눈도 비친 거고. 그것들이 니 눈 속으로 들어가면 내 눈이 나타날 거야."

—26쪽

"이상해. 언니를 보면 진짜 하고 싶지 않던 이야기, 너무 오래 하지 않아서
나 자신도 잊고 있던 이야기가 생각나. 하고 싶다니까. 이제는 내 이야기
인지 남의 이야기인지 구별할 수도 없는데……."

—149쪽

'이야기'는 어떤 내용의 표현과 전달을 넘어 시간과 공간을 잇는 오래
된 양식이었다. 이야기한다는 것은 가끔 우리의 눈으로 확인할 수 없는 사
라진 사람들을 불러내는 주술과 유사한 효과를 낳기도 한다. 그들을 불러
내어 말을 건네고 듣는 것, 어울려 춤추는 것이야말로 인류가 오래전부터
이어 오고 있는 연대의 역사이기도 하다. '관옥'이 아직 그 팽나무를 떠나
지 않은 이유는 수난과 폭력의 역사가 아직도 계속되고 있기 때문이겠지
만 '정원'이 '관옥'이 하지 못했던 이야기를 대신 함으로써 은폐된 채 반복
되어 왔던 수난과 폭력의 연대기 바깥으로 다른 시간이 흐를 수 있는 파
선을 긋는다. "내 이야기인지 남의 이야기인지 구별할 수 없"음에도 불구
하고 계속해서 이야기하기를 멈출 수 없다는 것은 '소향'의 언급이야말로
고통받고 억압되어 있는 '타자'들의 말을 의도 없이 대신 전하는 암묵적
인 행위의 명징한 사례일 것이다. 『실로 만든 달』은 역사적으로 반복되는
폭력의 연대기를 타자들의 고통을 이야기라는 양식으로 이음으로써 다른
시공간의 가능성을 모색하고 있는 소설이다. 그 모색이 여성이라는 타자,
지역이라는 타자의 역사를 재구성하는 작업이라는 점의 중요성은 거듭 강

조해도 지나침이 없다.

4. 지역 문학, 실천 문학

『실로 만든 달』은 '정원'이 자신의 어머니 유품인 거울을 들여다보는 장면으로 끝을 맺는다. 무얼 보고 있냐는 '윤'의 물음에 거울에 비친 모습이 "나인 것 같기도 하고 아는 사람인 것 같기도 하"(247쪽)다는 '정원'의 대답은 의미심장하다. 이 장면은 지역 문학의 존립 방식을 환기한다. 이는 지역 문학이 언제나 자신 스스로를 직시하는 것을 통해서면 시작될 수 있다는 점과 그 대면이 매번 모습을 달리 하는 가변성을 특징으로 한다는 점을 암시한다. 이 작품의 다층적인 시점은 부산이라는 도시의 역사적 시간의 결과 조응한다. 『실로 만든 달』이 부산이라는 도시를 또 다른 주인공으로 삼고 있다는 점은 자본에 의해 탈역사화와 장소의 표백화가 가속적으로 이루어지고 있는 부산의 뒤틀리고 어긋난 다종한 시공간을 재구성해보고자 하는 중요한 문학적 시도이기도 하다. '지역'을 국가의 한 부분이 아닌 일국적 가치와 준거 틀을 넘어선 지점까지 나아갈 수 있는 거점이자 국가와 자본의 공모로 이루어지는 폭력에 대한 비판을 수행할 수 있는 대안적인 모색까지 시도하고 있다는 점에서 정영선의 『실로 만든 달』은 협의의 개념이 아닌 보편적인 의미에서의 '지역 문학'이라고 불러도 좋을 듯하다. 민족과 국가가 규격화해놓은 피해자와 가해자라는 이분법을 넘어 '타자'들의 연대를 구체적으로 형상화하고 있다는 점에서도 '지역 문학'의 범위와 함의를 확장시켰다고 말할 수 있다. 젠더와 지역을 매번 새롭게 재구성해야 하는 대상으로 재설정하고 사후적인 발견이 아닌 현재적인 생산의 자리에 놓아둘 때 지역 문학은 당대 문학이자 실천 문학의 다른 이름의 자리에 놓일 수 있을 것이다.(2008)

5부

검은 손의 운지법

감각의 사전

—진은영의 시

   오늘날의 많은 시에서 장르로부터 느슨해져서 '글쓰기' 자체에 도달하려는 시도들을 빈번하게 목격하게 된다.[1] 당대 시인들의 산문화 경향 또한 이런 지향과 무관하지 않을 것이다. 이는 '음악'보다는 '언어'에, 기왕의 '시적 규약'들에 관심을 기울이기보다는 '감각적 체험의 자율성'에 더욱 집중하고 있다는 것이다. 시인 각자의 '목소리'를 발현하는 데 집중하고 있는 이 일련의 흐름이 어떤 방향을 향하고 있으며 어디에 가닿고자 하는 것인지 궁금해진다. 모든 시인은 자신들만의 사전을 가져야 함을 피력하며 등장한 한 시인에 대해 말하기로 하자. 시인의 사전을 만드는 작업이 '사전(辭典)'이라는 대타자적 권위에서 이탈하는 것으로부터 시작된다면 그건 기왕의 체계에 새로운 말의 목록들을 '업뎃(update)'하는 것이 아니라

---

1) 이에 관한 구체적인 논의는 심보선·서동욱·김행숙·신형철, 「감각적인 것과 정치적인 것 사이에서—오늘날 시는 무엇을 할 수 있는가」, 『문학동네』 2009년 봄호를 참조.

지금까지와는 다른 '새로운 사전'을 만드는 것이겠다. 시인의 언어라는 것이 언제나 보이지 않았던 것들을 보이게 하고 사물을 언어의 감옥 속에서 구출해낸 말의 목록집이라는 사실을 환기해본다면 '새로운가, 그렇지 않은가'라는 질문은 진은영에겐 무의미하게 느껴진다. 지금 우리에게 새로운 사전이 필요하다는 것은 기왕의 사전이 효용성에 있어 문제가 생겼다는 것을 말하는 것일 테지만 시인들이야말로 오랫동안 내밀하기에 새로운 사전을 편찬해왔다는 사실을 환기해본다면 그 또한 자연스럽게 여겨진다.

봄, 놀라서 뒷걸음질치다
맨발로 푸른 뱀의 머리를 밟다

슬픔
물에 불은 나무토막, 그 위로 또 비가 내린다

자본주의
형형색색의 어둠 혹은
바다 밑으로 뚫린 백만 킬로의 컴컴한 터널
—여길 어떻게 혼자 걸어서 지나가?

문학
길을 잃고 흉가에서 잠들 때
멀리서 백열전구처럼 반짝이는 개구리 울음

시인의 독백
"어둠 속에 이 소리마저 없다면"

부러진 피리로 벽을 탕탕 치면서

혁명
눈감을 때만 보이는 별들의 회오리
가로등 밑에서 투명하게 보이는 잎맥의 길

시, 일부러 뜯어본 주소 불명의 아름다운 편지
너는 그곳에 살지 않는다
　　　　　─진은영, 「일곱 개의 단어로 된 사전」 전문, 『일곱 개의 단어로 된 사전』,
　　　　　문학과지성사, 2003(이하 『사전』으로 표기)

　진은영의 사전은 두껍지 않다. 중심으로 수렴되는 일정한 체계를 가지고 있지 않기 때문인데 그런 이유로 이 사전에선 대상의 정의나 세계의 진리 따위를 찾을 수 없다. 오늘날의 시에 깊이가 없다는 전언[2]은 진은영의 사전을 통해서 그 의미를 더욱 분명히 한다. 균형을 잃은 상태에서 우연히 푸른 뱀의 머리를 밟게 되었을 때 맨발바닥에서 느껴지는 이물감, '봄'은 그 이물감을 통해서, 의도 없는 뒷걸음질을 통해서 감각할 수 있다. 신체의 가장 아랫부분이자 세계와 가장 먼저 만나는 접촉면인 발바닥에서 느껴지는 감각과 봄이라는 계절은 이렇게 만난다. '나'와 '사물(세계)'의 우연한 만남, 놀람과 뒷걸음질을 통해 이루어진 관계엔 무엇보다 위계가 없다. 이 사전에 등재되어 있는 단어들은 축적이 불가능한 성질을 가지고 있다고 해야 할 것이다. 만약 사전을 다시 펼쳐보게 된다면 우리는 일전에 찾았던 그 단어를 찾을 수 없거나 찾는다고 해도 이전과는 전혀 다르게 기록되어 있는 내용과 대면해야 할 것이다. 이 사전은 사물과의 접촉에 의해

---

2) 신형철, 「미니마 퍼스펙티비아─시의 '깊이'에 대한 단상」, 『몰락의 에티카』, 문학동네, 2008.

매번 새롭게 씌어지는 '무질서한 이야기'이기도 하기 때문이다.

> 출처를 잃어버린 인용을 좋아해
> 성벽에서 떨어진 회색 벽돌을 좋아해
> (중략)
> 손가락으로 좋아해
> 아니라고 말하는 어려움을
> 모든 습작들을 좋아해
> 서툰 몸짓을
> 이사가는 날을 좋아해
>
> —진은영, 「무질서한 이야기」 부분, 『우리는 매일매일』,
> 문학과지성사, 2008(이하 『매일매일』로 표기)

"출처를 잃어버린 인용"과 "성벽에서 떨어진 회색 벽돌"은 중심(원본)의 권위에서 벗어나 있기에 부분이 아닌 그 자체로 고유한 자질을 가진다. 흥미로운 것은 그런 것들을 "좋아해"라는 '취향', 혹은 '감정' 표출의 방식으로 진술하고 있다는 점이다. 얼핏 권태롭게 툭 내뱉는 것처럼 보이는 이 어조는 진은영식 사전의 어법이라고 할 수 있다. "모든 습작들"과 "서툰 몸짓", 지금-여기의 구심력으로부터 벗어나는 "이사가는 날"을 "손가락으로 좋아"하는 진은영이 채워가는(동시에 기왕의 사전적 용법을 지워 가는) 사전은 무겁지 않으며 깊지도 않다. 그에게 있어 시를 쓴다는 것은 "내 몸에서 가장 멀리 뻗어나와 있"(「긴 손가락의 詩」, 『사전』)는 손가락 끝으로 써내려가는 것이기 때문이다. 시인의 사전에는 깊이도 넓이도 없기에 유일무이한 "네 콧등 위의 점"(「점」, 『매일매일』)처럼 고유하고 단독적인 것들로 채워진다.

"딱딱한 책을 태워라 / 무엇인가 점쳐라 / 우연을 사랑하라"(「나에게」,

『매일매일』)는 구절은 진은영의 사전을 활용하는 매뉴얼로 읽을 수 있다. 시인의 사전을 펼치는 순간 우리는 사물의 정의나 쓰임새에 관한 정보의 묶음이 아닌 그들과 새로운 관계를 맺어야만 하는 상황과 마주하게 된다. 시인의 사전을 펼친다는 것은 그것을 다시금 쓴다는 것을 의미하기 때문이다. 시인의 사전이 매번 새롭게 쓰여야 한다면 그것은 '실패의 기록'이기도 할 것이다. "갈라진 틈바구니에서 태어나는 감각들"은 저 실패의 기록들 속에서만 발현될 수 있다. 시인의 사전을 펼친다는 것은 "순간의 파도가 밀려왔다 밀려가는" 것과 다르지 않을 테니 우리는 "한 번도 똑같지 않은", "기하학적 연속 무늬"(「무신론자」, 『사전』)와 만나게 될 것이다. "다시 실패하라 더 잘 실패하라"(「나에게」)는 시인의 전언은 사전의 가장 앞에 적혀 있는 '일러두기'가 아니면 무엇이겠는가.

　매번 새롭게 써야 하는 실패의 사전이자, 손가락 끝으로 써내려간 감각의 사전에 등록되는 '말'들을 축으로 "세계가 낯선 자전을 시작"(「앤솔로지」, 『매일매일』) 한다. 시인의 사전 속에서 "사물들은 올리브유의 초록처럼 / 내내 투명"할 것이며 "다른 시간 속에서 활활 타오를"(「주어」, 『매일매일』) 수 있을 것이다. 사물들이 투명해지고 활활 타오를 수 있는 그 시간은 "대마법사 하느님이 잠깐 / 외출하시면서"(「견습생 마법사」, 『사전』) 맡긴 시간일 텐데, 시인의 '서툰 주문'은 사과나무를 복숭아나무로 바꿔버린다. 단지 사과가 복숭아로 바뀌었을 뿐인데 인류는 원죄에 둘러싸이지 않을 수 있게 되고 공포와 비극의 회로에서 벗어날 수 있게 된다.[3] 그러므로 "나는 오늘, 한 그루 말(言)의 복숭아나무를 심으리라"는 시인의 결기에 의해 만들어진 도원(桃園)은 자기 동일성을 구축하기 위해 서정적 권위를 행사는

---

3) "내가 만든 사과 한 알을 따기 위해 / 이브는 복숭아가 익어가는 나무 그늘에서 기다리다, 잠이 든다 / 에덴 동산의 사간에 출현한 무릉도원 / 그 이후로는 모든 것이 뒤죽박죽 // 윌리엄 텔은 아들에게 독화살을 날리는 / 비인간적인 일에서 해방된다 / 백설 공주는 일곱 난쟁이와 함께 행복한 여생을 마치고 / 왕비는 여전히 질투심에 불탔지만 한 알의 사과를 구하지 못했네" 진은영, 「견습생 마법사」 부분.

마음의 도원이 아니다. 시인의 실패의 사전과 함께 낯선 자전이 시작되고 "야릇한 것이 시작"(「어떤 노래의 시작」, 『매일매일』)되기 때문이다.(2009)

우리 곁의 '정태규들'

—정태규, 『청학에서 세석까지』

1

20년 만에 다시 출간된 정태규의 첫 번째 소설집에 관한 서평이니 조금 에둘러 가는 것을 허락해주었으면 한다. 2008년 3월, 지금은 없어진 서면 동보서적 2층에서 나는 정태규 작가를 처음 만났다. 일면식이 없었던 한 작가의 두 번째 소설집에 관한 토론을 부탁받고 발제문 하나를 써서 그 자리에 참석했다. 일면식이 없었던 것은 그 토론회가 내겐 부산 문단에 '데뷔'하는 자리였기 때문이다. 읽고 느낀 바를 솔직하게 쓴 발제문은 10년 만에 소설집을 펴낸 작가에겐 다소 가혹할 정도로 비판적이었고 토론회 현장은 뜻밖의 논쟁으로 달아올랐던 것으로 기억한다. 80년대부터 문단 활동을 시작한 정태규 작가는 갓 등단한 한 평론가의 성긴 문제 제기를 집중해서 듣고 짧게 반박했다. 어떤 나무람의 어조도 없이 말이다. 돌이켜 생각해보면 그 발제문은 다소 치기 어린 것이었다. 나는 지금 발제문의 엉성함을 뒤늦게 자책하고 있는 것이 아니다. 치기 어림이란 당시 내가 '작가는 작품으로 말하는 것'이라는 논리를 맹신하고 있었음에 대한 자각을 가리킨다. 그러니 이건 비평(문)의 수준 문제가 아니라 비평(가)의 태도 문제라고 해야 할 것이다. 일견 자명해 보이는 '작가는 작품으로만 말해야 하며 작가 또한 작품을 통해서만 평가되어야 한다'는 논리의 맹점을 그 자리에 있던 나는 결코 알 수 없었다. 그로부터 7년이 지났고 나는 겨우 다음과 같은 한 문장을 덧붙일 수 있게 되었을 뿐이다. '삶 자체가 문학이 될 때 우리는 작가와 작품에 관해 어떻게 말해야 하는가.'

이 에두름이 서둘러 회고하고 어설프게 반성하려는 제스처로 읽히지 않았으면 한다. '작가는 작품으로만 말해야 한다'는 통념에 대해 반박하는 것은 어려운 일이 아니다. 그러나 작품이 생산되는 환경과 구조에 대해 언급하는 순간 어쩐지 인정에 호소하는 듯하고 열패감이나 원한의 정서가 표출되는 것처럼 보이는 탓에 그런 발화를 거듭 주저하게 된다. 그럼에도 나는 이번만큼은 서둘러 이렇게 말하고 싶다. 저 통념이 오랜 시간 동안 내내 자명했다는 것은 그 자명함을 반성하지 않았다는 증표이며 반성 없이 자명함이 유지될 수 있었던 것은 자명함의 구조를 유지할 때 발생하는 이득이 동일한 영역에 축적되어왔기 때문이다. 그 이득으로 축적된 곳은 불황을 모르고, 사람들은 자꾸만 불황을 모르는 그곳으로 몰려들어 불황에 빠진다. 해묵은 (중앙) 문단 비판을 다시 하려는 것이 아니다. 적과 싸우다 적을 닮아간 시절 논객들이 우리에게 남긴 교훈이 적지 않고 새된 비판을 반복하기보단 저 오래되어 낡고 낡은 자명함의 구조 옆에 다른 입장을 세우는 것이 더 중요한 당면 문제라고 생각한다. '다른 자리에 설 수 있어야 한다는 것'과 '다른 영역을 개척해야 한다는 것' 말이다. 이미 개척되어 있는 영역을 (재)발견하고 활성화시키는 데 애를 써야 한다는 입장도 덧붙이고 싶다.

2

삶 자체가 문학이 될 때란 비의(秘義)에 가득 찬 비범한 순간을 가리키는 것이 아니다. 모든 삶이 문학이 될 수 있는 것은 아니지만 어떤 삶만이 문학이 될 수 있는 자격이 주어지는 것도 아니다. 삶 속에서 문학(적 순간)을 발견하고 문학 속에서 삶의 가치를 만나는 것, 평범 속에서 마주하게 되는 비범한 순간이 하나의 운동으로 지속될 때 '삶 자체가 문학이 되는 풍경'을 보게 된다. 그러니 이 '풍경'은 스스로가 발화할 수 있는 것이 아니라 누군가가 곁에서 목격해야 하는 일이며 기꺼이 증언해줄 때만 개창된다. 우리 곁에 '작가(作家)'가 있다는 것은 무엇을 말하는가. 평범 속에서 비범함을 길어 올리는 운동을 지속하고 있는 이의 자장(磁場) 속에 함께 있다는 것이다. 그 자장을 잘 보살피고 키우는 일을 하는 사람들을 '독자'라고 부르고 싶다. 숱한 독자들 속에 '동료 문인'이라는 목격자도 있을 것이다. 이곳에서 그들은 '시민'이라는 공통의 이름으로 불리기도 한다. '문단'은 독자와 문인과 시민이 교호하는 장소를 함께 만들고, 그 생태를 지키고 활성화하는 일을 하는 집단이 되어야 하지 않을까.

비평은 '선고'하는 자리가 아니라 '변호'하는 자리에 있어야 한다고 말하고 싶다. 내려치는 힘이 아니라 살려내는 힘을 활성화할 때 한 인간이 세계 속에서 버텨내며 힘겹게 직조하고 있는 존재의 '결(texture ; 紋)'을 지키는 것을 도울 수 있다고 생각한다. 존재의 고유한 결은 곁(beside ; 傍)의 사람들과 함께 새기고 다지는 공동 작업이다. 그러니 비평은 저 높은 곳에 올라 모든 것을 다 내려다보는 '비상의 자리'가 아니라 어두운 밤길을 함께 걷는 발자국과 같은 '보행의 자리'에 있을 수밖에 없다. 정태규의 첫 번째 소설집을 앞에 두고 읽기를 자꾸만 주저했던 것은 뒤늦은 이 읽기가 무언가를 지켜내기 위한 '변호'도, 어떤 것을 살려내는 함께 걷는 행위도 불가능할 것이라는 염려 때문이었다. 2008년의 첫 만남 이후로 그에 관해 이렇다 할 관계의 이력을, 목격과 증언의 이력을 쌓지 못했다는 사실이 부채감이 되어 다가왔다. 그런데 이건 정태규라는 특정 작가에 대한 부채감만은 아닌 듯하다. 비평이 해야만 하는 역할을 방기하고 있었다는 자각은 한 사람의 작가에게만 국한되지 않는다. 우리 곁의 '정태규들', 여전히 분투하고 있는 동료 문인들 곁에 있지 못했다는 것, 한없이 가난해져버린 곁의 세계라는 분명한 증표가 방기(放棄)의 시간을 뼈아프게 되비추고 있기 때문이다.

3

도리없이 1980년대 중반 정태규가 활동했던 무크지 『전망』을 펼쳐보았다. '열림/닫힘/열림'이라는 타이틀을 달고 나온 『전망』 2호에 정태규의 소설 「그 여름의 끝」(『전망』 2호, 시로, 1985)이 실려 있다. 이듬해에 출간된 『전망』 3호엔 첫 번째 소설집에도 수록된 「사수」라는 작품을 발견할 수 있다. 두 소설을 이렇게 묶어도 좋을 것 같다. 잠재된 근원적인 욕망의 표출과 이성적 질서의 파괴를 통한 창조의 시도. 소설은 연인과 그 사이에 끼어 있는 비규정적인 인물이 맺고 있는 삼각 구도 속에서 관계가 어긋나는 순간 억압된 욕망의 표출로 인해 발생하는 사건을 축으로 하고 있다. 원초적인 감각을 깨우는 데 있어 작동하는 파괴의 의지를 정태규는 새로운 것을 창조하는 미적 열망의 표현으로 변주하고 있다. 원시적인 에너지에 대한 탐색은 다른 작품에서 도시-근대-세속의 구조 속에서 길들여지는 소시민의 억압된 욕망을 깨우고자 하는 열망의 표출로 변주된다.

정태규 소설의 초기작의 경향은 이런 파격에만 있지 않다. 한국의 근현대사의 상처에 맥을 대고 있는 역사 인식이 자기 역사 찾기의 고투 속에 어우러져 있는 소설들 앞에서 눈이 번쩍 뜨였다. 특히 「청학에서 세석까지」와 「내가 살던 유년의 풍경」의 경우, 시간을 거슬러 올라가는 걸음은 바지런했고 그 품세 또한 미더울 정도로 실팍했다. 산을 거슬러 오르는 여정으로 이루어진 소설인 「청학에서 세석까지」의 경우, 지리산을 오르는 '영모'와 '지연'의 걸음은 오래전부터 신험한 기운이 흐르던 영산(靈山)에서부터 빨치산 토벌작전이 이루어진 악산(惡山)에까지 이르고 있으며 향락객이 버린 쓰레기에 몸살을 앓고 있는 노회한 거산(巨山)이라는 당대의 걸음에까지 뻗어 있다. 근현대사의 상처와 세속의 상처를 잇고 있을 뿐만 아니라 벌어진 그 상처들을 정성을 다해 다지고 있는 이 두 사람의 걸음이 정태규 소설 쓰기의 알짬이라는 생각을 하게 된다.

유년 시절에 대한 회상을 근간으로 하는 「집이 있는 유년 풍경」 또한 거슬러 올라가는 걸음의 목적지는 지난 시절에 대한 향수가 아닌 상처의 연대기를 잇고자 하는 자리다. 얄팍하고 얍체 같은 세속에서 부대끼며 '시민 아파트' 한 채를 겨우 가지게 되었을 때 화자가 성취가 아닌 '낭만적인 허무감'에 젖는 이유는 그간의 시간이 변두리로 짐승처럼 내쫓겨야 하는 서러움으로 점철되어왔기 때문이다. 그런 이유로 '화자'의 회상은 완전했던 시절에 대한 희구가 아니라 '쫓겨남'의 기억이며 그로 인한 서러움의 연대기를 톺아가는 것을 향해 있다. 여기서 말하는 '집'이란 소설 속에도 인용되어 있는 바슐라르의 언급처럼 "육체이며 영혼이자 인간 존재의 최초의 세계이며, 또한 그것은 정녕 하나의 우주"이며 "인간의 사상과 추억과 꿈을 통합하는 가장 큰 힘"(35쪽)에까지 닿아 있다. 유년 시절 마을의 친구들과 사력을 다해 지었던 그 집에서 이들은 거주나 보살핌이 아닌 '약탈'과 '쫓겨남'의 상처를 겪는다. 이웃 마을 아이들과의 싸움에서 이기기 위해 짓기 시작한 그 집은 자유와 독립을 약속한 미완의 장소였을 뿐만 아니라 "실체를 가지지 못한 허구의 집"이자 "돌이킬 수 없는 중대한 의미의 존재"(45쪽)를 가지고 있는 곳이었다. 그러나 그곳은 자신들보다 힘이 센 형들에 의해, 노름꾼들에 의해, 이념적 갈등에 의해 내쫓김과 상흔만을 남기고 불타 사라져버린다.

> 그러니 그 척박한 객지의 토양 위에 어떻게든 뿌리를 내리고자 온
> 갖 앙버팀으로 전전하면서 우리들이 가져야 했던 그 수많은 '내쫓
> 김'과 서러움의 경험은 그 집이 불타 없어지던 그 해 겨울부터 이미
> 시작된 것인 줄을 우리는 아무도 몰랐다.
>
> —「집이 있는 유년 풍경」 59쪽

내쫓김과 서러움의 경험이라는 상처의 연대기를 거슬러 오르는 여정은 불타버린 '유년의 집'을 이곳 '시민아파트'라는 각박한 장소에서 재건하고 있는 걸음과 다르지 않다. "스스로 내밀하고 스스로 충만하고 스스로 기꺼운 역동성"(60쪽)이 있는 집을 짓고자 하는 화자의 열망에서 정태규 작가의 소설 쓰기라는 지난한 걸음을 상상하게 된다. 더디지만 단단한 걸음의 결기 말이다. 이 짧은 소회가 그 걸음 옆에 잠깐 다가설 수 있는 발걸음이었으면 한다. 그와의 첫 만남에서 내가 했던 성긴 말들은 시간을 견디지 못하고 쉽게 휘발되어버렸지만 그의 소설은 여전히 그 자리에서 묵묵하고 단단하다.(2015)

존재론-비평론-공동체론이라는 보로메오 고리

—김영민, 『비평의 숲과 동무공동체』

> 길사람들은 그를 기다리고 있다.
> 그의 친구[동무]들은 그를 기다리고 있다.
> 그의 적들도 그를 기다리고 있다.
> — 롤랑 바르트, 『목소리의 결정-롤랑 바르트 대담집 1962~1980』 중에서

'안다는 것'은 필시 '비용'을 요구한다. 그 비용이란 앎에 다가서기 위해 행한 '나의 노력' 따위들만으로는 치를 수 없는데 그 요체는 '돌이킬 수 없다는 사실'에 있다("좋든 나쁘든, 안다는 것은 '돌이킬 수 없는' 짓이다."[1]). 이 돌이킬 수 없음은 비단 '앎'의 문제에만 국한되는 것이 아니라 어휘의 문제와도, 생활양식의 문제와도, 공동체의 문제와도, '새로운 의욕'의 문제와도 밀접한 관련을 맺고 있다. 서둘러 말한다면 김영민의 글을 '읽는다는 것' 또한 '돌이킬 수 없는 것'에 가깝다. 이때의 읽는다는 것은 필요한 부분만을 절취해서 자기화하는 것을 원리로 하는 자본제적 교환 체계의 반복이나 '나'와 '저자(타인)'의 손쉬운 교감('통'했다고 착각하는 것)에 만족하는 독아론(獨我論)의 연장을 일컫는 것이 아니다. "말을 죽인 침묵의 성성(醒醒)함 속에서 섬모처럼 마음을 움직이면서 상대의 말에 긴절히 응대하

---

1) 김영민, 『비평의 숲과 동무공동체』, 한겨레출판사, 2011, 72쪽. 이하 인용 시 본문에 쪽수만 병기.

는 극히 능동적이며 생산적이고 창조적인 태도"나 "화자의 몸을 깨우고, 그 정신을 섭동케 하며, 그 무의식을 해방시켜 자기 '아닌' 자기, 자기보다 '큰' 자기의 이야기로 돌아가게 하는 것"(105~106쪽)에 가까운 것이라고 할 수 있는데, 그것은 차라리 읽기보다 '듣기'에 가까운 것이라고 해도 좋다. 김영민의 글을 읽는다는 것은 개인의 공간(내면)에서 이루어지는 근대적인 독서의 체험이 아닌 버릇과 습관을 버르집음으로써 나 아닌 이에게로 '몸을 끄-을-고' 나가는 것, "내가 너에게로 힘들게 건너가는 노동의 총체"(6쪽)와 다르지 않은 것이기 때문이다.

이 '만남'과 '앎'에 대한 돌이킬 수 없는 체험은 자신의 몸을 끄-을-고 나아가는 힘겨운 노동을 조건으로 함에도 '매혹'적인 사건으로 개인에게 낙착되곤 하는데, '나'의 버릇과 습성을 바꾸거나 버리는 것을 조건으로 하고 있는 이 '근기(체계노동)'와 '온기(정서노동)'라는 비용을 치르는 것이 '매혹'적일 수 있는 것은 그의 글이 읽는 이로 하여금 '다른 사람이 될 수 있게 한다'는 데서 연유한다. 여기서 말하는 '다른 사람'이란 "타자를 향해 몸을 끄-을-고 걸어가는 생활"(14쪽) 위에서 "동정적 혜안을 지닌 채로 사물과 사람을 향해 걸어가는, 함께 살아가고 어울리는, 나누는, 그리고 그 주변을 변화시키는"(15쪽) '몸이 좋은 사람'(동무同無)을 일컫는다. 이는 곧장 그가 말하고 있는 '비평'을 가리키며 더 정확하게 말해 '총체적 비평'이나 '존재론적 비평'의 문맥과 닿아 있는 것이기도 하다.

김영민이 쓰고 있는 '비평'은 우리들이 익히 알고 있는 문학/화 텍스트를 회집하고 재서술하는 데 집중하고 있는 비평가/평론가들의 그것과는 층위를 달리한다. '비평'과 '이론'을 비각으로 세워두고 있는 다음과 같은 대목을 통해 그가 조형하고 있는 '비평'의 문맥을 대충이나마 파악해볼 수 있다. "이론보다 한 걸음 더 현실의 착종 속으로 몸을 내미는 비평은 바로 그 탓에 더욱 현실에 즉물적으로 부화뇌동해서는 안" 되며 "그 현실의 진실이 이론으로부터 부끄럽게, 혹은 무섭게 몸을 사리고 물러서는 자리 속으로 비평은 수동적으로, 느리게, 엿보며, 어긋나면서, 뒤늦게, 이드거니 찾아들어가야 하는 것"(22쪽)이 그가 말하는 비평의 요체일 텐데 중요한 점은 이 '비평론'이 '존재론'과 잇닿아 있다는 것이다.

> 존재는 삶의 일상이 표현되는 다양한 결과층의 '너머'에서 추상되는 그 무엇이 아니라 그 일상의 표현형들 전체가 유기적으로 관련을 맺는 가운데 얻어지는 일관성이다. 그래서 그것은 무엇보다도 형이상학적·본질론적 개념이 아니다. 그 총체성은 복층의 구조물처럼 어느 하나를 생략한 채 구성되거나 획득되지 않는다. 물론 그것은 4층의 수량적 통합이 아니라, 4층이 서로 뗄 수 없이 상호연관되었기에, 그래서 그 상호연관적 일관성 자체가 하나의 '존재'를 이루었기에 비로소 가능해진다.
>
> — 37~38쪽

형이상학적인 존재론이 아닌 일상의 낮은 자리에서 조형되는 삶의 일관성을 바탕으로 하는 존재론은 '나'의 '생각'과 '고백'의 외곽으로 나아가는 '공부'를 일컫는 것이며 이는 김영민이 오랜 시간 동안 조형해온 '산책'과 '상처의 정치화'에 근거한 연대의 상상력을 밑절미로 한다.[2] 이 대목에서 우리는 김영민의 글쓰기, 혹은 비평의 알짬을 비평론과 존재론의 잇닿음에만 국한되는 것이 아니라 필연적으로 공동체론과 연결된다는 데서 찾을 수 있다. 그에게 인문학(人紋學)이란 "개인으로서는 영영 알 수 없는 어울림의 가능성을 탐구"(101쪽)하는 것이기에 혼자서 할 수 있는 것이 아니다. 마찬가지로 '비평' 또한 외부가 없는 세속의 삶 속에서 외부가 되기 위

---

2) 이 문맥을 "비상에서 보행으로"(160쪽)라는 구절로 축약해볼 수도 있겠다. 김영민은 『보행』(철학과현실사, 2001)을 자신의 글쓰기 역사에서 한 분기점을 가지는 저서임을 강조하는데, 그 알속이 '비상에서 보행으로'라는 구절 속에 집약되어 있다. 이와 관련된 자세한 내용은 「비상에서 보행으로 : 고백 '밖'에서 만나는 하느님」을 참조.

해 체계와 창의적으로 불화하는 '어긋내기'와 자본제적 체계 속에서 "단말기적인 개인·소비자로부터 공동체 속의 동무·생산자로 자신의 신세와 운명을 바꾸려는 노동"(232쪽)으로써의 '어울리기'를 통해서 '익어가는(熟) 걸음(산책)'이라고 할 수 있다. 그가 말하는 공동체란 개인이라는 '장소'에서부터 시작할 수밖에 없는 것이지만 '나의 세계'로 돌아오거나(자서전적인 태도, 혹은 고백과 소문의 구조) 확장하는 것이 아니라 개별자들의 슬기-온기-근기를 통해 "그 스스로를 오히려 숨기는 편이면서도 기꺼이 이웃을 도와 그 전체[체계]의 행로를 바꾸는 변침(變針)의 노동을 하는 번득임"(5쪽)이라는 '부사적 태도'를 통해 조형할 수 있는 '존재/비평의 숲'과 같은 것이다.

김영민은 이를 오랜 시간 동안 '글'(사유)-'말'(응대)-'생활양식'(삶의 양식과 버릇)-미래형식으로서의 '희망'(체계와의 창의적 불화)이라는 (미래) 인문학의 4단계 중층구조로 설명해온 바 있다. 이 같은 〈존재론-비평론-공동체론〉이 보로메오의 고리처럼 연결되어 있는 그의 글쓰기(혹은 비평)가 안착하는 곳이 '세속'이라는 점은 거듭 강조해둘 필요가 있다. "비평은 우선 세속의 것이며, 이론과 함께 이론을 넘어가는 자리는 바로 그 세속(어야 한)다. 세속은 어디에서라도 '시작'할 수 있는 계기를 가리키"며 "생활 속으로 촘촘하게 이론이 내려앉지 못하면 비평은 없"기에 "가장 어려운 글쓰기가 비평이면서 또한 그 누구라도 끼적일 수 있는 가장 쉬운 글쓰기가 비평"(71쪽)이라는 입장은 "사상은 이미 삶 속에 있으며, 그 모든 자유는 우리 각자가 자신이 삶의 무늬(人紋) 속에서 일구어낸 실천적 계기만큼만 가능한 것"(101쪽)라는 대목과 연결된다. 이는 오랫동안 그를 검질기게 따라다니는 세간의 오해("기이한 표현을 사용한다거나, 심지어 '수사학적 신비주의'라거나, 낡은 우리말을 굳이 복원해서 독서의 비용을 높인다거나, 잦은 한자어의 사용이 성가시다거나, 하는 등속의 불만과 비판", 52쪽)의 출처가 실은 다른

곳에 있음을 의미한다.[3] 그 오해와 이해불가능은 미래형식으로서의 '희망'
이 다르기 때문에 발생하는 것이다.

희망은 선험적 원리로부터 발굴되는 것도 아니며 종교초월적인 물매에
의탁하는 것도 아니다. 그것은 개인의 사유(글쓰기)와 말하기(대인·대물
관계)가 그의 생활양식과 일치하는 순간에 얻는 벡터로서의 희망인데, 그
것은 인간의 처음(arche)에 장착된 것도 아니며 인간의 끝(telos)에 원려(遠
慮)처럼 가물거리는 것도 아니다.

희망은, 지금 바로 이곳에서 그 누구도 아닌 '나(들)'가 일구어가는 인문
(人紋)의 총체성에 의해 현실화하는 것이다. 다른 사유, 다른 대인·대물
관계, 그리고 다른 삶의 양식이 지닌 불화(不和)의 생산성이 서로 수행적
순환성(performative circularity)의 일관된 관계를 갖게 될 때, 희망은, 마
치 애벌레가 어떤 일관된 절차를 어렵사리 거치면서 돌이킬 수 없이 자
신의 몸을 날개 속으로 접어넣고 날아오르듯이, 그렇게 자신의 날개를
현실화한다. 물론 그것은, 애벌레라는 몸과 날개라는 새로운 몸의 극적
인 대조에서 보듯, 전혀 자연스러운 과정이 아니다. 그렇게 희망은 체계
의 외부인데, 그것이 외부인 것은 희망을 현실화해낸 세 겹의 몸(사유,
대인·대물관계, 그리고 생활양식)이 비록 체계 속에 처하더라도 그 체계
를 지나며 스치는 방식에서, 이미, 늘, 체계 외부적이었기 때문이다. (중
략) 마찬가지로 '희망은 어렵사리 배워야 한다'고 했을 때에, 체계의 타
자로서의 그 희망이 두르고 있는 어려움은 학문이 아닌 '공부'의 어려움

---

3) 그가 자주 원용하고 변주하는 이론의 문맥은 얼핏 현란한 듯 보여도 언제나 삶이 놓여
   있는 생활과 개별자들의 습관과 버릇 위에서 비로소 제 의미를 가진다는 점에서 그의
   글은 '쉬운 편'이다. 그러나 한사코 알기를 기피하는 이들, 관계의 비용을 치르거나 관
   계의 책임으로부터 도망치는 데 익숙한 이들, 동굴 앞에서 '열려라 들깨'와 같은 무용
   한 주문을 외듯 '어렵다, 어렵다'만을 반복하고 있는 이들에겐 결코 이해할 수 없는 '어
   려운 것'일 수밖에 없을 것이다.

을 압축한다.

— 53~54쪽

　'이해할 수 없음'의 문제는 내용의 어려움이나 전달 방식에 있는 것이 아니라 '희망'의 양상이 다르기 때문이다. 그의 말처럼 희망은 개인의 것이 아니라 (타인의 고통처럼) 힘겹게 배워야 하는 것(84쪽)이며 자연스럽지 않은 체계의 외부이기에 누구나 가질 수 있는 것 또한 아니다. 몸을 끄-을-고 '나라는 세계'의 밖으로, 자본제적 체계의 외부로 나아가는 타자성의 지평이 없이는 '이해'도 '희망'도 없는 것이다. 어떤 점에서 '이해'는 지적 능력에 달려 있는 것이 아니라 차라리 '몸'에 달려 있다고 해도 좋다. 그의 말처럼 몸은 "생활양식이 접히거나 펼쳐지는 경첩과 같은 장소"이며 "우리는 몸의 어떤 가능성 속에서 생활양식을 접어 이치들을 이렇게 거듭거듭 모아들이고, 역시 몸의 다른 가능성 속에서 생활양식을 펼쳐 다른 이치들을 저렇게 메지메지 나누어놓는 것"(83쪽)이기 때문이다.

　그의 글은 그것을 읽는 독자들과 그와 함께 '희망'이라는 '미래형식'을 이드거니 밟아가는 후학들로 하여금 '거울-핸드폰 사회'가 강요하는 자서전적 태도에서 연극적 태도를 통해서만 가닿을 수 있는 '동무'라는 관계를 맺을 수 있는 조건을 마련해준다. "내가 너에게로 힘들게 건너가는 노동의 총체"(6쪽)란 필자의 몫만도 아니고 독자의 몫만도 아닌 것이다. 마찬가지로 그의 글은 안착하는 곳은 아카데미아도 아니며 자본제적 체계에 되먹히고 있는 대중 인문학도 아닌 인문(人紋)적 삶의 양식, 생활 정치라는 삶의 가장 낮은 자리일 수밖에 없다.

　이런 사정은 그의 동무론 3부작[4]이 온전히 그의 힘으로만 씌어진 책이 아니라는 사실을 가리킨다. 그것은 숱한 학인들과의 어울림의 공부를 통

---

4) 『동무와 연인』(한겨레출판, 2008)과 『동무론』(한겨레출판, 2008), 『비평의 숲과 동무 공동체』(한겨레출판, 2011).

해 캐낸 어휘와 이론과 개념들이 생활세계의 낮은 자리에 가라앉는 어리눅음('일면서 모른 체하기')을 통해서만 조형될 수 있는 것이기 때문이다. 그의 글을 읽는(듣는) 것이 어려운 것은 어쩌면 그가 '산책을 하듯' 글을 쓰기 때문인지도 모른다. '산책을 하듯'이라는 표현에는 '형식'과 '내용' 모두가 포함되어 있는데, 일찍이 그의 '유일한' 스승인 윤노빈이 집중했지만 그 누구도 뚝심을 가지고 다루지 않았던 한국 철학에서의 '상처'의 문제[5]를 중요한 주제로 삼아 검질기게 조형하고 있는 것이 그러하며 '비평'을 "텍스트 인식의 범위에 고착시켰던 습관에서 벗어나게 함으로써 서구학문의 로고스중심주의를 깨고 인간활동의 수행성 전체와의 관련성 속에서 재구성"(70쪽)[6]하려는 시도 또한 이러한 문맥에서 이해할 수 있겠다. '산책 하듯'이라는 표현의 알짬 또한 그가 혼자서 글을 쓰지 않는다는 데 있다. 그의 글에서 산책의 호흡을 읽는다는 것은 20년 넘게 지속하고 있는 여러 공부모임에서 그와 함께 걸었던 동무들과의 어울림을 읽는다는 것을 의미한다. 김영민의 글을 읽는 것이 불편한 것은 그간 우리가, 내가, 당신이 줄곧 혼자 걸어(써)왔기 때문인지도 모른다. 그럼에도 그의 글을 읽는 것을 멈출 수 없다면 '함께' 걷고 싶기 때문이다. 아무도 가지 않는 길을, 누구나 갈 수 있는 길이 아닌, 오로지 함께-걷는 이(들)만이 갈 수 있는 그 '세속의 사잇길'을, '다르게 살기라는 소박한 명제'를 실천해보고 싶기 때문이다.

　　내게 있는 꿈 중의 아름다운 꿈은 비평의 꿈입니다. 숱한 거목들의 화이불류(化而不流)로 가능해지는 '비평의 숲'이라는 꿈입니다. '몸이 좋은 사

---

5) 이에 대한 자세한(혹은 유일한) 내용은 김영민, 「윤노빈, 시천주(侍天主)의 통일철학」(『신생』 47호, 2011년 여름호)을 참조.
6) 서구학문의 로고스중심주의에 대한 비판과 대안에 대한 사유는 『탈식민성과 우리인문학의 글쓰기』(민음사, 1996)에서부터 양상을 달리하며 이어져오고 있다.

람들(동무들)'이 '비평적 개입'의 근기와 슬기와 온기로써만 이루어내는 비평의 숲이 내 눈앞에 어른거리는 꿈입니다. 비평이 성숙이 되고, 비평이 만남이 되고, 비평이 사귐이 되고, 비평이 평등이 되고, 비평이 자유가 되고, 비평이 해방이 되고, 비평이 치유가 되고, 비평이 구원이 되는, 전례가 없는 꿈입니다. 내게 있는 꿈 중에 아름다운 꿈은 비평의 꿈입니다. 그것은 다만 '살았기에 아름다웠던' 꿈입니다.

— 14~15쪽

지난봄, '동무론 3부작' 완간을 축하하는 잔치(《동완치》)가 열렸다. 사흘 남짓 전국 각지에서 몰려든 독자와 후학들이 어울렸던 그 잔치는 '걷다가 죽는 것'을 염원하는 동무들의 잔치이기도 했지만 '살아서 다시는 쓰지 못할' 《동무론 3부작》에 힘썼던 '한 시절'을 축하하고 또 애도하는 자리이기도 했다. 각자의 걸음으로 일매지게 이어왔던 시절(인연)이 돌이킬 수 없이 맺은 결실 앞에 모여 함께 축하하고 다시는 오지 않을 그 시간을 함께 보내주었던 잔치. 우리들이 '꿀꺽' 삼켜버렸던 말과 글들, 함께 어울렸던 시간, 배울 수 있고 또 가르칠 수 있어 충만할 수 있었던 시절은 그저 떠나보낼 것만이 아니라 각자가 요령껏, 깜냥껏 짊어지고 가야 하는 몫이기도 했다. 죽을 수밖에 없는 유한한 삶을 살아내고 있기에 비로소 아름다울 수 있는 꿈을 지니고, 불가능하기에 열릴 수 있는 가능의 사잇길로 한 사람과 그 사람을 동무 삼아 걸었던 한 시절은 아름답게 사라졌다.(2011)

염원으로 지켜내는 사람살이의 희망

—정형남,『감꽃 떨어질 때』

정형남의『감꽃 떨어질 때』를 읽고 염원(念願)이라는 어휘에 대해 생각해본다. 막연히 떠올라 제멋대로 언거번거하는 게 아니라 낮고 두껍게 내려앉은 간절함의 마음과 기다림이라는 태도가 응축된 말, 염원. 그것은 오지 않을 순간을 막연하게 기다리는 희망이라기보단 누군가를 떠나보내는 애도의 방식이되 그저 잘 떠나보내는 것에 멈추지 않고 다시 누군가를 불러내고 무언가를 촉구하는 것이라는 생각을 했다. 숱한 역사의 곡절을 겪어낸 탓에 집으로 돌아오지 못한 '조영'이 해왔던 일을 누군가가 대신해야 한다는 것이다.

'감꽃이 떨어질 때' 돌아오겠다는 '조영'의 약속은 지켜지지 않지만 남은 이들의 기다림은 지속된다. 그렇게 기다림이 약속을 지켜낸다. '조영'을 기다리는 가족뿐만 아니라 소설 속에 등장하는 많은 인물들은 지킬 수 없는 것들을 지키려고 애쓰는 이들이기도 하다. 그 애씀이 염원을 응축시키고 숙성시키는 힘이다. 약속을 지키는 파수꾼들의 정성을 다한 기다림은 이 소설이 궁극적으로 구현하려는 것이 돌이킬 수 없는 역사에 대한 위무가 아니라 염원이 지속되고 있는 세계, 염원이 지켜지고 있는 세계라는 것을 우리에게 알린다.

조영, 약초를 캐는 사람. 산천을 두루 살펴 바장이며 풀들의 쓸모를, 이 산하의 쓸모를 지키고 있는 파수꾼과 같은 이. 누군가를 돕는다는 것이 그런 바장임 없이는 할 수 없는 일이며 고치고 치료하는 의술 또한 특별한 능력에서 나오는 게 아니라 산천을 바지런히 걸어다니는 성실한 걸음으로부터 나온다는 것을 알겠다. 조영의 발걸음을 따라가면서 나는 자연스레 소설가의 자리를, 그 걸음을 생각하게 된다. 조영은 산천을 누비며 쓸모를 캐내는 사람이며 이 산하에 숨구멍을 내어 생동할 수 있게 돕는 이이기도 하다. 정형남이 생각하는 소설가의 모습 또한 그와 다르지 않을 것이다.

쓰임을 찾았을 때 빛을 내는 것은 약초만이 아니다. 소설 전반을 감싸고 있는 정형남이 부려 쓰는 우리말 또한 그와 다르지 않다. 소설 속에서 어두워져가는 세상에 풀뿌리 하나가, 한 송이의 꽃이 세상을 밝히는 등불이 되는 것처럼 쓸모를 잃어버려 그 누구도 알아보지 못한 어휘가 점점 어두워져 가는 이 세계를 밝히는 등불인 것만 같다. '우리말'은 '한국적인 것'이라는 폐쇄적인 '우리'나 민족과 국가라는 프레임을 강화하는 장치가 아니라 함께 어울려 살아가는 '사람살이'와 그 어울림 속에서만 인지할 수 있는 '사람됨의 도리'를 지키는 버팀목 같은 것이기도 하다(약초야말로 우리 땅에서 자란 신토불이고, 따라서 약초 이름이야말로 우리네 것이 아니오.", 174쪽). 그러니 산천을 누비며 약초를 캐는 조영의 발걸음은 속절없이 마모되고 가파르게 망각된 사람과 사람, 사람과 세상이 어울려 살아가는 이치를 조형하는 어휘를 발굴하고 캐내어 그 쓸모를 찾아주는 것과 다르지 않다.

산과 들에서 다소곳하게 자라고 피어나는 약초가 저마다 성분을 지닌 채 가난한 민초들의 건강에 도움이 된다는 사실을 드넓은 가슴으로 펼쳐 보일 때라고 생각하였다. 구제창생의 일념으로 약초를 채취하여 가난한 이웃들을 위해 봉사하리라.

— 156~157쪽

조영의 다짐이 조형하는 염원에서 우리는 소설가 정형남의 다짐과 염원을 읽어낼 수 있어야 한다. 『감꽃이 떨어질 때』를 민족주의 서사의 한 갈래로만 보는 것에 만족할 수 없는 것은 이 때문이다. 도자기를 빗던 두문골이 무기를 달구어 재생해야 하는 곳이 되어야만 하는 곡절을 아프게 보여줄 때 정형남은 우리 역사의 모진 질곡을 환기하는 데서 멈추지 않고 도자기를 굽고 무기를 달구던 가마터에 꺼지지 않았던 불의 염원을 고양시키는 데까지 나아간다. 사람을 구하고 가마터를 지키려던 왕명인이 일본 군대에 의해 참혹하게 살해되자 가마터의 불은 꺼진다. 다만 왕명인의 미친 아들만이 가마터에서 형체를 알아볼 수 없는 도자기 파편을 주워 모을 뿐이다. 작가는 얼이 빠진 듯한 그 모습을 지켜보는 눈길을 한사코 거두지 않는다. 가마터는 불타 사라졌지만 그 터를 떠나지 않는 광기에서 외려 무서우리만치 결연한 의지가 돋아나고 있는 것이다. 도자기를 빗는 도공은 산하의 흙을 그 땅에서 살고 있는 사람의 손으로 굴곡을 만들어 단단한 형체로 조형하는 사람이다. 손과 흙의 조화로 만들어낸 선과 굴곡은 곧 우리네 사람살이의 굴곡과 닮아 있다. 왕명인의 아들은 시대가 바뀌어도 여전히 불타버린 가마터에서 아버지와 함께 굽던 도자기의 잔해들을 찾고 있다. 아니 그 터를 고르고 또 지키고 있는 것인지도 모른다. 실성한 아들의 모습은 평생 산천을 누비며 약초를 캐는 조영의 행위와 닮아 있다.

세월이 흐르고 시대도 바뀌었지만 이 땅의 비극은 반복된다. 산천을 누비며 약초를 캐던 조영이 이념적 대립으로 인해 마을에서 살지 못하고 산속에 숨어 살아야 하는 산사람이자 오래된 '삼수'를 산에서 만나게 되어 돌이킬 수 없이 다시 산으로 들어가게 되기 때문이다. 『감꽃이 떨어질 때』

는 '삶터'를 빼앗겼던 이들에게 보내는 애가(哀歌)이며 사람이 사람답게 살지 못하는 이념의 반목에 대한 분노이자 그때 희생되었던 존재들의 넋을 달래는 진혼굿이기도 하다.

> 따지고 보면 너무나 억울한 죽음들이 많았소. 아무 죄 없이 희생당한 사람들이 얼마나 많은지 모르요. 그러자면 살아 있어야지라우. 조영은 이쪽저쪽에서 무차별 희생당한 사람들의 증인이 되어야 역사가 바로 설 것이요. 누구보다 정직한 마음으로 부상병을 대하며 자신이 짊어진 운명을 감내하였소.
>
> — 269쪽

억울한 죽음이 많았던 역사, 그 무고한 죽음을 달래기 위한 진혼굿의 자리에 『감꽃 떨어질 때』가 놓여 있다. 이 소설에서 힘주어 살려내는 '조영'의 면모는 이상적인 인물을 신화화하는 것처럼 보이기도 하고 관점에 따라서는 우파 자유주의자의 이상화라는 논리에 휩쓸릴 위험도 다분해 보인다. 그럼에도 나는 '조영'을 영웅화하거나 신화화하지 않고 '사람에 대한 희망'을 담지하고 있는 인물로 바라보고 싶다. 시국과 정국의 변화에 따라 속절없이 기울어지고, 역사의 상흔으로 점철되어 있는 이 가난한 땅에서 애써 버티며 사람을 살리고 사람과 어울려 살며 사람됨의 가치를 지켜가던 옛사람을 기리고 있는 소설로 말이다. 조영이라는 인물의 행보를 쫓을 때 우리가 당도하게 될 희망은 결국 '사람의 덕'이 밝히는 자리일 것이다. 이 소설에서 응당 주목해야 하고 애써 가닿아야 할 곳 또한 '조영'이라는 인물의 면모를 주목하고 추앙하는 자리가 아니라 조영이라는 인물이 걸어갔던 길이며 그 길이 당도할 사람됨의 도리가 지켜지는 장소다. 그러니 조영이 누볐던 산천을 다시 떠올려야 한다. 잡초가 정성을 다한 걸음과 눈길 앞에서 약초로 변모하는 그곳 말이다. 함께 어울려 산다는 것이

꼭 그와 같다. 부지런한 발과 정성을 다한 손길의 도움만으로 밝힐 수 있는 것이 있다. 속절없이 마모되고 침몰하는 이 위태로운 세계 위에서 정형남의 『감꽃 떨어질 때』가 애써 놓은 염원의 징검돌을 딛으며 우리는 조금 더 걸어가야 한다.(2014)

검은 손의 운지법

—이대흠, 『귀가 서럽다』

아코디언은 주름진 공기주머니(벨로즈)에 바람이 담겨야 소리를 낼 수 있다. 양손을 접었다 폈다 하는 행위가 악기에 숨을 불어넣고 손가락들이 악기에 가득 찬 바람의 몸 여기저기를 열고 닫을 때 미약하지만 오래된 〈숨〉소리가 흘러나오는 것이다. 악기에 숨을 불어넣는 지난한 손의 노동과 손가락의 섬세한 보살핌에 의해 '고유한 음'이 만들어진다. 아코디언을 '손풍금'이라고 부를 때 한결 친숙하게 느껴지는 것 또한 이 악기가 노동(손)과 돌봄(손가락)을 근간으로 하기 때문일 것이다. 모든 악기는 저마다의 공명통을 열고 닫음으로써 음(音)을 생성해내는데, 이때의 음은 '손의 돌봄' 없이는 만들어지지 않는다. 사람의 목소리 또한 사정이 다르지 않다. 목소리는 숨이 들고 나오는 길목에서 길어 올리는 것인 터라 숨소리를 근간으로 하는 것일 수밖에 없다. 숨이 들고 나오는 곳은 밖과의 교통(communication)이 이루어지는 근원적인 장소일 터, 숨소리는 내가 아닌 것들과의 '관계'가 만들어지는 손의 움직임(노동)과 같은 리듬을 갖는다. 다시 말해 손의 형상에서 그 사람의 숨소리를 읽어낼 수 있고 목소리 또한 가늠해볼 수 있다는 것이다. 절창(絶唱)은 목소리가 만드는 것이 아니라 손(노동)이 만드는 셈이다.

　이대흠의 『귀가 서럽다』의 저류에 흐르는 주조음은 특정한 소리가 아니라 가늠할 수 없는 손의 움직임이라고 할 수 있다. '귀가 서럽다'는 문장은 밖으로부터 밀려드는 것들을 전부 감내할 수 없다는 토로가 아니라 수많은 사물을 돌보아온 손이 지나쳐왔던 길목('손길')에 대한 뒤늦은 자각으로부터 비롯되는 것이리라. 그런 이유로 '귀가 서럽다'는 문장은 시집 전체를 주관하는 하나의 테제가 된다. 이때 '귀'라는 주어의 자리는 대상과 맺어왔던 관계가 특정한 방식에 기대어왔음을 가리키는 반성의 자리를 가리키며 '서럽다'는 술어 또한 그러한 회한과 함께 '나'의 임계를 넘어선 자리에 가닿고자 하는 시인의 의지가 발현되는 장소를 의미한다. '서럽다'는 형용사는 슬픔을 표출하는 서정적 자아의 내면 풍경을 그리는 데 국한되지 않는다. 그것은 내면을 무너뜨리고 우리 '귀'의 가청 범위를 넘어서는 음역대에 관한 것이기 때문이다.

　우리가 지금껏 '귀'로 했던 일들을 어떤 이는 '손'으로 해왔다. 그 손엔 "울음이 많이 쌓였"으며 그렇게 검게 변한 손이 실은 아픈 것들을 다 받아낸 '귀'였음을 시인은 뒤늦게 자각하는 것이다("뿌리는/얼마나 많은 귀일까", 「고매(古梅)에 취하다」). '뿌리-손'은 모든 것을 견딤으로써 존재를 지탱하지만 땅밑에 있기에 잘 보이지 않는다. 이렇게 스스로를 가장 낮은 바닥에 내려 두는 존재들의 손은 대상을 쥐는 것보다(소유) 살려내는 것에 집중한다. 바닥에 있는 존재들은 다른 것들을 떠받들어 살려냄으로써 정작 자신은 검게 변한다. 검게 변한다는 것은 죽음에 가까워진다는 것을 의미하며 검게 변한 손은 자신을 비워 다른 것을 살려냈음을 가리키는 증표이기도 하다. "어느 하나 다치지 않게 슬슬 들어올려 떠받"(「비빔밥」)드는 손의 노동, 소유(죽임)가 아닌 돌봄(살림)에 집중하는 '검은 손'에 의해 '쓰레기'가 '밥'으로 '되'살아나기도 하는 것이다(「밥과 쓰레기」).

검게 변한 주름진 손, "갈라진 손바닥 틈"(「어머니의 손바닥엔 천 개의 귀가 있다」)에 '나' 아닌 것들이 깃듦으로써 '고유한 음'이 만들어진다. 대상을 떠받들면서 살려내는 손의 노동이야말로 악기를 연주하는 운지법(運指法)이지 않겠는가. 모든 악기가 구멍의 돌봄을 통해 음을 만드는 것처럼 운지법은 불완전한 것들, 결여된 것들, 상처들과 저마다의 방식으로 관계를 맺음으로써 '고유한 음'을 생성한다. 주법이 깃들 수 있는 것은 너와 나의 불완전함, 결여, 구멍으로부터 비롯된다는 것을 비로소 알겠다.

그러므로 악기를 연주한다는 것은 '검은 손'으로 숨을 불어넣는 것이다. 노동을 통해 익힌 제 각각의 운지법은 대상과 맺는 소통방식일 터, 운지법이 잘못되었을 때 악기는 '음'이 아닌 비명을 질러대기 마련이다. 시인 또한 대상과의 관계를 나름의 운지법을 통해 노래로 만들어내는 악사가 아니던가. 이대흠이 '검은 손'에 자꾸 눈길을 주는 것은 자신의 '검은 활자'가 '살아라(生)'는 '명령(命)'으로 이루어져 있는 것에 반해 어미의 검게 변한 손은 "잡다한 것"을 품어 안음으로써 그것들을 되살려내는 노동이기 때문이다.

'검은 손'을 애워싼 주름은 "더 받아들이려 표피를 늘인 것"이며, "받아들인 아픔이 층을 이룬"(「주름」) 지난한 노동의 흔적이다. 주름이 많다는 것은 "잡다한 것"을 오랜 세월 받들어왔음을 의미한다. 나를 넘어서고 초과하는 것, 흘러넘치는 것, 내가 너 안에 들어가 "섞여 지워지는 것"(「물무늬 손바닥―싸리재」), "서로가 서로를 우려 이미 분리할 수 없게"(「비빔밥」) 스민 상태가 되는 것은 "흐려서 깨끗한 물"(「물의 길」)처럼 '나'와 '너'를 살리는 일이다. 시인은 그 손의 주름에 귀를 대고 고유한 운지법을 받아 적는다. 그러나 검은 활자로는 그 말을 다 담아낼 수 없다. 시인이 '귀가 서럽다'는 문장을 쓰는 것은 어미의 검게 변한 손에 돋아 있는 '귀-주름'에 대한 안타까움과 간곡함을 감지했기 때문이며 그 안타까움이 손의 말을 다 담아낼 수 없다는 회한과 반성의 자리로 자신을 이끌기 때문이다.

'비가 온다는 말의 뜻은 구강포쯤 가야 이해가 된다'는 대목(「비가 오신다」)이나 강진 미산마을 사람들이 바다와 뻘을 '바닥'이라고 하는 것(「바닥」) 또한 고유한 운지법을 체득하지 않고는 인지할 수 없다. 구수한 남도 사투리 역시 『귀가 서럽다』의 여러 운지법 중에 하나라고 불러도 좋을 텐데, "맞춤법도 없는 편지"(「오래된 편지」)가 우리를 곧잘 울리는 것은 결여되고 남루한 형상에서 연유하는 것이 아니라 '검은 손의 운지법'을 우리가 가늠할 수 없기 때문이다. "어머니가 입으로 쓰시는 편지"라는 대목의 '입'을 '손'이라 바꿔 읽어도 무방하다. 그 말을 "양면지에 옮기는 일"은 어미의 '검은 손'에 제 귀를, 제 손을 포개어보는 행위와 다르지 않다. 그러니 어찌 귀가 서럽지 않을까.

그런 점에서 "아이를 낳아보고 싶습니다"(「봄」)로 시작하는 시집의 첫 번째 시에서 새로운 것을 낳고자 하는 신생(新生)의 의지만을 읽어서는 안 된다. 무언가를 살려내고 숨을 불어넣는 것은 죽음에 가까워지는 '검은 몸'을 가짐으로써만 가능하기 때문이다. "살려내는 우주를" 낳고 싶다는 '바람'은 제 몸 헐어 '숨'을 불어넣는 것이기도 하다. 시집의 마지막 시에서 "몸을 다 울어 하늘빛이 될 때"(「남천」)야 가닿을 수 있다는 '남천(南天)'은 마음의 도원이 아니라 '나'라는 개별자의 영역을 넘어선 죽음과 가까운 곳일 것이다. 시집 전체를 감싸고 있는 신생에 대한 열망 또한 역설적이게도 '죽음'을 딛을 때만 가능해진다. 이런 사실은 이대흠의 『귀가 서럽다』를 전통적 서정시의 회귀로만 읽어내는 독법을 위태롭게 만든다. 이는 서정을 통해서도 '나'의 임계를 넘어서는 자리에 가닿을 수 있는 경로를 현시하는 바, 그곳은 서정시를 둘러싼 여러 논의들에서 서둘러 규정짓곤 하는 상투화된 범주가 필연적으로 거쳐야 할 지점일 것이다. (2010)

'사이'의 동력(학)

—최하연,『팅커벨 꽃집』/ 고성만,『햇살 바이러스』

1

또다시 검은 구름이 몰려와 한바탕 비를 뿌린다. 얼마나 내리고 또 언제 그칠 것인지 이미 데이터가 나와 있지만 설사 비가 그치지 않는다 해도 놀라는 사람은 많지 않다. 예측 가능한 시스템에 익숙해질수록 외려 예측할 수 없는 것을 받아들이는 것에 무덤덤해지기 때문이다. 아니 이 말은 다음과 같이 다시 번역되어야 한다. 우리는 오직 눈앞에 펼쳐지는 것만을 믿는다. 수많은 데이터는 그저 눈앞에 펼쳐지는 사태들을 보조할 뿐이다. 오직 보이는 것만을 믿는다. 그러니 긴 장마로 붕괴되는 것은 '둑방'만이 아니다. 세계에 대한 믿음, 인간에 대한 믿음, 또 믿음에 대한 믿음이 속절없이 무너지고 있다.

'실패'가 없는 세계. 서둘러 종말과 파국이라는 말로 핏대를 세우기 전에 '실패하지 않는다는 것'의 짝말이 무엇인지 떠올릴 수 있어야 한다. 그것은 더 이상 산재해 있는 세계의 문제를 해결할 수 없다는, 변화된 삶의 조건을 가리키는 것이기 때문이다. '실패'가 곧장 '낙오'나 '추방'이라는 의미로 입도선매되는 세계. '실패'의 효용가치가 바닥을 뒹굴고 대신 '시행착오'라는 가치가 세계를 둘러싸고 있다. 시행착오란 무엇인가? 그것은 시스템의 작동원리다. 조금씩 스스로를 개선해나가며 한 발짝 앞으로 나아가거나 한 단계씩 위로 올라가는 재생산 체계. 서바이벌 오디션 프로그램의 참가자들만이 프로듀싱(producing) 되는 것이 아니다. 시행착오를 겪으며 살아가는 구성원 모두가 자본제적 시스템 아래에서 프로듀싱 되고 있다. 실패가 말소된 거대한 인큐베이팅(incubating)의 세계.

　모든 것이 죄다 '사이(間, between)'에 있다는 시대 감각 속에서 나는 '어떤 상실'을 감지한다. 시스템에 내맡겨진 삶의 질감을 매만질 수 없기에 대상과의 관계 맺기는 매번 좌절된다. 그럴수록 더욱 강력한 미디어를 통해 서로의 삶을 엿보고 노출한다. 다 보여주고, 다 보고 있지만 정작 '삶'은 더욱 추상적인 것으로 변해간다. 미디어는 삶의 벌어진 '사이'를 메우거나 연결할 수 있게 하는 '도구'처럼 보이지만 주체를 생산하는 하나의 기계이며 장치(dispositif)라는 통치 기계와 다르지 않다. 틈(예외)을 허락하지 않는 시스템이 개별자들의 삶에 접속(통치)하는 것. 시스템의 '접속'이 곧장 삶의 '접수'로 이어진다. '사이'가 그저 횡단과 월경을 돋보이게 하는 '장치'로 기능할 때 삶은 무수한 구멍으로 점철된다. 그 구멍에서 발생하는 누수로 인해 삶은 추상화된다. 무엇이 빠져나가는가? '말(언어)'이 빠져나간다. 아니 강탈당한다. 그러니 '사이'만큼 아픈 것이 또 있을까.

2

　세상의 모든 '사이'가 언어의 최전선이다. 최하연은 그 최전선에 서서 'A'와 'B' 사이에 무언가가 계속 생성되고 변하고 있다고 말한다. '사이'에 있는 '그것'을 찾는 것이 그가 최전선에 서는 이유일 것이다. A와 B 사이에 다른 무언가가 있다. 나타났다가 이내 사라져버리는, 끝없이 변하는, 잡아둘 수 없는, '언어'라는 것이 그런데 그 언어는 "나의 혀로는 발음할 수 없는"(「먹」) 것이다. 'A' 다음에 필연적으로 'B'가 오게 마련인 세계에서 그는 A와 B 사이에 '다른 언어'가 있다고 말한다. 그 다른 언어는 '허공'처럼 감각할 수 없는 것이거나 "한꺼번에 솟아"(「먹」) 오르는 터라 '혀'(나-모국어)의 임계를 넘어서 있다. 그러니 그의 시는 매번 '실패'할 수밖에 없다. 일견 모호하고 추상적인 최하연의 시적 공간에서 어떤 실패를 반복해서 만나는 것은 이 때문이다.

최하연이 서 있는 '사이'에서 우리는 낚아채지 못하는 '순간'을 감지할 수 있어야 한다. 두 번째 시집 『팅커벨 꽃집』(문학과지성사, 2013)엔 무수히 많은 '꽃'이 등장할 뿐만 아니라 심지어 '화원'과 관련된 여러 시편들이 있음에도 정작 꽃에 대해선 그 어떤 구체적인 형상도 얻지 못하는 것은 왜일까? 최하연에게 꽃은 '피는 것'이라기보다 '맺히는 것'이기 때문이다. 피었던 꽃은 천천히 지지만 맺혔던 꽃은 단숨에 사라진다. '순간'은 꽃피기도 하지만 필연적으로 난파된다. 「난파선」을 둘러싸고 있는 '~어야 했다'라는 종결형은 회한의 정서를 구축하기보다 불가항력적인 힘에 무방비 상태로 놓여 있음을 전달하는 데 기울어져 있다. "꿈마다 포스트잇을 / 붙여놓았어야 했다"는 구절이 회한이 아닌 절망에 가까운 이유는 '꿈'에 '포스트잇'을 붙여놓는다고 한들, '발음할 수 없는 대상'이라는 점은 변하지 않기 때문이다. 꿈은 '사이'의 산물이다. 어떤 방법을 써도 '꿈'을 붙들어 놓을 수는 없다. 「난파선」에서 내가 읽은 것은 불가항력적인 몰락의 순간에 휘발되어버리는 감각을 붙들려는 한 방식이다. 이 시가 "잠들지 말았어야 했다"라는 구절로 끝날 때 남겨진 것은 막연한 회한이 아니라 수면 아래로 가라앉고 있는 난파선의 선명한 이미지다. 그러니 '사이'에 몰락만 있는 것은 아니다. 선명한 이미지의 상승이 함께한다.

편의점과 편의점 사이에

미루나무가 있었다

바람이 허리를 꺾어놓아도

미루나무는 새의 둥지를 놓지 않았다

덜컹거리는 세계로

팡파르가 울려 퍼졌다

둥지와 둥지 사이엔 달이 있었다

눈보라가 둥지를 흔들고는

바닥을 뒤졌다

중력이 모자라 날개는 자유다

날개와 날개 사이에 안개가 있었다

달무리를 걷어낸 손가락이 얼얼했다

덜컹거리는 세계가 반짝였다

가로등과 가로등 사이엔

녹슬어 못 쓰게 된 거울이

거울과 거울 사이엔 네발 달린 짐승이

시린 달을 물어뜯고 있었다

— 최하연, 「핀볼」 전문

　　이미지들의 갑작스러운 등장과 비약적인 연쇄가 당혹스러운 이 시는 '핀볼'이라는 게임의 속성과 함께 이해되어야 한다. 흰 공 하나를 구멍에 빠트리지 않고 끊임없이 튕겨 올려야 하는 '핀볼'이야말로 '사이'가 몰락만이 아닌 상승과 생성의 동력을 내장하고 있는 곳임을 우리에게 알려주고 있지 않은가. 편의점과 편의점 사이에 미루나무가 있고 둥지와 둥지 사이엔 달이 있다. 미루나무와 달이 편의점과 둥지를 뒤흔든다. '사이'에서 "문장하나가 고무공처럼 튀어"(「나니오시떼루」) 세계를 덜컹거리게 하고 팡파르를 울려 퍼지게 한다. 당신과 나 사이엔 무엇이 있는가? 당신과 나 사이엔 '말'이 있다. "뼈. 근. 하. 고. 도. 팽. 팽."(「나니오시떼루」)한 '말'. 그 말은 덜컹거리는 세계를 반짝이게 할 수는 있지만 내 혀로 온전히 '발음'할 수는 없다. "거울과 거울 사이엔 네발 달린 짐승"이 있다고 하지 않는가. 그 짐승(말)을 길들일 수 있는 방법은 없다. 그러니 당신과 나 사이에 차라리 실패가 있다고 하자. 어떤 실패인가? '우연한 사건의 연쇄가 세상을 움직이는 역사적인 사건을 만들어낼 수 있다'는 제임스 버크(James Burke)의 핀볼효과(The Pinball Effect)보다 내겐 '먼저 간 실패보다 강한 실패'(「쥐며느리의 시간」)가 더욱 선명하게 느껴진다. 최하연이 구축한 이 '사이'의 시학을 발견(학)이라고 할 것이 아니라 차라리 동력(학)이라고 부르고 싶은 것 또한 이 때문이다.

3

고성만은 예감한다. 아니 경고 한다. "저녁 안개 몰려온다"(「생의 향기」)고. 이 예감이자 경고가 차마 노래가 되지 못하는 것은 우리에게 다가오는 '저녁 안개'를 거부할 수 없기 때문이다. 그것은 이미 도착해 있다. '저녁 안개'는 아스라한 풍경이 아니다. 돌이킬 수 없고 막을 수 없는 사태에 더 가깝다. 고성만의 시가 쌓아올린 서정적 절창 사이에 깃들어 있는 불안과 초조를 내가 애써 읽으려고 하는 것 또한 이런 이유에서이다. 『햇살 바이러스』(詩로여는세상, 2013)엔 해결 불가능한 어떤 사태가 명징하게 자리한다. 문제 해결의 프레임이 무력해진 상황. 고성만이 집중하고 있는 '어둠'은 이러한 사태 속에서 길어 올릴 수 있는 유일한 것처럼 보인다. 어둠은 모더니티적 종말의 표상이 아니라 그 속에서 더듬어 갈 때 가까스로 열리는 '다른 길'에 대한 열망에 더 가까워 보인다. 그러니 '어둠'은 해결해야 할 문제가 아니라 적극적으로 대면해야 할 사태에 가깝다고 해야 한다.

세상의 불이 갑자기 꺼져버리는 '블랙아웃'이라는 비일상적인 순간, 막을 수 없는 예외적인 일상으로 점철되어 있는 삶의 풍경을 보라. 고성만은 바로 그 순간 조우하게 되는 우리들의 삶 속에 잠재되어 있는 "검은 페이지"(「블랙아웃」)에 주목하고 있다. "예고도 없이 빛이 사라"진 것처럼 "갑작스럽게 빛이 찾아"온다. 문제는 이러한 '예고 없음'과 '갑작스러움'이 우리들의 삶의 조건이라는 데 있다. 고성만에게 빛은 "무소불위 전지전능한 [빛의] 권력"으로 규정되어 있는 것에 반해 어둠은 상처이면서 동시에 권력에 무릎 꿇어야 하는 시스템 '사이'에서 흘러나오는 '가능성'이기도 하다. 어둠 속에서(만) 부를 수 있는 "누군가의 이름"(「가장 어두운 마을의 잠」)이 있다고 하지 않는가. 어둠은 빛의 권력에 의해 차단되어 있는 관계를 회복할 수 있는 동력이면서 동시에 내 안에 있는 '다른 것'의 역사이기도 하다("등뼈는 배를 닮았다 / 굳게 뻗은 용골 위로 흰 돛 펼치고 / 산 너머 둥둥 / 바다 건너 휘이휘이 / 실어다주는 // 꿈은 등뼈를 닮았다", 「등뼈」). 가늠할 수 없는 '어둠'과 좀처럼 잡히지 않는 '사이'(「사이」)가 고성만의 시편 속에서 공명한다.

흥미롭게도 고성만의 시에선 숲과 나무가 햇빛의 반대편에 서 있다(「편백 숲에서」). '햇빛'의 명령에 획일화되는 세계 속에서(「햇살 바이러스」의 소녀와 소년 들) 점점 더 단단해져가는 존재들 향해 "추울수록 단단한 / 무늬를 얻고 싶은 것"이라고 말한다. '무늬'란 '고유한 것'을 가리키는 것일 게다. 말하자면 상처. '잘려진 것'에 가득한 생의 의지("없는 가지 향하여 쏘아 올린 물줄기에 / 밑동이 축축하다", 「생의 향기」)를 어둠 속에서 매만지는 시인의 손길을 보라. 태풍에 쓰러진 나무토막에서 발견하는 '축축한 밑동'을 두고 서둘러 생을 행한 의욕이라고 말하지 말자. 그것이 태풍을 몰아내는 가장 쉬운 가상적인 방법임을 알고 있지 않은가. 태풍은 반드시 다시 올 것이다. 다음번 태풍에도 우리는 "밑동이 축축"한 나무토막을 만날 수 있을 것인가. 바로 그것을 물어야 한다. 몰려오는 '저녁 안개' 속에서 우리가 고민해야 하는 것은 재난 속에서 피어나는 새로운 생에 대한 의욕이라는 프레임의 반복이 아니라 태풍(재난)이 삶의 조건이 되는 변화된 세계 속에서의 삶일 것이다.(2013)

찾아보기

무한한 하나

초판 1쇄 발행 2016년 10월 28일

지은이 김대성
펴낸이 강수걸
편집장 권경옥
편집 윤은미 정선재
디자인 권문경 구혜림
펴낸곳 산지니
등록 2005년 2월 7일 제14-49호
주소 부산광역시 연제구 법원남로15번길 26 위너스빌딩 203호
전화 051-504-7070 | 팩스 051-507-7543
홈페이지 www.sanzinibook.com
전자우편 sanzini@sanzinibook.com
블로그 http://sanzinibook.tistory.com

ISBN 978-89-6545-382-6 03810

*책값은 뒤표지에 있습니다.
*이 도서의 국립중앙도서관 출판예정도서목록(CIP)은 서지정보유통지원시스템
홈페이지(http://seoji.nl.go.kr)와 국가자료공동목록시스템(http://www.nl.go.
kr/kolisnet)에서 이용하실 수 있습니다.(CIP 제어번호: CIP2016025627)
*이 작품은 2010년 ARKO 영아트프론티어 지원을 받아 출간되었습니다.